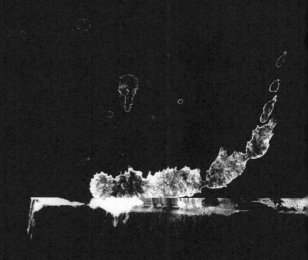

Da trilogia O Reino das Sombras

Legião, volume 1
Senhores da escuridão, volume 2
A marca da besta, volume 3

1ª edição | agosto de 2010 | 8 reimpressões | 44.000 exemplares
9ª reimpressão | junho de 2021 | 1.000 exemplares
10ª reimpressão | abril de 2024 | 1.000 exemplares
Copyright © 2010 by Casa dos Espíritos Editora

Todos os direitos reservados à
CASA DOS ESPÍRITOS EDITORA
Avenida Álvares Cabral, 982, sala 1101
Belo Horizonte | MG | 30170-002 | Brasil
Tel.: +55 (31) 3304-8300
www.casadosespiritos.com
editora@casadosespiritos.com.br

OS DIREITOS AUTORAIS desta obra foram cedidos gratuitamente pelo médium Robson Pinheiro à Casa dos Espíritos, que apoia a Sociedade Espírita Everilda Batista, instituição de ação social e promoção humana, sem fins lucrativos.

COMPRE EM VEZ DE FOTOCOPIAR. Cada real que você dá por um livro espírita viabiliza às obras sociais e a divulgação da doutrina, às quais são destinados os direitos autorais; possibilita mais qualidade na publicação de outras obras sobre o assunto; e paga aos livreiros por estocar e levar até você livros para seu crescimento cultural e espiritual. Além disso, contribui para a geração de empregos, impostos e, consequentemente, bem-estar social. Por outro lado, cada real que você dá pela fotocópia não autorizada de um livro financia um crime e ajuda a matar a produção intelectual.

Coordenação, preparação de orginais e notas
LEONARDO MÖLLER
Projeto gráfico, editoração e ilustração
ANDREI POLESSI
Revisão
LAURA MARTINS
Foto do autor
DOUGLAS MOREIRA
Impressão e acabamento
VIENA

A MARCA D
BEST

DADOS INTERNACIONAIS DE CATALOGAÇÃO NA PUBLICAÇÃO [CIP]
[CÂMARA BRASILEIRA DO LIVRO | SÃO PAULO | SP | BRASIL]

Inácio, Ângelo (Espírito).
A marca da besta / orientado pelo espírito Ângelo Inácio;
[psicografado por] Robson Pinheiro. — Contagem, MG: Casa dos Espíritos Editora. 2010.
(Trilogia O reino das sombras; v. 3)

Trilogia O Reino das Sombras ISBN 978-85-99818-15-2
ISBN 978-85-99818-08-4

1. Espiritismo 2. Psicografia 3. Romance espírita I. Pinheiro, Robson. II. Título. III. Série.

10-08046   CDD-133.9

Índices para catálogo sistemático:
1. Romance espírita: Espiritismo 133.9

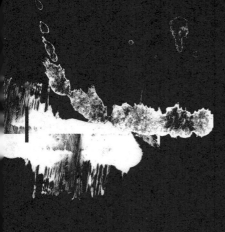

casa dos espíritos

A MARCA DA BESTA

ROBSON PINHEIRO
pelo espírito
ÂNGELO INÁCIO

TRILOGIA

O REINO DAS SOMBRAS

III VOLUME

*A Ademildes e Marcos Leão,
dois grandes amigos, parceiros e grande apoio nas
tarefas a mim confiadas pelos espíritos.
Agradeço pelo empenho,
pelo ombro amigo, por poder contar com vocês em
etapas importantes da minha vida.*

"E fez que a todos, pequenos e grandes, ricos e pobres, livres e escravos, lhes fosse posto um sinal na mão direita, ou na testa, para que ninguém pudesse comprar ou vender, senão aquele que tivesse o sinal, ou o nome da **besta**, ou o número do seu nome."

Apocalipse 13:16-17

SUMÁRIO

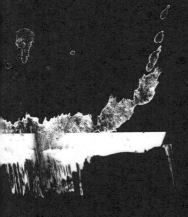

CAPÍTULO 1

Prólogo

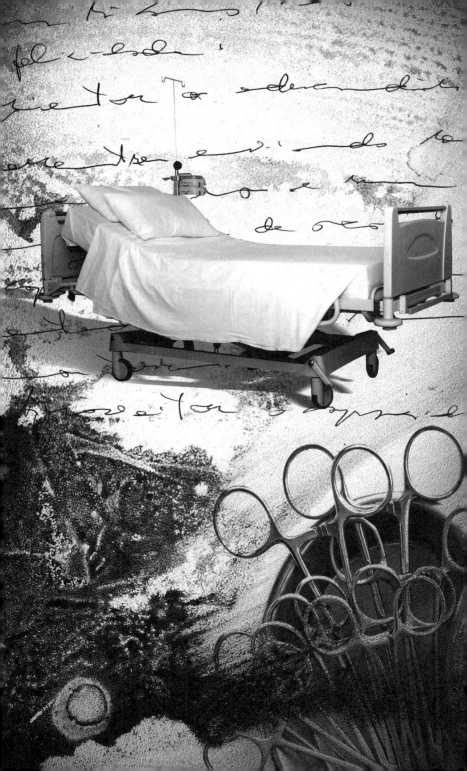

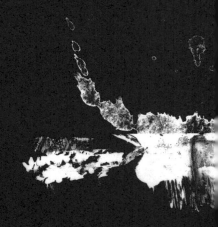

"Disse-me ainda: Não seles as palavras da profecia deste livro, porque próximo está o tempo."
Apocalipse 22:10

"Mas que importa? contanto que Cristo, de qualquer modo, seja anunciado, ou por pretexto ou de verdade, nisto me regozijo, sim, e me regozijarei"
Filipenses 1:18

TRANSCORRIA o mês de fevereiro do ano de 1997. O barulho e o som de músicas estridentes atestavam que vivíamos aquelas experiências durante o carnaval. O médium estava em coma, sobre a maca do hospital, enquanto familiares e amigos se revezavam entre preocupações, lágrimas e cuidados com o moribundo. Durante o período em que estava desacordado, seu espírito pairava entre as diversas formas-pensamento nas quais mergulhara. Traumas, conflitos e medos reprimidos durante anos vieram à tona durante aquele processo, que marcaria profundamente sua vida.

De repente, durante o coma, ele sentiu uma

presença; outro ser que pairava a seu lado chamava-o para tomar ciência de algo que estava muito além de sua compreensão naquele momento. Era muito delicado aquele estado em que se encontrava. Além das dificuldades orgânicas, as emoções desencontradas e os sentimentos que emergiam de seu psiquismo faziam daquela uma experiência singular. Seria o ponto final de uma existência?

Espíritos abnegados haviam interferido em seu favor, a fim de que pudesse cumprir um programa previamente elaborado pelo Alto. A entidade que se apresentava a seu lado trazia novas diretrizes para o que lhe restava de vida no veículo material. Novos planos, novas propostas.

— Sua vida física encontraria seu termo aqui, conforme a programação original de sua atual existência — falou a entidade sem se identificar. — Porém, levamos seu caso a instâncias superiores por julgarmos ser mais adequado prolongar sua existência do que ter de recomeçar em novo corpo. Demoraria muito seu processo de educação, de despertamento para a realidade do espírito, até que pudesse levar a cabo as responsabilidades que lhe foram conferidas. Dessa forma, obtivemos permissão para uma transfusão fluídica de grande intensidade, que lhe dará mais tempo entre os encarnados. Contudo, a duração de sua vida dependerá da qualidade e da intensidade do trabalho a ser desenvolvido.

O médium, desdobrado, mal e mal se dava conta da voz que lhe penetrava o âmago do espírito. Não obstante, gravava cada detalhe através dos canais da intuição e da mediunidade, tomando consciência daquilo que lhe estava sendo proposto, de modo mais amplo, somente na esfera mental.

— A esta altura, depende de você a prorrogação de sua vida no corpo físico. Precisamos de alguém que se exponha diretamente, em nome de certas ideias que devem ser ventiladas. Será necessária dedicação incondicional ao trabalho da psicografia de novos livros, que tenham como escopo divulgar verdades mais amplas e que despertem questionamentos nas mentes que entrarão em sintonia com tais mensagens. Aceita essa incumbência?

Balbuciando mentalmente, o médium responde afirmativamente.

—Você será exposto como alguém que traiu os princípios doutrinários; será acusado de deslealdade à doutrina espírita e, em nome de algo impalpável, terá de enfrentar o julgamento daqueles que se dizem representantes da verdade. Verá seu nome ser desprezado por muitos, enquanto amado por outros. Lutará em meio ao fogo cruzado entre aqueles seus irmãos de ideal. Além desse aspecto, sua saúde será muito frágil a partir de então, pois haverá de se expor em regiões densas da esfera extrafísica. Receberá amparo direto, porém terá que ser forte para enfrentar as calúnias que desabarão sobre você.

"De toda forma — falou a voz do Imortal —, o segredo é ter coragem e não se deixar levar pelos aplausos do mundo, das pessoas deslumbradas. Nada de se render às fantasias e à imaginação do povo que, em algum momento, tentará envolvê-lo no culto à personalidade. Os temas abordados através de sua mediunidade terão de ser primeiramente testados e provados tanto por você quanto pela equipe que lhe dará apoio, na retaguarda. Primeiro, terão de provar o sabor das verdades escritas em parceria com os Imortais; depois, essas mesmas verdades serão aproveitadas por quantos estiverem maduros para absorvê-las. Porém, não se engane: não será fácil."

Intimamente, o médium aceitava a proposta. Mas não podia sequer verbalizar o que sentia. Seu espírito pairava num ambiente nada familiar, no qual suas habilidades psíquicas estavam diminuídas. Também seu corpo físico estava sob efeito de sedativos e outras drogas fortes, com as quais os médicos pretendiam prolongar sua vida.

Depois do diálogo intenso em emoções, o médium foi acoplado ao corpo físico por alguns momentos, enquanto providências mais urgentes foram tomadas para executar a referida transfusão energética.

Espíritos especialistas na área da medicina montaram ali mesmo, dentro do hospital, em segundo plano, equipamentos que os olhos mortais não podiam perceber. Os enfermeiros de plantão sentiram uma sensação incomum, como se uma brisa acariciasse sua pele, refrescando-a e produzindo uma sensação de que algo de sobre-humano estivesse ocorrendo ali. Realmente estava. O movimento daquelas entidades no ambiente extrafísico do hospital fazia com que se despertassem certas intuições e percepções na equipe de enfermagem e nos médicos encarnados que ali trabalhavam. Um arrepio, algumas vezes; em outras, a percepção de vultos, ou mesmo a impressão de que alguém mais estava se movendo, em velocidade mais alta do que a habitual. Tudo isso era percebido no ambiente do CTI.

À noite, conduziram-se para fora do corpo dois doadores de energia vital, ou ectoplasma, a fim de que pudesse ocorrer a transfusão fluídica. Cada um deles teve seu duplo etérico acoplado ao do médium, como se fios invisíveis se entrelaçassem a ambos. Via-se o corpo etérico do médium hospitalizado pairar sobre seu aparelho físico. Era semelhante a uma névoa, embora tivesse contornos delimitados; irradiava luminosidade fraca, pálida, e sobrepunha-se ao corpo carnal abatido. Outras duas estruturas de natureza similar, igualmente desprovidas de órgãos, porém mais brilhantes ou iluminadas, puseram-se junto do corpo etérico do médium. Fios tenuíssimos, como se fossem capilares fluídicos, conectavam os três veículos de caráter físico, porém plasmático — isto é, os duplos etéricos desdobrados. De dentro desses fios, elementos riquíssimos em vitalidade corriam céleres para o organismo debilitado, reativando suas propriedades, que já estavam quase exauridas. À proporção que a transferência energética se concretizava, os chacras do duplo etérico iluminavam-se e faziam a transformação dos fluidos em vitalidade, que voltava a abastecer cada órgão e célula do corpo físico, devidamente.

Enfermeiros e médicos do espaço acorreram ao local manipulando recursos extraídos da natureza, que foram adicionados aos elementos ectoplásmicos ali transfundidos. Gradualmente, o cosmos orgânico ganhava vitalidade, e via-se claramente que os órgãos eram energizados através dos recursos cedidos pelos doadores desdobrados. Após mais de 10 horas de intensa atividade, um dos médicos invisíveis olhou o médium ganhando mais qualidade vital e disse:

— É hora de me acoplar inteiramente a cada célula, a cada órgão. Preciso acelerar o processo de ressuscitamento das células físicas quase exauridas. Meu médium quase não tinha mais condições de reativar a vida orgânica; por pouco não haveria retorno. O cordão de prata está por demais enfraquecido. Vou me acoplar inteiramente a suas células e coordenar a reestruturação celular dentro de seu corpo, plenamente incorporado.

O médico iluminou-se por completo e, concentrando sua mente, elevou-se alguns centímetros sobre o corpo do médium e sobrepôs-se ao corpo físico enfraquecido. Ponto a ponto, observamos as células do perispírito do médico do espaço sendo absorvidas e justapostas às células do corpo do médium. Era como se cada uma absorvesse ou engolisse sua correspondente astral, enquanto o psicossoma do médico do espaço moldava-se à própria forma perispiritual do médium, assumindo-lhe a configuração estética. Ocorreu ali o fenômeno conhecido por alguns como superincorporação.[1] Consistia numa justaposição das

---

[1] *Superincorporação* é um termo, ao que tudo indica, cunhado por

células do corpo perispiritual do desencarnado e do encarnado, nesse caso em particular visando conceder ao médium maior tempo na atual existência. Interessados na continuidade das tarefas através do sensitivo, todos ouvimos o médico espiritual anunciar, plenamente de posse de cada átomo físico, num fenômeno somente comparável a uma materialização:

— Estou tirando meu médium daqui...

Naturalmente, os encarnados ali presentes se assustaram. Um calafrio percorreu a espinha de todos ao sentirem que algo diferente sucedia; uma coisa tão intensamente forte e mais poderosa que a própria morte, que os médicos da Terra não conseguiram explicar. Pensavam que a entidade do espaço tencionava tirar o médium do CTI, mas não era esse o intento. Não era isso que que-

---

Ranieri, médium que se dedicou por mais de 10 anos ao estudo teórico e prático da materialização antes de apresentar tal novidade (RANIERI, R. A. *Materializações luminosas*. 2ª ed. São Paulo: Lake, 2005, V parte, cap. 3). As sessões que serviram de base para seu livro contaram com a participação de médiuns notáveis, como Francisco Peixoto Lins, o Peixotinho (1905-1966), e Chico Xavier (1910-2002), entre outros, e sucederam por volta de 1950, em Pedro Leopoldo, MG. O trabalho de Ranieri será retomado adiante, uma vez que ele figura como personagem desta obra.

ria dizer. Ele, o elevado amigo do espaço, referia-
-se à retirada do médium do estágio de semitranse
que lhe antecederia a morte orgânica; seu propósito era retirá-lo do limbo entre as dimensões e
coordenar, por si só, o acoplamento do espírito ao
corpo físico, fortalecendo-lhe o cordão de prata e
os laços encarnatórios.

Naqueles momentos em que esteve de posse
total de cada célula do corpo emprestado, absorveu toda infecção, toda inflamação e todo micro-
organismo virulento; toda espécie de contaminação que estava prestes a determinar o fim da vida
física do médium. Profundamente concentrado
em aspirar os elementos daninhos à vida física,
o médico do espaço absorveu em seu perispírito
toda a contraparte energética e etérica da comunidade viral e bacteriana que agia sobre o corpo
físico do médium. Quando se desacoplou lentamente, outros seres da erraticidade sucederam-
lhe dentro do corpo emprestado, cada um cum-
prindo seu papel, com a finalidade de reorganizar
desde a vida orgânica, celular, até a vida emocional e mental do pupilo que retomava a encarnação, visando ao prosseguimento de suas tarefas.
Era a prorrogação do prazo de sua atual existência;
uma concessão do Alto objetivando tarefas específicas no âmbito mediúnico.

Tão logo o médico se deslocou para a dimensão astral, abandonando o corpo do médium para ser trabalhado por outra entidade ainda dentro do hospital, dirigiu-se diretamente para recantos naturais, junto ao mar. Pairando sobre as águas, vimos os elementos aderidos a seu psicossoma, absorvidos do corpo do médium, serem atraídos pela natureza e dispersos em seu energismo. Assemelhavam-se à fumaça expelida por chaminés de fábricas da Terra. A fuligem mórbida, que era o resultado da ação das comunidades de vírus e bactérias, desprendeu-se do corpo perispiritual do médico amigo, que, a esta altura, sentia-se exausto. Quase desfalecido, devido ao acoplamento íntimo com o corpo físico fragilizado, levitou, rumando para regiões ignotas da espiritualidade, onde certamente se retemperaria, sob as bênçãos de Maria de Nazaré, espírito que administra a misericórdia para os filhos da Terra e os filhos do Cordeiro.

No hospital, o médium acordava para nova oportunidade, que deveria preencher sua ficha de serviços e lutas renovadoras.

Após esse evento, dirigimo-nos, alguns espíritos, ao Hall dos Escritores, uma espécie de palácio em nossa metrópole, onde se reúnem tanto os espíritos que ali estagiam, ligados à arte e à literatura, quanto outros — encarnados ou não —, que nos encontramos periodicamente para deliberar a respeito de tarefas em comum na área da literatura entre os dois lados da vida. O palacete era estruturado em material translúcido, e irradiava de cada detalhe a luz do Sol, que brilhava intensamente naquele momento. Aguardávamos a visita de representantes do Mundo Maior, que viriam trazer novas instruções quanto ao nosso trabalho junto à Crosta. Éramos mais de 20 espíritos diretamente ligados à tarefa mediúnica. Além daqueles que, quando encarnados, tiveram suas vidas ligadas de alguma forma à literatura e que agora ensaiavam a continuação de suas atividades ao lado de diversos médiuns, encarnados no plano físico.

Adentraram no ambiente os guardiões Jamar e Anton, que traziam deliberações do Alto. Na Terra, o calendário marcava o primeiro de março de 1997.

— Ângelo, estamos aqui com as propostas do Alto em relação ao médium cuja vida física foi prolongada, numa demonstração da compaixão divina. Mas, como toda concessão traz responsabilidades inerentes — falou Anton —, temos alguns apontamentos para fazer a respeito. Você pediu autorização para escrever, como o fazia quando encarnado. Pois bem, temos tanto o médium quanto a pauta a ser abordada; não poderá fugir a esses tópicos estabelecidos. Portanto, você, como espírito, e também o médium devem ser preparados gradual e progressivamente para o objetivo maior.

— Como assim? Não é só chegar e começar a escrever através do médium? Que tipo de preparo devo ter? Não bastam os anos que passei na Terra às voltas com o jornalismo e a literatura?

— Não! não bastam! — Anton foi taxativo. — Digamos: seu trabalho na Terra teve um valor incontestável no que concerne ao jornalismo e à literatura terrestre, porém aqui você será outro tipo de escritor; outra literatura deve ocupar sua mente, a partir de então.

— Não entendo...

— Se não quiser a oportunidade, temos outros interessados. Decida-se! — interferiu Jamar, sem deixar margem a dúvidas.

— Claro, claro — respondi sem titubear.

Não poderia perder aquela oportunidade, pois a vida de morto não me caía bem; não aguentava ficar ali como alma penada me envolvendo em coisas de espiritualidade sem ter a mínima inclinação para espírito beatificado. Qualquer coisa servia, inclusive um médium que não era lá grande coisa, uma vez que precisava ser preparado por mim.

— Assim que vocês conversarem entre si —

retomou o primeiro guardião, apontando para nosso grupo de escritores do Além —, retornarão ao hospital, onde ainda se encontra o médium, e observarão seu corpo mental. Poderão reativar as faixas do passado espiritual, estruturadas em forma de pensamento, a fim de trabalharem mais tarde com o rapaz cuja vida foi prolongada para o serviço dos Imortais. Portanto, agora, vocês têm de se conhecer e explorar as experiências que trazem na bagagem espiritual, com vistas a encontrar um denominador comum, em termos de espiritualidade. As diretrizes do Alto estão aqui, neste documento. Estejam à vontade para conversar e fazer seu planejamento.

Anton, o guardião, após falar de nossas incumbências junto ao médium, apresentou-me alguns espíritos que deveriam trabalhar em sintonia com aquela proposta. No entanto, o trabalho estava planejado para se realizar ao longo de alguns anos e não imediatamente, em pouco tempo. Juntamente com outros espíritos que se apresentariam aos poucos, teríamos alguns anos à disposição para desenvolver os temas que deveriam ser discutidos através daquele médium. Fui apresentado a um espírito que, se eu estivesse na Terra dos encarnados, certamente classificaria como excêntrico, no mínimo. Aqui, era tão somente um espírito diferente, com ideias arrojadas, diferenciadas; um especialista, como se poderá ver. Este espírito é Júlio Verne.[2]

— Que bom conhecê-lo — fui logo me pronunciando. — Sempre desejei conhecer mais profundamente você e seus escritos. Mas, agora, minha natural curiosidade se concentra em sua atuação do lado de cá da vida...

— Pois bem. Cá estou a me retemperar no espaço, antes de minhas próximas aventuras no mundo dos que se consideram vivos — respondeu-me Júlio Verne. Trago aqui dois pupilos, com os quais lidei mais diretamente como espírito, enquanto estavam encarnados.

---

[2] Nascido na França, Jules Verne (1828–1905) é dos maiores escritores em matéria de aventura e ficção científica, considerado precursor de avanços científicos como submarino, máquinas voadoras e viagem à Lua. Sua estreia como escritor, em 1862, com *Cinco semanas em um balão*, expressa bem o gênero ficcional tão recheado de informações socioculturais e geográficas acuradas que caracterizaria definitivamente seu estilo. Sucesso desde a primeira obra, seu currículo está recheado de *best-sellers*, rendendo mais de 30 superproduções cinematográficas e quase uma centena de adaptações para TV ao longo dos anos, entre elas: *Vinte mil léguas submarinas*, *Viagem ao centro da Terra* e *A volta ao mundo em 80 dias* (fonte: Wikipédia).

E me apresentou Ranieri e Voltz,[3] um escritor de origem alemã. Na companhia destes, mais alguns espíritos se apresentaram, pois juntos deveríamos compor um grupo que objetivasse transmitir algo através do médium que nos fora confiado.

Júlio Verne expôs seu pensamento de maneira clara:

— Tenho alguma experiência no estudo das estruturas dimensionais do mundo, na compreensão das esferas da vida extrafísica, e creio que poderei ser útil de alguma maneira. No entanto, não trabalho sozinho e também não quero escrever nenhum livro; pretendo apenas contribuir com meu conhecimento de forma a lhe facilitar, Ângelo, o trabalho que o espera. Trabalhei junto a Ranieri e optamos, na época, por usar de uma linguagem simbólica para discorrer a respei-

---

[3] William Voltz (1938–1984) foi escritor alemão que ganhou destaque desde sua estreia na ficção científica, em 1962. Foi um dos escritores da coleção *Perry Rhodan*, sua principal obra. Embora não tenha sido o criador da série, teve seu nome para sempre associado a ela. A elaboração das diretrizes da série, durante o período em que permaneceu como escritor-chefe, na década de 1970, e nos anos que antecederam sua morte, norteou mesmo os escritores que o sucederam, devido a sua enorme popularidade (fonte: Wikipédia).

to da vida extrafísica.

— Sei, usaram de figuras de linguagem, fizeram uma espécie de parábolas modernas...

— Isso mesmo. A vida extrafísica não poderia ser abordada em suas minúcias no tempo em que Ranieri escreveu seus livros. Como nosso alvo mental eram os espíritas, teríamos de adaptar certas verdades usando imagens fortes, vigorosas, porém figurativas, simbólicas, como abordamos juntos nos livros *O abismo*,[4] *Aglon e os espíritos do mar*,[5] entre outros.

— Parece que os espíritas não estavam nada preparados para uma abordagem mais clara, não é isso?

— E creio que ainda não estão! — respondeu Júlio Verne. — Pois mesmo hoje parece que muitos espíritas estão um tanto perdidos em fantasias, em leituras de romances que se atêm a histórias de amor e coisas semelhantes. Contudo, se recebemos uma incumbência de instâncias superiores, vamos lá... Por certo teremos trabalho pela frente.

---

[4] RANIERI, R. A. Pelo espírito André Luiz. *O abismo*. Guaratinguetá: Edifrater, s.d.

[5] RANIERI, R. A. Pelos espíritos Júlio Verne e André Luiz. *Aglon e os espíritos do mar*. Guaratinguetá: Edifrater, 1987.

Após breve pausa, Júlio Verne continuou, falando agora a respeito de seu outro médium, não espírita.

— Veja o caso de Voltz, por exemplo. É um excelente escritor, que, quando encarnado, não teve noções de doutrina espírita; portanto, evidentemente não se utilizava do vocabulário espírita. Associei-me mentalmente a ele na produção literária em seu país sem que ao menos se desse conta do processo mediúnico em andamento. Ele escrevia com extrema facilidade e captava meus pensamentos.

— Mas, então, qual era o objetivo de uma parceria assim?

— É claro que estou prestes a expressar um ponto de vista com o qual muitos espíritas não concordariam. Mas fato é que a realidade de Voltz é análoga à de inúmeros autores que, na atualidade, são considerados escritores de ficção, de fantasia. Faz-se necessário abordar certas verdades fora do âmbito espírita, atingindo alvos distintos daqueles que estão na mira dos escritores do meio espiritualista. Os Imortais que nos dirigem de mais amplas dimensões nos incumbiram de escrever numa linguagem apropriada a certo universo literário — digamos, mais materialista —, que atraísse também determinado círculo de indivíduos que não têm acesso ao vocabulário e à mensagem espírita ou, simplesmente, não sintonizam com a forma religiosa de ver alguns problemas da vida.

— Entendo... — balbuciei, já com a mente em ebulição. — Quer dizer que os dirigentes espirituais resolveram falar de algumas verdades numa linguagem romanceada ou literária sem se utilizar de um vocabulário propriamente espírita?

— Isso mesmo. Assim, deveríamos atingir um público diferente, de maneira distinta, pouco usual entre os religiosos. Usariam da intuição e de certas habilidades de alguns escritores da Terra, de forma a transmitir conceitos e ideias, revendo conteúdos ou paradigmas bastante difundidos.

Interferindo na conversa e na fala de Júlio Verne, Voltz complementou:

— Minha linguagem apresentava característica mais científica, no entanto não ignorava a necessidade de trabalhar com meu público alguns conceitos muito necessários para o despertar de uma nova consciência. Na época, não podia imaginar que estava sendo usado por um espírito... Somente bem mais tarde, nos últimos anos da existência física, ao ser diagnosticado com câncer, é que me dei conta de que havia uma força sobre-humana agindo sobre mim. Porém, à minha volta não havia quem pudesse ouvir meus pensamentos mais íntimos, com quem eu pudesse dividir aquelas impressões.

— Nessa época, trabalhei ainda mais intensamente com Voltz — tornou a falar Júlio Verne. — Em parceria mental e emocional, logramos desenvolver mais de 800 sinopses de livros, resumos de uma história que seria considerada ficção, mas que, no fundo, trazia o germe de uma nova mentalidade para os leitores. Aliás, foram mais de 1 milhão de leitores, cujas mentes foram trabalhadas através dos escritos de Voltz, sem que ele próprio suspeitasse, em grande parte do tempo, que estava sendo médium ao elaborar seus enredos e personagens e produzir seus textos.

— E quais ideias eram trabalhadas através de seus escritos, já que eram considerados obra de ficção?

— Pois bem — explicou Voltz. — Na verdade, percebo hoje com mais clareza, movia-me uma aspiração que me impelia a trabalhar na mente dos leitores ideias de fraternidade, do mundo futuro unido em torno do objetivo comum de evolução da humanidade. Em minha obra parti de animais conhecidos na Terra e criei seres, geralmente baseados em criaturas terrestres e marinhas, como meio de descrever possíveis habitantes de outros mundos.

"Na época, sem saber que era conduzido por mãos e pensamentos dos seres invisíveis, descrevi, numa história épica, de maneira romanceada, a saga da humanidade ao entrar em contato com seres intergalácticos. Imaginei aquele mundo fantástico por minha conta, como acreditava na ocasião, de modo a incutir certos conceitos e tratar de temas como o convívio com as diferenças e com seres diferentes. O entrechoque de civilizações espaciais suscitaria o despertamento do conhecimento humano em sua melhor acepção, que se pode chamar de *espiritual*, ao mesmo tempo proporcionando e exigindo mudança por parte dos habitantes da Terra. Um aspecto interessante é que os personagens gozavam de faculdades psíquicas extraordinárias, que empregavam no auxílio à humanidade. É claro que não os descrevi como médiuns; entretanto, qualquer um que meditasse um pouco mais poderia ver que seus atributos pressagiavam o momento na história em que os homens conviveriam normalmente com o invisível, com faculdades paranormais e mediúnicas. Foi a maneira que escolhi, ou melhor, que os espíritos escolheram, sem que eu o soubesse, para enfocar certas verdades através de meus escritos."

— Ou seja, você era médium sem saber sequer o que era um médium...

Rimo-nos da situação curiosa de Voltz. Eu, particularmente, refleti bastante sobre quantos profissionais — roteiristas e escritores de ficção científica, romances e tantos outros estilos literários, assim como artistas de modo geral — eram usados como médiuns, sem o saberem. Sobretudo tendo-se em vista que muitos médiuns espíritas, ou que se declaram espíritas, ainda não estavam preparados para levar uma mensagem mais universal, ou ao menos numa linguagem universal, mais abrangente, àqueles que jamais ouviram falar de espiritismo e, às vezes, nem sequer apreciam a prática religiosa. Como essas pessoas tomariam contato com conceitos de espiritualidade, com certas verdades universais e extremamente importantes à mudança de paradigmas a que os tempos atuais têm incitado? Como receberiam notícias acerca da realidade da vida extrafísica se os autores encarnados e mesmo os desencarnados ficassem restritos à linguagem e ao âmbito religiosos? Nem sei como seriam atingidas as mentes da maioria absoluta de indivíduos ao redor do globo, que nunca escutaram a palavra *espiritismo*. Talvez, os Imortais estivessem trabalhando com outros médiuns, fora do âmbito espiritualista, a fim de preparar o mundo para a transformação em larga escala que tem se operado e, em breve, deve realizar-se ainda com maior intensidade.

Absorto nesses pensamentos, quase nem percebi quando Ranieri[6] se manifestou:

— Quando o reverendo Vale Owen[7] escreveu seu livro mediúnico relatando a vida numa colônia espiritual — *A vida além do véu* —, muita gente pensou que estava delirando. Décadas mais tar-

[6] Nascido em Belo Horizonte, MG, o médium R. A. Ranieri (1919–1989) participou ativamente do movimento espírita local, inclusive convivendo com Chico Xavier, que à época residia em Pedro Leopoldo, a apenas 30km da capital mineira. Após curta permanência no Rio de Janeiro, a partir de 1950 radicou-se no Vale do Paraíba, SP. Foi delegado de polícia, profissão na qual se aposentou, chegando a eleger-se prefeito de Guaratinguetá (1969-1972) e deputado estadual por São Paulo em 1974. Pode-se acrescentar às obras de sua autoria citadas neste livro aquela que é das mais conhecidas (RANIERI, R. A. Pelo espírito André Luiz. *Sexo além da morte.* Guaratinguetá: Edifrater, s.d.).

[7] Sacerdote britânico que atingiu grande projeção por seu trabalho de divulgação de ideias espíritas, George Vale Owen (1859–1931) foi tido por Arthur Conan Doyle — em seu *The History of Spiritualism* (traduzido equivocadamente no Brasil como *História do espiritismo*) — como dos principais médiuns de então. A trajetória

de, quando Chico Xavier publicou *Nosso lar*,[8] muitos espíritas ortodoxos imaginaram que ele estava copiando ou plagiando a ideia de Vale Owen. Mas, como pode notar, meu caro Ângelo, Deus suscita seus médiuns em todo lugar e fala de verdades imortais com o vocabulário apropriado ao tipo de público que deseja atingir.

Diante de tudo que era exposto pelos autores do Além — Júlio Verne, R. A. Ranieri e W. Voltz —, fiquei imaginando coisas, situações e fiz minhas deduções a partir daí. Estes foram meus pensamentos naquela ocasião. Que seria a verdade cien-

do reverendo interessa, entre diversos aspectos, pelo fato de verificar-se que demorou mais de 10 anos para aceitar a veracidade dos fenômenos espíritas e, ainda, por haver recusado o produto financeiro de suas obras, a despeito do grande sucesso alcançado por elas. Aos 53 anos de idade, renunciou à condução de sua paróquia e passou a dedicar-se inteiramente à difusão do espiritismo (fontes: http://autoresespiritasclassicos.com/; http://christianspiritualism.org).

[8] Um dos livros espíritas mais conhecidos do Brasil, *Nosso lar* já vendeu mais de 1,5 milhão de exemplares, desde seu lançamento, em 1944, e ao longo de 2010 voltou a frequentar as listas de mais vendidos por semanas, por ocasião do centenário do nascimento de seu autor (XAVIER, Francisco Cândido. Pelo espírito André Luiz. Rio de Janeiro: FEB, 1944).

tífica ou a verdade mediúnica, em seus estudos e abordagens? Verdade ou ficção? E onde começa e termina cada uma? Até que ponto a ficção não encobriria uma realidade além-física? Na ocasião em que Júlio Verne escreveu a respeito de uma viagem imaginária à Lua ou ao centro da Terra, e outras do gênero, foi duramente criticado, pois que essas coisas soavam impossíveis; verdadeiro delírio para os padrões da época. Quando Galileu insistiu em sua teoria de que a Terra girava em torno do Sol — e não o contrário —, foi severamente repreendido e levado aos tribunais por aqueles que se julgavam únicos detentores da verdade e da religião daqueles tempos, sendo forçado a abjurar suas convicções. Já pensou no que enfrentou Alexander Fleming ao descobrir a penicilina e ter de enfrentar os médicos, os cientistas da época que não aceitavam nem acreditavam na sua eficácia?[9] Suas teorias eram ficção ou realidade?

Ranieri pareceu captar meus pensamentos

---

[9] Escocês radicado na Inglaterra, Alexander Fleming (1881–1955) foi o descobridor da penicilina, fato que anunciou em 1929. Das primeiras descobertas à sintetização do antibiótico, transcorreram-se mais de 10 anos, pois não obteve reconhecimento, tampouco financiamento nos anos subsequentes à pesquisa. A produção industrial do remédio teve início somente por volta de 1940,

mais profundos e acrescentou, como a pôr lenha na fogueira de minhas conjecturas:

— Quando foi apresentada ao mundo a possibilidade de falar através dos continentes usando o equipamento chamado telégrafo, muita gente não acreditou e até os cientistas declararam ser impossível. Você já pensou em como reagiram aqueles que viveram na época em que foi concebida e lançada a primeira televisão?

— Fatos como esses — acrescentou Verne — levam-nos a cogitar se a ficção científica, em suas mais variadas abordagens, bem como os filmes com enredos que sugerem uma realidade alternativa ou espiritual, constituem mera ficção ou se, na verdade, traduzem a percepção de uma realidade que a maioria ainda desconhece.

"As séries televisivas ficcionais, a literatura não espírita e outras produções seriam tão destituídas de elementos reais e palpáveis, a ponto de não merecer crédito? E as revelações espíritas ou mediúnicas não ortodoxas, seriam simplesmente

rendendo-lhe, junto com os químicos Florey e Chain, o Prêmio Nobel de Fisiologia e Medicina de 1945. Curiosamente, optou por não registrar a patente da penicilina, por acreditar que facilitaria a difusão de tão importante ferramenta para combater inúmeras doenças que assolavam a população (fonte: Wikipédia).

delírio dos médiuns? Quanto à produção de certos espíritos, seriam apenas plágio de alguém que descreveu, antes, a mesma realidade? Ou uma forma diferente de falar a mesma coisa?"

Meus pensamentos viajavam na análise de certos contornos da experiência mediúnica. Ranieri voltou a falar:

— Quando os espíritos, através de Chico Xavier, descreveram uma cidade no plano espiritual, os espíritas mais ortodoxos ficaram boquiabertos. André Luiz chegou a escrever sobre alimentação no mundo dos espíritos, sobre contrabando em Nosso Lar, bem como a respeito do uso de armas elétricas e de equipamentos de rádio destinados à comunicação dos espíritos. À época, soou como uma obra fantasiosa; hoje, ocupa posição oposta: plenamente aceita pelo meio espírita, é referência para análise de qualquer novo texto psicografado.

Senti como se aqueles espíritos estivessem falando para mim, Ângelo Inácio, pois os pensamentos introduzidos por suas observações suscitavam mil e uma ideias em minha cabeça. Neste momento, antevi uma forma de trabalhar em parceria com os novos amigos, que estavam ao meu lado. E as reflexões não paravam aí...

Júlio Verne interferiu em minhas elucubrações, de maneira a fazer calmaria em meio à tempestade intelectual que assolava minha mente.

— Quero analisar por um instante o trabalho que o aguarda, Ângelo. Algumas de suas abordagens trarão conteúdos muito semelhantes — quase iguais, na realidade, tamanha similitude entre si — aos de alguns livros editados, principalmente aqueles dos quais fui autor ou inspirador. Refiro-me às obras de Voltz e de Ranieri. É que almejamos falar das mesmas verdades, agora num vocabulário mais espírita ou que seja compreendido entre espíritas também, muito embora sem que outras pessoas se sintam agredidas por uma linguagem religiosa, sectarista. Nosso trabalho em conjunto ou parceria não representará nenhuma inovação, em termos espirituais. Quem ler Eliphas Lévi,[10] por exemplo, verá teorias interessantes a respeito da magia e alta magia. Ramatis, em *Magia de redenção*,[11] aborda verdades antes combatidas pe-

---

[10] Ocultista francês, Eliphas Lévi é o pseudônimo de Alphonse Louis Constant (1810–1875). Sua contribuição ao ocultismo — tida por alguns como a mais importante do século XIX — dá-se justamente no auge da efervescência espiritualista observada em todo o mundo, sobretudo na Europa e na América do Norte. Sua obra mais conhecida é *Dogma e ritual da alta magia* (São Paulo: Madras, 1997). (Fonte: Wikipédia.)

[11] Originalmente lançado em 1967, *Magia de redenção* é dos textos

los espíritas, mas que agora você poderá analisar sob novo prisma. Nada é exatamente novo naquilo que pretendemos transmitir.

"Voltz, por sua vez, lhe oferecerá as imagens mentais daquilo que ele percebeu e presenciou na esfera extrafísica, facilitando assim, através das matrizes do seu pensamento, a descrição das mesmas paisagens, as quais você visitará em momento oportuno. Apenas queremos que associe nossos pensamentos às ideias espíritas, a fim de que, uma vez amadurecidas, as mentes que lerem seus textos possam ter uma noção mais exata daquilo que antes já falávamos, porém com vocabulário apropriado ao contexto em que escrevemos. É hora de traduzir nossos pensamentos para a época e o público atuais."

Desta vez foi Voltz quem comentou, talvez em alusão à sua própria experiência, quando encarnado:

— Muitos escritores da chamada ficção histórica, da ficção científica e da futurâmica espacial penetraram na realidade do espírito através

atribuídos a Ramatis, assinado por seu primeiro médium, que maior repercussão ganhou. Contudo, o conjunto de sua obra é visto de forma controversa no espiritismo (MAES, Hercílio. Pelo espírito Ramatis. *Magia de redenção*. Limeira: Conhecimento, 1998).

da intuição e trouxeram elementos preciosos para o enriquecimento do pensamento espiritual. Ou seja, alguns autores vivenciaram certas experiências através de sonhos, desdobramentos e êxtase e, após essas vivências fora do corpo ou em estado alterado de consciência, interpretaram e colocaram no papel o resultado de suas observações.

— Falo agora baseado em minhas próprias experiências — disse Júlio Verne. — Escritores de toda parte captam de outras dimensões da vida determinada realidade, algo muito concreto e de existência objetiva. Ao retornarem ao corpo físico, traduzem essa mesma realidade de acordo com o seu objetivo imediato ou sua forma natural de ver a vida e o mundo que os cerca. Frequentemente, essa interpretação figura um tanto fantasiosa, à primeira vista, para depois se converter em algo teoricamente possível, que, de modo subsequente, ganha ares de coisa palpável, coerente, de existência comprovadamente reconhecida. Quando descrevi a viagem à Lua ou ao centro da Terra, por exemplo, não me referia ao mero domínio do fantástico, mas a eventos que presenciei desdobrado, na época, antevendo o futuro da humanidade. Parte deles sucederia na esfera física; outra parcela, nos planos da imortalidade. A linguagem utilizada era a forma que escolhi, ou melhor, que escolheram para mim, culminando naquilo que se convencionou chamar ficção científica de Verne. E, assim como me vali de Ranieri e Voltz, cada um em sua área e seu círculo de ação, a fim de dar vazão a minha inspiração e meus pensamentos, também eu recebia o estímulo direto de Dante Alighieri,[12] que me impulsionava a escrever sem que eu o soubesse, dirigindo-me, em espírito, durante minhas incursões pelas esferas do mundo extrafísico.

Júlio Verne abordava um assunto muito interessante e que mexia muito comigo, diante do trabalho a serviço dos Imortais, proposto por Anton. Teríamos muito a realizar em conjunto, sem dúvida. Antes que eu pudesse concluir meu raciocínio, porém, foi Anton quem interferiu, de volta à conversa, como que antecipando algumas questões,

---

[12] Dante Alighieri (1265-1321) foi escritor, poeta e político italiano. É considerado o primeiro e maior poeta da língua italiana. O poema épico *A divina comédia*, sua obra mais importante, foi escrito nesse idioma e alcançou repercussão mesmo numa época em que era somente o latim que conferia prestígio à produção intelectual. *A divina comédia* acabou por tornar-se a base da língua italiana moderna (fonte: Wikipédia). No Brasil, há traduções confiáveis nas editoras Nova Cultural e 34, lançadas em 2009, ambas conforme o Acordo Ortográfico (2008).

ambientes e fatos que certamente objetivava que eu visualizasse, visitasse ou presenciasse, no momento adequado.

— Há algum tempo, os clones eram considerados ficção. Hoje, já se percebe a possibilidade de realizar a clonagem humana. Isso, considerando-se apenas o que se revela ao público leigo, a quem se destinam as migalhas da verdade que a mídia faz escapar. Mas que está ocorrendo realmente no interior dos laboratórios ao redor do mundo? Será que a clonagem humana já não foi experimentada? E quanto à possibilidade de haver vida fora da Terra: serão os milhares de relatos pelo mundo afora, mencionando aparições, abduções e outros fenômenos ufológicos, tão somente fruto da imaginação de alguns? Quem pode atestar com absoluta certeza, a não ser os espíritos superiores, que alguns governos não possuem naves e até seres capturados em eventuais acidentes com essas mesmas naves ou UFOs? Realidade ou ficção? Ou uma ficção que encobre a realidade?

Sem dar tempo para que me recuperasse das indagações e dos raciocínios motivados por suas palavras, Anton foi o porta-voz dos demais, que ali se reuniam em conversa entre amigos espirituais:

— Portanto, retomando a discussão a respeito do aspecto ficcional de livros e filmes, é preciso dizer que, muitas vezes, os espíritos intencionalmente lançam mão de certos artifícios através de médiuns-escritores ou de médiuns-artistas que não possuem vínculo ou comprometimento com qualquer doutrina. Isso ocorre pelo simples fato de estarem isentos do patrulhamento e da rejeição imediata daqueles seus pares que se julgam soberanos defensores da verdade. Canalizadas por meio da inspiração de escritores, autores, roteiristas e tantos outros, pouco a pouco tais obras cumprem sua tarefa junto à multidão, abrindo caminho para que, mais tarde, a realidade última seja descortinada através dos canais ortodoxos. Aí, sim, essa verdade relativa, mesclada com o toque pessoal, artístico e imaginativo do escritor-médium, encontra a realidade final, despida dos elementos ficcionais e das interpretações pessoais. Quando as ideias em torno de determinada questão tornam-se mais difundidas e aceitas, então o Plano Superior estabelece que seus pormenores se reconfigurem, deixando de lado os atrativos da linguagem figurada e de outros recursos da construção literária e artística, visando assumir feição mais verossímil ou verdadeira.

Comecei a compreender melhor minha tarefa junto ao médium, assim como a tarefa que o aguardava a partir dali. Era chegada a hora de esses escritores, fantasmas para o mundo, despirem sua linguagem dos artifícios do fantástico e do ficcional de que se valeram e, assim, reelaborarem conceitos, ideias e descrições daquilo que haviam presenciado noutra época, quando não conheciam o pensamento espírita ou não puderam ser claros o suficiente. Desejavam contribuir para a evolução do pensamento humano e, por isso, seriam aproveitados pelos dirigentes espirituais na tarefa que os esperava.

Agora, sim, Anton proporcionou-me um momento de refazimento intelectual, diante da tempestade de ideias que havia sido despertada em mim.

Assim é que percebi o chamado ao trabalho como uma incumbência de seres comprometidos, sobretudo, com a verdade universal. Minha atividade junto ao médium objetivava desbravar, ou melhor, descortinar horizontes novos ou inusitados, que pudessem compor o quadro das experiências espirituais de muitos companheiros encarnados. Não com a missão de trazer fatos rigorosamente verdadeiros, no sentido de que estivessem *ipsis litteris* de acordo com cada pormenor da realidade, mas que sejam *verossímeis*, acima de tudo. Ou seja: a verossimilhança do quadro pintado nortearia o trabalho, sobrepondo-se à precisão minuciosa do enredo ou da descrição, o que, de mais a mais, soava como preciosismo descabido.

Ao escrever, seria lícito lançar mão de figuras de linguagem, de estilos diferentes, de adaptações, entrevistas, vivências pessoais, experiências que ainda não haviam sido relatadas pelos próprios autores de ficção, mas verdadeiras em seu fundo. Envolta em tudo isso, transpareceria uma verdade maior; a essência de tudo: a realidade espiritual. Concluí que diversas nuances poderiam ser transmitidas empregando-se recursos de linguagem a fim de descrever o panorama extrafísico. É difícil prescindir completamente desses elementos. Em outras palavras: parábolas e figuras narrativas eram artifícios válidos, embora fosse necessário erradicar elementos do universo estritamente fantástico, ficcional. Ao mesmo tempo, atuando como farol e mecanismo regulador, estaria o conteúdo espiritual, ético e moral, que necessariamente sobressairia do texto, de forma verossímil.

Desta vez, foi outro espírito, que nos observava e tinha escapado à minha percepção, quem introduziu seu pensamento, como a me socorrer com suas observações:

— Veremos esses mesmos elementos de linguagem presentes na própria mensagem de Jesus

— declarou o espírito, denotando que sabia exatamente o que eu pensava. — Ele pinta um quadro fantástico do fim do mundo e do breve retorno do Filho do homem. Os fatos se sucederam da forma exata tal qual relatou? E, em razão disso, sua mensagem perdeu ou teve diminuída sua credibilidade? Alguém viu o Filho do homem vir nas nuvens com poder e glória?[13] Quem registrou a corte angélica que Jesus descreveu, juntando os escolhidos de um canto a outro do mundo?[14] Aqueles foram mecanismos usados por Jesus para ilustrar uma verdade mais ampla, mais interna. Eis bons exemplos de figuras de linguagem do Evangelho, cujo objetivo nada mais é que transmitir uma mensagem e mostrar determinada realidade ainda oculta ou obscura ao pleno entendimento. Caso nos reportemos ao último livro da Bíblia, o Apocalipse de João, aí é que proliferam ilustrações, símbolos e figuras que alcançam níveis dignos da mais pura fantasia — diria o leitor apressado ou não familiarizado com a exegese bíblica e a hermenêutica. O próprio cristão da atualidade costuma ver no livro profético o mais impenetrável do Novo Testamento. A bem da verdade, são recursos

[13] Cf. Mt 24:30; Mc 13:26; Lc 21:27.

[14] Cf. Mt 24:31; Mc 13:27.

empregados pelo apóstolo com o intuito de ilustrar a história do mundo e enunciar a intervenção do Alto na política humana.

Parece que os benfeitores queriam me levar a assumir o compromisso com a tarefa que me aguardava junto ao médium sem qualquer objeção nem constrangimento, entretanto com a visão clara a respeito dos recursos com os quais deveria contar.

As experiências que a princípio seriam apresentadas ao médium que me serviria de instrumento, já relatadas em alguns livros, poderiam até mesmo ser rejeitadas por ele, nos primeiros momentos do transe mediúnico. Por isso, aproveitaria sua inclinação natural para aceitar o pensamento do codificador do espiritismo e, em parceria com outros espíritos, abordaria os temas propostos sob uma ótica verossímil, embora ainda não contemplada em toda a extensão segundo se delinearia na psicografia.

A título de exemplo, examinemos o livro anterior desta trilogia *O reino das sombras*, intitulado *Senhores da escuridão*, que seria escrito anos mais tarde, ao longo de 2008. Deve-se notar que alguns textos que compõem certos capítulos já haviam sido escritos anteriormente, em outras obras, como é o caso dos capítulos 8 e 9, respectivamente: "Sob o signo do mal" e "Escravo da agonia". Seu conteúdo já fora percebido, captado e interpretado pelo próprio W. Voltz, no mesmo período histórico em que ocorreram os fatos relatados. Por esse motivo, tais capítulos — como a totalidade dos próprios livros, em última análise — não representam nada de novo. Não obstante, o escritor não dispunha dos elementos do conhecimento espírita para elaborar as conexões de tudo quanto percebeu com a vida espiritual. É por esse motivo que, ao perceber a realidade extrafísica com que se deparou, deu asas à sua interpretação brilhante acerca de assuntos tão palpáveis e instigantes. Embora com personagens diferentes, com implicações éticas menos abrangentes e com nuances da trama totalmente engenhosas, sob o ponto de vista estilístico, nota-se que a verdade captada é a mesma. Minha contribuição? Seria exatamente revelar o lado espírita da situação, dos fenômenos, do enredo, revisitando paisagens e personagens sob a orientação de Anton e seus especialistas, como Júlio Verne fez com seu pupilo, à época. Assim como outro amigo espiritual pretende, muito em breve, escrever a versão e a visão espírita de obras como Carandiru,[15] Ma-

---

[15] *Carandiru* (BRA/ARG, 2002, 147 min. Dir.: Hector Babenco) é um

trix[16] e Cidade de Deus.[17] Será que suas iniciativas serão classificadas como plágio de produções tão respeitadas e de grandeza sobejamente reconhecida, sob o aspecto estilístico e narrativo? Ou serão esses futuros trabalhos considerados ficção, apenas porque não trazem o estilo de obras mediúnicas consagradas?

Seja como for, o contato com este grupo de espíritos que se propõe ao trabalho conjunto, à

filme baseado no *best-seller* brasileiro *Estação Carandiru* (São Paulo: Cia. das Letras, 1999), que vendeu cerca de 500 mil cópias e foi agraciado com o Prêmio Jabuti. No livro, o médico Dráuzio Varella relata suas experiências como médico na Casa de Detenção de São Paulo, célebre, entre outras razões, pelo massacre de 111 presos, ocorrido em 1992 (fonte: Wikipédia).

[16] *Matrix* (EUA, 1999, 136 min. Dir.: A. & L. Wachowski) é o longa-metragem que inicia e dá nome à trilogia cinematográfica que alcançou enorme sucesso de bilheteria ao redor do mundo (no total, a série lucrou mais de US$1,1 bilhão) e recebeu quatro estatuetas do Oscar. O filme é visto como um marco tanto na estética cinematográfica e nos efeitos especiais, como sobretudo no retrato que faz da realidade virtual, com elementos como inteligência artificial, recheado de referências à filosofia, ao ocultismo, à literatura e à mitologia, tornando-se dos grandes ícones da cultura *cyberpunk* (fonte: http://en.wikipedia.org).

[17] *Cidade de Deus* (BRA, 2002, 130 min.) é um longa dirigido por

parceria espiritual, ensinou-me a aguardar o futuro, sem pressa, com cautela ao me adiantar combatendo ideias, trabalhos e verdades levadas a público de maneira diferente daquela que aprendi.

E, como o espírito que se manifestou por último queria guardar sua identidade, conservei-o no anonimato, embora parecesse muitíssimo comprometido com as ideias espíritas, conforme suas palavras seguintes sugeriam.

— Muitos sensitivos, em todo o Brasil, têm tido experiências mediúnicas que comprovam a universalidade dos ensinos transmitidos de uma a outra latitude do planeta. Será que essa universalidade só é possível dentro dos limites ortodoxos do movimento espírita ou as inteligências imortais realmente se comunicam e se utilizam de intérpretes os mais diversos, espíritas ou não: escritores-médiuns, médiuns-autores, médiuns-

---

Fernando Meirelles e Kátia Lund, que alçou Meirelles à condição de diretor aclamado em Hollywood, após o lançamento mundial do filme, no ano seguinte. A narrativa retrata o crime organizado e o tráfico de drogas no conjunto habitacional que dá nome ao filme, situado na capital do Rio de Janeiro, e baseia-se no romance homônimo de Paulo Lins (São Paulo: Cia. das Letras, 1997), recebido pela crítica como uma das maiores obras da literatura brasileira contemporânea (fonte: http://en.wikipedia.org).

terapeutas, médiuns-cientistas, que não pertençam exatamente ao corpo de representantes da filosofia espírita?[18]

"Meditemos com efeito sobre essa realidade que supera a fantasia, a imaginação e a ficção, mas não descartemos a possibilidade de que os espíritos do Senhor não encontram barreiras para se manifestar; que grande parte do que hoje é rejeitado pelos renomados estudiosos da mediunidade e dos fenômenos espíritas pode estar recheado de mensagens e verdades, que os médiuns missionários do movimento não aceitariam psicografar.

"Antes de se aventurar a fechar questão, declarando terminantemente: 'Isso não existe!', talvez seja indicado refletir sobre o desenvolvimento dos conceitos espíritas, que apresentam clara progressão desde as primeiras mensagens a Kardec, em 1855 — de resto, como ocorre com tudo o mais.

---

[18] Inúmeras vezes, ao longo da obra kardequiana, os espíritos conclamam *toda a gente*, esclarecendo que o trabalho de despertamento tem *na humanidade* seu alvo, e não está de modo algum circunscrito ao terreno religioso, tampouco espírita. "Ó *todos vós, homens de boa-fé*, conscientes da vossa inferioridade em face dos mundos disseminados pelo Infinito!... lançai-vos em cruzada contra a injustiça e a iniquidade" (KARDEC, A. *O Evangelho segundo o espiritismo*. 120ª ed. Rio de Janeiro: FEB, 2002. Grifo nosso).

Além disso, há que levar em conta a possibilidade de se haver interpretado por um viés limitado ou específico algo dotado de implicações mais amplas, que escaparam ao momento da análise."[19]

As palavras do elevado espírito encerraram as observações levadas a efeito, e com chave de ouro. Quanto a mim, teria muito que me preparar, a partir daquele encontro. Tudo o mais estava condicionado à forma como o médium reagiria e se comportaria diante das mensagens que receberia de nós. Restava apenas aguardar para ver os resultados. Júlio Verne, Voltz, Ranieri e alguns benfeitores, como Pai João, Anton, Jamar e outros mais, que comporiam a equipe espiritual responsável, mostravam-se satisfeitos com os rumos que tomava o projeto. Cumpríamos um mandato provindo de dimensões mais altas; não havia como recusar.

[19] Entendemos que a *superincorporação* (cf. nota 1, p. 27-28) tenha sido apontada pelo Codificador: "De posse momentânea do corpo do encarnado, o Espírito se serve dele como se seu próprio fora: fala pela sua boca, vê pelos seus olhos, opera com seus braços (...). Na possessão pode tratar-se de um Espírito bom que queira falar e que, para causar maior impressão nos ouvintes, *toma* do corpo de um encarnado, que voluntariamente lho empresta" (KARDEC. *A gênese...* Op. cit. p. 390, cap. 14, itens 47-48).

CAPÍTULO 2

O prenúncio do fim

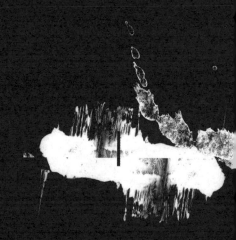

"Vi outro anjo voando pelo meio do céu, tendo um evangelho eterno para proclamar aos que habitam sobre a terra e a toda nação, e tribo, e língua, e povo, dizendo com grande voz: Temei a Deus, e dai-lhe glória, porque é chegada a hora do seu juízo."

Apocalipse 14:6-7

O DIA ERA COMO qualquer outro do ano. E, como de costume, uma noite profunda sucedia os acontecimentos também normais daquele dia, comum a todos os mortais. As atividades em escritórios, fábricas, escolas e *shoppings* pareciam ter chegado ao termo enquanto a noite caía lentamente, quase calma, não fossem os habitantes da vida noturna, que surgiam ou despertavam para viver experiências em grande parte inconfessáveis, favorecidas pela escuridão. A atividade na casa espírita também dava mostras de ter-se encerrado quando os trabalhadores se dirigiam a suas residências, muitos deles cansados por partirem da jornada profissional diária diretamente para aquele momento dedicado a atendimentos na instituição.

Na cidade, tudo parecia correr de forma normal, como sempre. Viaturas lançavam-se às ruas, policiais faziam sua ronda, hospitais recebiam enfermos e feridos, e os bares, boates e demais casas noturnas despertavam para novo expediente, no período mais concorrido. Luzes se apagavam, outras se acendiam, e mais outras, coloridas, quase sombrias, piscavam inquietas, indicando os redutos de algum inferninho que se abria para receber os boêmios da vida clandestina. Um par de namorados trocava carícias, no enlevo de seus corações apaixonados e de seus corpos ardentes. Enfim, era uma noite como muitas outras noites.

Os poucos bairros arborizados da capital, próximos a grande parque, iluminavam-se ao menos pelos faróis de centenas de carros e pelas luzes de suas casas noturnas, que fervilhavam de gente, à medida que a noite assumia lentamente a feição de uma madona recheada de estrelas, rumo à madrugada, que logo sucederia o dia anterior. Contudo, àquela hora, o calor da tarde ainda parecia se refletir sobre o comportamento da população noturna. Bancas de revista, floristas, jovens perambulando em busca de aventuras; árvores que ocultavam, talvez, alguma surpresa indesejada para os transeuntes incautos ou desavisados.

Embora o aspecto social nada extraordinário, bastante igual ao de qualquer noite, algo agitava os bastidores da normalidade. Outros sons, outras paisagens, outras imagens e personagens se movimentavam numa dimensão, por assim dizer, paralela, diferente, quase imaterial. Mas a maioria, a quase totalidade das pessoas, não notava ou não percebia essa movimentação, esse burburinho de vozes inaudíveis ao comum dos mortais. Era um mundo dentro do mundo, ou melhor, eram muitos mundos dentro do mundo de todo mundo.

Não havia como perceber de forma ostensiva a vida além dos limites sensoriais de toda a gente. Não havia como. Algo inerente à natureza humana fora concebido de forma a não permitir o encontro das dimensões de maneira intensa, palpável. Somente sentidos especiais poderiam vislumbrar esse movimento de vida, de ondas e partículas, de mentes e emoções, além daquilo que era considerado normalidade pela maioria.

Na região central da metrópole, teve início intensa atividade. O apartamento ficava em um prédio abandonado, nas imediações de uma grande praça, em cujo centro se encontrava uma catedral conhecida. Um farfalhar, certo rebuliço, um grito, talvez um ruído agudo e, a seguir, um som mais sinistro ressoava no ambiente. Movimento ligeiro, cada vez mais rápido, como se fora uma sombra com vida própria, esgueirava-se por entre as paredes do velho apartamento.

O ser movia-se de um lugar a outro como se um felino fora, perseguido por seus predadores. Repentino silêncio se instalara; um silêncio constrangedor, que incomodava os sentidos, as percepções. A sombra parecia agora irradiar uma luz embaçada, quase uma emanação de fuligem iluminada por ignota lamparina de uma vivenda tosca.

Logo depois, barulho infernal sucedia ao silêncio enganador. Luz muito forte, que lembrava um holofote, parecia perseguir a sombra em cada cômodo, de cada apartamento daquele edifício central. Algo como o reluzir de uma espada ou um relâmpago cuja luminosidade houvera sido congelada no tempo brandia de um lado a outro, enquanto a sombra se esgueirava tentando escapulir de um destino quase certo.

O estranho ente das trevas saiu correndo do prédio e dirigiu-se para o meio da multidão de homens e de almas. Tentava dissipar seu rastro em meio aos transeuntes, bêbados e boêmios que disputavam seus desejos inquietos com muitos outros que se vendiam, se alugavam, ou simplesmente se davam a tantos outros seres de desejos equivalentes. Junto daquela entidade estranha, criaturas da noite se alvoroçaram; voavam atrás dela, quem sabe espantadas por algum sentido que fora acionado, percebendo o imperceptível para a maioria dos mortais. Insetos, ratazanas, lacraias e alguns escorpiões pareciam se agitar instintivamente pelos corredores do prédio vazio, em debandada diante do farfalhar produzido pela estranha criatura. E atrás, alguma coisa, alguém que luzia como as luzes de uma viatura, movimentando-se em intensa atividade, porém sem barulho, sem ruído, sem incomodar. Outra presença, outro ser, movia-se por entre as paredes, cruzando a barreira da matéria...

O ser sombrio esgueirava-se por entre as pessoas que vagavam diante da catedral. Seu hálito mental causava arrepios naqueles em quem tocava ou que lhe percebiam, ainda que instintivamente, a presença doentia. Ele tentava correr, quase na tentativa de levitar; mas nada. Não conseguiria, tamanha sua falta de imaterialidade. Devido à sua condição quase material, quem sabe? — humana, ao menos no que concerne à fisicalidade. Ele simplesmente se arrastava num gorgorejo, uivando, sinistro como algum personagem de Stephen King. Sua aparência esquelética lembrava a de um vampiro que há muito não saciava sua sede de sangue. Porém, no seu caso, era sede de fluidos, de energias, de um tipo de alimento não material. De perseguidor, agora era perseguido; não completara seu mandato, não cumprira o intento para o qual fora convocado.

Atrás de si, as luzes chamejantes, o relâmpago que se locomovia com vida própria, ou simplesmente um dos miseráveis e abomináveis guardiões do Cordeiro, pelos quais nutria intenso ódio, devido a sua impotência ao enfrentá-los. Enfim, não divisara muito mais do que o ofuscar de um clarão; uma aberração da natureza, segundo pensava, a qual se movia perigosamente em direção a ele, impedindo-o de cumprir sua missão. Será que existiam anjos, conforme ouvira falar certa ocasião? Seria aquele relâmpago maldito uma espécie de anjo do juízo, que viera para cobrar-lhe os atos criminosos cometidos em nome do seu sistema de vida? Ou os anjos seriam apenas os odiosos sentinelas do Cordeiro?

De todo modo, não tinha tempo para digressões, pois deveria se ocultar da presença daquele ser que, em tudo, vibrava contrário aos seus planos. Correndo, cada vez mais veloz, segundo sua capacidade de transitar em meio aos fluidos grosseiros daquela atmosfera infectada de pensamentos e desejos humanos, sentiu tocar em si algo como se fosse uma luz congelada, um instrumento do odioso perseguidor, forjado em pura luz. Sua pele ardia ao toque do instrumento empunhado pelo sentinela. Algo como o rasgar de suas carnes, como se carne tivera, arremetia-o à sensação de dor. Ou seria somente seu desespero diante de alguém que lhe era, sob todas as formas, superior? Grasnava, quase grunhia, caso assim se pudessem comparar os sons roucos, suínos, que saíam de seu arremedo de garganta. O desespero aumentava sobremaneira. E o perseguidor não parecia ceder.

Embora arregimentasse toda a força acumulada dentro de si, oriunda do ódio represado, mesmo assim não conseguia velocidade suficiente para escapar da perseguição. Atravessava as pessoas como se elas fossem feitas de fumaça, embora sentisse certa resistência material na tentativa. Aqueles que eram violados, cuja defesa energética se rompia durante a passagem do miserável ser, sentiam-se literalmente usurpados, exauridos de suas reservas energéticas. Estremeciam, como se pressentissem algo invisível perpassando-os. Um arrepio de medo, um medo repentino, quase material, palpável.

De repente, desfaleceu perigosamente, sem forças, embora a energia subtraída daqueles por quem passava. Quase desmaiou, tamanho o esforço empregado para fugir da perseguição atroz. Foi iluminado, de um momento para outro sentiu uma luz forte, ofuscante, imaterial, porém perfeitamente perceptível. E os raios daquela luz pareciam ferir-lhe a pele ressequida, rasgando a própria sombra que vinha de dentro de si.

Homem alto, forte, de aparência maciça erguia-se, ostentando algo que se assemelhava a uma espada. Diante dele, curiosamente, o ser prostrava-se defronte à igreja, nas escadarias de uma construção de ar medieval. Algo que combinava com seu espírito, que havia estacionado no tempo, em termos evolutivos.

O guardião irradiava luz por todos os poros. Maldita luz, que lhe cegava a alma e fazia com que lágrimas rompessem a aparente fortaleza, e emergissem de seu interior traumas milenares reprimidos no inconsciente. Pôde ver de relance como fugiam espavoridos outros espíritos vândalos, acompanhantes ou inquilinos de seus hospedeiros humanos, e outros ainda, membros de um condomínio espiritual, engajados na disputa por uma vaga no psiquismo enfermo das pessoas que passavam. Quase que seus parceiros humanos foram totalmente liberados de sua influência nefasta apenas sob o influxo da presença do gigante, que ofuscava sua visão espiritual. Sem vê-la, mas sentindo os efeitos de aparição tão marcante, superior, de firmeza inabalável, debandaram as demais criaturas quase materiais, que, ao bater em retirada, devolviam liberdade temporária a seus hospedeiros vivos. As irradiações da aura do sentinela pareciam asas formando em torno de si algo semelhante a um potente campo de forças, que se propagava acima e em torno de si. A visão para o miserável das profundezas era a de um anjo ameaçador. "Um querubim", diria mais tarde, "ungido pelo Cordeiro".

Já podia antever a tortura a que seria submetido pelo valente guardião — senti-la, até — quando este, decepcionando o opositor e emissário das sombras, tão somente pronunciou:

— Estou atento às suas artimanhas. Volte e comunique a seus chefes que estamos a caminho. Nada, nenhum poder das profundezas nos deterá, pois somos enviados da justiça suprema, e o que tiver de vir, virá. E não tardará!... O juízo[1] é

---

[1] Consagrado na tradição cristã como *juízo final*, é descrito por vários autores nas Escrituras, embora apareça geralmente como *dia do juízo, dia do Senhor* ou, simplesmente, *juízo* (cf. Sl 1:5; Hb 9:27; 2Pe 2:9; 1Jo 4:17 etc.). Com acerto, o espiritismo fala em juízos *periódicos*, esclarecendo se tratarem de divisores de água na história

chegado. Vá e fale aos comandantes das hostes do abismo que os tempos são chegados.

Quando o guardião virou-se, como que a despedir-se do desordeiro obsessor, este se armou de estranha e irreverente coragem e atirou-se em cima do emissário do Alto. Logo o sentinela voltou-se, encarando-o por instantes, novamente, e as irradiações eletromagnéticas de sua aura romperam de vez as últimas resistência do inimigo, que foi arremessado ao longe, caindo sobre o solo e rolando como um miserável, corvejando baixinho, chorando de ódio diante da impotência contra a força descomunal do guardião. E este apenas se virara, sem desferir qualquer golpe no adversário espiritual.

Olhos lacrimejantes, vermelhos, e ao mesmo tempo sombrios, o espírito do mal fitava o guerreiro, cujo olhar refletia uma luz jamais vista por ele, tamanha a força moral e a envergadura de sua

de todos os orbes, ao concluírem ciclos evolutivos. O momento de transição por que passa a Terra denota proximidade de um juízo planetário. Para quem reage com ceticismo, vale recordar o alerta contido no sermão profético (Mt 24), de que o juízo virá sorrateiro. Paulo o reitera: "pois vós mesmos sabeis muito bem que o dia do Senhor virá como o ladrão de noite" (1Ts 5:2), tal como Pedro: "O dia do Senhor, porém, virá como ladrão" (2Pe 3:10).

forma sublime.

A tentativa fora um fracasso. Disso ele tinha certeza. A reação inesperada do guardião, ao pronunciar as palavras finais, figurou a demonstração máxima de fraqueza de sua parte, o que lhe era golpe inadmissível ao ego. Por isso, intentara o último recurso violento, fruto do mais profundo desespero. Quedara-se, contudo, diante do gesto altivo de quem lhe era superior. O espírito agachou-se choramingando, encurvado, confuso. O sentinela olhou para cima, ergueu um dos braços e elevou-se a outras dimensões, deixando o espírito infeliz intimidado, ansioso, temendo escusar-se perante seus chefes hierárquicos.

O trabalho do guardião apenas começara. Juntamente com suas hostes espirituais, vinha se preparando para o momento final, a grande batalha, o desenlace do grande conflito que se desenrolava desde milênios no panorama terreno. Sua missão consistia em desmascarar os poderes das trevas e tornar patente o resultado da política inumana desenvolvida nos bastidores da vida. Afinal, sem que a maioria dos homens o sinta, "de ordinário, são os espíritos que vos dirigem".[2]

---

[2] KARDEC, Allan. *O livro dos espíritos*. 1ª ed. esp. Rio de Janeiro: FEB, 2005, item 459, p. 306.

JAMAR ELEVOU-SE a outra frequência, a outra dimensão da vida. A forma espiritual que o caracteriza assumiu tom de naturalidade diante dos seres de mesma estirpe. Envolvido até o âmago com as questões de ordem planetária, a dedicação desse espírito à humanidade era tamanha que ele se envolvia completamente no ardor da sua tarefa, quase com santidade, não fosse seu lado humano, embora desencarnado. Seus amigos ou companheiros de trabalho, os outros guardiões, estavam imbuídos do mesmo fervor, da mesma dedicação. Eram especialistas no trato com entidades sombrias, principalmente aquelas ligadas aos casos complexos de obsessão entre os humanos, tais como magos negros e demais seres especializados no mal.

— E os médiuns, nossos aliados, como estão? — perguntou Jamar a Watab, o africano.

— Estão em luta também. Entretanto, alguns têm estado tão envolvidos com as disputas e intrigas do movimento espírita ou religioso que correm o risco de perder o foco de seu trabalho neste momento de extrema importância para os destinos do mundo.

— Sim — acrescentou outro guardião, que atua sob o comando de Zura, o oriental. — Precisamos reacender a fé de alguns companheiros nossos da dimensão física, pois parece que estão esfriando em sua dedicação.

— É, os apelos do mundo material nublam os sentidos espirituais de nossos aliados e agentes. Acho que se desenvolvem mais durante os períodos de perseguição — acrescentou Jamar.

Os guardiões levitaram, numa espécie de voo rasante sobre a paisagem do planeta, indo de uma latitude a outra do globo em apenas alguns segundos. Jamar apontou rumo ao Capitólio, como a ratificar o destino traçado.

Aqueles que lhe eram subordinados e os demais agentes da justiça voaram na direção indicada. Arremeteram para o norte e passaram sobre diversas cidades dos homens a uma velocidade alucinante, dificilmente imaginada pelos habitantes do mundo para sua própria locomoção. Os fluidos do ambiente que atravessavam eram soprados para os lados, devido à velocidade de empuxo. O som causado pelo voo rasante da legião de guerreiros da luz parecia o barulho de poderosas asas. Deixaram sua marca na matéria etérica e astral, como se estivessem sulcando o céu noturno com raios dourados, causando efeito policrômico de intensa beleza. No entanto, esse espetáculo somente era percebido por outros espíritos que estivessem naquelas cercanias vibratórias, os quais perceberiam a legião de soldados do Cristo dirigindo-se a outro ponto de encontro, visando às observações táticas.

As cidades abaixo deles pareciam suceder-se uma a uma, e eram percebidas como um rastro de luzes quando os espíritos poderosos as sobrevoavam. A visão era de paisagens, dos formigueiros humanos, de árvores e florestas açoitados por um vento forte, que acima deles passava sem se deter. Os guardiões se lançaram no espaço aéreo, deixando as sombras da noite e rumando para o outro hemisfério do planeta. Sua aparência era como um feixe de luz iridescente, a qual rasgava as sombras e a escuridão na velocidade do pensamento.

Seu destino chegou ao fim ao avistarem o especialista Anton, que os aguardava sobre a estrutura fisioastral do Capitólio. Milésimos antes, cruzaram com um avião que, na dimensão física, acabara de decolar do Ronald Reagan Washington National Airport, a poucos quilômetros dali, na outra margem do rio, embora de modo algum tripulantes e passageiros os percebessem.

Como soldados caindo em seus paraquedas, os guardiões abriram o círculo do seu voo sobre os fluidos do planeta e deixaram-se pairar lentamente, mas mesmo assim numa velocidade acima da compreendida pelos mortais, até que pousaram suavemente ao lado do seu superior hierárquico.

Nenhum som se ouvia no momento do encontro daquelas almas comprometidas com a política divina. Até que Anton e Jamar se pronunciaram sem precisar articular palavra; somente com a força de seu pensamento. Tratava-se de comunicação mental, espécie de som do pensamento, diferente daquele ouvido na fala humana. Era algo perceptível apenas num nível superior de atividade, noutra dimensão. Em nada similar ao linguajar humano, deficiente por natureza para exprimir a totalidade das intenções e dos pensamentos dos espíritos encarnados.

Anton parecia brilhar mesmo sob a luz do sol, que nascia do outro lado do mundo. Seus cabelos reluziam uma aura dourada, conferindo tom especial à sua face, que exprimia firmeza e convicção. A seu lado, Jamar ardia internamente no fervor de seu trabalho e na expectativa de acontecimentos que definiriam a política do novo mundo, que estava surgindo ou renascendo das cinzas da civilização. Como guardião do alto escalão, Jamar também se envolvia numa luminosidade dificilmente disfarçada. E Watab, o africano, participava mentalmente da conversa, deixando seu psiquismo livre para ser penetrado pela força mental dos companheiros. Altivo, o guardião da cor de ébano erguia-se, junto com os demais, observando a movimentação abaixo de si, mantendo a sintonia com os objetivos e incumbências dos quais instâncias superiores os encarregaram.

Receberam, logo após ter com outro emissário, um agente da justiça que estava de prontidão naquele continente. Alguém que recebera a incumbência de seguir de perto os últimos acontecimentos do plano extrafísico.

Ramón foi logo se pronunciando, pois trazia importantes observações a seus superiores:

— Antigos opositores a nosso trabalho foram encaminhados a locais de transição, onde são averiguados e catalogados enquanto aguardam novas determinações de instâncias superiores. Cientistas da escuridão e alguns magos de representatividade já foram atendidos por agentes no plano físico, parceiros nossos no continente sul-americano. Ao que tudo indica, em breve teremos um desfecho satisfatório dos últimos eventos.[3] Julius Hallervorden,[4] o antigo cientista da escuridão,

---

[3] No relatório que faz ao longo deste parágrafo e dos seguintes, o guardião Ramón reporta-se diretamente aos acontecimentos que se desenrolam no volume 2 da trilogia *O reino das sombras* (PINHEIRO, Robson. Pelo espírito Ângelo Inácio. *Senhores da escuridão*. Contagem: Casa dos Espíritos, 2008).

[4] Médico e neurocientista alemão, Julius Hallervorden (1882-

está sendo preparado para reencarnar, e o especialista em hipnose,[5] um dos espíritos mais renitentes, também é atendido em esfera próxima à Crosta e dentro em pouco deve assumir roupagem física compatível com sua necessidade.

"Porém — continuou seu relatório pessoal — temos sérias preocupações no que concerne à politica nas regiões inferiores. Os sistemas de poder estão se reconfigurando em face do que ocorreu com seus últimos líderes. Parece que os poderosos dragões[6] têm reorganizado diligentemente o poder no submundo, e, com esse intuito, acabam de convocar uma reunião urgente entre os maiorais."

Anton lançou significativo olhar a Jamar e

1965) foi célebre pesquisador nazista. Examinou ao menos 700 cérebros e, durante a Segunda Guerra, dissecou-os às dezenas em crianças (fonte: http://de.wikipedia.org/wiki).

[5] Este "especialista em hipnose", identificado apenas como *o hipno*, desempenha papel singular na história da mediunidade de Robson Pinheiro, conforme revela o livro de memórias do médium. Mais do que o interesse de caráter personalista, os pormenores que envolvem tal espírito constituem rico exemplo de como a atuação das sombras é sagaz, intricada e repleta de artimanhas (PINHEIRO, Robson. *Os espíritos em minha vida*. Contagem: Casa dos Espíritos, 2008, cap. 8).

[6] Ao contrário do que alguns tendem a supor, o nome *dragão* ou

Watab, para em seguida deixar-se penetrar novamente pelo pensamento do agente de segurança planetária Ramón:

— Todos os espíritos comprometidos com os laboratórios visitados pelos guardiões em sua jornada anterior foram expulsos do submundo, e muitos deles, conduzidos ao tratamento ou ao enfrentamento da justiça sideral. Verificamos que as instalações do abismo tanto quanto as armadilhas psíquicas vinculadas terminaram por sucumbir, tão logo se dispersaram seus mantenedores. Na verdade, não havia como os construtores do mundo inferior sustentarem suas obras por muito tempo, permanecendo longe delas. Isso porque, para criá-las, basearam-se, por incrível que pareça, em matrizes de pensamento elaboradas por certos escritores da Terra, como se fossem projetos preexistentes, sobre os quais condensaram suas criações fluídicas. À medida que foram

dragões — empregado para identificar os representantes máximos da política oposta à do Cordeiro, ou simplesmente a fim de sintetizá-los numa figura impactante — não foi um termo cunhado pelo espiritismo, muito menos pelo autor espiritual desta obra. Na verdade, embora seja eminentemente associado ao Apocalipse, onde recebe mais de 10 menções, nem mesmo João Evangelista é o responsável por tê-lo introduzido. O termo já aparece nos profetas

expulsos pelos guardiões ou puseram-se a fugir, como se deu com alguns, as edificações astrais ruíram, desfazendo-se pouco a pouco. Mas...

— Fale, guardião — alguém tratou de apressá-lo.

— Bem, nossa preocupação não é exatamente com aquelas construções, mas sobretudo com o que gravamos em determinada reunião de dirigentes e especialistas do submundo.

E, dando uma pausa, como que a respirar mais fundo, Ramón entregou a Anton os relatórios compostos em matéria própria à dimensão extrafísica.

— Veja por si mesmo as gravações — terminou falando ao guardião maior.

Anton olhou apenas superficialmente para o objeto que tinha nas mãos e reservou-o para outra hora, quando retornasse a seu escritório ou à base central dos guardiões. Sua mente parecia vagar ao longe diante do relatório apresentado por Ramón. Jamar acompanhava as imagens mentais junta-

maiores do Antigo Testamento (Is 27:1; 51:9; Ez 29:3; 32:2), assim como em Dn 14, aí também acompanhado de Bel, o ídolo da Babilônia. (Importa ressaltar que Dn 3:24-90; 13-14 são suplementos gregos, rejeitados pelos cânones hebraico e evangélico, embora admitidos pela Igreja. Fonte: BÍBLIA de Jerusalém. São Paulo: Paulus, 2003, p. 13.)

mente com Watab, que percebia agora com maior facilidade a tela mental de Anton ao compartilhar com ambos suas preocupações. O momento chegara. Alguns acontecimentos já estavam em andamento e ele tinha a certeza de que os altos representantes do governo do mundo já tomavam as medidas iniciais que compunham os planos para grande virada. O mundo deveria se preparar urgentemente.

Surpreendendo Watab com um questionamento, Anton mudou bruscamente a direção dos pensamentos:

— Tem notícias dos nossos agentes no Brasil? — perguntou o guardião.

Quase assustado pela reviravolta repentina, Watab respondeu meio lentamente:

— Bem, vejamos... Pessoalmente tenho acompanhado alguns agentes nossos, no entanto não creio que a situação é tão promissora. Noto com pesar que alguns têm se enredado numa ferrenha competição com outros que deveriam ser apenas seus aliados. Não há diálogo entre aqueles que deveriam estar mais unidos como parceiros. Alguns querem a todo custo ser reconhecidos, alcançar a tão sonhada popularidade ou, curiosamente, elevar-se na condição de missionários. Infelizmente, temos de contar com o orgulho humano, o apetite por aplauso e reconhecimento e a competição que veladamente toma conta da mente de alguns. Há um caso particular em que um dos nossos agentes, em vez de deixar-se levar pela intuição de seus mentores, vem tentando copiar o modelo de trabalho de outro, somente porque enxerga sucesso na tarefa que este desempenha. Entretanto, à medida que persegue o estilo ou procura adotar o mapa de ação do companheiro, afasta-se gradativamente das fontes de inspiração superior que deveriam lhe marcar a trajetória espiritual.

— Temos, então, de recorrer a agentes não ortodoxos, a pessoas de boa vontade que estejam em sintonia com o objetivo dos Imortais. Lamentavelmente, a história se repete, uma vez mais — acrescentou Jamar, um tanto cabisbaixo ao escutar o amigo, decerto porque ele mesmo já havia observado tais fatos e constatado sua realidade.

Rompendo os pensamentos que ameaçavam esmorecer a equipe, Anton alterou rapidamente o rumo das conversações:

— Vamos nos ater ao que se passa nas dimensões inferiores. É necessária toda a atenção à política adotada pelos representantes das sombras, a fim de dar ciência aos nossos parceiros encarnados acerca dos métodos usados pelos sistemas de poder inferior.

E, antes de tomar a decisão de partir dali, Anton acrescentou:

— É hora de provar a fé e a dedicação de alguns de nossos agentes. Acontecimentos importantes definirão o papel daqueles que dizem estar do lado do Cordeiro. Vejamos como reagirão ao fogo das provações...

Dizendo isso, voltou-se para Ramón e pediu mais detalhes a respeito das questões govenamentais que envolviam certos países do mundo. Logo após concluir a audição do relatório, que trouxe novas preocupações aos guardiões, Anton elevou-se ao alto, na companhia dos demais.

Do outro lado do mundo e numa dimensão diferente, concomitante aos acontecimentos, fatos interessantes se passavam. O espírito espião estava de pé sobre o braço direito do Cristo Redentor. Indignado, olhava a cidade abaixo de si com uma expressão melancólica, quase deprimido, não fosse o ódio que emanava de dentro de si naquele momento. Deslizou pelo monumento como se estivesse escorregando em algum tipo de graxa ou elemento oleoso, derrapando aqui e ali, até que, depois de muito choramingar, foi parar numa viela qualquer da cidade. Buscava refugiar-se da perseguição implacável que sofria, levada a cabo pelo poderoso guardião. Espécie de forte ou base de apoio de certa facção do abismo ali se fixara, dominando boa parcela da paisagem extrafísica da Cidade Maravilhosa.

O espírito imundo agora estava ancorado sobre um lugar cujas emanações tóxicas exalavam odor fétido, nauseabundo. Observava raivoso os veículos que desfilavam morro abaixo; alguns policiais desciam em perseguição a qualquer bandido imbuído da disputa por uma fatia do poder naquela comunidade. O ser estranho parecia um monturo de sujeira humana; refletia, em sua aparência quase material, ou melhor, semimaterial, inúmeras marcas de batalhas perdidas ou de confrontos com os odiosos filhos do Cordeiro.

— Desgraçados! — pensou, rememorando os últimos acontecimentos, quando pretendeu tirar a vida de um dos representantes da política divina, em atividade noutra metrópole brasileira, na ocasião. Na tentativa frustrada de provocar o desencarne prematuro do agente da justiça superior, enfrentara diretamente um dos poderosos sentinelas, que era um dos responsáveis pela segurança energética e espiritual do sujeito. A perseguição foi inevitável, mas não havia pensado que o tal perseguidor fosse um anjo, um mensageiro de força tão superior e olhar tão penetrante quanto sua aparência refletia. Correra como nunca, arrastara-se e, de lance em lance, finalmente conseguiu chegar a este lugar, seguindo o rastro magnético que deixara, prevenindo algo semelhante, embora não tão assustador como fora a experiência com o guardião.

Outros espíritos imundos, de aura negra, compunham seu cortejo, porém permaneceram nas encostas do morro, escondidos em algum inferninho, agitados diante de qualquer movimento suspeito, pois temiam que a perseguição não houvesse se encerrado. Formavam um grupo heterogêneo de espíritos vândalos, assassinos e vis, repentinamente reduzidos à metade de seu número, imensamente revoltados com sua derrota e o resultado miserável que obtiveram. O medo fazia parte desse concerto de emoções desequilibradas. Medo do futuro, medo da reação dos seus superiores em hierarquia, no submundo; medo, enfim, porque, embora fossem apenas um bando desordeiro, estavam a serviço dos temíveis dominadores do abismo. Tinham certeza de que os soberanos não seriam tão condescendentes como fora o representante do Cordeiro, o chefe dos guardiões. Era uma derrota; terrível e implacável derrota exatamente durante uma das mais importantes investidas confiadas a si e a seus camaradas.

Em desespero, continuava a revoada de pensamentos:

— Tudo está perdido! Nossa missão falhou, comprometi nossa posição... Meus mais eficientes colaboradores se foram, capturados pelos sentinelas que acompanhavam o odioso filho do Cordeiro. A esta altura, por certo foram conquistados, encerrados em algum lugar ao qual não tenho acesso. Está tudo perdido, perdido, perdido! — gritou, finalmente.

Um forte bofetão fez com que o espírito rodopiasse, sem se dar conta do que ocorria. Sua cabeça deu reviravoltas no ar, dando impressão de que o restante do corpo semimaterial seguia a cabeça, que recebera o golpe — quem sabe? —, desferido na tentativa de arrancá-la do pescoço esquelético.

— Deixe de reclamações, seu miserável! Incompetente! Você me causa repulsa; é uma lástima para nossa organização.

— Mas, comandante, o senhor não viu de perto o que ocorreu. Deparei com um dos poderosos!

Rascal, o espírito que governava a cidade do alto de um dos seus morros, lembrava a figura de um animal escamoso, com uma cabeleira solta sobre os ombros, na tentativa infrutífera de imitar os soberanos. Olhos injetados de vermelho, e a pele, mais amarela do que branca, como se fumaça de cigarros a tivesse manchado por inteiro. Globos oculares pronunciados, que lhe conferiam aspecto ainda mais degradante, pareciam revolucionar-se em sua órbita, inquietos, indo de um lado a outro, talvez como sintoma de sua ansiedade. Não era loucura; apenas inquietação. Uma alma atormentada, dileto representante de outros seres mais truculentos, mais atormentados ainda, de comportamento insalubre.

Indignado pelo bofetão que recebera de seu imediato, o líder do bando estava também frustrado, amedrontado.

— Você se demonstrou incapaz de cumprir as ordens que lhe transmiti, seu incompetente! Você não é somente um miserável do escalão inferior, como também me comprometeu a posição diante de nossos soberanos.

O espírito ensaiava uma objeção.

— Se tivesse cumprido sua tarefa, com certeza seria convocado para a reunião dos representantes do poder. Estaria agora entre os comandantes da desordem!

— Eu falhei, meu senhor!

O comandante bufava ao represar o ódio. Se pudesse, mataria ali mesmo o infame e desafortunado serviçal. Mas ele já era morto; não saberia como lançá-lo à escuridão mais profunda do que sua própria alma já se encontrava. Tentou avaliar a situação, mensurar as implicações da derrota causada pelo maldito guardião, que representava a política superior.

Rascal procurou ser imparcial em suas observações, avaliar, quem sabe objetivamente, a derrocada de seus enviados.

— Não precisava de muita especialidade para promover a morte do filho do Cordeiro. Uma guarnição era suficiente, se equipada com recursos modernos. Estou certo que fizeram o possível, foram valentes, é claro, mas... Fato é que não sabíamos que o agente encarnado era protegido assim, tão diretamente, pelos mensageiros celestiais. Eles são mais poderosos, têm mais recursos, são avançados em sua técnica. Isso, nem mesmo eu poderia imaginar. Subestimamos muito a força e o significado do trabalho que o agente encarnado representa.

Entre resmungo e jura de vingança, concluiu dizendo, em volume menor, por entre os dentes:

— O poderio dos infames guardiões vai muito além do nosso.

Rascal voltou-se, de maneira a impor medo ou pavor ao espírito que mandara como representante seu. Fixou os olhos do infeliz, odiando-o profundamente, mas no fundo, no fundo, sabendo claramente que o miserável não tinha como enfrentar o odioso chefe do comando celestial. Só teve como correr, fugir espavorido. Nada mais. Seu ódio beirava a loucura. Mas ele era mais astuto do que aquele débil que enviara.

— Por certo o guardião não o deixou escapar sem motivo. Conhecendo pelo menos um pouco da política do Cordeiro, posso imaginar que ele queria que você nos trouxesse algum recado, alguma mensagem, que seja, com a sua derrota desgraçada.

— Bem, meu comandante supremo, na verdade, o chefe dos exércitos celestes me pediu que transmitisse algumas palavras àqueles que dominam o abismo.

— Ele lhe pediu?!

— Bem, podemos interpretar assim, meu senhor — choramingou o miserável espírito das profundezas. — Na verdade, ele falou algumas palavras cujo significado não entendi muito bem. Pensei que fosse uma ameaça que sairia de sua boca, mas o que disse...

— Fale logo, espírito da miséria...

— É... — prosseguiu cabisbaixo, ainda com medo de uma provável reprimenda, que, naquela circunstância, não seria nada singela. — O guardião pediu para dizer aos nossos chefes supremos que o tempo estava acabando. Pronunciou exatamente estas palavras: "Volte e fale para seus chefes que estamos a caminho. Nada, nenhum poder das profundezas nos deterá, pois somos enviados da justiça suprema, e o que tiver de vir, virá. E não tardará!... O juízo[7] é chegado. Vá e fale aos comandantes das hostes do abismo que os tempos são chegados".

Rascal caminhou de um lado para outro irrequieto, tentando abarcar a extensão das palavras proferidas pelo guardião.

[7] Livros há que examinam o problema dos juízos periódicos (PINHEIRO, Robson. Pelo espírito Alex Zarthú. *Gestação da Terra*. Contagem: Casa dos Espíritos, 2002), e em Kardec está o ponto de partida, como se pode ver nesta conclusão: "Segundo essa interpretação, não é exata a qualificação de *juízo final*, pois que os Espíritos passam por análogas fieiras a cada renovação dos mundos por eles habitados, até que atinjam certo grau de perfeição. Não há, portanto, *juízo final* propriamente dito, mas *juízos gerais* em todas as épocas de renovação parcial ou total da população dos mundos, por efeito das quais se operam as grandes emigrações e imigrações de Espíritos" (KARDEC, Allan. *A gênese, os milagres e as predições segundo o espiritismo*. 1ª ed. esp. Rio de Janeiro: FEB, 2005, cap. 17, p. 507. Recomenda-se a leitura dos itens 47 a 67 nesse capítulo, assim como o cap. 18, nos quais há títulos como "Segundo advento do Cristo", "Juízo final" e "São chegados os tempos").

— Existe algo de anormal ocorrendo e que ignoramos — moveu-se lentamente. — Colocamos em prática uma parte do plano dos nossos soberanos ao atacarmos o médium representante do Alto. Investimos contra três dos representantes do Cordeiro; depois, recebemos aquela revanche por parte dos guardiões. Perdemos muitos dos nossos na batalha, mas estamos nos reorganizando agora.

O espírito arrastava-se pela atmosfera infecta do local, como uma lesma se arrasta pelo solo, pensativo, com uma angústia dificilmente disfarçada, embora seus esforços para ocultá-la. Queria compreender a dimensão do que ocorria naquele momento. Mas algo lhe escapava.

— Atacamos, por outro lado. Com êxito, conseguimos reativar nosso contato lá na Zona da Mata mineira. Temos trabalhado silenciosamente com alguns que se acham protegidos do Cordeiro. Cumprimos cada detalhe da parte que nos cabe no acordo com os soberanos, em troca do domínio nesta área. Ao menos até agora. Nosso plano de ataque pessoal ao representante da oposição está em pleno andamento, e ele, sem o perceber, está se isolando pouco a pouco de quem poderia trazê-lo à razão.

"Mas vocês parecem amedrontados! — tentava assim passar uma ideia de segurança a seus subordinados. — A derrota de vocês foi um revés transitório, mas, caso permaneçam assim, o objetivo maior de nossa empreitada fatalmente rumará para a destruição! Não podemos nos dar ao luxo de perder o foco central de nossa ação... Tudo isso por causa de um miserável filho do Cordeiro?

O espírito sombrio, que correra da presença dos guardiões, respondeu ao chefe tremendo, e em pranto:

— Acho que não podemos desconsiderar a importância do inimigo. Com certeza, meu senhor, o tal representante do Cordeiro é uma pessoa muito comum, mas as ideias por ele disseminadas, o trabalho que está por trás de sua pessoa devem justificar o apoio que vem recebendo dos guardiões...

Rascal olhou furioso para o subalterno e depois fechou o punho, levantando-o, como a desafiar algum ser invisível para ele. Conteve-se para não atirá-lo rua abaixo ou contra algum muro. Bradou de plena frustração e temor quanto ao futuro.

Balbuciando, o espírito medroso, que trazia a notícia, preferiu arriscar mais uma vez:

— Nem sei como levar a mensagem dos guardiões até os maiorais, meu senhor; não faço ideia de como enfrentar a ira dos chefes de legião e dos soberanos...

Outro espírito, especializado em assassinato,

ergueu a voz quase melancólico:

— Se ousarmos enfrentar os chefes de legião e os maiorais transmitindo-lhes a notícia trazida por este vândalo, com certeza seremos abatidos pelas mãos poderosas dos nossos superiores. Eles não perdoam a derrota. E aqueles que sobreviveram incólumes à perseguição dos guardiões poderão ser abatidos pela espada dos chefes maiores.

Rascal resolveu conferir o número atual de integrantes de seu pequeno exército, ou melhor, de sua milícia, sugerindo que estava inseguro quanto à possibilidade de cumprir o plano dos maiorais.

— Onde se encontra o miserável responsável pela disseminação da inveja e do ódio entre os seguidores do Cordeiro?

— Foi um dos primeiros a ser capturado pelos sentinelas da luz.

— E o outro desgraçado, que ficou de prontidão durante anos junto àqueles encarregados da divulgação das ideias antagonistas?

— Creio que este foi despachado para o abismo quando de nossa última investida. Foi a reboque dos soldados de Apophis, acorrentado magneticamente nas regiões inferiores...

— Onde estão Leonardo, Bel, Arlchazar e Melchior?

Rascal notou apenas que seus interlocutores

baixaram a cabeça, desiludidos, desanimados com a situação. Não ousaram responder. Não conseguia admitir que fossem vencidos pelos infames representantes da política divina. Viu apenas que seus subordinados temiam responder-lhe, pois evitavam o confronto mais direto, sabendo de sua ira, de sua indignação.

Respirando fundo, quase deixando transparecer as lágrimas de profundo ódio e aviltamento, completou:

— Um trabalho simples assim... Apenas uma morte, um assassinatozinho qualquer de um dos mais miseráveis filhos do sujeito lá de cima... e não conseguem fazer esta tarefa tão fácil.

— Quando o chefe de legião que nos aliciou descobrir que não cumprimos com suas ordens... — grasnou, desesperado, um dos espíritos vândalos. — Crau!

Imediatamente os demais viram o infeliz sendo arremessado na parede de uma construção extrafísica, quedando-se à frente de todos.

— Bem, *alguém* — enfatizou bastante suas palavras — precisa ser o porta-voz para comunicar aos chefes de legião...

E, olhando para o próprio que fugira dos guardiões, tornando-o mais infeliz do que a infelicidade que já o consumia:

— Vá, seu desgraçado vagabundo! Já que não conseguiu realizar sua tarefa, seja você o emissário a dar a mensagem dos guardiões aos maiorais!

— M... mas, senhor... — apenas começou a gaguejar. Outro gesto de violência do chefe daquela súcia foi presenciado. Alguns espíritos fecharam os olhos imediatamente, como a temer que o golpe fosse dado contra eles.

Rascal cerrou novamente o punho direito e, desta vez, para golpear fortemente o emissário da derrota, sem poupá-lo. O pobre ser viu-se arremessado em direção às trevas, abaixo da superfície. Mas o gesto medonho não serviu para disfarçar o medo de todos, nem mesmo o nervosismo estampado na face de Rascal. Entretanto, dissimular emoções que sugerissem o menor traço de fraqueza ou fragilidade era parte do teatro essencial à sobrevivência naquele mundinho marginal. Fingindo que estava tudo sob controle absoluto, o bando de espíritos começou a dar urros animalescos, feito machos a se convencerem da própria virilidade. Logo após o gesto de Rascal, era como se comemorassem o fato de mensageiro descer vibratoriamente rumo ao castelo dos chefes de legião, os representantes dos maiorais: os dragões.

Voltando-se para um dos seus mais fiéis seguidores, embora possuído de intenso medo pelo enfrentamento dos implacáveis chefes de legião, Rascal se pronunciou:

— Vá, meu preferido — apontou o dedo solenemente para aquele aliado. — Retorne para junto do asqueroso médium, observe-o de longe, anote cada detalhe que puder e não deixe escapar nada. Quero um mapeamento completo da vida dele, que inclua seus desejos mais secretos, suas emoções mais profundas; em resumo, todos os traumas que possa encontrar. Seja minucioso; quero saber tudo a respeito do mensageiro dos guardiões, quero acompanhar seu rastro. Que você seja sua sombra! Mas cuidado: não tolerarei outra derrota. Tenha muito cuidado com os abomináveis sentinelas.

Desesperado, o ser das profundezas saiu, emitindo sons incompreensíveis, um guinchar que lembrava algum animal das florestas. Corria velozmente o quanto podia, ao tempo em que seus pensamentos pareciam revoadas de pássaros. Preocupava-se, afligia-se: como cumprir sua tarefa? Com que forças enfrentar as espadas dos guardiões?

Em meio à malta, alguém ousou dar uma risada cínica, menos pelo alívio de não ter sido o escolhido que pelo prazer mórbido de ver alguém acossado. Logo silenciou, porém, ante o olhar lancinante do seu chefe imediato. Encolheu-se num canto qualquer, pávido, esperando o bofetão ou o pontapé, repreensão que na certa receberia.

RASGANDO A ESCURIDÃO do submundo, o espírito infeliz desceu vibratoriamente, de modo que pôde adensar ainda mais sua estrutura astral rumo ao antro onde se alojavam alguns dos mais hediondos criminosos, os chefes de falange das organizações sombrias. Não se deu conta de que devassava as entranhas subcrustais em meio aos elementos da natureza, literalmente atravessando as camadas de rochas e minerais, indo em direção ao magma, mas não tão profundamente assim. Na esfera em que se encontrava, cruzou vales obscuros, ouvindo urros de almas em desespero, possivelmente mergulhadas no causticante sofrimento motivado pela permanência vibratória em algum recanto obscuro da consciência. Sem se deter, percebeu à sua volta gigantescos desfiladeiros forjados em meio ao relevo planetário, mas numa dimensão diferente. Os raios solares, cada vez mais difíceis de perceber, pareciam sufocados pelas trevas da subcrosta, que se tornavam mais e mais espessas. No entanto, à medida que escasseava a luz solar, direta, revelava-se à entidade infeliz luminosidade de aspecto artificial, como se um sol atômico ou de outra composição qualquer iluminasse fracamente aquelas bandas. Uma luminescência de tonalidade vermelho-brilhante projetava alguns reflexos estranhos sobre a cordilheira por onde passava. Raspando aqui e ali em alguma escarpa ou material da dimensão extrafísica — não obstante, penetrando com extrema facilidade a matéria física bruta do globo —, ele desceu, afundando-se em medo, angústia e dor antecipada, de maneira crescente. Sua mente estava em ebulição.

Logo que se aproximava do alvo mental — o local onde se reuniam as inteligências mais astutas que até então conhecera —, a mudança do ambiente exerceu qualquer influência sobre suas emoções, ou, antes, as emoções dos seres que ali estagiavam determinavam alterações decisivas na paisagem astral que ora divisava. Como quer que seja, deparou com estranha vegetação que se erguia do solo, em tudo diferente daquilo que tivera notícia quando encarnado, ou mesmo nas regiões umbralinas fronteiriças com a habitação humana. Um musgo marrom-escuro com rajadas violeta se espalhava por toda parte, formando quadro inusitado, se não extravagante. Árvores de aspecto similar a metal retorcido espalhavam seus galhos de aparência grotesca, como a enfeitar a paisagem nada elegante da região. Vento assolador varria, de quando em vez, aquela composição surreal, sem beleza aparente.

O mensageiro descia velozmente, escorregando aqui e ali, como um bicho se esgueira por entre os carrapichos da mata tropical densa. Porém, ali, naquele cenário, a situação era outra. Adentrou um ambiente cavernoso logo em seguida, registrando a presença de almas desesperadas, caminhado sem rumo ou tocadas por algum infame espírito das profundezas, que as submetia ao seu domínio. Esgueirou-se por entre rochas que dificilmente se saberia dizer se eram feitas em matéria física ou estruturadas em matéria astral — que, por falta de um termo mais apropriado, denominaremos de antimatéria.[8] Quase esbarrou num grupo de seres que marchavam como soldados, ostentando uniforme excêntrico, rebuscado,

[8] Lançando mão de uma espécie de licença poética ou literária, o autor espiritual faz uso do termo *antimatéria*, devidamente conceituado no âmbito da física, para exprimir o caráter vil, adulterado ou invertido mesmo da matéria astral manipulada pelos chefes sombrios. Não quer, com isso, causar confusão, nem se referir às propriedades da antimatéria descritas pela ciência humana, mas sim demonstrar, no limite de nosso vocabulário, quão diferente, estranho e peculiar é o tipo de matéria encontrado nas regiões mais profundas e remotas do universo extrafísico.

até, e conduzindo outros seres em franca degeneração da forma astral, acometidos de um fenômeno conhecido como zoantropia.

Quanto mais se acercava do destino de sua peregrinação infeliz, mais e mais sombras pareciam se adensar à sua volta. Também pressentia uma entidade quase viva, onipresente, pulsante. Era o medo, o ódio e o desejo de poder que emanavam da presença dos dominadores ou de seus representantes oficiais. Entrou noutro recanto obscuro, onde assistiu a formas mentais inferiores vagando pelo ambiente, à semelhança de bolas escuras cheias de fuligem, as quais existiam como produto das emoções desconexas e descontroladas dos habitantes do local.

A sombra antes percebida ganhava vida nas paredes ao redor, adquirindo contornos de difícil descrição para qualquer escritor vivo, nas diversas dimensões da vida. Havia vida naquelas trevas; no entanto, uma vida artificial, fria; uma vida fictícia, antinatural. Seria essa a melhor descrição da sensação que transmitiam as trevas, no entorno dos locais por onde passava o miserável ser feito porta-voz das decepções do abismo.

Ao longe, em meio à fuligem de pensamentos que se materializavam de forma hedionda, o emissário de Rascal avistou uma luminosidade, que surgia em meio à paisagem de pesadelo. Era uma torre, diversas torres que constituíam um intricado sistema de edifícios, que, a esta distância, parecia um monte de tijolos espalhados a esmo por alguma mente diabólica. Quando se aproximou mais, a impressão antes observada mudara por completo. Foi-se configurando uma aparência diferente para a construção em direção à qual ele prosseguia. Avistou um complexo de prédios que em nada combinava com o ambiente em que estava incrustado. Edificações modernas, mas que, disfarçadas sob a ação de algum mecanismo, inspiravam em quem se aproximasse sentimentos de agonia, morte e depressão. Mais de perto, podia-se ver com detalhes como seus construtores se esmeraram ao estampar-lhe no aspecto externo um misto de modernidade e elementos estéticos que remontavam à arquitetura norte-americana da primeira metade do século XX.

Sorrateiramente, aproximou-se como um animal medroso, sendo recebido por elegante espírito na forma feminina. A mulher estampava trajes e modos que lembravam as estrelas de cinema da era dourada de Hollywood, nos anos 1940 e 1950. Gentilmente, abriu as portas do edifício e recebeu o emissário, em meio aos reflexos da luz artificial que emprestava ao lugar um ar fantasmagórico. Nada combinava ali. Espíritos envergando ternos clássicos e impecáveis pareciam gângsteres que desfilavam aqui e acolá; chapéus e sobretudos pendurados num canto compunham o quadro interessante. Em grupos, conversavam com voz comedida, cavernosa, gutural.

— Você estava sendo aguardado por nossos superiores! — informou a mulher encarregada da recepção. A ligeira cintilação de seus olhos negros remetia a alguma memória distante de uma vida em que experimentara os sentimentos de humanidade; todavia, observando-os mais de perto, seus olhos modificavam-se logo, deixando transparecer uma crueldade dificilmente disfarçada. Eram os reflexos de uma alma perturbada, submetida aos caprichos de seus donos e senhores.

— Como sabiam de minha vinda aqui? Porventura os chefes já sabiam que seria eu o escolhido para trazer a eles a notícia?

— Nossos chefes são onipotentes e oniscientes nas fronteiras de seu domínio — exagerou a mulher em suas observações. — Antes, porém, terá de se submeter a um exame de sua identidade energética. Não pense que poderá adentrar este ambiente sem se identificar.

— Mas eu cheguei até aqui sem ser sequer percebido por seus guardas. Como querem me identificar somente agora? Não conhecem o superintendente Rascal? Foi ele quem me enviou!

— Não se engane acreditando que teve acesso ao nosso reduto sem passar por um constante e delicado sistema de rastreamento. Em meio às cordilheiras e junto com os seres que você viu enquanto se aproximava, havia especialistas nossos camuflados graças a uma tecnologia de ponta, mas preparados para identificar e rechaçar qualquer um que não tivesse permissão para prosseguir. Desde que você penetrou nos limites vibracionais do submundo, estamos a vigiá-lo. Agora procederemos apenas à última análise de sua identidade energética. Não se preocupe; não doerá nada — zombou o espírito de mulher.

Desfilaram por extenso corredor ainda no andar térreo da construção, em direção a um local que parecia ser blindado. Uma porta altíssima se assemelhava, em sua estrutura, ao aço conhecido dos mortais na superfície. À simples aproximação da mulher, um equipamento oculto realçou sua aura, que se tornara bem visível ao mesmo tempo em que era esquadrinhada e confrontada com os registros que ali mantinham. De uma sala a outra, sistemas de segurança dificilmente imaginados pelos mortais foram sendo acionados um a um, a fim de liberar a entrada do mensageiro obscuro, que trazia a palavra dos guardiões. Adentraram, por fim, novo ambiente iluminado por uma fonte artificial de energia. Espectros,[9] a polícia secreta dos chefes de legião, estavam de guarda. Quando o espírito imundo passou entre os dois seres de aparência exótica, sentiu-se sugado, enfraquecido, roubadas que foram suas reservas vitais remanescentes. Os espectros eram almas vampiras por definição. Prediletos dos chefes de legião, eram vampiros de fluidos; os mais sanguinários e assassinos. Nada semelhante se encontrava entre os homens do planeta Terra, nada que se comparasse a sua natureza.

O suboficial das sombras, conduzido pela mulher que o recepcionara, não teria mais nenhuma resistência caso ensaiasse uma possível revolta ou rebeldia. Ao caminhar entre aqueles seres de característica pouco comum, abdicara das últi-

---

[9] No volume inicial da trilogia *O reino das sombras* (PINHEIRO, Robson. Pelo espírito Ângelo Inácio. *Legião*. Contagem: Casa dos Espíritos, 2006), o autor espiritual introduz as figuras de *espectros* e *chefes de legião* como sinônimos, no que tange ao organograma das trevas, não entrando em pormenores acerca do assunto. Como todo conhecimento novo é revelado em etapas, nesta obra ele dá um passo além ao apresentar os chefes de legião, em verdade, como espectros de alta patente.

mas reservas energéticas. Talvez, sua presença ali houvesse sido premeditada pelos temíveis chefes de legião, os espíritos mais próximos dos dragões ou soberanos do abismo. Quem sabe — indagava-se o pobre e miserável ser — usurpar a vitalidade de quem por ali passasse não fazia parte do aparato de defesa dos donos daquele local? De toda maneira, sabia que não havia mais como voltar atrás. Tremia feito vara verde — pensava, segundo um ditado dos povos da superfície.

O derradeiro sistema de segurança a ser infligido ao infeliz espírito, previamente à sua condução até os chefes do comando, baseava-se nas irradiações eletromagnéticas de cada ser, conforme demonstrado quando a mulher se submeteu àquela varredura. O princípio que regia o funcionamento daquele instrumento é o de que toda inteligência extrafísica apresenta um rastro ou uma identidade de natureza energética. Essa característica jamais pode ser copiada ou dissimulada. Trata-se de uma espécie de digital magnética, que irradia propriedades únicas de cada criatura.

Dessa forma, o atemorizado visitante da superfície foi levado até o aparato tecnológico, que promoveu escaneamento de toda a sua estrutura perispiritual, identificando cada célula, cada emissão eletromagnética irradiada pelo corpo extrafísico. Somente após aquele procedimento altamente sofisticado, foi enfim liberado para falar com os chefes do comando do abismo ou chefes de legião.

Para os poderosos dragões, nenhum dos seus chefes maiores poderia ser aliciado entre os filhos dos homens da atual civilização terrestre. Eles só confiavam em espíritos milenares, em seres que já haviam provado sua capacidade em matéria de inteligência, astúcia, malignidade e alto grau de perigo desde épocas em que a humanidade começava a ensaiar os primeiros passos na superfície do mundo chamado Terra. Portanto, em sua grande maioria, os chefes de legião eram seres cujo passado estava ligado aos povos rebeldes que foram banidos para este planeta em épocas imemoriais. Participaram, em grande parte, das revoltas no antigo continente perdido da Atlântida e, alguns poucos, na Lemúria, ainda tido por muitos estudiosos como uma lenda. E precisamente esse fato, esse aspecto lendário, conferia-lhes notável aura de impiedade, de malvadez, contribuindo para manter a mística que os fazia gozar de posição privilegiada dentro das organizações a que pertenciam. Seriam seres realmente provenientes da Atlântida? Talvez ninguém o soubesse, em verdade; entretanto, uma coisa era inquestionável: eram eles, os chefes de legião, os personagens mais enigmáticos, autênticos representantes dos grandes dominadores do submundo — os dragões ou, também, como eram conhecidos, os maiorais. Considerando que estes evitavam a exposição até mesmo para seus comandados de terceiro ou quarto escalão, o mais próximo a que muitos chegariam de seus superiores era ter a visão de seus ministros mais fiéis, os chefes.

Após a devida identificação por meio dos equipamentos de segurança, o ser sombrio esgueirou-se por entre corredores, sempre na companhia de outro espírito pertencente àquela organização. Levavam-no a um conjunto de escritórios, onde se encontravam dois dos chefes supremos das milícias das sombras. O ser infeliz, que permanecia sob os cuidados do espírito que secretariava os chefões, tremia e miava feito um felino acuado numa emboscada.

— Não tem retorno para mim! Não há como escapar daqui — falava baixinho, para si mesmo, como a prenunciar seu futuro frente aos novos acontecimentos. Ignorava como seria recebido, tampouco como o trataria o ser enigmático, que tanto temia.

Uma porta finalmente se abriu diante dos dois: o espírito mensageiro e a mulher que o guiava. Aliás, mais se parecia um portal localizado entre dimensões diferentes. A natureza exata daquela abertura, daquela brecha entre ambientes distintos talvez demorasse a ser conhecida por alguém. Mas ali mesmo, após passar pela fenda, novo espaço dimensional surgiu à sua frente. Seria uma ilusão de ótica? Possivelmente, jamais o saberia aquele coitado e infeliz. Mesmo assim, pôde perceber que estava num lugar novo, campo totalmente diverso daquele onde se processara a identificação. Quem sabe, ao cruzar o portal, transpusera uma distância inimaginável? Quem sabe, ainda, estivesse nos domínos dos próprios dragões? Isso escaparia para sempre a sua compreensão.

Ao ingressarem no ambiente que lhe era desconhecido — um *hall* de grande proporção —, o espírito prostrou-se, atônito. Um fantasma, uma aparição ou algo assim. Era como ele poderia descrever a forma que se apresentava diante dos dois. A mulher, instintivamente, curvou-se diante do ser medonho que tinha à frente. O quadro sinistro ganhava tons graves devido também aos vários espectros presentes no lugar, de prontidão; afinal, constituíam a delegação policial dos chefes de legião.

— Não pense que estou pessoalmente neste ambiente — soou a voz fantasmagórica, quase mecânica. — Esta é apenas uma projeção mental da qual nos utilizamos para estabelecer comunicação com seres inferiores como você.

O pobre espírito sentia-se infinitamente oprimido, esmagado pela força mental da figura que o rendia e, de maneira gradativa, submetia-o inteiramente a seu poderio, a sua ira.

Com os olhos, os espectros varreram de uma ponta a outra o *hall* onde se encontravam na presença do ser medonho. Sem o perceber, o espírito visitante recuou alguns centímetros, quase sucumbindo a gigantesco pavor, que ameaçava tomar conta de si. A aparição ou a projeção em seguida adiantou-se, como uma silhueta. Era alguém de estatura alta, cujas emanações eletromagnéticas formavam algo como asas que se impunham em torno de si. Essa era a impressão que o miserável espírito das profundezas tinha ao avistar-lhe a imagem. O chefe de legião flutuava na atmosfera infecta do lugar, a qual, para eles, os habitantes daquela dimensão, era considerada perfeitamente normal, a despeito do odor característico que sentiam. Os espectros não se atreviam a levantar o olhar e encarar seus soberanos sem que se lhes concedessem permissão.

A silhueta atravessou o salão e colocou-se diante dos dois espíritos, isto é, a secretária e o infeliz que viera trazer uma notícia.

— Levante-se e olhe em meus olhos — ordenou o vulto enquanto fitava significativamente o espírito.

Sondando-o mentalmente, intensificava cada vez mais o domínio mental e emocional sobre o reles visitante. De onde quer que se projetasse, a forma-pensamento agia na consciência do pobre infeliz. Esquadrinhava seus traumas, medos e fantasias. Silenciosamente estudou a consciência intrusa que viera como mensageiro.

Num rompante de coragem que não sabia de onde tirara, a criatura ousou erguer os olhos à altura do chefe de legião, ou de sua projeção, que o fitava com os olhos vidrados, calculistas. A aparência com que deparou não era exatamente imponente. Mas uma aura de agressividade e crueldade era um tanto presente, palpável, quase física. Como uma névoa má, fria, cheia de ódio.

— Já sei que sua horda fracassou em diversas tentativas — os olhos da aparição se estreitaram, fixando o espírito à sua frente. — Se tem algo mais importante a me dizer, fale enquanto pode, mísera criatura.

Balbuciando, o espírito somente conseguiu repetir a mensagem do guardião: "... e o que tiver de vir, virá. E não tardará!..." —, segundo lhe fora transmitido pelo sentinela do Cordeiro. — "... os tempos são chegados".

As palavras eram repetidas, balbuciadas, quase sem sentido.

Golpe estonteante! Um raio vermelho e dourado! De repente, um instrumento qualquer com talhe de espada crepitou no ar e cortou o espaço à volta, rasgando uma brecha e quase atingindo o espírito que trouxera o vaticínio.

As irradiações em forma de asas negras, que envolviam a estranha aparição, desfaziam-se numa nuvem de fumaça e ribombavam no ambiente com um som ensurdecedor. Os espectros caíram no chão, arremessados pela ira do chefe de seu comando. O espírito que transmitiu a mensagem rolou para um canto obscuro do aposento, enquanto a espada de fogo cortava o ar, procurando um alvo a atingir. Ninguém ali sabia o significado daquelas palavras a não ser o segundo dos maiorais. Ele e os dragões, os poderosos, já haviam ouvido frase semelhante, e agora, como se fosse um código, essa mesma frase fora enviada aos chefes do submundo. Análoga à que ouviram num passado remoto, em mundos há muito perdidos na imensidão de suas lembranças.

O chefe de legião sabia ser inevitável que chegasse o dia em que a ouviriam uma vez mais, mas não sabia que seria já, neste momento histórico; os soberanos e seus pares partilhavam da crença de que ainda restava tempo. Enfim, o conflito novamente se configurava. O momento de agir mais intensamente se aproximava; providências deveriam ser antecipadas. Era o Armagedom — a batalha final entre os representantes do Cordeiro e os representantes dos dragões.[10]

Voltando-se para o ser que trouxera a mensagem dos poderosos guardiões, o chefe de legião, sem pronunciar uma única palavra, mas agindo com toda a intensidade de sua ira, fixou o olhar sobre a raquítica criatura enquanto ela se contorcia em espasmos à frente dos espectros. O espírito espumava, retorcia-se completamente, em espasmos cada vez mais fortes. O senhor daquele lugar sujeitava-o à impetuosidade de sua mente vigorosa, num processo hipnótico que somente poucos

---

[10] O livro do *Apocalipse* ou das *Revelações*, em sua linguagem simbólica, vaticina que sete taças da ira (Ap 16) seriam derramadas sobre a Terra. A sexta delas corresponde ao chamado Armagedom. Vale reproduzir o trecho, de que ressalta a síntese precisa das ações *diabólicas*, bem como o alerta de Jesus, grifado adiante: "Então vi três espíritos imundos, semelhantes a rãs, saírem da boca do dragão, da boca da besta e da boca do falso profeta. São espíritos de demônios, que operam sinais, e vão ao encontro dos reis de todo o

dentre os príncipes das legiões dominavam.

Modificando paulatinamente seu aspecto externo, o ser sob o império da mente genial e tenebrosa pouco a pouco perdia as lembranças daquilo que um dia fora sua humanidade. Em meio à transformação, fluidos grosseiros resultantes da degradação de seu perispírito eram absorvidos sofregamente pelo chefe das hordas do abismo, os quais se elevavam até se converterem em um elemento viscoso e, ao mesmo tempo, precioso para o ser infernal. O pobre espírito teve subtraída a forma humana, assim como as memórias de um arremedo de consciência; caía, a partir de então, numa noite profunda de inconsciência, entre estertores de dor, sofrimento e humilhação. Nada que destoasse do tratamento regular que os chefes da escuridão dispensam àqueles que se acham sob seu impiedoso domínio.

mundo, a fim de congregá-los para a batalha, naquele grande dia do Deus Todo-poderoso. *Eis que venho como ladrão! Bem-aventurado aquele que vigia e guarda as suas vestes, para não andar nu, e não se veja a sua vergonha.* Então congregaram os reis no lugar que em hebraico se chama Armagedom" (Ap 16:13-16; grifo nosso). Todas as citações bíblicas são extraídas da fonte indicada a seguir, salvo quando informado em contrário (BÍBLIA de referência Thompson. Edição contemporânea de Almeida. São Paulo: Vida, 1995).

Durante a explosão de fluidos e energias que compunham o corpo astral da criatura, uma figura nauseabunda, grosseira, uma verdadeira aberração surgiu como resultado do processo induzido de perda da forma. O ser subjugado foi ao chão após a transformação a que fora submetido pela mente daquele comandante das hostes do submundo. Rolando para a lateral do salão, fora mais tarde banido como um amontoado de lixo pelos espectros, que aproveitaram para extrair o pouco que ainda restava de vitalidade naquela alma, que se transformara em algo imprestável. Era o fenômeno da morte imposta e induzida por uma mente mais poderosa; morte da forma e perda da consciência num grau dificilmente imaginado até mesmo por aqueles que se apresentavam, no mundo, como representantes do Cordeiro. Algo a ser estudado em suas minúcias.

Em meio ainda à desagregação perispiritual da criatura infeliz, a imagem do chefe de legião se desfez. Não sem antes convocar um dos espectros para levar o anúncio a seus superiores, os temíveis dragões. O tempo chegara. O juízo se aproximava e teriam pouco tempo para reunir suas forças, a fim de estar de pé — e a postos — para a batalha final. Mas o espectro temeu ser ele o porta-voz da mensagem enviada pelo guardião. Partiu daquele reduto, porém recusou ser o emissário de tão aguardada e temida notícia. Um comunicado enigmático, palavras que somente os *daimons*, os orgulhosos do concílio dos dragões, saberiam interpretar na medida exata dos termos empregados. O que o espectro não sabia é que, ao rejeitar a atribuição de levar o importante aviso, consequentemente omitindo-o dos *daimons*, deflagraria terrível ira sobre si. Um destino implacável, que, no futuro breve, seria desencadeado pelos *daimons*, o poder vibratório supremo do temível concílio dos dragões.

CAPÍTULO 3

Os tempos do fim

"E, por se multiplicar a iniquidade, o amor de quase todos esfriará. E este evangelho do reino será pregado em todo o mundo, em testemunho a todas as nações. Então virá o fim."
Mateus 24:12,14

"Portanto vigiai, porque não sabeis o dia nem a hora em que o Filho do homem há de vir."
Mateus 25:13

ANTES MESMO que iniciássemos nossa tarefa, enquanto ainda nos preparávamos em uma das bases de nossa metrópole espiritual, junto aos guardiões, surgiu o espírito Edgar Cayce, envolto por uma multidão de espíritos outros que queriam a todo custo um momento de conversa com ele. Ele era um dos espíritos que participaria da incursão à área restrita dos dragões, conforme convocação de Anton e Jamar.

Estranhei muito ao ver Cayce com esse ibope todo do lado de cá, pois era alguém muito tímido. Deduzi que a notoriedade que amealhou na Terra tornou-o conhecido e respeitado também em alguns recantos da espiritualidade.

Ele olhou para mim como a pedir socorro, pois diversos alunos da universidade local, junto com outras equipes espirituais de plantão, que futuramente integrariam o corpo de guardiões, queriam muito tirar dúvidas relativas aos chamados eventos finais, de ordem escatológica, ou seja, os acontecimentos que marcariam o início da era de transição no planeta Terra. Edgard Cayce[1] caminhou em minha direção na esperança de que eu o livrasse da multidão. Sinceramente, eu não saberia o que fazer, não fosse o aparecimento súbito de Ranieri e de Voltz, que sugeriram nos reuníssemos por alguns instantes no auditório da universidade antes de partirmos na excursão. Essa ideia foi a salvação de Cayce, pois somente assim se esquivaria do grupo que se acotovelava a seu redor, sedento por informações.

Demandamos o auditório, que casualmente se encontrava vago naquele momento, e cada um assumiu seu lugar. Ranieri tomou a dianteira da conversa, apresentando o sensitivo nascido

---

[1] Norte-americano dotado de extraordinárias faculdades psíquicas, Edgar Cayce (1877-1945) realizou mais de 14 mil *leituras*, como assim chamava os relatos que fazia em estado de semitranse autoinduzido, nos quais realizou premonições importantes envolvendo confrontos armados e afundamento de terras, bem

em Kentucky, embora todos ali já conhecessem ao menos algumas passagens de sua vida e um pouco sobre suas experiências como profeta da nova era, segundo era tido por muitos. De faculdades notáveis, alcançara projeção em virtude de revelações e profecias que marcaram época, muitas das quais ainda por se realizar.

Após as apresentações de Ranieri, que também participaria conosco da excursão a ambientes insalubres das regiões inferiores, Cayce se viu sozinho à frente de mais de 100 espíritos, todos interessados em alguma informação.

O primeiro deles foi um encarnado desdobrado que tinha vínculos com nossa metrópole espiritual, o qual foi logo exprimindo seu questionamento, com ansiedade:

— Durante sua última existência física, diversas vezes você recebeu informações, em grande parte repassadas através de sua mulher, classificadas como proféticas. Como explica os acertos das predições em que não foram fixadas datas

como orientou pessoas que o procuravam. (Fonte: www.edgarcayce.com.br.) O escritor e pesquisador Herminio Miranda, expoente espírita, frequentemente cita faculdades e trabalhos de Cayce em suas obras (ver MIRANDA, H. *A memória e o tempo*. Niterói: Lachâtre, 1994).

específicas para os acontecimentos e, por outro lado, a falha naquelas em que se estabeleceram datas para sua concretização?

Deveras inibido, Cayce respondeu a princípio lentamente, como a se firmar diante da plateia, para logo depois apresentar desenvoltura:

— Quando estamos de posse do cérebro carnal, as informações absorvidas nas dimensões paralelas ou no plano extrafísico são processadas por esse órgão, de forma que aquilo que transmitimos nada é senão uma *interpretação* do que quer tenhamos presenciado em desdobramento ou recebido por via mediúnica. O cérebro humano, muitas vezes — ou isso será devido à cultura grega e cartesiana em que temos evoluído como espíritos? —, tem necessidade de quantificar, mensurar, delimitar prazos e associar cenas ou acontecimentos a períodos específicos. Penso que esse impulso ou condicionamento explique o ocorrido comigo.

"Na verdade, a profecia nada mais é que um momento em que a alma se desprende do corpo denso e passa a apreender, seja no contato direto com as correntes superiores de pensamento, seja através de determinada fonte de inspiração ou inteligência, o conhecimento mais ou menos acurado acerca dos eventos que logo descreverá. É bom notar que, quando tais ocorrências são percebidas pelo vidente ou pelo animista, elas se encontram numa dimensão superior, num *quantum* energético diferente, noutro contexto espaçotemporal. No instante em que regressa ao corpo com tais impressões, ou ao estado normal de vigília, o sensitivo vê-se novamente inserido na dimensão linear na qual transita a civilização, e, então, as informações devem se adequar ao *continuum* espaço-tempo dos mortais, a fim de serem compreensíveis, de fazerem sentido primeiramente para ele mesmo.

"Portanto, a mensagem captada será submetida aos filtros da intuição e da interpretação, mecanismos que sua mente, localizada na dimensão humana, empregará visando à tradução ou à decodificação do conteúdo premonitório a que teve acesso. Provavelmente, essa seja a razão pela qual as profecias com data marcada não puderam ser cumpridas literalmente; contudo, aquelas que não se ocupavam de datas, mas de fatos vindouros ou pretéritos, aí sim, foram comprovadas. Como se pôde ver, esse fato se deve à diferença de dimensões e à inevitável adaptação que uma informação originária do mundo mental sofre ao transpor as barreiras para o mundo sensorial."

Impressionei-me com o argumento de Edgar. Eu não saberia elucidar com tamanha riqueza de detalhes as questões referentes às profecias. Principalmente em se tratando de fenômenos cujo epicentro ou agente era ele próprio; isto é, além de experimentá-los, como sujeito, agora se punha a analisá-los, e com tal profundidade. Edgar estava tranquilo, ou, pelo menos, bem mais à vontade do que antes, em meio à multidão que o cercava. Outro espírito levantou-se e, empertigando-se, perguntou:

— Queremos saber se os eventos classificados nas profecias como antefinais, ou seja, associados aos momentos que precedem a renovação do planeta, são realmente tão catastróficos assim, conforme foram anunciados, ou podemos entendê-los num sentido mais simbólico. Minha dúvida — esclareceu o espírito, que estudava em nossa universidade local — deve-se a rumores de que estão em andamento preparativos, em esferas superiores, para organizar uma interferência mais direta no plano físico, medida que somente se justificaria na iminência de algo mais drástico na história planetária.

Cayce parecia meditar por algum tempo, como que a reunir seus conhecimentos e traduzi-los de maneira clara para os alunos ali presentes. Nós, no entanto, seus amigos mais próximos, também tínhamos interesse pelo assunto. Foi nesse clima de curiosidade, de busca por respostas a questões que julgávamos urgente compreender, que o experimentado paranormal desenvolveu seu raciocínio.

— Comecemos nossas considerações — disse ele — fazendo uma passagem pelos escritos que são tidos como sagrados pelos cristãos: a Bíblia e, mais precisamente, o livro das revelações ou Apocalipse. Talvez assim possamos compreender melhor a questão do simbolismo e da literalidade dos ensinamentos proféticos que você chama de antefinais, conforme estão escritos primariamente nesse livro.

"No Apocalipse, emerge a imagem representativa do dragão, que, segundo afirma o apóstolo João, 'levou após si a terça parte das estrelas do céu, e lançou-as sobre a terra'.[2] Podemos entender esse elemento pelo menos de acordo com dois ângulos distintos, e nem por isso excludentes, uma vez que esta é uma das propriedades da linguagem simbólica: pode ser aplicada a diversas épocas e lugares.

"Primeiramente, vemos na figura do dragão os espíritos rebeldes que decaíram de sua pretendida intelectualidade, de seu éden, de seu mundo

---

[2] Ap 12:4. Outras referências aos feitos do dragão em Ap 12-13.

de origem, e foram degredados para o planeta Terra[3] em épocas imemoriais. Desse modo, o símbolo do dragão torna-se algo antigo, muito mais antigo do que a história humana, pois que está presente desde a ocasião em que os espíritos rebeldes vieram para nosso mundo, em épocas recuadas no tempo e difíceis de precisar.

"Porém, se quisermos trazer o simbolismo para algo contemporâneo, podemos identificar no dragão a imagem da China — cuja tradição milenar é fortemente associada a esse animal mitológico, em vários aspectos — e da maneira como tem galgado posições no cenário global, tendendo brevemente à sucessão na liderança econômica, em detrimento dos protagonistas que a exercem nos dias atuais. Esse fenômeno pode ser expresso como arrastar *a terça parte das estrelas do céu*.

"Complementando essa última interpretação, observemos a Grande Babilônia. O livro a descreve como sendo o lugar onde os reis e governantes da Terra realizam suas compras e seus negócios.[4] Ora, pode-se visualizá-la como uma referência à cosmopolita Nova Iorque, palco onde imperam o

---

[3] Cf. Ap 12:9,13.

[4] Cf. Ap 17:18; 18:3,9,11,15 *passim*. Ap 18 se ocupa inteiramente da queda de Babilônia.

dinheiro, as bolsas de valores e todos os grandes investimentos da atualidade.[5] Quando a profecia do Apocalipse discorre a respeito da queda da Grande Babilônia,[6] o texto é cristalino ao predizer a queda da cidade que reúne o maior número de banqueiros, as riquezas e os reis da Terra.[7]

[5] Cf. Ap 18:12-14. E ainda: "Vou mostrar-te o julgamento da grande Prostituta, que *está sentada à beira de águas copiosas*", explicado mais adiante: "As águas que viste onde a Prostituta está sentada são povos e multidões, nações e línguas" (Ap 17:1,15, cf. *Bíblia de Jerusalém*). É no mínimo curioso, considerando-se que a cidade de Nova Iorque tanto é sede da ONU como está espalhada pelo estuário do Rio Hudson; tem não só o epicentro — Manhattan — localizado numa ilha, como, dos outros quatro distritos, somente Bronx situa-se no continente.

[6] Ao fazer sua interpretação espírita das profecias, o espírito Estêvão já identifica Babilônia — como símbolo da cultura hebraica, associado à antiga figura de Babel (cf. Gn 10:10) — à cidade de Roma e ao Vaticano; e, em última análise, às grandes metrópoles do mundo. Como bem observa o próprio Cayce, a linguagem simbólica incita leituras diversas, mas nem por isso opostas, e sim complementares. Como um todo, o estudo da obra aqui indicada amplia ainda mais o entendimento sobre o livro profético (PINHEIRO, Robson. Pelo espírito Estêvão. *Apocalipse*. Contagem: Casa dos Espíritos, 1998/2005, caps. 14-15, p. 213-226).

[7] Entre várias outras passagens comprobatórias, podem-se citar:

"Portanto, poder-se-ia considerar um vaticínio para os próximos anos a queda da economia representada pela cidade de Nova Iorque, desde a falência do sistema financeiro aí estabelecido, passando por bancos e bolsas de valores, até a derrocada das concepções que, a partir dali, norteiam a prática econômica mundial.[8] Além disso, há o aspecto físico, a destruição da cidade ou de grande parte dela em decorrência de um cataclismo de ordem climática ou geológica. É como assevera o

"e os mercadores da terra se enriqueceram com a abundância da sua luxúria"; "Os reis da terra, que com ela se prostituíram e viveram em luxúria"; "E, sobre ela, choram e lamentam os mercadores da terra, porque ninguém mais compra a sua mercadoria"; "Os teus mercadores eram os grandes da terra. Todas as nações foram enganadas pelas tuas feitiçarias" (Ap 18:3,9,11,23).

[8] Há quem possa arguir que, mesmo admitindo a premissa de que a Babilônia apocalíptica esteja associada à *Big Apple*, a cidade já sofreu abalo similar ao que sugere o personagem Cayce. A Crise de 1929, que afetou seriamente a economia mundial, foi ocasionada justamente pela quebra da Bolsa de Nova Iorque, e inclusive teria sido prevista pelo sensitivo, que estava encarnado à época. A ver qual das interpretações prevalecerá. Sabe-se que semelhante evento, hoje, teria repercussões devastadoras, devido à globalização e à consequente integração das economias ao redor do globo, que tornam muitíssimo veloz o fluxo de capitais. Basta notar os

livro profético: 'Numa só hora foi assolada!'.[9]

"Outras predições lemos nas Escrituras, ao refletir sobre aspectos mais abrangentes da *escatologia* — matéria que se ocupa das ocorrências finais.

"No Apocalipse, o apóstolo transcreve, psicografa ou simplesmente registra: 'Olhei enquanto ele abria o sexto selo. Houve um grande terremoto. O sol tornou-se negro como saco de cilício, e a lua tornou-se como sangue'.[10] Nesse versículo, sugere-se fortemente que eventos de natureza cósmica farão parte, em alguma medida, do momento que precede a grande transformação. No próximo lance mencionado pelo autor, vemos indícios de alteração no movimento de rotação que a

efeitos diários das oscilações nos mercados, que se espalham, no ato, de um continente a outro. A mais grave crise desde a Grande Depressão, cujo estopim se deu em setembro de 2008, é bom exemplo disso.

[9] Ap 18:19. A afirmativa é recorrente, ao longo do capítulo: "num mesmo dia virão as suas pragas", "Numa só hora veio o teu juízo", "Numa só hora foram assoladas tantas riquezas!" (Ap 18:8,10,16). É também clara alusão ao Antigo Testamento, recurso joanino para legitimar a profecia: "Mas ambas estas coisas virão sobre ti num momento, no mesmo dia" (Is 47:9).

[10] Ap 6:12.

Terra descreve, ou em seu eixo imaginário, o que fará com que as constelações hoje avistadas no céu mudem de lugar: 'As estrelas do céu caíram sobre a terra, como quando a figueira, sacudida por um vento forte, deixa cair os seus figos verdes'.[11]

"Completando o discurso a seus conterrâneos tanto quanto à posteridade, o vidente de Patmos ainda anota: 'O terceiro anjo tocou a sua trombeta, e caiu do céu uma grande estrela, ardendo como uma tocha, e caiu sobre a terça parte dos rios, e sobre as fontes das águas; o nome da estrela era Absinto. A terça parte das águas tornou-se em absinto, e muitos homens morreram das águas, que se tornaram amargas'.[12]

"Em compensação, é o próprio Jesus quem anuncia, no Evangelho de Mateus: 'Logo depois da aflição daqueles dias, *o sol escurecerá, a lua não dará a sua luz*, as estrelas cairão do firmamento e os corpos celestes serão abalados. Então aparecerá no céu o sinal do Filho do homem, e *todos os povos da terra se lamentarão* e verão o Filho do homem, vindo sobre as nuvens do céu, com poder e grande glória'.[13]

[11] Ap 6:13.

[12] Ap 8:10-11.

[13] Mt 24:29-30 (grifos do autor espiritual).

"Como podemos entender todas essas predições? Sol e Lua não oferecerão sua luz,[14] e uma estrela chamada Absinto cairá do céu.[15] Necessariamente, isso significa que eventos cósmicos abalarão de alguma forma o planeta, afetando o sistema de vida no mundo conhecido."

E, dando uma pausa para digerirmos tantas informações, Edgar Cayce observava atentamente sua plateia de espíritos famintos por conhecimento. Continuou logo após:

— Podemos considerar, e eu creio nisso de maneira literal, que uma das formas como ocorrerá a partida de milhares e possivelmente milhões de seres da esfera física para a dimensão astral, no contexto de um expurgo planetário, é através de um cataclismo de grandes proporções, talvez um cometa ou asteroide que ponha em risco a vida na Terra. Quem sabe, em virtude de uma ameaça comum a todos, os homens cessem suas vãs lutas e guerras e se unam para proteger sua morada planetária? É o que podemos depreender das palavras do Apocalipse, descritas há pouco, ao citarem a estrela de nome Absinto. Eis apenas uma das maneiras pela qual se dará o ingresso de vasta porção

---

[14] Cf. Ap 6:12; Mt 24:29.

[15] Cf. Ap 8:10-11.

da humanidade na esfera mais próxima da Terra.

"Outro mecanismo é o recrudescimento de pragas e pestes no cenário global, conforme prevê o livro profético ao discorrer sobre as 'sete últimas pragas'.[16] O texto sugere-nos a ação de algum agente patogênico capaz de provocar o que João chama de praga, isto é, um inimigo invisível que ocasionará o desencarne de grande parte da população, pronta a deixar a morada terrena por meio de uma transmigração.

"Como podemos imaginar que parcela significativa — o Apocalipse fala em um terço[17] — da humanidade abandone a indumentária carnal a não ser através de eventos drásticos? Por certo não se alcançará tal façanha pelos meios convencionais. E, por mais chocante que isso possa parecer ao homem encarnado, é importante lembrar que a verdadeira civilização é a que se compõe de espíritos.[18] Em cataclismos e mortes aparentemente

---

[16] Ap 15:1. As sete últimas pragas são objeto de Ap 15:6-8; 16.

[17] Assevera o texto bíblico: "(...) a fim de matarem a terça parte dos homens"; "Por estas três pragas foi morta a terça parte dos homens" (Ap 9:15,18).

[18] Segundo observa o codificador do espiritismo, "O mundo espírita [ou dos espíritos] é o mundo normal, primitivo [ou primordial], eterno, preexistente e sobrevivente a tudo". (KARDEC, Allan.

violentas e em massa, o que morre é apenas o corpo, não o indivíduo.

"Também entram em cena no Apocalipse grandes abalos de ordem climática, apontados quando os sete anjos derramam sobre a Terra 'as sete taças da ira de Deus',[19] simbolizando seu furor. Trata-se de eventos atmosféricos e geológicos que assolariam o globo, tais como tempestades de granizo,[20] contaminação das águas de rios e oceanos,[21] terremotos, maremotos[22] e outros

---

"Introdução ao estudo da doutrina espírita". In: *O livro dos espíritos*. 1ª ed. esp. Rio de Janeiro: FEB, 2005, item VI, p. 31. Idem: "Mundo normal primitivo", itens 84-87, p. 112-113 — este, dos textos espíritas essenciais e de leitura altamente recomendável).

[19] Ap 16:1.

[20] "E sobre os homens caiu do céu uma grande saraivada, pedras que pesavam cerca de um talento. E os homens blasfemaram contra Deus por causa da praga da chuva de pedra" (Ap 16:21). Contudo, a sétima trombeta, anterior à sétima das últimas pragas, já mencionava "grande chuva de pedras" (Ap 11:19).

[21] O segundo e o terceiro anjos derramam as respectivas taças sobre os mares (Ap 16:3) e, em seguida, rios e fontes (Ap 16:4).

[22] O Apocalipse aponta "um grande terremoto, como nunca tinha havido desde que há homens sobre a terra, tal foi o terremoto, forte e grande" (Ap 16:18). Outras referências a terremotos: Ap 6:12; 8:5; 11:13,19.

eventos próprios da natureza terrestre. Tais modificações que o planeta vem sofrendo são necessárias, a fim de abrigar a nova humanidade, que surgirá das cinzas da antiga, num período que ainda não se pode precisar, embora haja evidências suficientes para inferir sua aproximação.

"A grande guerra do Armagedom, predita para desenrolar-se exatamente onde hoje temos a confluência de povos belicosos,[23] é consequência da taça vertida pelo sexto anjo, segundo a profecia. Ele derramou a sexta taça 'sobre o grande rio Eufrates, e a sua água secou-se, para que se preparasse o caminho dos reis do Oriente'[24]. Do Oriente Médio, o confronto se espalharia ao redor do globo: 'São espíritos de demônios, que operam sinais, e *vão ao encontro dos reis de todo o mundo, a*

---

[23] A *Bíblia de Jerusalém*, que adota a forma *Harmagedón*, defende tratar-se da montanha de Meguido — ou Megido, segundo outras traduções —, citada em diversos versículos do Antigo Testamento (Js 17:11; Jz 1:27; 5:19; Zc 12:11; 2Rs 23:29 etc.). Atualmente, a localidade palestina está a cerca de 130km ao norte de Jerusalém, em território israelense.

[24] Ap 16:12. Na *Bíblia de Jerusalém* o trecho figura de modo ainda mais significativo no que se refere à interpretação dada pelo personagem: "E a água do rio secou, *abrindo caminho* aos reis do Oriente" (grifo nosso). Um dos dois grandes rios da antiga Meso-

fim de congregá-los para a batalha, naquele grande dia do Deus Todo-poderoso'.[25] É uma clara alusão a um conflito mundial; portanto, um evento de amplas proporções, com efeitos políticos e socioeconômicos devastadores. Tão graves são as implicações apontadas, que se fala da 'guerra do Grande Dia do Deus Todo-poderoso',[26] dando a entender que na batalha final os poderes do mundo estariam em flagrante contradição com a política do Cordeiro.[27]

"E, no decorrer de tudo isso, tempos difíceis, de provação, nos quais haverá escassez de alimento e dificuldade para comprar e vender. Somente aqueles que tiverem a marca da besta — um artefato de identificação que estará preferencialmente na mão ou na testa — poderão executar transações

---

potâmia, o Eufrates corta o território correspondente hoje à Síria e ao Iraque.

[25] Ap 16:14 (grifo nosso).

[26] Ap 16:14 (cf. *Bíblia de Jerusalém*).

[27] Já quando o quarto e o quinto anjos derramam suas respectivas taças, o texto lamenta: "mas não se arrependeram para lhe darem glória"; "e por causa das suas dores, e por causa das suas chagas, blasfemaram contra o Deus do céu, e não se arrependeram das suas obras" (Ap 16:9,11). E ainda Ap 17:14 serve de base para a interpretação de Cayce acerca da guerra do Grande Dia.

comerciais. 'E fez que a todos, pequenos e grandes, ricos e pobres, livres e escravos, lhes fosse posto um sinal na mão direita, ou na testa, para que ninguém pudesse comprar ou vender, senão aquele que tivesse o sinal, ou o nome da besta, ou o número do seu nome'.[28]

"Todas essas informações serão meros delírios de alguém sujeito a uma espécie de transe, enlouquecido pela ação de algum alucinógeno? Ao contrário, as palavras proféticas precisam ser levadas a sério, pois qualquer indivíduo com o mínimo de bom senso haverá de notar a ligação estreita de tais acontecimentos com os dias atuais, como jamais se viu.

"Muitos argumentam que o conhecimento obtido por via profética está em oposição à ciência — forma soberana de apreensão do saber para o homem contemporâneo — e que, portanto, deve ser rejeitado. Sem entrar no mérito de que a ciência material sistematicamente recusa objetos de estudo que não compreende ou não são capazes de proporcionar lucro, e sem enveredar pela realidade de que a ciência espírita aí está, há mais de 150 anos, devassando o laboratório da mediunidade, podem-se propor contra-argumentações interes-

---

[28] Ap 13:16-17.

santes, a fim de refutar aquela tese. Em primeiro lugar, se o método profético deve ser desprezado porque seus resultados não alcançam 100% de acerto — o que supostamente demonstraria sua falácia —, há que desprezar igualmente a economia, a meteorologia e a medicina, para citar apenas três ramos da ciência que erram, erram muito em seus prognósticos. Em segundo lugar, caso se defenda que, para validar a profecia como ferramenta legítima, exige-se a abdicação das faculdades do raciocínio, colocando-a assim em oposição à essência do saber científico e mesmo filosófico, há que perceber que tal posição decorre tão somente de preconceito. Paulo de Tarso, das maiores autoridades em matéria de mediunidade, já alertava para o fato de que *interpretação* do conhecimento é diferente — e maior — do que *comunicação*, pura e simplesmente, e que para a interpretação se requer o uso da razão, da inteligência. Veja um exemplo do que diz em seu tratado sobre o assunto: 'O que profetiza é maior do que o que fala em línguas, a não ser que também interprete para que a igreja receba edificação'.[29]

[29] 1Co 14:5. Todo o capítulo (1Co 14) trata de mediunidade, e Paulo instiga o raciocínio em diversos pontos, entre eles: "mas o meu entendimento fica sem fruto. Que farei, pois? Orarei com o espí-

"Em linguagem mais ou menos simbólica — evidentemente distinta da que se emprega no discurso científico, mas nem por isso inferior ou inválida —, podemos ver, na maioria das profecias e predições mais recentes, que sucedem ao Apocalipse, desdobramentos dos acontecimentos que vaticinou o vidente de Patmos. Afinal, não é para menos, caso se considere a informação constante no introito desse mesmo livro, que afirma serem as revelações patrocinadas por ninguém menos que o próprio Cristo,[30] que administra, em suas mãos, os destinos do mundo."

Nunca havia visto Cayce com tanto fôlego, especialmente ao se reportar às profecias do Novo Testamento; do Apocalipse, enfim. Suas palavras pareciam haver sido tragadas pelos ouvintes atentos da plateia de espíritos. Resolvi me levantar, inspirado pelo clima eletrizante, e indagar o amigo espiritual:

— Quer dizer, então, que as profecias de Nostradamus,[31] as suas próprias, Cayce, e as de

---

rito, mas também orarei com o entendimento"; "sejais (...) adultos no entendimento" (1Co 14:14-15,20).

[30] Cf. Ap 1:1.

[31] Michel de Nostredame (1503-1566) ou Nostradamus foi uma espécie de farmacêutico francês, notabilizado pelas previsões

outros videntes, de caráter escatológico, na verdade estão em sintonia com as de João Evangelista, em seu livro das revelações? E como entender este final dos tempos, para o qual convergem as principais profecias?

— O período chamado *fim dos tempos* ou *tempo do fim* nada mais é do que o conjunto de acontecimentos que precede a fase de colheita sideral, em que as consciências que evoluem na Terra depararão com os frutos de sua trajetória até então. Na ocasião, serão submetidas à seleção, de modo que aquelas que estiverem afinadas com uma vivência razoavelmente superior poderão permanecer na psicosfera deste orbe. Os demais — segundo penso, a maioria — serão transferidos de habitação planetária e terão de recomeçar a caminhada espiritual em outros mundos compatíveis com seus valores, seu progresso e suas conquistas. Indubitavelmente, esse momento de aferição de resultados corresponde ao período em que o glo-

em verso decassílabo que escreveu, em grupos de cem, daí serem chamadas centúrias. De grande erudição, tinha conhecimentos de astrologia, astronomia, alquimia, medicina e línguas, embora seja controversa sua obra, vítima ainda de falsificações. Sua personalidade ganhou projeção em vida, a ponto de ter despertado a atenção de reis da França (fonte: http://en.wikipedia.org/wiki).

bo enfrentará comoções estruturais, de ordem geológica e climática, que acarretarão impactos em toda a natureza, tal qual a conhecemos. Algo comum e esperado, se considerarmos mundos da categoria do nosso. Em paralelo, esse momento histórico será caracterizado por uma crise de graves proporções em âmbito social, econômico e espiritual, pois esses pilares também devem sofrer abalos. Pelo que temos estudado, todos os fatores convergem para um determinado tempo em que o planeta Terra se alinharia ao eixo imaginário galáctico. Esse evento poria o orbe sob o influxo de emanações eletromagnéticas específicas, que de alguma maneira influenciariam em seu clima, em seu movimento de rotação e em outros aspectos mais.

"Como esses eventos já foram pressentidos, captados ou canalizados por diversos médiuns, videntes e animistas ao longo dos tempos, é natural imaginar que as informações correspondam entre si, em maior ou menor medida. Eis o que ocorre com as profecias de João, no Apocalipse, e de outros profetas e videntes que lhe sucederam."

O sistema de comunicação de nossa metrópole proporcionava que as imagens correspondentes aos pensamentos de Cayce se formassem em torno dele, e com tal vivacidade que víamos em três dimensões tudo aquilo que nos relatava. Suas palavras pareciam ter vida própria. Sensibilizados pelas emoções que elas transmitiam e suscitavam em cada um de nós, vários espíritos presentes levantaram a mão ao mesmo tempo. Contudo, somente a um deles, apontado pelo expositor, foi dado externar suas dúvidas:

— Como se pode entender a separação entre o joio e o trigo, conforme consta na parábola do próprio Jesus, registrada no Evangelho de Mateus?[32]

Edgard Cayce mais uma vez foi brilhante na resposta, demonstrando grande intimidade tanto com as palavras bíblicas e seus conceitos quanto com a parte dos estudos teológicos denominada escatologia. Com imensa boa vontade, explicou:

— A separação entre o joio e o trigo, ou entre bodes e ovelhas, encontra síntese no processo de ajuste vibratório das almas que ficarão na Terra e das que partirão para outros mundos do universo.

---

[32] Cf. Mt 13:24-30,36-43. Os versículos finais consistem na explicação da parábola enunciada a partir do vv. 24. Entretanto, mais especificamente sobre o dia do juízo, a figura registrada pelo evangelista é outra, que menciona a distinção entre bodes e ovelhas (cf. Mt 25:31-46): "e ele [o Filho do homem] apartará uns dos outros, como o pastor aparta dos bodes as ovelhas" (Mt 25:32).

É natural que nessas transmigrações e expurgos planetários haja uma comoção em nível acentuado e bastante abrangente, o que serve também para constatar e fomentar os valores, o conhecimento e a vivência ética de quantos experimentem essa fase especial na história do orbe. O joio, naturalmente, não será queimado no sentido literal[33] do termo, mas arderá nas provações dolorosas pelas quais passará a humanidade. Provas necessárias, mas não injustas,[34] farão com que bons e maus, sábios e ignorantes sejam testados perante sua consciência, bem como à luz de suas conquistas — ou pretensões? — de espiritualidade.[35]

"O juízo, evento que ocorre em momentos evolutivos especiais na história dos mundos, as-

---

[33] O aspecto metafórico é destacado inclusive na explicação dada por Jesus: "Assim como o joio é colhido e queimado no fogo, assim será na consumação deste mundo" (Mt 13:40). Dois outros versículos reiteram a queima do joio (Mt 13:30,42). Na parábola dos bodes e ovelhas, a imagem é análoga: "Apartai-vos de mim, malditos, para o *fogo* eterno" (Mt 25:41; grifo nosso).

[34] Ao abordar o juízo final, o Apocalipse é cristalino: "e foram julgados cada um segundo as suas obras" (Ap 20:13). Ver também: Ap 20:12; 22:12.

[35] Atesta Jesus, a respeito: "Se aqueles dias não fossem abreviados, nenhuma carne se salvaria, mas por causa dos escolhidos serão

sim como ocorreu no passado terreno,[36] ora se inicia com a fase de seleção dos espíritos da Terra. Os deportados, aqueles que serão expatriados, iniciarão sua trajetória numa civilização distante, provavelmente relembrando a morada planetária de onde foram expulsos, em que deixaram seus amores, seus encantos e forjaram seu caráter em experiências milenares. Não há necessidade de intervenção miraculosa e sobrenatural vinda do espaço ou de alguma estância do universo; as próprias crises que se estabelecerão no mundo se incumbirão de dividir, selecionar e eleger, com base no mérito e nas reações individuais, aquelas almas que sairão vitoriosas das provas que cada qual está destinado a enfrentar. Em meio ao bur-

---

abreviados aqueles dias" (Mt 24:22). Ver também Mt 24:40-44.

[36] Admite-se que o dilúvio bíblico (Gn 7:6-12) faça alusão ao fato que marcou o desaparecimento de continentes antigos, como Lemúria e Atlântida, e no texto do Gênesis há fortes evidências de que se trata de um juízo, que determina o regresso de muitos capelinos e outros espíritos mais a seus planetas de origem: "(...) se romperam todas as fontes do grande abismo, *e as janelas dos céus se abriram*" (Gn 7:12). O paralelo feito pelo evangelista reforça essa hipótese: "e não o perceberam, até que veio o dilúvio, e os levou a todos, *assim será também a vinda do Filho do homem*" (Mt 24:39; grifos nossos).

burinho dos elementos do planeta, dos sinais dos tempos, forja-se novo juízo.

"Muitos sábios, cientistas e intelectuais da atualidade, caso sejam banidos para outros mundos da imensidade, lá talvez sejam considerados deuses, homens especiais e enviados das estrelas, devido ao conhecimento que têm arquivado na memória espiritual. Não obstante sua orientação ética e moral entre em choque direto com os princípios e com a política do Reino."

Outro espírito foi apontado por Cayce, entre aqueles que antes haviam se manifestado. Alegre por ter sido escolhido para expressar suas dúvidas, o jovem estudante da academia de nossa metrópole perguntou, entusiasmado:

— Ao mencionar espíritos que abandonarão a morada planetária, devemos entender que serão apenas espíritos rebeldes ou luciferinos, da categoria dos dragões e seus semelhantes? Isto é: serão poupados os espíritos comuns dos viventes?

Novamente entrava na pauta a situação dos dragões, espíritos milenares para os quais nossa atenção se voltaria nos próximos dias, em nossa incursão às dimensões mais densas.

— Primeiramente — começou Cayce —, falar em *poupar* pode induzir a pensar que haja vítimas entre os deportados. Convém lembrar que não existem vítimas neste processo de seleção natural ou de saneamento do elemento psíquico do planeta. Sobretudo porque, ao conceber-se uma vítima, pressupõe-se a manifestação de um algoz. Como, todas as vezes em que ocorre, esse acontecimento é patrocinado pelas leis da evolução, segundo essa linha de raciocínio o algoz seria necessariamente o próprio Deus, o que não se pode admitir racionalmente. Desse modo, devemos entender semelhante processo seletivo como um marco histórico previsto na trajetória de todos os mundos do universo, e não somente na do planeta Terra.

"Agora, voltemos à sua pergunta, mais propriamente. Aqueles a que você se refere como *espíritos comuns* são tão comuns quanto os que chamamos dragões, pois ambos têm gênese idêntica; foram todos criados pelo supremo arquiteto do universo, a quem denominamos Deus e Pai. Examinando sob esse ponto de vista, os espíritos que atualmente são classificados como dragões, tanto quanto seus asseclas, ministros e servidores mais próximos terão todos oportunidades análogas às de quaisquer outros. Ocorre que, para esses seres, largamente comprometidos com a justiça sideral, com a ética universal, há mundos cujo estágio evolutivo os torna propícios a abrigar criminosos cósmicos, seres de inteligência tão brilhante quanto extraordinária é sua rebeldia. Dada a ameaça que representam, provavelmente não possam conviver com os ditos espíritos comuns nos mundos onde serão exilados. Caso isso se desse, estes estariam sujeitos à truculência e à tirania que não conhece limites, característica indissociável daquelas almas, ao menos por ora; padeceriam de um assédio consciencial em grau máximo, com requintes de devassidão e perversidade de que somente indivíduos tão versados na maldade são capazes. Em grande maioria, os espíritos que não se renovarem na vivência superior também serão deportados, conforme sua situação íntima; entretanto, cada qual destinado a moradas planetárias adequadas ao nível de perigo inerente ao contexto de suas almas."

Talvez Edgar Cayce não quisesse avançar nos detalhes, pois os espíritos ali presentes não estavam predispostos a se aprofundar no assunto, mas apenas queriam algumas informações. Havia certa informalidade peculiar à ocasião, uma vez que de modo algum se assemelhava a um curso ou coisa equivalente. Foi imbuído desse espírito que outro indivíduo perguntou, demonstrando extrema curiosidade:

— Podemos saber se você aprendeu, em contatos com dimensões mais altas, algo a respeito de possíveis alterações na inclinação do eixo imaginário do planeta e as consequências desse fato para a sobrevivência da humanidade?

Edgar Cayce esboçou um leve sorriso, como a adivinhar que, por trás da pergunta do jovem espírito, havia muito mais intenções do que ele externara pelas palavras. Mesmo assim, respondeu:

— Os cientistas encarnados já se deram conta de que algumas variações no eixo imaginário do planeta estão em andamento.[37] Ainda assim, não é motivo para inquietação nem para que se instaure um pandemônio de especulações acerca de eventos drásticos e dramáticos, tal como está em voga entre determinada classe de espiritualistas.

---

[37] A título de exemplo, transcreve-se reportagem sobre abalo sísmico ocorrido em fevereiro de 2010. "Cientistas da Agência Espacial Americana (Nasa) afirmam que o terremoto de magnitude 8,8 que atingiu o Chile no dia 27 pode ter reduzido a duração dos dias na Terra. (...) O dado mais impressionante levantado no estudo é sobre o *quanto o eixo da Terra foi deslocado pelo terremoto*. Gross calcula que o abalo sísmico deve ter movido o eixo do planeta (o eixo imaginário sobre o qual a massa da Terra se mantém equilibrada) por 2,7 milissegundos (cerca de 8 centímetros)." (Extraído de: http://noticias.terra.com.br/ciencia/noticias/0,,OI4297069-EI8147,00-Terremoto+do+Chile+encurtou+os+dias+na+Terra+diz+Nasa.html. Grifo nosso.)

A modificação na inclinação do eixo da Terra é algo perfeitamente planejado pela administração sideral e, como disse, já está em curso. Naturalmente, de uma forma ou de outra, tal realidade afetará em algum nível o sistema de vida que conhecemos. Contudo, não há indícios de que será o acontecimento central, responsável pelas alterações mais substanciais previstas no calendário da administração sideral; será apenas um dos fatores, entre tantos, que ajudarão a compor o momento histórico definido como tempo do fim. Sabe-se que interferirá na distribuição das estações ao longo do ano, além de outros impactos que acarretará sobre o clima e a geografia, tais como acelerar o derretimento das calotas polares — fenômeno que, notoriamente, tem ocorrido de maneira gradativa.

"No que tange à constituição ou à fisiologia do ser humano, a mudança no ângulo de inclinação do eixo imaginário da Terra promoverá sensíveis alterações no duplo etérico de seus habitantes, o qual oscilará em até 30 graus, reproduzindo, no microcosmo, a variação observada no macro-organismo planetário. Esse ajuste na posição dos corpos etéricos em relação à sua contraparte física favorecerá o contato dos humanos encarnados com elementos sutis que compõem o cinturão de pensamentos superiores que circundam a aura do orbe terreno. Com isso, assistiremos ao aumento da intuição, da inspiração e de outros fenômenos ligados à mediunidade.

"Temos estudado as demais implicações dessa mudança não só sobre os veículos energéticos de manifestação da consciência, mas também as consequências que acarretará para o corpo físico das pessoas encarnadas. Embora prematuro, pois ainda não chegamos a nada de concreto, muito menos de conclusivo sobre o assunto, é seguro afirmar que as pesquisas apontam para a seguinte direção. Uma vez redimensionados, os duplos etéricos influenciariam na formação de novos corpos, adaptados à nova humanidade, conforme exigirá o quadro geral do mundo em que se verão os humanos encarnados. Tais aparelhos orgânicos deverão ser capazes de levar a vida a efeito em um orbe seriamente prejudicado do ponto de vista ecológico, mas favorável à renovação, devido ao processo seletivo que, a essa altura, estará em fase adiantada.

"Acerca desse tópico, diversas são as hipóteses plausíveis, a serem confirmadas mediante observações mais acuradas e diretas. Entretanto, de uma coisa temos certeza: o corpo físico do homem novo haverá de experimentar alguma transformação, tanto quanto seu sistema etérico ou vital, a fim de habitar o mundo depois das mudanças significativas que nos reserva este início de era, a se esboçar nos céus da humanidade. Talvez não devamos esperar alterações tão visíveis e espetaculares assim, como alguns teimam em imaginar, mas simplesmente algo novo, diferente, embora compatível com a conjuntura da civilização nascente, na iminência de reinventar-se. É bom lembrar o alerta de Paulo de Tarso ao escrever à igreja de Tessalônica: "pois vós mesmos sabeis muito bem que o dia do Senhor virá *como o ladrão de noite*";[38] ou seja, discreto, sem alarde.

"Não nos enganemos, porém. Antes que a humanidade se renove plenamente, antes que haja a completa higienização do panorama espiritual do mundo, teremos muito, muito trabalho pela frente. Enfileiram-se resultados que denotam a necessidade de reparo na engrenagem, a qual pede sejam reciclados paradigmas, modelos e práticas não sustentáveis, que têm concorrido para a destruição no nosso mundo."

Antes de prosseguir, Cayce mediu as reper-

---

[38] 1Ts 5:2 (grifo do autor espiritual). A figura do ladrão é repetida em outras passagens do Novo Testamento com esse propósito de associá-la à vinda de Jesus e à exortação à vigilância (cf. Mt 24:43-44; 2Pe 3:10; Ap 3:3; 16:15).

cussões de suas palavras na audiência, que permanecia atenta. Como se sentisse ressonância nos ouvintes, resolveu avançar mais um pouco em sua exposição.

"A esse propósito, há uma reflexão muitíssimo importante a fazer quando pensamos em renovação em nível mundial, a fim de erradicar, desde já, distorções bastante comuns na interpretação do fato. Não se pode admitir que a humanidade inteira se modifique segundo o acanhado padrão ocidental; nem sequer podemos tomá-lo por base, tão somente porque não é assim que se processam as revoluções de caráter cultural. Requer-se cautela ainda maior quando se analisam as transformações globais sob a perspectiva das religiões ocidentais, cujos teóricos e expoentes historicamente têm restringido a abrangência dos ensinamentos originais de acordo com seu olhar, muitas vezes empobrecido, eivado de preconceitos ou, simplesmente, guiado por objetivos e interesses escusos. A realidade que perdura a despeito das intrigas religiosas é que existe um enorme contingente de espíritos que nunca ouviram falar do Cristo e, muito menos, de princípios espíritas e espiritualistas; mais importante, desconhecem quase por completo os ensinos, virtudes e valores do Evangelho, sintetizados na mensagem de Jesus.

"Portanto, deixemos de lado a ideia de que daqui a alguns anos toda a Terra estará renovada, segundo nossas tímidas e arcaicas concepções religiosas. Se considerarmos tão somente o aspecto social e religioso, temos a maioria da população mundial vivendo um sistema de vida calcado em paradigmas diferentes daqueles que forjamos na cultura judaico-cristã, derivada dos gregos, a qual se convencionou chamar de civilização ocidental. É por demais irracional pretender que Deus renove o planeta expurgando os milhões ou bilhões de seres que não pensam nem agem como nós ou como ditam nossas diretrizes culturais. Ninguém há de negar que essas criaturas humanas têm o direito de ser respeitadas em seu modelo de vida, em sua tradição espiritual; em última análise, em sua forma de viver e pensar — tanto quanto nós outros.

"Sob esse prisma, é fácil perceber que a mudança geral não será algo assim tão preto no branco como pretendemos; não é como seguir uma cartilha, adotar um manual ou obedecer a preceitos de qualquer doutrina, bem sabemos. Ao contrário, a administração sideral leva zelosamente em conta a diversidade cultural do planeta Terra e a riqueza espiritual de todos os povos, com suas verdades e crenças, que merecem, tanto quanto aquelas com as quais nos identificamos, todo o apoio e a consideração, tendo em vista limitações, possibilidades e desafios que lhes são peculiares."

Edgar Cayce acabou sendo muito mais abrangente do que provavelmente pretendesse o espírito que o interrogou sobre o tema; suas palavras ofereceram ampla possibilidade de estudos, revelando um número muito maior de implicações do que pensáramos anteriormente. Não obstante, após breve pausa e silêncio ante as palavras de Cayce, outro espírito aventurou-se a perguntar:

— Quando se fala em mudanças gerais no sistema de vida do nosso planeta, qual a relação entre as alterações climáticas e a influência do homem encarnado no ecossistema, em seu equilíbrio geológico, climático e atmosférico?

Quase sem pensar, ou seja, imediatamente após a pergunta do rapaz, o sensitivo norte-americano pôs-se a responder, como se já esperasse aquele tipo de questionamento:

— Temos de entender que as reviravoltas de ordem climática, mesmo os efeitos concretos mais radicais e intensos, como aqueles que observamos na atualidade, não são eventos de caráter absolutamente inédito. No decorrer da história sideral de todos os mundos, e não somente da Terra, ocorrem mudanças, em intervalos de tempo variáveis, mas que fazem parte do desenvolvimento geológico de cada orbe na imensidade. Conquanto esteja ao alcance dos integrantes das esferas física e extrafísica a condição de acelerar ou retardar o processo em andamento, reiteramos: transformações como as que estão em curso são perfeitamente naturais. Aos residentes da casa planetária é dado grande poder, é verdade. Cabe-lhes assegurar e arquitetar o futuro de sua morada, por meio dos pensamentos e das atitudes, quer de preservação da vida e da riqueza ecológica, quer de exploração gananciosa e desmedida.

"Mudanças climáticas, variação das estações, degelamento dos polos, inversão da temperatura em alguns lugares são todos fenômenos previstos em diversos instantes da história dos mundos. A singularidade é que, ao homem moderno, pela primeira vez em sua civilização, é dado viver de perto episódios similares àqueles que o passado lendário ou pré-histórico conheceu, de maneira mais ou menos grave, mas predominantemente sem a presença do homem. A ignorância das massas sobre o assunto, ou mesmo de autoridades e formadores de opinião ao redor do globo, inclusive sob o ponto de vista histórico, faz com que apareçam ou seja necessário eleger culpados por essas reviravoltas. Desconhecem a realidade de que, por mais que o homem procure atenuar a situação vigente, ele apenas consegue interferir na *veloci-dade* do processo, precipitando ou desacelerando os acontecimentos. Contudo, de modo algum repousa em suas mãos o poder de iniciar ou gerar o processo de transformação, como se fosse ele o estopim ou o agente máximo da natureza.

"De acordo com essa perspectiva, não é descabido formular o seguinte questionamento. Será que a celeuma suscitada pelos movimentos de preservação da natureza pode ter alguma motivação menos evidente? Será que em sua maioria podem ser classificados como movimentos eminentemente ecológicos, sem reservas, ou há componentes políticos e econômicos em jogo, inclusive do lado dos ativistas? Parece correto afirmar que muitos têm feito da ecologia plataforma para se autopromoverem ou promoverem seus produtos e ideologias, e isso à revelia de grande parte dos envolvidos, que não abarcam o panorama integralmente. Do ponto de vista espiritual, de quem observa dos bastidores da vida, grassam manipuladores e manipulados em quase todas as categorias ligadas ao processo: na mídia, entre políticos, cientistas, corporações ou entre aqueles que realizam uma ingerência oculta, mais ligados a interesses de ordem econômica ou religiosa. Em comum, o fato de procurarem esconder as verdadeiras intenções e os verdadeiros vilões nessa história.

"Esperemos que nossos irmãos da Terra acordem do grande maia, saiam da matrix, a fim de desvendarem o que está por trás do jogo de cena vendido por alguns e comprado pelas multidões. Que façam o que lhes cabe, sim, sem se privar do papel de agentes de Deus *no mundo*; porém, que passem a atuar com mais conhecimento de causa, sem ingenuidade, de modo que nosso mundo seja melhorado e preservado na qualidade de vida que nos oferece, tanto quanto for possível, para tornar-se a habitação de uma humanidade mais feliz."

Desta vez Cayce conseguiu causar um incômodo na plateia de espíritos. Deixando apenas vestígios acerca do que abordara — instigando e sugerindo mais do que declarando —, o sensitivo incentivou-nos a realizar pesquisas mais acuradas, mais minuciosas sobre o sistema de vida do planeta e sobre nossas responsabilidades, inclusive nas esferas política, social e ecológica. Nesse clima, a turma formulou mais uma pergunta, então verbalizada por um guardião:

— Na atualidade, observa-se número relativamente acentuado de eventos meteorológicos ou climáticos, tais como maremotos, enchentes, terremotos, vulcões em erupção e outros fenômenos; a impressão que se tem é de aumento em sua frequência. Pergunto: acaso advêm de uma causa comum ou guardam ligação com a natureza do mundo espiritual? Isto é: tais fatos são produto de alguma ocorrência extrafísica e refletem algo em andamento nas dimensões próximas à Crosta ou constituem episódios isolados, sem relação entre si?

A questão, que parecia complementar a anterior, demonstrava o interesse crescente no tema, levando Cayce a falar de maneira mais pausada, como a nos induzir a reflexões mais profundas sobre o tema.

— Devemos lembrar que todo acontecimento na esfera extrafísica provoca reações no mundo físico, como também é correto afirmar que os eventos mais intensos e dramáticos no mundo físico correspondem a grandes mudanças realizadas, previamente, na dimensão espiritual ou extrafísica. Sob esse prisma, notamos que o incremento do número de abalos sísmicos e de movimento das placas tectônicas — fato associado à eclosão de maremotos, erupções vulcânicas, terremotos e outros fenômenos de natureza geológica — corresponde exatamente ao momento em que se opera a reurbanização da esfera astral. Já estão em curso acontecimentos decisivos e importantes para o futuro da humanidade, que requerem, por sua vez, reforma e modernização da paisagem extrafísica.

"Além disso, é possível estabelecer uma relação entre as comoções de caráter social, político e econômico que assolam a civilização desta primeira metade do século XXI e os preparativos para a grande seleção dos espíritos da Terra. Numa ponta, estão os benfeitores a dirigir os destinos da embarcação terrena, sob a coordenação de Jesus. De outro lado, há aqueles que têm seu olhar igualmente voltado para o juízo, seja intuindo, seja conhecendo claramente que a hora decisiva se aproxima. Por isso, mobilizam seus esforços em estertores finais, focando inteiramente sua atenção na promoção da política dos ditadores do abismo — os dragões e a sua forma de vida.

"Voltando ao objeto da pergunta, não podemos esquecer que o homem também interfere nos efeitos climáticos e colabora na aceleração dos processos naturais de renovação e comoção geológica do globo. Em alguns casos, chega ao extremo de usar sua ciência para provocar, deliberadamente, deformações no equilíbrio climático, infligindo impactos à natureza para atender a fins bélicos e geopolíticos. É isso mesmo!

"Sem que a maioria da população o saiba, atualmente cientistas têm testado seus equipamentos e executado experimentos com o clima do planeta, patrocinados pelo exército e pelas forças armadas e por órgãos secretos de inteligência, a serviço de certas nações. Maremotos, terremotos e furacões já deixaram de ser apenas eventos estritamente naturais, fruto da movimentação ordinária na estrutura do planeta, para se sujeitarem à manipulação e à interferência pretensamente científica de estados e governos, não obstante procurem disfarçar suas façanhas com *releases* e argumentos que intentam confundir a população. Alguns projetos em andamento nos dias atuais são desenvolvidos no Alasca, na Rússia, na China e em outros países. O objetivo, um só: controlar o clima e dirigir contra inimigos políticos catástrofes de ordem climática, de maneira que a guerra travada hoje nos bastidores da geopolítica internacional tem na face climática sua vertente mais moderna. Cientistas têm desenvolvido métodos de bombardear a estratosfera com raios e ondas de natureza magnética, estudando que tipo de alteração tendem a provocar no clima de algumas regiões do planeta.

"Evidentemente, tais fatos não foram admitidos oficialmente, nem são de domínio do público, pois permanecem sendo negados com veemência pelos seus agentes. Assim como insistem em negar, ainda hoje, que se apossaram de tecnologia alienígena ou que guardam em seus *bunkers* e laboratórios, localizados em regiões de difícil acesso, seres e equipamentos de visitantes do espaço, capturados e cativos há anos ou décadas em nosso mundo. Militares e políticos envolvidos em tais assuntos, tanto quanto os cientistas mantidos por eles, buscam a todo custo desacreditar as informações que eventualmente ameaçam seus segredos. A mídia e os meios de comunicação também lhes recebem a influência poderosa. E, sem que o povo saiba, algum estratagema é engendrado nos laboratórios da dimensão física; experimentos de grande efeito sobre o clima traduzem apenas uma parte dessa trama.

"Há, contudo, uma ilusão a se intrometer na mente dos indivíduos, uma ferramenta de manipulação geral ou hipnose crônica e coletiva, que tem mexido com a forma de ver a vida e de pensar de boa parcela da humanidade.

"Oficialmente, as emissões de gases de efeito estufa, sobretudo o gás carbônico (CO_2), são apontadas como a principal causa das mudanças climáticas. Sobre elas repousa a grande culpa pelos desastres naturais. Na realidade, o povo tem sido massa de manobra política nas mãos de homens que não têm escrúpulos ao induzir as multidões a pensar aquilo que lhes interessa. Grupos de homens poderosos, detentores do poder entre os mortais; corporações e organizações cuja face visível são governos e personalidades da política, seus agentes a alimentar de informações a mídia, levando o povo a vislumbrar tão somente o estreito horizonte delineado por eles.

"Debrucemo-nos por um instante sobre determinado aspecto da manipulação de questões ecológicas. Ao examinar os efeitos de certas situações sobre o clima, notamos que as classes política e científica, de modo geral, calam-se perante a calamidade do lixo e do problema que ele representa para o ecossistema. Como solucionar o problema do lixo em suas diversas categorias? Lixo comum ou doméstico, atômico, tóxico e hospitalar, eletrônico, sem falar nos detritos industriais... Como resolver o impacto de milhões de toneladas de lixo produzidas diariamente, ao redor do globo, pela população de um mundo que aprecia cada vez mais a comodidade ilusória do que é descartável? É interessante como se pode disfarçar a presença de vilões reais como esse, substituindo-os por outros imaginários — ou, ao menos, sobre os quais há controvérsias —, simplesmente porque trazem escondidos em seu bojo o interesse político.

"Adicione-se aos fatores já citados o desafio da educação ambiental, de como viver bem e com qualidade junto às fontes e reservas naturais sem lhes perturbar o equilíbrio. Esse ponto tem recebido atenção suficiente por parte das autoridades e dos formadores de opinião? Existem ainda outras fontes de poluição para as quais se deve despertar, que merecem ser enfrentadas e solucionadas. Sem o perceber, a população tem-se deixado levar por ideias difundidas através da televisão, da internet e dos demais meios de comunicação, que têm em comum sobreviverem todos do patrocínio de corporações, laboratórios e políticos, muitos deles intimamente associados aos ditadores do submundo, nas profundezas astrais.

"Eis que proponho a todos refletir sobre a atuação do homem no sistema de vida do planeta Terra e, mais ainda, a respeito da capacidade que o pensamento tem de acelerar e manipular as forças da natureza, seja com objetivos pacíficos ou não. À parte as convicções pessoais, que certamente conferem parcialidade a qualquer relato, meu objetivo, acima de tudo, é lançar questionamentos e levantar discussões sobre pontos universalmente aceitos e muitas vezes irrefletidos. Se meu discurso for capaz de produzir inquietação e despertar curiosidade sobre aspectos comezinhos, mas essenciais, considero que atingi meu intento — no alvo."

Mais uma vez, Edgar Cayce deixou a plateia

pensativa, até mesmo um pouco preocupada, principalmente ao mencionar a manipulação do clima com fins geoestratégicos, algo dificilmente imaginado pelos encarnados, mas perfeitamente viável mediante os avanços da tecnologia atual. E, embora a tensão tenha tomado alguns de assalto após tais cogitações, as perguntas continuaram:

— Mudando um pouco o rumo das perguntas, gostaria de regressar a um tema visto anteriormente, relativo à escatologia. Na prática, como se preparar para este momento definido nos Evangelhos como o fim dos tempos[39] e o que significam esta e outras expressões similares,[40] utilizadas por Jesus e nas mensagens proféticas do Novo Testamento?

Edgar Cayce mais uma vez demonstrou sua predileção pelos temas que têm como foco as palavras bíblicas, do Evangelho em particular. De modo que respondeu com extrema boa vontade:

— Contanto tenha discorrido sobre o tema, há outros aspectos a abordar. Ademais, são ines-

[39] Cf. Mt 24:3.

[40] Nas passagens aqui indicadas, bem como em diversas outras, o Novo Testamento fala do *dia do juízo* (Rm 2:5; Hb 9:27; 2Pe 2:9; 1Jo 4:17; Ap 11:8; 14:7; 20:12) e da segunda *vinda de Jesus* (Lc 21:27; Tg 5:8; Hb 10:37; 1Jo 2:28), empregando ainda variantes como o *grande dia* (Jd 1:6; Ap 6:17), o *último dia* (Jo 12:48), a *consumação*

gotáveis as visões sobre a Palavra. Uma vez que sua mensagem é de livre interpretação, nenhuma pode pretender ser a única, nem a mais correta, e ninguém pode arrogar a si o privilégio de considerar-se *eleito*.

"De acordo com o que tenho aprendido com os mensageiros que me instruíram ao longo da vida, o tempo do fim ou o fim dos tempos refere-se ao término de uma era, que talvez possa coincidir com rupturas de períodos geológicos, mas que sobretudo é de ordem espiritual, econômica, política e sociocultural — ou todos esses campos em uníssono. É uma tese natural a de que todo fim pressupõe um recomeço. Dessa maneira, podemos entender o fim dos tempos como um novo começo, uma nova oportunidade e uma nova etapa necessária para a evolução da humanidade, à qual cabe descobrir e consolidar valores mais adequados e capazes de promover satisfação em seus integrantes. Nada além disso."

---

do século (Mt 13:49; 28:20; Hb 9:26) e o *dia do Senhor*, termo da tradição dos profetas (Am 5:20; Sf 2:3; Ml 4:5; Zc 14:1), mas também usado pelos apóstolos (At 2:20; 1Co 5:5; 2Co 1:14; Fp 2:16; Ap 16:14). Ainda que existam nuances da hermenêutica que estabeleçam diferenças entre essas expressões, todas se referem aos eventos escatológicos.

Cayce não poderia ser mais sucinto. Eu mesmo cheguei a pensar que ele se alongaria nas observações, mas conseguiu resumir muito bem sua visão, sem deixar de ser profundo. Novamente foi um guardião quem o interpelou, formulando nova pergunta:

— Na época atual, em que vários acontecimentos políticos e sociais, e também de natureza climática e geológica, têm se precipitado no mundo, os habitantes encarnados devem esperar mudanças mais sensíveis ainda nesta geração ou as grandes mudanças ocorrerão em um futuro incerto?

— As mudanças já começaram! Indubitavelmente — asseverou Cayce, convicto e inflamado com o tema. — Ocorre que tais modificações são graduais, e não bruscas, não pelo menos nesta fase de transformação, proporcionando à população um período para que possa se adaptar. Entretanto, também como já foi dito, mesmo esse tempo para se habituar é enganador ou relativo, pois as palavras do Novo Testamento são claras: este dia haverá de vir como o ladrão, "assim como o relâmpago [que] sai do oriente e se mostra até o ocidente".[41] Ou seja, de alguma maneira podemos esperar mudanças radicais e repentinas, embora

---

[41] Mt 24:27 (similar em Lc 17:24).

aquelas que ora observamos ainda não representem o fim. "Todas estas coisas, porém, são o princípio das dores",[42] conforme acentua Jesus em seu sermão profético.[43]

Antes que mais algum espírito pudesse se manifestar com mais dúvidas sobre o assunto, Edgar Cayce deu por encerrada a reunião improvisada e, valendo-se da ajuda de um dos guardiões, saiu sorrateiramente pelos fundos do edifício da universidade, evitando assim o assédio dos interessados e curiosos sobre sua pessoa e os temas que lhe eram familiares. Afinal, ele sabia da necessidade de nos prepararmos para a incursão à dimensão dos dragões; não havia como adiá-la muito mais. Os guardiões superiores tinham pressa e eram de certa forma pressionados pela administração planetária, o governo oculto do mundo.

[42] Mt 24:8. O evangelista Marcos reitera: "Levantar-se-á nação contra nação, e reino contra reino. Haverá terremotos em diversos lugares, e fomes. Estas coisas são o princípio de dores" (Mc 13:8).

[43] Paulo de Tarso emprega uma figura interessante para falar das transformações às vezes dolorosas, objeto de análise das últimas questões: "Sabemos que toda a criação geme como se estivesse com *dores de parto* até agora" (Rm 8:22); "Meus filhinhos, por quem de novo sinto as *dores de parto*, até que Cristo seja formado em vós" (Gl 4:19; grifos nossos).

CAPÍTULO 4

Os maiorais do inferno

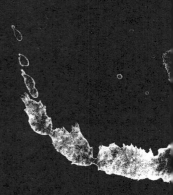

"Como caíste do céu, ó estrela da manhã, filha da alva! Como foste lançado por terra, tu que debilitavas as nações! Tu dizias no teu coração: Eu subirei ao céu; acima das estrelas de Deus exaltarei o meu trono; no monte da congregação me assentarei, nas extremidades do norte. Subirei acima das mais altas nuvens; serei semelhante ao Altíssimo."

Isaías 14:12-14

RELATOS DE UM GUARDIÃO DA NOITE

O PENSAMENTO de um dos poderosos dragões deslocou-se além dos limites vibracionais do seu corpo mental. Algo que os mais rígidos ou ortodoxos entre os religiosos diriam ser impossível. O ser deslocava-se quase tranquilamente através do limbo entre as dimensões; estava em busca de algum rastro magnético, a identidade energética de algo que conhecera há milhares de anos e agora, talvez, pudesse servir de rota de fuga para ele e alguns dos eleitos.

As energias mentais estavam começando a se estabilizar nessa busca incessante, que já durava alguns séculos.

Na última tentativa, acoplara-se mentalmente a um dos pilotos de uma nave terrestre que fora programada para lançar-se ao espaço. Mas foi repelido tão logo a tal nave alcançou os limites vibratórios do planeta. Havia uma barreira intransponível no momento, algo que advinha de dimensões superiores e que ele, o inumano, não poderia romper por forças próprias.

Mas parecia que os habitantes do planeta Terra estavam ficando perdidos, quase apavorados, como quando se encontravam em plena crise mundial.[1] E essa era uma situação que favorecia os planos do ser aprisionado nas esferas sombrias.

Para onde quer que olhasse ou onde espreitasse, ele encontraria sinais de que o seu tempo estava se esgotando no calendário universal. Ele e seus companheiros, os espíritos em prisão,[2] te-

---

[1] O guardião da noite, personagem responsável pelos relatos registrados pelo autor espiritual neste ponto da obra, certamente se refere às grandes guerras mundiais (1914-1918 e 1939-1945), apogeu das crises da civilização humana no século XX, segundo parece ser consenso entre os espíritos, nas observações registradas a esse respeito em obras mediúnicas diversas.

[2] "(...) mas vivificado pelo Espírito; no qual também foi, e pregou aos *espíritos em prisão*; os quais noutro tempo foram rebeldes, quando a longanimidade de Deus esperava nos dias de Noé" (1Pe

riam um pouquinho de tempo[3] apenas. Algo que os homens, tanto cristãos quanto espiritualistas de forma geral e espíritas em particular, não entenderiam, pois interpretavam o tempo apenas dentro dos rígidos parâmetros humanos. Não conheciam ainda as escalas cósmicas. De alguma maneira, uma catástrofe aproximava-se e um evento no infinito se esboçava. Mas teria de tirar proveito da ignorância daqueles que figuravam como embaixadores do sistema de governo do Cordeiro, da política divina.

O ser viu suas suposições confirmadas quando sondou as mentes dos representantes do Cristo, daqueles que presumivelmente estampavam as verdades de ponta, embora relativas. Digladiavam entre si, querendo cada qual ser o centro das atenções. E isso serviria muito bem aos seus propósitos. No planeta Terra, a crise era iminente; disso não havia como duvidar. Mas não somente o sistema de vida ruía, o bioma em si, como

3:18-20; grifo nosso).

[3] "Pois ainda em *pouco tempo* aquele que há de vir virá, e não tardará." (Hb 10:37; grifo nosso). Variantes da expressão destacada são largamente utilizadas na Bíblia para designar, entre outros fatos, o juízo, a restauração ou a presença de Jesus (Jo 7:33; Ap 6:11; 12:12; 17:10; 20:3 etc.).

também os valores e tudo que constitui o aparato político e socioeconômico vigente, da religião às instituições e relações mais simples da sociedade. O bioma terrestre estava estertorando, embora os esforços esparsos com o intuito de reverter a situação. Fato que o ser que se considerava um eleito conhecia muito bem. E sabia também como tirar proveito daquela realidade em benefício de sua estirpe de seres especiais. Pelo menos assim ele se considerava e a alguns de sua raça.

Desde o começo das mudanças que os religiosos de todas as denominações, incluindo os espiritualistas, gradualmente abandonavam a luta. Perdiam-se em brigas entre facções e entre membros da mesma facção.

O inumano procurava vestígios de trilhas energéticas que já havia identificado dentro do próprio planeta Terra e que sabia existirem espalhadas na galáxia, pelos diversos recantos do universo. Segundo acreditava — e não estava tão errado assim —, serviriam como condutos ou favoreceriam o transporte e os caminhos que levavam a outros setores do cosmo. Essas rotas ou trilhas foram detectadas ou teorizadas pelos cientistas terrestres e classificadas como "buracos de vermes",[4]

---

[4] "Em física, um *buraco de verme* ou *buraco de minhoca* é uma ca-

embora permanecessem pouco exploradas, devido aos parcos recursos da ciência na Crosta. Mas, para ele, um cientista da natureza, havia como localizar essas trilhas.

No planeta Terra, ele e seus sócios de degredo já haviam identificado pelo menos uma centena dessas trilhas dentro das fronteiras vibratórias do mundo dos humanos, mas nenhuma delas servia para o escape, para a fuga do planeta maldito. A utilidade daquela espécie de túnel se limitava ao transporte entre dimensões; somente isso.

Quando do exílio para esta terra onde se encontravam, muitos dos antigos habitantes de outra esfera vieram por meio dessas trilhas energéticas. E em tempo recorde, considerando o empuxo que adquiriam e as velocidades espantosas que os veículos extrafísicos atingiam dentro desse fluxo eletromagnético existente no universo. No entanto, o caminho contrário não era possível percor-

racterística topológica hipotética do *continuum* espaço-tempo, a qual é em essência um 'atalho' através do espaço e do tempo. Um buraco de verme possui ao menos duas 'bocas', as quais são conectadas a uma única 'garganta' ou tubo. (…) O termo *buraco de verme* (*wormhole*, em inglês) foi criado pelo físico teórico estadunidense John Wheeler, em 1957" e encontra respaldo teórico na relatividade geral (fonte: Wikipédia).

rer, pelo menos para seus comparsas e ele, o ser monstruoso que se denominava um dragão.

Há alguns milhares de anos, muitos dos expatriados haviam regressado a seu mundo de origem, porém, eles, os renitentes, foram aprisionados, acorrentados magneticamente nas regiões inferiores do planeta, por decreto divino, superior. O estranho ser supunha que aqueles que retornaram ao seu ambiente original o tivessem feito por aqueles condutos, a bordo de veículos apropriados a esse tipo de locomoção interespacial. Deduzia que os remanescentes poderiam valer-se das mesmas trilhas energéticas, na eventualidade de escaparem da prisão no mundo Terra. Estava à espreita, pesquisando, arquivando conhecimentos que, mais tarde, decerto seriam úteis a sua fuga. Na Crosta, esses "atalhos" do espaço sideral foram denominados buracos de verme por cientistas que apenas os admitiam como hipótese, embora houvesse mais e mais os que aceitavam sua existência.

Enquanto o ser não descobrisse qual caminho fizeram os antigos deportados em seu retorno aos mundos de origem, qualquer outra busca seria inútil. Havia inúmeras possibilidades. Uma delas seria acoplando-se mentalmente a um astronauta da organização terrestre conhecida por suas iniciais: NASA. Talvez, nessa acoplagem mental e energética, pudesse escapar da força de atração gravitacional terrestre, juntamente com esse suposto hospedeiro, que seria ejetado do orbe numa missão especial ou científica. Já tentara essa técnica dada ocasião; por algum motivo, entretanto, não conseguira. Segundo suas elucubrações, uma vez no espaço extra-atmosférico, gozaria de liberdade para procurar as trilhas energéticas desconhecidas dos habitantes da Crosta e, aí sim, deixaria para sempre o desafortunado mundo-prisão chamado Terra. Porém, as coisas não se passaram como previra, provavelmente por causa de um pequeno erro de cálculo ou uma falha na maneira como se apossou do hospedeiro humano.

Agora tentaria outras abordagens; uma metodologia completamente inovadora. Para esse empreendimento, deveria identificar algum dos tais buracos de verme espalhados pelo universo, o que requeria acesso irrestrito ao mundo da superfície — e não apenas na forma de projeções do pensamento, mas na potencialidade total de seu corpo mental, que se fora reduzindo ou comprimindo ao longo dos milênios.

A experiência lhe mostrava como ser perseverante, e mais: que perseverar sempre leva aos objetivos. Projetando seu pensamento, visitou um cientista após o outro e cada um dos laboratórios mais importantes da face da Terra. Estendeu sua investigação inclusive aos laboratórios não oficiais, aqueles mantidos em segredo pelo serviço de inteligência de certos países, cuja existência chega a ser encoberta até mesmo a seus próprios chefes de estado.

Embora a ciência oficial parecesse estar numa encruzilhada, fadada ao insucesso devido à ingerência financeira dos grandes laboratórios e donos do poder — por sua vez, sujeitos ao império dos senhores da escuridão —, havia institutos e órgãos de pesquisa avançada que nem mesmo o mais aplicado dos doutores do mundo, do mundo oficial, suspeitava existir. Em obscuros recantos do planeta, encravados na profundidade do solo, operavam laboratórios erguidos — ou escavados? — pelos homens encarnados, por agências e corporações que se destinavam a experiências extraoficiais. Eram exatamente esses os locais que lhe interessavam, ignorados do público e da mídia. Queria aliar seus métodos desenvolvidos na dimensão paralela àqueles cultivados na esfera física, usufruindo os recursos desses centros avançados de pesquisa.

Na superfície, para os humanos da Crosta, a ciência ainda tateava na busca por sistemas de vida fora da Terra. Muitos entendiam que, em escalas cósmicas, qualquer civilização que não conseguisse dar um passo decisivo na direção do cosmo, que não alastrasse seus tentáculos a outros setores da galáxia, estava fadada a desaparecer. Mas, para determinado grupo de cientistas, que se refugiava nos vastos complexos à margem do mundo e da maioria dos mortais, a vida extraterrestre já constituía uma realidade concreta. Possuíam informações que a população mal imaginava e que escapavam também à mídia, manipulada por um dos detentores do poder, de modo particular. Ele sabia disso, afinal, era o número um entre os maiorais. Sabia, ainda, que a sociedade terrena não desapareceria, tampouco se extinguiria. De igual forma, reconhecia, em toda sua pujança, a verdade de que tanto ele como os demais soberanos e seus asseclas experimentariam todos o degredo, mais uma vez. A essa constatação não podia se furtar.

Não havia no mundo quem pudesse lhe fornecer os detalhes completos a respeito das trilhas energéticas ou que o abastecesse de informações confiáveis sobre como identificá-las e como funcionava o mecanismo de transporte interestelar. Aqueles que estavam em condições de fazê-lo — os abomináveis guardiões superiores — jamais passariam tais informações. Eram aliados do Cordeiro e de seu sistema de governo.

O ser tornou a mudar sua forma de agir, seu caminho na busca por informações. Resolveu procurar uma forma de produzir e acumular suficiente energia a ponto de lhe conceder o empuxo necessário para atirar-se ao espaço, uma vez que, com seus próprios recursos, não conseguiria fazê-lo. Afinal, consumia suas reservas vitais integralmente na manutenção da estrutura do seu corpo mental, ao longo dos milhares de anos, de modo a evitar ou retardar ao máximo as degenerações a que estava sujeito.

Diversos integrantes de sua organização haviam enlouquecido durante os milênios de rebeldia e prisão nos recantos mais obscuros e tenebrosos do planeta.[5] Poucos conservavam a razão. Além disso, haviam abandonado por completo a forma humanoide que um dia apresentaram. Talvez os superiores, os representantes da justiça divina, almejassem a plena deterioração do aspecto que tinham previamente ao degredo, a fim de as-

---

[5] A título de esclarecimento, vale relembrar os postulados espíritas: "Nem todos [espíritos], porém, vão a toda parte, por isso que há regiões interditas aos menos adiantados" (KARDEC, Allan. *O livro dos espíritos*. 1ª ed. esp. Rio de Janeiro: FEB, 2005, item 87, p. 113).

sumirem em caráter definitivo a compleição humana da Terra. Mas, para ele, isso representava, além de um retrocesso, uma humilhação; a verdadeira degradação. "Ora, misturar-me àqueles primitivos ou sequer admitir ser confundido com eles... Jamais!" Sem contar que, para tal, deveria ter aceitado, num passado longínquo, reencarnar em meio aos espécimes da raça terrena, imergindo no mundo das formas, algo completamente impensável para os maiorais.

O senhor das trevas sabia que culturas encapsuladas estavam fadadas ao declínio e ao consequente desaparecimento na poeira dos séculos. Com eles não haveria de ser diferente, caso não aceitassem os impositivos da lei suprema da reencarnação. Ou ficassem indefinidamente nas dimensões próximas à crosta terrestre, sem reencarnar. Era algo que parecia, à primeira vista, um paradoxo, mas que impunha a necessidade de encontrar outra saída para o grupo minoritário dos dirigentes ou da elite das trevas.

Quanto mais se ocupava de investigar os rastros de energia deixados para trás pelos guardiões que saíam e entravam no planeta ou, então, à medida que empregava recursos tecnológicos de laboratórios da Crosta tanto quanto das dimensões invisíveis com esse intento, mais ele se convencia de que estava investido de uma atribuição especial, missionária. A ele cabia um papel de protagonista nos destinos dos povos do desterro. Na hipótese de ele e seus consortes — eleitos e maiorais — fugirem acoplados ao espírito dos astronautas ou por meio de outro artifício qualquer, jamais retornariam ao "horrendo" planeta Terra, segundo pensavam.

Sua trajetória seria diferente. Já sabiam inclusive aonde ir, embora os milênios que ficaram cativos do mundo dos humanos. Estava convicto de que encontraria um jeito de rastrear as trilhas energéticas alojando-se sutilmente na mente de cientistas e sondando, sem ser notado, os avanços da técnica dos terrestres nesses laboratórios do subsolo, encobertos a todos os governos e à própria elite cultural da Terra.

O ser novamente recolheu-se em seu casulo mental, o corpo no qual se restringia por períodos incalculáveis de tempo. Dali, e em si mesmo, arquivava conhecimentos que extrapolavam a imaginação dos habitantes da Crosta; era um arquivo vivo. Subsequentemente, assumiu seu corpo fluídico e escultural. Na verdade, havia uma série de corpos artificiais de diferentes aspectos no depósito que mantinha em seu esconderijo. Muitas centenas de quilômetros abaixo da superfície, numa dimensão insuspeita aos doutos e sábios do mundo, correspondente às proximidades do núcleo planetário, esculpira seu recanto, seu reduto, que mantinha em absoluto sigilo, escondendo-o mesmo dos outros maiorais, que considerava inferiores a si. Afinal, restavam pouco mais de 600 espíritos que guardavam lucidez, entre os mais de mil dragões aprisionados na Terra. Entre estes, havia o seleto grupo de maiorais, a elite do abismo, composta apenas por sete membros — os representantes máximos dos dragões. E, entre os sete, ele era o número 1.

Mas aquele aparato escultural humanoide do qual se apropriou tinha conformação quase impossível, tão bem acabado era. O mais exímio dos artistas do mundo dificilmente conseguiria esculpir algo assim especial e sofisticado. A beleza natural exibida pela forma esguia não deixava transparecer sua essência artificial. Irradiava uma espécie impressionante de aura, que lhe conferia uma sensação quase humana de vida; um magnetismo que as demais inteligências das sombras jamais conseguiriam imprimir aos corpos que criavam. A técnica e a força mental empregadas na elaboração daquele tipo de envoltório singular, no qual se alojara o dragão, não eram conhecidas na Terra nem mesmo pelos senhores da escuridão, os magos negros. Os outros corpos artificiais[6] suspensos nos nichos ao longo do extenso corredor somavam a espantosa quantia de 700, todos a serviço unicamente de um dos maiorais, um dos eleitos. Sempre que necessitava, assumia um daqueles aparatos incomuns, de acordo com a atividade que desejava desempenhar no mundo. Por conta própria, não conseguiria permanecer na superfície, devido à imposição da justiça superior. Entretanto, podia sobreviver por algum tempo, caso se servisse dos corpos artificiais que tinha à disposição.

Quem esperasse encontrar naquela espécie de vestimenta elementos antinaturais ficaria decepcionado. Nem mesmo os maiores cientistas do abismo conheciam o processo de fabricação e utilização daqueles instrumentos, que evidenciavam procedência absolutamente diversa daquela verificada nas criações convencionais. Na verda-

---

[6] Indagado sobre a natureza dessas indumentárias, Ângelo Inácio afirma ser bastante distinta — em quase nada similar, até — daquela verificada nos corpos chamados *artificiais*, desenvolvidos pelos magos negros e descritos nos dois primeiros volumes desta trilogia. O mecanismo empregado e a erudição necessária à produção dos veículos que ora apresenta, reservados aos dragões, denota domínio ainda muitíssimo mais refinado e aprimorado, com

de, eram essencialmente corpos etéricos, produto do roubo infligido a vítimas nos quatro cantos do mundo, mantidos em sua constituição original por mecanismos inconcebíveis para os estudiosos do mundo. Algo a ser desvendado, cuja existência dependia de leis que, embora naturais, ainda eram inimaginadas pelos homens do planeta, inclusive por aqueles que pretendiam, em sua jactância e credulidade exagerada, penetrar todos os mistérios do mundo extrafísico.

Quem esperasse do estranho ser realizações espetaculares ou aguardasse do corpo humanoide alguma proeza igualmente teria se frustrado. O mentalsoma do eleito, do dragão, alojou-se em cada célula, em cada átomo da antimatéria[7] constituinte daquele artefato, de que se valia a ponto de ter sensações através dos órgãos componentes da estrutura corpórea — tal como se fosse, no sentido mais amplo, um humano pseudorreencarnado.

Quase 2,20m de altura, ombros delicadamen-

---

raízes bem mais profundas e antigas. Infelizmente, porém, o autor espiritual alegou não ter encontrado terminologia que assinalasse adequadamente tal diferença, de modo que aplica a mesma expressão a ambos os casos, cabendo ao leitor distinguir um e outro conforme o contexto e os demais elementos narrativos.

[7] Ver nota 8 à p. 102.

te esculpidos e músculos cuidadosamente torneados e distribuídos ao longo do corpo representavam um ser de olhar terno e doçura dificilmente esperados na aparência de um dos dragões ou "eleitos", como se autodenominavam os maiorais. Cabelos longos lhe desciam como serpentes a ondular-se e contorcer-se, ameaçando ter vida própria e expandindo-se ao redor como se vida tivessem e vida houvesse em cada mecha ou fio.

O mais espantoso e fascinante, entretanto, eram os olhos do ser andrógino. Dificilmente se diria pertencer a este ou àquele sexo, tal a expressão e perfeição do entalhe do rosto e das linhas corporais. Descrever aqueles olhos como sendo de cor azul não seria fazer jus à beleza, à claridade e ao brilho que lhe eram próprios. Talvez se pudesse ver naquelas flâmulas a tonalidade desejada, dada a maneira com a qual se modificavam ao sabor do pensamento de quem as fixasse. Simplesmente não há uma expressão humana para descrever o indescritível.

Embora tudo levasse a crer que esse indivíduo era mero ser vivo, como outro qualquer — apenas um espírito revestido pelo invólucro semimaterial —, aquele corpo existia num nível diferente de existência, num sentido que escapava ao habitual. Com a acoplagem da mente a cada molécula etérica, a impressão de naturalidade tornava o improvável possível. A vida, uma vida como raramente se imaginaria, existia e respirava ali, de forma além do incomum. A artificialidade passara a ser tão somente uma ilusão, e não o contrário.

Poder-se-ia dizer — na vã tentativa de descrever o que esbarra nos limites da compreensão objetiva — que o estranho personagem gozava de uma espécie de existência entre aquilo que denominamos vida e aquilo que denominamos morte. Presumivelmente, algo inapreensível e, no momento, inexplicável pelo conhecimento humano.

Como mero observador, não busquei estabelecer contato com aquele ser. Sabia que seria impossível qualquer tipo de comunicação entre nós; não tinha parâmetros para compreender as trilhas de pensamento de um ser tão enigmático quanto diferente de qualquer outro no planeta Terra. Eu apenas observava com os olhos da mente.

Durante todo o tempo em que eu o observava, tinha a nítida sensação de que ele sabia de minha presença e, propositadamente, disfarçava sua percepção. Será verdade? Não saberia dizer.

A caverna ou imenso depósito estruturava-se bem próximo ao núcleo do planeta.[8] Além de atuar

---

[8] O núcleo do planeta Terra localiza-se a partir de 2.900km abaixo

como cárcere vibratório privado e quase perpétuo para aquelas almas que estavam na Terra há milênios, em regime de exílio, o lugar e suas proximidades faziam parte de uma zona propícia ao abrigo do tipo espiritual de boa parte dos aprisionados. Contudo, o local específico onde se alojavam os 700 corpos etéricos e artificiais era desconhecido até mesmo dos outros maiorais. Somente um, somente ele, o número um entre todos, sabia a localização exata de onde construíra o refúgio. Por ali, afora o ser hediondo, nada indicava a presença de seres vivos como os conhecemos sobre a Terra.

Certos acontecimentos ou eventos inexplicáveis são capazes de influenciar o raciocínio e afetar a razão e o bom senso de qualquer espírito habitante do mundo. Talvez algo descomunal, incompreensível no momento histórico em que se vive a experiência, possa influir poderosamen-

da crosta, ao passo que o raio médio do globo mede em torno de 6.370km. Para efeito de comparação, a mais profunda das fossas oceânicas tem pouco mais de 11km. Embora o mundo extrafísico constitua dimensão paralela — e, sendo assim, medidas de tempo e espaço do plano físico têm caráter apenas relativo —, não restam dúvidas de que situar algo nas imediações no núcleo planetário equivale a dizer que o lugar é profundíssimo, no mínimo. Caso essa informação assuste ou soe fantasiosa, vale notar que as cenas

te na forma lógica de pensar de um ser humano, mesmo desencarnado.

Foi precisamente isso que sucedeu comigo quando me encontrei nessa dimensão inusitada. Era a primeira vez que me projetava mentalmente até ali, sem o uso do corpo perispiritual. O medo tomou-me de assalto quando me dei conta de que tinha diante de mim algo tão impenetrável e acachapante quanto aquela realidade: um cárcere vibracional imposto por uma lei superior. Era um confinamento magnético destinado a limitar a ação e a reação dos seres aprisionados, o qual revelava a perspectiva cósmica, em nada semelhante à concepção de crime e punição que se tem na Crosta, entre os encarnados. Algo provavelmente inalcançável ao entendimento de qualquer homem no planeta Terra.

Tive em alguns momentos a certeza de que estava diante de uma estrutura colossal, formada

narradas neste trecho envolvem ninguém menos que o número um das trevas, e que lá se pôs com o intuito de esconder-se; portanto, sua localização não é nada trivial, mesmo entre os seus. Além disso, segundo a codificação, os espíritos "Estão por toda parte. Povoam infinitamente os espaços infinitos" e não se circunscrevem a regiões específicas (KARDEC, Allan. *O livro dos espíritos*. 1ª ed. esp. Rio de Janeiro: FEB, 2005, item 87, p. 112).

por energia e magnetismo, se é que assim a posso classificar. Um campo de força feito por um poder e um ser inimagináveis. Há um único gênero de adjetivos de que disponho para descrever visão tão extraordinária: ininteligível, insondável. O ser que ali se encontrava era inconcebível pela sua própria natureza, porém sua presença era denunciada por fenômenos e fatos incontestáveis. Era um dos temíveis dragões.

Comecei a procurar amparo em elementos racionais, a fim de não perder a lucidez, o controle de meu cérebro extrafísico. Apeguei-me à realidade da política divina da qual eu era um dos representantes e agentes. Era minha segurança.

O pensamento do eleito, o ser especial, preparava-se para mover-se de posse do corpo artificial e estranhamente natural — o paradoxo da ciência extrafísica ou, nesse caso, da técnica abismal, *draconina*. A mente superior do ser tateou cada célula, cada molécula do veículo que lhe servia de alojamento temporário. Vestiu cada átomo astral e etérico do organismo inumano, que saía da inércia se movimentando lentamente, a princípio. Sem aquele corpo ou aqueles corpos obtidos e mantidos por conhecimento e técnica invulgares, dificilmente suportaria a prisão dimensional na qual estava fadado a viver indefinidamente, ou pelo menos durante um período muitíssimo extenso. Sem os corpos, talvez sua razão já se tivesse volatilizado, em virtude do completo vazio que representava a ausência de um corpo de natureza astral, e mesmo humana e física. Como ocorrera com outros seres prisioneiros do tempo, perderia a razão, a lucidez.

Por alguns instantes, o ser ficou se movendo com o corpo elegante e, sob o aspecto científico, terrível; uma aberração, como se estivesse entre a existência e a não existência. Em cada micromanifestação de sua consciência, sentia o medo atroz de ser novamente expatriado, percebia a urgência de sua situação e o destino inexorável que lhe estava reservado tanto quanto a seus conterrâneos, há milênios confinados no mundo Terra. A dimensão onde se encontrava não lhe oferecia nenhuma condição de ser ouvido no grito mudo de agonia e revolta que o dominou por completo num *écran* de tempo, num segmento congelado de um segundo. Ocorre que seu organismo, devido à origem e constituição completamente diferentes de tudo quanto há do planeta Terra, não lhe oferecia meios de manifestar qualquer lamento audível ou revolta perceptível. O corpo em si era igualmente uma prisão, que somente poderia ser substituída por um dos 700 como aquele que tinha à disposição. Outras celas dentro da grande masmorra astral; outras invenções, de uma natureza desconhecida, mas ainda assim enclausurantes, escravizantes, já que o estranho ser não poderia ficar dissociado de um dos corpos por períodos mais dilatados, sob pena de perder a razão e enlouquecer definitivamente.

Toda vez que retornava de suas incursões de pesquisa mental, projetado sem corpo nos limites vibratórios do mundo que lhe servia de prisão e castigo, voltava desolado. Uma dor indescritível deixava-o paralisado por algum tempo, muito embora fosse uma paralisia mental, emocional, se é que aquele ser medonho era capaz de alguma emoção, no sentido como a conhecem os humanos da Terra.

O NÚMERO 2 NO PODER — bem como os demais, seus inferiores na hierarquia dos dragões — não sabia como entrar em contato com o número 1, aquele que se autoproclamara superior e maioral entre os maiorais. O segundo poder, como se denominava um dos dragões ou *daimons*,[9] empreen-

---

[9] Originalmente, a palavra *daimon* não tinha o significado que lhe é atribuído hoje. De acordo com a Wikipédia, "A palavra *daimon* se originou com os gregos da Antiguidade; no entanto, ao

dera todos os métodos para saber a identidade do número 1 dos eleitos, mas nada. Durante séculos usou de um artifício, um de seus secretários mais confiáveis, absolutamente leal. Um espírito feminino, no mais amplo sentido do termo. Essa personalidade, que lhe parecia ter jurado submissão eterna, atuava como elo entre os dragões. Com o intuito de influenciar os demais, ele, o segundo em poder, utilizou-se dos atributos desse espírito, que se mantivera sempre na forma feminina mais perfeita que conhecera.

Na escala de poder, tradicionalmente, os maiorais conheciam apenas a identidade daqueles que estavam abaixo de si na ordem hierárquica. Quem era imediatamente superior a cada um, ninguém sabia. Assim, o poder número 7 não detinha a informação de quem ocupava a sexta posição, que, por sua vez, não conhecia a identidade do número 5, e assim por diante. Isto até cerca de 2 mil anos atrás, quando ocorreu o grande evento. Todavia, tanto ontem quanto hoje, nenhum deles

longo da História, surgiram diversas descrições para esses seres. O nome em latim é *dæmon*, que veio a dar o vocábulo em português demônio". Segundo o *Dicionário Houaiss da língua portuguesa* (Rio de Janeiro: Objetiva, 2001), trata-se de "espírito sobrenatural que, na crença grega, apresentava uma natureza entre a mortal

tinha consciência de quem era o maioral entre os maiorais. Apenas recebiam ordens e sabiam não poder desobedecê-las jamais. Assim funcionava o esquema de poder das entidades sombrias, dos que se consideravam soberanos.

A mulher, aquele espírito feminino que transitava entre todos como elemento de ligação, era apenas um ser, um espírito qualquer entre os submissos, um agente classificável como participante da elite dos espectros, a guarda pessoal dos temíveis dragões.

O *daimon* número 2 se desapontava e lamentava que, ao longo dos milênios, o esquema do poderoso chefe dos dragões nunca fora desvendado, exposto. Intrigava-se com os últimos acontecimentos envolvendo os guardiões do Cordeiro. No centro do planeta Terra, na região dimensional correspondente ao chamado núcleo externo, onde se alojavam os dragões, nem mesmo as ondas de rádio e de outros meios de comunicação conseguiam fluir com facilidade. Algo equivalente ocorria com mensagens de caráter puramente

---

e a divina, freq. inspirando ou aconselhando os humanos". Ou seja, na origem, o *daimon* não tinha natureza maléfica. O filósofo ateniense Sócrates se referia frequentemente ao seu *daimon* como guia e conselheiro.

mental. Irradiavam dos minerais certas substâncias etéricas, astrais e mesmo radioativas que afetavam seriamente a comunicação. Mas os guardiões desenvolviam intenso movimento, e isso preocupava o segundo do abismo. O comando dos espectros trouxera diversos relatórios, porém não descobrira o que sucedera com os viventes que acompanharam os guardiões. Teriam sido transferidos definitivamente de dimensão através da morte? Isso ele ainda não sabia.

Os guardiões estavam de prontidão, e isso não seria de admirar, pois os próprios dragões sabiam que seu tempo na Terra se aproximava do fim. O *daimon*[10] não podia sequer considerar a real possibilidade de os guardiões atacarem sua base e o reduto sagrado dos dragões. Que consequências por certo devastadoras isso traria para sua ordem? Por outro lado, uma coisa não conseguia entender. Se os servos do Cordeiro efetivamente detinham a localização correta do cárcere milenar imposto aos

---

[10] Para dirimir dúvidas a respeito do que a doutrina espírita pensa sobre demônios, vale reproduzir o seguinte trecho: "Segundo o Espiritismo os demônios são Espíritos imperfeitos, suscetíveis de regeneração e que, colocados na base da escala, hão de nela graduar-se. Os que por apatia, negligência, obstinação ou má vontade persistem em ficar, por mais tempo, nas classes inferiores, sofrem

asseclas e a ele, o segundo nas trevas, por que não invadiam logo o domínio dos maiorais? Por que toda essa movimentação e estratégia, aparentemente respeitando cada milímetro de seus territórios? Será que se os inimigos penetrassem os limites vibracionais da dimensão que, em dada medida, correspondia ao núcleo do planeta, também ficariam prisioneiros, como ocorria com eles, os soberanos? Caso obtivesse resposta a essas perguntas, quem sabe pudesse justificar-se perante o supremo dragão, o número 1, a respeito da própria falha? Ou melhor, de *suas várias falhas* em alguns comandos de destruição a ele confiados...

O *daimon* havia distribuído diversos aparelhos, que rastreavam formas-pensamento de categoria superior, por lugares estratégicos, escolhidos a dedo por ele próprio. Destinavam-se a captar ondas e formas-pensamento dos guardiões e de viventes que eventualmente os acompanhassem, mesmo naquele ambiente que não era propí-

---

as consequências dessa atitude, *e o hábito do mal dificulta-lhes a regeneração*. (...) Deus fornece-lhes constantemente os meios [de progredir], porém, *com a faculdade de aceitá-los ou recusá-los*. Se o progresso fosse obrigatório não haveria mérito" (KARDEC, A. *O céu e o inferno ou a justiça divina segundo o espiritismo*. Rio de Janeiro: FEB, 2004. I parte, cap. 9, item 21, p. 159-160, grifos nossos).

cio à transmissão de ondas. Afinal, ao que indicavam os relatos dos espectros, seus aliados, alguns dos especialistas da noite, os miseráveis sentinelas do Cordeiro, haviam sido percebidos triangulando o local ou a barreira dimensional onde se estabelecera ele, o número 2. Como conseguiram descobrir sua base tão rapidamente se ele tomava a precaução de modificá-la constantemente de lugar, ainda que dentro dos limites vibratórios impostos pela justiça sideral?

Disfarçado com o corpo artificial que lhe cedera o chefe dos dragões, ele próprio divisara o vivente que acompanhava os guardiões, embora não tivesse sido visto por este. Claro, pois as irradiações do corpo artificial eram extremamente prejudiciais aos viventes, uma das razões pelas quais estes não podiam chegar perto de nenhum dos dragões.

A sua volta, diversas telas fluídicas, como se fossem feitas de elementos cristalinos e cintilantes, exibiam imagens dos arredores.[11] O *daimon*

---

[11] Questionado acerca da espécie de transmissão que se dava ali, uma vez que, segundo o próprio texto, o local era desfavorável à propagação de ondas, o autor espiritual esclarece que a visão das imagens dos arredores era facilitada em virtude de serem levadas por meio de um sistema de cabeamento, análogo ao que conhece-

número 2 demonstrava a aparência artificial de um ser masculino com cabelos longos, como os teve na realidade, antes de perder a forma humanoide. Olhos negros, totalmente negros, com toda a área equivalente à córnea coberta de um tom escuro, sem nenhum traço de brancura que pudesse lhe conferir algum ar de humanidade. Diferentemente do maioral. Um negrume profundo, como profunda era a escuridão de sua alma inumana.

Sete era o número de maiorais que representavam os mais de seiscentos dragões, remanescentes do grupo maior de mais de mil espíritos, cuja forma degenerara em virtude do adiamento de sua própria reencarnação durante milênios; o restante da semente. A verdade é que, a partir de determinado momento, havia ficado tarde até mesmo para aqueles que mudaram de ideia, e então quiseram reencarnar; já não mais lhes era permitido entrar em contato com o útero materno, na superfície. Estava decretado: seu tempo na Terra oficialmente se esgotara. Dali em diante, não lhes restava alternativa a não ser aguardar oportunidades futuras em novos mundos.

Um por um dos sete eram especialistas, hábeis especialistas. Por isso foram eleitos os repre-

mos na Terra como fibra ótica.

sentantes da raça degenerada dos dragões.

Segundo em comando, o *daimon* sabia que coisas estranhas e decisivas estavam em andamento nas proximidades do planeta Terra e nas regiões profundas. Algo descomunal, nunca antes visto, sem sombra de dúvida era arquitetado pelos guardiões.

Tirando-o de suas reflexões, temores e anseios, uma sirene interrompeu os pensamentos do *daimon*, o segundo em poder. O sinal vinha do pavilhão dos maiorais, reconstruído após algumas derrotas significativas dos dragões.

O *daimon* tinha todo o tempo à disposição. Ou queria dar essa impressão, ao se dirigir ao pavilhão principal de sua base quase lentamente.

Estrutura de matéria plasmática, coagulada num processo dificilmente concebível pelos homens comuns do planeta Terra, estendia-se à frente dele, de lado a lado da parede fluídica — ou semifluídica, de quase matéria, ou, ainda, de um tipo diferente de material, até então insuspeito dos encarnados. Tela de proporções gigantescas erguia-se no meio do pavilhão, feito cristal limpíssimo, de menos de um milímetro de espessura. Translúcido, reproduzia imagens da paisagem ao derredor e, ao toque de seu manipulador, poderia mostrar cenas que se passavam muito mais adiante. Por meio desse equipamento, o *daimon* era capaz de observar, inclusive, o que ocorria na superfície do mundo, em gabinetes de líderes e governantes, além de poder sondar e vigiar as bases de seus comparsas, inferiores a ele na hierarquia do abismo. Nenhum dos cinco dragões sujeitos a sua autoridade poderia furtar-se à espreita daquele que era o segundo em comando, o segundo em poder sobre toda a Terra.

O *daimon* ouviu o rugir ensurdecedor de enormes volumes de magma, que não poderiam afetar diretamente as construções onde ele estava, tampouco a estrutura psicoetérica de seu corpo semiartificial, muito menos sua mente diabólica. Viu o magma do planeta e dali mesmo, à distância, contemplou as placas tectônicas, a superfície do mar, sondou cada recanto daquela dimensão do planeta para onde havia sido banido há milênios, mas que repercutiam como eras. Tocou na tela de matéria extrafísica e pôs-se a examinar gabinetes de alguns chefes de estado do mundo físico. Viu seus representantes ao lado de dirigentes planetários e certificou-se de que os espectros, sua polícia secreta, estavam a postos.

Escutou o arrebentar quase destruidor das energias da natureza represadas no interior do planeta, mais próximo à região dimensional onde cumpria seu exílio. O magma em regiões profundas se assemelhava a ondas, que arrebentavam a muitos metros de altura. O cheiro de gases e líquidos altamente pressurizados infestava o ambiente onde o *daimon* se encontrava.

Uma ruga de preocupação pareceu se esboçar no rosto magro de aparência quase humana, porém escultural, do senhor daqueles domínios.

Sua base estava aparentemente intacta. Fortaleza inexpugnável, de proporções arrebatadoras, dotava-se de armamento inimaginado por qualquer mortal, pois ele, o número 2, tinha a seu serviço nada menos que a nata das inteligências sombrias: espectros, magos negros e diversos outros especialistas em ciência astral. Assim, a invasão do perímetro sob seu comando era fato descartado.

A fortaleza fora erguida na própria matéria terrena, embora com elementos desconhecidos, radiações, energias, fluidos peculiares àqueles sítios e, portanto, ainda não manipulados pelos seres humanos encarnados ou desencarnados. Os representantes do Cordeiro no mundo carnal provavelmente diriam ser impossível haver uma base como aquela. "Deixe-os se enganarem", pensava o dragão. Afinal, era extremamente útil a seus propósitos que desconhecessem os meandros de sua existência. Ou que a tributassem ao reino da fantasia, à alucinação ou à mitologia.

Qualquer comando dos Imortais seria rechaçado imediatamente, uma vez que a estranha construção mudava constantemente de lugar, apenas alguns graus a mais ou a menos dentro da zona limítrofe dos planos quase materiais a que o *daimon* tinha acesso. Isso era seu maior trunfo e, conforme entendia, razão de sobra para impedir que alguém pudesse localizar a fortaleza do segundo ser, insigne representante do poderio draconino.

Talvez os outros dragões até pudessem ser interpelados pelos guardiões. Isso, é claro, não ocorreria com o primeiro no comando, o *daimon* maior, cujo símbolo — a serpente — ostentava sua astúcia. Ele, também, o segundo entre os maiorais, jamais seria pego em seu reduto. De modo algum poderia ser acossado pelos guardiões. A fortaleza inexpugnável que lhe servia de esconderijo era familiar apenas a ele e a alguns poucos eleitos; além, é claro, do número 1, o maioral entre os maiorais. Deste, porém, ninguém e nenhum deles poderia se esconder.

Movimentou-se com ódio — pois ele conhecia o verdadeiro sentido da palavra ódio — quando uma luz espectral preencheu o pavilhão, e o símbolo do maior dos maiorais se fez estampar na atmosfera do ambiente. Um sistema de comunicação fora especialmente desenvolvido para que os dragões pudessem se comunicar entre si. Algo muito eficaz, a despeito dos obstáculos que o ambiente oferecia, e muitíssimo mais ousado do que todas as invenções humanas.

Deixou que o maioral dos dragões ficasse aguardando. Queria impor respeito, como era digno de sua magnânima figura; como se afrontasse veladamente o comando principal. Enquanto isso, o símbolo da serpente voluteava em todos os cômodos do gigantesco pavilhão. Que esperasse o maioral, pois ele, o segundo em poder, também tinha orgulho a zelar e queria se fazer reconhecido, respeitado mesmo pelo supremo.

O *daimon* pegou um pequeno aparelho, que emitia um tipo específico de onda luminosa e sonora, a fim de chamar para perto de si alguém de sua confiança. O ser de aparência feminina, o elo que fielmente servia aos dragões.

A figura feminina apareceu com seus contornos dificilmente imitados por qualquer mulher da Terra, da superfície. Cabelos esvoaçantes, à semelhança dos ostentados pelos dragões, quase com vida própria. Sorriso largo e malicioso entre lábios finos, esculpidos com esmero numa arquitetura perfeita em todos os detalhes. O *daimon* desejava alguém de confiança ao falar com o maioral, ao ouvir a comunicação do chefe supremo. A mulher aproximou-se quase reverente, curvando-se elegantemente perante aquele que era um representante do mais alto escalão.

O rosto duro do *daimon*, o dragão do segundo comando, irradiou-se por momentos, retribuindo o sorriso, embora soubesse do papel servil da embaixadora dos dragões, que circulava entre todos os comandos dos maiorais.

A mulher era em tudo similar a uma humana, muito embora sua personalidade enigmática fosse um tanto desconhecida dos dragões, exceto daquele que impusera sua presença. A participação dela constituía exigência do primeiro maioral, a fim de centralizar a comunicação entre todos os representantes do poder supremo, da elite de seres odiosos. Ele próprio, o *daimon* que comandava a segunda instância de poder, aquiescera quanto à necessidade de alguém com habilidade suficiente para transitar entre os diversos representantes do concílio soberano dos dragões.

— Recebemos o chamado do maioral — informou o *daimon* à figura vistosa, mas notoriamente inferior da mulher, que era especialista em traduzir as vontades dos dragões, assim como em evitar que o ânimo fraquejasse ou o clima entre eles se tornasse insustentável. Ela desempenhava função talvez comparável à de um diplomata ou à de um ministro-chefe, ao conduzir negociações e promover articulação entre as frentes de poder. Transitava entre as diversas bases, era reconhecida e respeitada pelos espectros e há milênios não entrava em contato direto com a raça humana — era um espírito da época da Atlântida, exilada. Não obstante, ocupava o segundo escalão, pois era uma assessora a serviço dos *daimons*, os dragões.

Naquele instante em que o dragão pensava sobre a mulher que os servia, "ouviu" algo sussurrar em sua mente. Era uma espécie de voz inarticulada, puramente mental.

— Toma o caminho mais curto, pois requisito seu serviço com urgência. Aguardo-te para transmitir minhas diretrizes.

Não podia mais ignorá-lo, agora que a voz repercutia em sua mente. Seria a manifestação de um poder mental próprio do maioral? Disporia ele da faculdade de imiscuir-se na mente dos dragões sob seu jugo com tal voracidade? Tais indagações perduravam durante séculos e mais séculos na mente daquele que comandava a segunda esfera de poder, o número 2 da organização abismal.

Seguiu a passos largos, percebendo logo atrás de si a mulher, que o seguia discretamente, guardando distância respeitosa. Respirou fundo e desapareceu em meio aos inúmeros corredores da fortificação. Até mesmo para ele, que fora eleito uma das peças-chave no concílio dos dragões e se gabava de conhecer muitos dos mistérios da humanidade terrena e outros tantos do universo, ouvir uma voz que não a própria ressoar de modo nítido na mente nunca deixava de ser assombroso, perturbador. Não importava a quantos quilômetros estivesse da sua base, de seu forte — ou quem sabe em que espaço dimensional estivesse —, o primeiro do comando, o número 1, sempre podia perscrutar seu psiquismo, como quisesse e quando quisesse. Isso realmente o estarrecia.

Enquanto refletia sobre esses fatos, chegou ao ponto crítico do pavilhão, o local onde se encontrava o transmissor de ondas mentais e imagens — objeto usado pelo primeiro maioral em pessoa para falar mais detida e minuciosamente com os dignitários do concílio das trevas.

Acompanhado da figura inquietante da mulher, que o servia há tempos impensáveis para os padrões humanos, o *daimon* suspirou e colocou-se diante da tela de comunicação. Aguardou que a luminosidade vermelha com a insígnia do maioral se formasse em torno do instrumento, preenchendo toda a ala onde se encontravam ele e ela.

A presença do número 1 era marcante e aterradora nesses momentos. A mulher parecia pressentir algo; resolveu ajoelhar-se submissa atrás do *daimon* número 2.

No mesmo instante, ergueu-se uma espécie de anel vermelho, com dois símbolos que se misturavam e revolviam-se. Um era a suástica; o outro era formado a partir dos braços da própria suástica, os quais se prolongavam em duas serpentes nas extremidades. Tais símbolos conferiam um aspecto fantasmagórico ao ambiente.

Desde a época da Atlântida aquele local fora escolhido como o lugar apropriado ao estabelecimento de uma base eficiente, segura e inviolável para os senhores do submundo. Após a catástrofe que fez com que o velho continente sucumbisse, o local fora devidamente preparado e incrustado nos recantos mais sombrios da esfera extrafísica para dar lugar a um refúgio. Destinava-se a abrigar um grupo seleto de inteligências, às quais fora dado o nome de dragões. Naturalmente, não eram dragões no sentido literal, mas simbólico — e de rico simbolismo.

A figura mitológica do dragão é dotada de asas e é capaz de voar, dominando assim o elemento ar. Ao mesmo tempo, locomove-se pisando o chão com suas patas e, ao caminhar, mostra a autoridade que tem sobre o elemento terra. Pode também expelir chamas, simbologia muitíssimo adequada para demonstrar o manejo e o controle que exerce em relação ao fogo. De natureza anfíbia, é dado ao dragão mergulhar em águas salgadas, bem como em águas doces, denotando, assim, o poder de penetrar o reino aquático e manipular o elemento água conforme seus caprichos. Como se vê, a imagem do dragão traz em seu bojo o domínio dos quatro elementos, o que significa que goza de pleno conhecimento do sistema de vida no planeta Terra. Uma ciência aterradora, atemorizante, pois que a figura ainda transmite um caráter primitivo e assustador.

A simbologia é tão forte e contempla tantos aspectos que transpôs os séculos e gerações, a ponto de ser adotada inclusive na Bíblia, tanto no Antigo Testamento[12] quanto no livro profético do Apocalipse[13], ao se referir aos espíritos milenares, os antigos expatriados. E a serpente, igualmente familiar aos habitantes do mundo, constitui na cultura ocidental um dos símbolos mais tradicionais do mal e da maldade,[14] também ligada ao

---

[12] Cf. Ne 2:13; Is 27:1; Ez 29:3.

[13] Cf. Ap 12-13:1-4,11; 20:2.

[14] Cf. Gn 3:2,4; Jó 26:13; Sl 58:4; 91:13; Is 14:29; Jr 46:22; Mq

ícone anterior: "o dragão, a antiga serpente, que é o diabo e Satanás",[15] como rezam algumas versões dos livros sagrados da humanidade. Em síntese, tais imagens, como esclarece o texto bíblico, reportam-se todas aos dragões. Espíritos milenares, advindos de outros orbes, apresentam o psiquismo severamente marcado, assinalado com a culpa que carregam em relação às graves ocorrências cósmicas de que são protagonistas.

O *daimon*, um dos dragões, aquele que ocupava o segundo degrau de poder, mirou a imagem que se esboçou no ambiente; embora já a tivesse observado mais de mil vezes nos últimos milênios, sempre que a via uma dor discreta, profunda, disfarçada o acometia e ameaçava eclodir. Lampejos, depois lembranças remotas, mais ou menos vívidas, traziam à tona o passado em orbes distantes, que, muito provavelmente, não voltaria a ver. Certo cansaço parecia abater sua alma perdida, degenerada ao máximo grau que os espíritos da Terra pudessem supor. Junto com tudo isso, porém, logo brotava um ódio profundo por toda a humanidade, que o fazia despertar. Um desejo ardente de vingança — um clamor! — direcionado contra

7:3,17; Mt 7:10; Rm 3:13 etc.

[15] Ap 20:2.

tudo que representasse o sistema de vida inspirado pelo Cordeiro, este sim: o grande artífice de sua desdita. Algo tão voluptuoso, tão soberbo que se sentiu abalar além dos limites de suas forças.

Fixou o negrume de seus olhos na enorme tela que se formara diante de si, que surgira como que do nada, por cima de um aparelho de projeção. O símbolo do maioral dos maiorais estava ali, sintetizando seu ideário, condensando todos os pormenores da política inumana cultivada por aqueles espíritos rebeldes.

Entre as serpentes, dois planetas pareciam girar ligados entre si. Um, a terra natal dos degredados; o outro, a infeliz morada para a qual haviam sido transferidos por meio de doloroso processo, ao qual não puderam se furtar.

— Ouça a minha ordem — falou uma voz que soava mecânica. Não se podia dizer se a voz era masculina ou feminina; era modulada de tal maneira que o som produzido não se percebia como natural. Fora propositadamente transformada, distorcida pelo número 1 no poder, aquele considerado o soberano; "a serpente original", como diriam alguns dentre os povos do degredo.

O *daimon* parecia petrificado, com as feições sérias, o olhar impenetrável, enquanto a mulher atrás de si, curvada como um servo obediente, balbuciava palavras num idioma incompreensível, numa língua morta há milênios.

Como gostaria que a identidade do maioral lhe fosse revelada. O *daimon* refletia sobre essa questão toda vez que escutava aquele som quase mecânico reverberando no ambiente. Quem seria o dono da voz insensível, que em nenhum momento ao longo destes milênios se deixara reconhecer? Não se sabia se era um homem ou uma mulher. Sabia-se apenas que esse ser medonho, o mais poderoso dos seres da escuridão, fora o arquiteto de todo o plano de rebelião que levara os dragões a serem expulsos de seu mundo original.[16] Mas, mesmo lá, esse ser nunca se deixara trair; jamais se mostrara abertamente. Havia uma aura fustigante de mistério em torno de sua presença, de sua pessoa.

Ainda que essas questões passassem pelas trilhas de seu pensamento, o *daimon* não as externava — embora algo no ar sugerisse que o maioral, em verdade, tinha ciência do que ele, o segundo no comando, realmente pensava. Talvez soubesse cada detalhe, cada artifício que o segundo po-

---

[16] Indagado sobre este ponto da narrativa, o autor esclarece que todos os indícios sugerem não serem estes espíritos de origem capelina.

der usava para esconder seus mais secretos devaneios. Como era de esperar, ele não fez qualquer menção a suas indagações perante o maioral, o poderoso dragão, o espírito da discórdia — ou, como alguns ousariam dizer, com outras palavras — o próprio diabo.

O *daimon* sabia que o maioral tinha condições de implodir seu corpo artificial com um só impulso mental que enviasse de sua base secreta, cuja localização nenhum dos dragões conhecia, inclusive ele próprio, o segundo. Tinha certeza disso, pois, como perderam a conformação humanoide no decorrer dos milênios, o primeiro no comando facultou aos demais certas criações mentais artificiais extremamente semelhantes à aparência que ostentavam quando em seus mundos de origem. Mas a oferta, que visava privar as mentes rebeldes da degeneração total, preservando-lhes a lucidez, trazia consigo alto preço a pagar. O maioral os controlava, mesmo à distância, onde quer que se encontrassem. Os corpos quase espirituais, quase materiais estavam sujeitos a receber fraco impulso mental ou mesmo mecânico, produto de algum instrumento desconhecido, e simplesmente diluir-se ou explodir. Caso isso acontecesse, o resultado não era novidade para o *daimon*, que já presenciara o fato noutras ocasiões. Degenerado ao extremo, o corpo mental, há longo tempo apartado da forma humanoide — assegurada até então de modo artificial —, acabaria por enlouquecer, perdendo o dom da razão. Perderia, enfim, a consciência e, com ela, toda a capacidade de administrar o conhecimento arquivado nos milênios transatos.

Tudo isso cruzou sua mente numa fração de segundo, como se o tempo houvesse se congelado. Um imortal relativo — como eles eram, na verdade — não podia abdicar dos conhecimentos, das experiências, do trabalho; tudo acumulado na memória de seu corpo mental. Era preciso engolir o fato de estar na mão do número 1. Ao menos, para ele, o número 2, havia o consolo de ter todos os demais espíritos aos seus pés; a ninguém mais devia obediência nem satisfação.

— Estou ouvindo. Fale, soberano! — respondeu, aparentando tranquilidade inimaginável para o perfil psicológico de um dragão.

Brilhava soberbamente no ambiente o símbolo da suástica, fundido ao das serpentes — traiçoeiras como só elas ao representar o psiquismo do maioral. As imagens se movimentavam, voluteavam, inquietando intimamente o *daimon* e, talvez, sua companhia, a mulher posicionada, em completo silêncio, atrás dele.

De repente, o *daimon* pressentiu que o maioral desejava testá-lo, que se utilizara de um jogo psicológico para desestabilizar sua mente e suas emoções através das imagens projetadas, do mistério cada vez mais angustiante que envolvia a presença do chefe supremo das organizações das trevas. O maioral era sagaz por demais, como denotava a própria serpente que o anunciava. Era inteligentíssimo e perspicaz, portanto era natural admitir-se que conhecesse profundamente seu interlocutor, a ponto de esquadrinhar seus pensamentos e reações. Mas o segundo em poder não cederia assim tão facilmente; o augusto *daimon* jamais se curvaria diante do braço do número 1. Arrancando forças represadas em seu interior, resistiu bravamente à armadilha psicológica do maioral. Novamente, a voz inumana se fez ouvir, como se nada ocorresse.

— Mais uma vez os senhores da escuridão fracassaram em seu trabalho. Os guardiões, por outro lado, têm movimentado forças em todas as direções e com maior intensidade, enviando comandos para todas as bases vinculadas aos países e dirigentes com os quais os demais dragões mantêm relações e ingerência sobre sua política.

"Só existe uma possibilidade de distrair os guardiões e os viventes que têm atuado em prol dos representantes máximos da justiça planetária.

"Já fizemos experimentos com a economia mundial, induzindo-a tanto à fartura e ao abuso quanto às sucessivas crises, fomentadas no período anterior. Também testamos os humanos da Terra e os representantes do Cordeiro com ameaças à sua saúde, que foram mais bombásticas no efeito provocado, como notícia, que no aspecto epidêmico, propriamente. Através de elementos sutilíssimos, invisíveis a seus olhos, logramos ocasionar agradável perturbação. A nosso favor, temos as reações dos filhos do Cordeiro, que não trabalham unidos, intentando cada qual parecer um missionário, em detrimento do trabalho alheio."

O *daimon* pareceu adivinhar os pensamentos do maioral. Pela maneira como introduzira a situação, só restava um passo a ser dado. Estarrecia-se frente às suas deduções. Mesmo confiante, reconhecendo os benefícios do plano que se esboçava em sua mente, sabia que consequências muitíssimo sérias se abateriam sobre os líderes das trevas.

— Vá pessoalmente e convoque uma assembleia com os demais dragões do poder. Precisamos desencadear uma guerra com urgência. Abalaremos novamente as economias do mundo. A Europa será fortemente sacudida com a crise decorrente, e o Novo Mundo a seguirá. O Oriente, é claro, não ficará de fora dos problemas que suscitaremos.

"O mundo deve precipitar-se numa tribulação de graves proporções, a fim de distrair a atenção dos agentes da justiça divina. Vamos lhes dar trabalho. Utilizemos nosso representante mais influente, que hoje exerce seu domínio num dos países por nós assistido.

"Vá até o campo vibratório e destaque os melhores espíritos projetores que integram a elite da guarda draconina, os espectros. Auxilie-os a se projetarem no mundo dos viventes.

"É hora de repetirmos o que fizemos no passado medieval, assumindo duplos etéricos e nos tornando estáveis através desses corpos, visíveis e funcionais em meio aos comandantes das nações da Terra. Você próprio poderá se projetar num desses veículos, fazendo-se notar como um humano, muito embora, devido à imposição feita pelo Altíssimo, não detenhamos a condição de influenciar os homens diretamente. Somente os espectros que fazem parte da nossa elite podem ser usados por nós para tal intento. Se desejar, deixe-se catapultar para o mundo dos encarnados. Para isso, você já sabe que criamos um artifício eficaz ao driblar as algemas magnéticas que nos tolhem a liberdade neste mundo."

O maioral concedeu breve pausa, no intuito de produzir algum resultado na mente do *daimon*, que o ouvia atentamente. Queria ver esboçados a surpresa e o espanto na fisionomia do segundo poder. Mas o *daimon* sabia ser forte, resistir aos lances do maioral. E, embora não deixasse transparecer nenhuma emoção que lhe denunciasse o estado íntimo, labaredas subiam em seu interior. Um vulcão de pensamentos, em meio à represa das emoções.

— Reúna os melhores dentre os espectros — prosseguia o soberano. — Esses indivíduos são detentores de mentes experientes, vampirizam toda e qualquer energia consciencial com a qual travam contato. Empregue-os como coadjuvantes seus, a fim de que se projetem em corpos etéricos. Manipule tais corpos e use, de preferência, aqueles que estão cativos nos laboratórios localizados na esfera extrafísica das seguintes cidades: Pyongyang, Jerusalém e Nova Iorque. Encontrará elementos singulares que constituem os duplos capturados e mantidos em cativeiro por nossos aliados do submundo nessas regiões.

"Está na hora de nos mostrarmos novamente no mundo, exibindo toda a força e o império que representamos. Já que não nos é dado acessar por nós mesmos a dimensão dos humanos, podemos nos projetar consciencialmente e manipular corpos artificiais e semimateriais à distância, os quais, sujeitos a determinadas circunstâncias, podem ser percebidos e sentidos pelos humanos encarnados. Afinal, são corpos de natureza etérica, mais densa, e não espiritual.

"Parta na companhia dos espectros. Para isso, colocarei a sua disposição um veículo especial, a mais recente invenção entregue por meus asseclas. Forjado em matéria quintessenciada da atmosfera terrestre, acrescida de outros elementos desconhecidos inclusive por você, vai atendê-lo perfeitamente em sua missão. Desça até as coordenadas que deixarei registradas no sistema de navegação. Lá, faça a conexão com os duplos de matéria etérica e inaugure a nova era em que os espectros voltarão a andar pelo mundo, enquanto seus corpos mentais repousarão nos nichos preparados para este fim, no campo vibratório para onde se dirigirá."

O *daimon* mal conseguiu conter a respiração acelerada. Então, o número 1 já havia arquitetado um plano de contingência.

De súbito, o símbolo sumiu, de modo surpreendente, como quando apareceu. O senhor dos dragões, o maioral, transmitira suas instruções e não deixara alternativa; ao número 2, só restava obedecer.

Ele conhecia a história do povo da Terra, dos humanos que habitavam a superfície. Acompanhou detalhadamente a formação da civilização e sabia muito bem como manipular as questões políticas com o objetivo de deflagrar uma guerra. O número 1 estava certo; era preciso admitir. Um conflito armado de grandes proporções seria suficiente para despertar as atenções dos agentes encarnados do Cordeiro, bem como para manter ocupados os representantes da justiça, os guardiões, de forma que os dragões ganhassem mais tempo para desenvolver seus planos. O jogo cósmico havia começado. Algo estava para acontecer, senão o maioral não haveria tomado essa decisão pessoalmente.

Supunha-se que, no momento em que irrompesse a guerra, os religiosos, os espiritualistas e demais agentes da justiça no mundo se dispersariam, pois sua história apontava para essa reação. Apesar de gradativamente os guardiões se aproximarem mais e mais das principais bases dos dragões, teriam de recuar se uma guerra se tornasse iminente.

Até onde chegariam os modernos seguidores do Cordeiro na eventualidade de o poder dos dragões ser descoberto e aceito entre eles como uma realidade? E como reagiriam ante um evento verdadeiramente global, colocando fim ao aparente estado de paz que domina as nações? Quer dizer, havia uma série de confrontos regionais em progresso, alguns com mais destaque do que outros, a depender da representatividade das peças envolvidas. Nada muito distante do que sempre houve. Porém, tudo poderia se desenrolar de modo bem diferente, caso a humanidade se visse em uma guerra de proporções mundiais.

A religião e os religiosos, que ainda travavam lutas entre si, arrefeceriam e regrediriam consideravelmente. Os recentes avanços do conhecimento espiritual seriam postos em xeque e cessariam sua marcha. Assim, a ameaça que constituem os filhos do Cordeiro seria praticamente anulada. De modo geral, os homens gastariam seu tempo na reconstrução da civilização, e os espiritualistas, em vez de se dedicarem ao estudo aprofundado e a investirem contra o sistema dos dragões, seriam inebriados numa onda de sentimentos de caridade, empregando seu tempo para consolar os aflitos e socorrer os remanescentes da guerra. Além disso, eles próprios se veriam perdidos em meio a tantas crises e calamidades, que certamente abalariam indefinidamente as vidas de todos.

Mas e se ele, o segundo em poder, se recusasse a aceitar as ordens do maioral? Por alguns momentos o *daimon* considerou a possibilidade de não cumprir as determinações do maioral dos dragões. E se tudo ficasse como estava?

Imediatamente uma voz ecoou no ambiente, algo fantasmagórico, assustador:

— Não se atreva a me desobedecer, *daimon*! O risco para você seria grande demais.

Uma ameaça ao *daimon*, que de forma alguma poderia ignorá-la.

— Você morreria imediatamente. A segunda morte, você sabe muito bem o significado. Perderia por completo a faculdade da razão. Seu corpo mental seria expulso do habitáculo no qual está inserido, dentro deste miserável corpo, que somente eu possuo o dom de destruir. Você encontraria o fim de seus projetos de vida e seria recolhido ao Pavilhão da Memória, como os outros irmãos nossos que enlouqueceram.

O *daimon* sentiu um calafrio percorrer-lhe o corpo artificial com o qual se conectara intensamente. Um ódio mortal, um ódio como a humanidade nunca conhecera, tomou conta do dragão.

— Execute minhas ordens imediatamente! — ecoou a voz, perfeitamente audível agora, inclusive para a mulher, a criatura que assistia a tudo em silêncio. — Você não trairá nosso pacto; não ousará me desobedecer.

Depois disso, o silêncio foi completo, total. O *daimon* sentia-se vencido, como nunca. Reiterando sua soberania, o governante supremo abortara a insurgência antes mesmo que o segundo em poder desse qualquer passo na direção de concretizá-la. Este jamais poderia opor-se ao senhor de todos os dragões, àquele cujo poderio invadia até seus pensamentos mais íntimos. E de quem não conhecia sequer a identidade.

Deixou o ambiente acompanhado da mulher servil, tomado de ódio, de raiva, de uma cólera em grau poucas vezes, talvez jamais experimentado contra o maioral dos dragões. Buscou a todo custo encobrir as emoções que ameaçavam explodir, chegando à conclusão lamentável de que era inútil insurgir-se contra o chefe do concílio dos dragões.

A morte da consciência, a segunda morte, era algo odioso até a última gota — e, não obstante, uma possibilidade real, com a qual lidava há milênios. Muitos dos seus antigos companheiros de luta perderam-se na noite escura da inconsciência ou da loucura, em decorrência de rejeitarem, por longo tempo, a reencarnação.

Ante a ameaça que acabara de receber, contudo, era inevitável perguntar-se: seria possível que o próprio maioral tivesse desalojado os antigos companheiros de seus corpos, lançando-os à insanidade somente pelo capricho de perpetuar-se no poder? Este pensamento perdurou por alguns instantes a incomodar o *daimon* enquanto ele se dirigia ao outro aposento, a fim de convocar os demais dragões para a reunião de cúpula. E como se permitisse demonstrar ao menos uma réstia da revolta contra o maioral, que sufocava e ardia em seu peito, deixou escapar seu protesto:

— Queria muito que o senhor tivesse a coragem de se mostrar pessoalmente para mim. Queria, enfim, conhecê-lo. Pois, se assim fosse, a constelação de poder dos soberanos seria muitíssimo diferente.

Uma risada macabra retumbou no ambiente, fazendo com que o *daimon* parasse quase sem fôlego, tamanha a fúria:

— Nessa hipótese, *daimon*, você não viveria muito mais tempo de posse da lucidez. Enlouqueceria e enfrentaria a própria morte de seu corpo mental, caso soubesse quem realmente sou.

Há milhares de anos, vários espíritos vindos para o planeta Terra haviam tomado o poder, constituindo-se em baluartes da civilização. A começar na antiga Suméria, envolveram-se de tal maneira com os habitantes primitivos do orbe terráqueo que forjaram a sociedade nascente de acordo com seu conhecimento e suas experiências. Formaram um colégio de mais de 600 cientistas da natureza, por assim dizer, e grande número de iniciados, fomentando especialistas em todas as áreas. Dividiram o mundo em diversos departamentos, confiados cada um a determinado grupo de seu clã, a fim de prepararem novo cenário, no qual dominariam os humanoides do terceiro planeta. Cultivavam especial interesse por certos produtos encontrados na subcrosta e nas entranhas do globo. À medida que o tempo passou, viram-se prisioneiros do novo mundo e, após diversas tentativas frustradas, concluíram que não seria possível retornar à pátria de origem.

Resolveram então contribuir para a fundação de diversas sociedades espalhadas pelo planeta, cada qual imprimindo seu selo, seu jeito de ser, nos novos governos e povos, que adotaram como laboratório de uma civilização nascedoura. Essas experiências se deram ao longo de séculos e séculos.

Pouco a pouco, o plano surtia os efeitos esperados, com exceção das experiências levadas a cabo na área da genética. Procuravam modificar os corpos humanoides de modo a aperfeiçoá-los, visando à obtenção de melhor mão de obra, tanto quanto de veículos menos obsoletos para suas futuras encarnações. Queriam desenvolver cérebros mais compatíveis com suas mentes argutas e inteligentes, quando, subitamente, por impositivo de uma força que não puderam entender — muito menos enfrentar —, viram-se confinados às profundezas do abismo, impedidos de manipular a raça humana.

Seleto grupo entre eles, os melhores da raça expatriada, decidiram então estabelecer um pacto. Elegeram 12 representantes das melhores e mais brilhantes mentes, a fim de coordenarem suas ações por quanto tempo se fizesse necessário. Em comparação aos humanos encarnados, bem como àqueles temporariamente fora de corpos biológicos — na chamada erraticidade —, denotavam inconfundível supremacia. Herdeiros de técnica e saber notoriamente superiores aos dos terrestres, estavam convictos de sua plena capacidade de conquistar e reger os povos do planeta, assim como as regiões obscuras do submundo.

Entretanto, os eleitos para reinar e planejar todas as ações ao longo dos séculos e milênios voltaram-se contra os demais e sobrepujaram impiedosamente os aprisionados, submetendo-os aos seus caprichos pessoais, à sua ânsia de poder e dominação. Formaram uma potência fantástica, que jamais poderia ser ignorada pelos seres do abismo, mesmo pelos compatriotas exilados.

O tempo foi passando e muitos dentre os exilados começaram a enlouquecer, perdendo a luz da razão ou o dom de administrá-la. Simultaneamente, seus corpos energéticos — espirituais, se assim pudessem ser definidos — começaram a degenerar em relação à conformação original e, em numerosos casos, chegavam a implodir. Em seguida, o mentalsoma de cada ser que habitava esses veículos energéticos em franca decadência entrava numa espécie de colapso, transformando-se em ovoide.

Dos 12 eleitos, alguns começaram a morrer — era a segunda morte,[17] como ficou conhecida entre eles a degradação da estrutura humanoide e a consequente redução à forma ovoide. Outros continuaram lúcidos; porém, um dos notáveis seres

---

[17] Para discussão de ordem técnica acerca da segunda morte ou descarte do perispírito, recomenda-se a consulta ao livro *Consciência* (PINHEIRO, Robson. Pelo espírito Joseph Gleber. *Consciência*. 2ª ed. Contagem: Casa dos Espíritos, 2010, cap. "A morte e o morrer", p. 257s.). No segundo volume da trilogia *O reino das sombras*, há também muito do arcabouço teórico relacionado a esse controverso conceito, em forma de narrativa e dissertação, notadamente nas partes indicadas a seguir (PINHEIRO, Robson. Pelo espírito Ângelo Inácio. *Senhores da escuridão*. Contagem: Casa dos Espíritos, 2008, caps. 4 e 6, p. 202-249, 328-351).

expatriados submeteu-os a chantagem, em virtude de ter sido preterido na eleição. Tratava-se de alguém extremamente maquiavélico e calculista, detentor de grande malícia, que logrou manipular os eleitos com mais e mais êxito, de tal sorte que acabou se tornando o número 1. Além dele, deixou somente 6 representantes. Mentes brilhantes a seu serviço, compunham consigo um sistema de poder inigualável nas regiões do abismo.

Dos grandes trunfos que o novo maioral exibia, destacavam-se a inteligência, a crueldade e os artifícios de que dispunha, fatores que não poderiam ser ignorados por ninguém. Aos integrantes da cúpula, só restava um recurso: dividir o domínio entre si e aceitar incondicionalmente o mando exercido pelo soberano, cuja identidade permanecia secreta ao longo dos milênios.

Nunca lhes foi revelado o paradeiro das centenas de seres que perderam a razão, a lucidez. Gradativamente, muitos espíritos, expatriados como eles, sumiram sem deixar rastros. Mesmo com todos os esforços empregados pelo grupo dos seis subjugados ao poder, não obtiveram sucesso na tentativa de descobrir onde andavam seus ilustres conterrâneos. Entre as hipóteses levantadas, cogitavam que a reencarnação os houvesse apanhado, inadvertidamente. Contudo, mais provável era que, por intervenção do número 1, tivessem sido privados do convívio com a maioria. Eis um verdadeiro mistério, que inquietava os membros do concílio de dragões. Com largo fundamento, nutriam forte suspeita: devia haver dedo do número 1 por trás do sumiço de contingente tão grande de indivíduos. Afinal, tratava-se das mentes mais notáveis de sua nobre casta, que os escolheram para compor a cúpula dos exilados.

Desapareceram em ritmo acelerado e intensidade espantosa. Dos mais de 600 considerados anciãos, antigos no poder, os quais originalmente elegeram o grupo dos 12, apenas 7 vingaram, permaneceram de certa forma *vivos*, ou de posse da razão, da lucidez extrafísica. Estes é que constituíam o atual concílio dos maiorais. Quanto aos demais, cederam à mão impiedosa do número 1 ou, por algum mecanismo ignoto, mantinham-se perdidos e isolados em algum recanto da dimensão sombria, a prisão dimensional à qual foram confinados desde a noite profunda dos séculos.

Portanto, restavam agora sete maiorais. De um lado, o número 1 no poder; no lado oposto, os outros. Entre eles, grande fosso, enorme cisão na autoridade e no mando — embora houvesse gradações de poder também do segundo ao sétimo em comando. Não obstante suas especialidades, suas experiências milenares, mantinham-se todos reféns do maioral, o *daimon* principal entre os dragões, até porque a lucidez do grupo era preservada, a despeito da forma ovoide, por intervenção direta do primeiro poder ou número 1, por meio da concessão dos corpos semiartificiais de que se valiam para atuar no mundo.

O *daimon* penetrou rancorosamente no recinto de onde lideraria a conferência dos dragões. Porém, não sabia que era observado por olhos que, mesmo para ele, um maioral das trevas, eram invisíveis. Alguém a serviço dos guardiões espreitava; projetado consciencialmente em corpo mental superior, via e ouvia tudo o que se passava.

A mulher ficara de fora por ordens do número 2. Mas o *daimon* não notou um leve sorriso de deboche nos lábios daquela que fazia as vezes de embaixadora entre os diversos representantes da força na escuridão. Ela simplesmente sumiu entre os corredores da grande fortaleza considerada inexpugnável pelos senhores do poder.

Quem sabe em outro momento o *daimon* haveria de ter percebido o riso de desprezo, ironia ou sarcasmo que se esboçou no rosto perfeitamente esculpido da mulher que o seguia. Mas estava profundamente enraivecido com a conversa e os recentes embates com o número 1. E, falando consigo, mesmo sem ter segurança plena de que não era espionado pelo maior entre os dragões, pronunciou-se em voz alta:

— Eu domino as nações da Terra. Eu sou deus entre os humanos. Antes que eles pudessem usar a razão, eu já existia. Antes que essas criaturas miseráveis pudessem pensar, eu já dominava. Eu tenho o poder de mover a roda da história terrestre e fazer com que meus ministros, que acreditam dirigir suas nações, obedeçam a meu comando.

O dragão olhou a imensa abóbada na qual estava projetada a imagem de dois mundos e sentiu-se realmente no poder. Dele dependiam os destinos do planeta Terra, conforme acreditava. E a ele se reportariam os demais dragões, enquanto estivesse no comando do segundo poder.

Num átimo, resolveu sair daquele ambiente; em um instrumento pequeno, do tamanho de uma mão humana, teclou algum código secreto, chamando os espectros, sua guarda pessoal — espíritos de confiança e vampiros em primeiro grau. Deveriam seguir as coordenadas dadas pelo maioral; iriam até o campo vibratório, seja lá onde este se situasse, nas dimensões sombrias e insondáveis da escuridão.

O veículo que os esperava estava repleto de equipamentos que o *daimon* desconhecia. Tudo indicava que ficariam à mercê da programação definida previamente pelo número 1. Quando entrou na nave — espécie de aeróbus forjado em matéria escura — juntamente com o cortejo de espectros, um *mentecontato* foi emitido de algum lugar, talvez pelo próprio maioral dos dragões. O aparelho colocou-se em estranho movimento. As cores das paredes ao redor, na cabine, modificavam-se constantemente: de vermelho-pálido para preto e, outra vez, de vermelho-intenso e para amarelo-pardacento ou ocre. O *daimon* apenas observava a situação, mantendo o rosto duro, para preservar a imagem perante os seus. Enquanto era conduzido com seu séquito de criaturas infernais, de vampiros, a um arco que se abria à sua frente, engolindo-os, parecia que passavam a uma dimensão ainda mais sombria do que aquela na qual estavam acostumados a se mover, como se outra houvera ainda mais maligna do que a conhecida.

Assim que chegaram a um destino ignorado por todos a bordo do veículo de matéria escura, ouviram algum sinal automático, que exigia a identificação dos passageiros antes que pudessem desembarcar. O *daimon* emitiu uma onda mental, uma forma-pensamento anteriormente combinada entre os dragões e que servia de identificação para os seres do concílio das trevas. Impulsos mentais rastrearam a imagem emitida e abriu-se diante dele um buraco na própria estrutura do comboio que os conduzia.

Foram recebidos por uma criatura alta, com aparência muitíssimo estranha mesmo para ele, um dos donos do poder na escuridão. Era artificial o ser, e disso não se podia duvidar. Pelo menos na estrutura externa e no conteúdo mental — insondável. Sem delongas o conduziu, em silêncio, a amplo espaço aberto naquela dimensão.

À sua frente surgiram diversos nichos, onde se alojavam corpos perfeitos de humanos, porém de matéria etérica. À frente desses corpos, poltronas confortáveis, nas quais foram orientados a sentar-se por uma voz que se fez audível. Logo receberiam instruções sobre como tomar aqueles corpos e operá-los devidamente, a fim de atuarem de modo tangível no mundo. Ao menos, assim avisara a voz. Arquitetavam algo semelhante ao que ocorrera na história da Terra com os chamados agêneres, se bem que agora com objetivos diferentes. Presentemente, a tarefa a desempenhar era na esfera política das nações.

Um a um os espectros se posicionaram diante dos nichos em que se encontravam os duplos etéricos previamente preparados pelo próprio maioral. Eis uma técnica que somente ele manejava em toda a perícia requerida e na complexidade dos detalhes a se observarem. O número 1 era o único que dominava a manipulação de corpos etéricos para utilização entre os encarnados.

Especializados em ações daquele tipo, os espectros projetores entraram numa espécie de transe. Tendo estudado durante séculos acerca de como valer-se de corpos emprestados e como provocar aparições tangíveis entre os humanos, eles eram peças talhadas para aquela empreitada. Suas mentes mergulharam numa situação próxima à inconsciência e, quando despertaram, já estavam no mundo físico, semimaterializados em corpos etéricos, porém visíveis, palpáveis, ainda que com certas limitações. Ainda que nessa condição teoricamente pudessem gozar das paixões mais vis e diabólicas, estavam a serviço dos maiorais, com funções previamente estabelecidas, a serem desempenhadas nos gabinetes de alguns países do mundo. Antes que o número 2 em poder pudesse se projetar consciencialmente, o alarme disparou. E todo seu plano se modificou.

Num aeróbus qualquer, a caminho da instância extrafísica onde se achavam aprisionados magneticamente os poderosos dragões, seguiam os guardiões e sua equipe de espíritos a serviço da justiça divina. Servindo-se de uma das trilhas energéticas naturais do próprio planeta Terra, o veículo deslizava submetido ao impacto de forças titânicas, impulsionado por um empuxo muitíssimo maior do que aquele com o qual lidam a engenharia e a técnica dos encarnados. O trajeto para a dimensão onde fora estabelecido o cárcere dos espíritos rebeldes era algo incompreensível, num primeiro momento.

Desde alguns milênios que os dragões foram expulsos da convivência com a humanidade, de modo que não pudessem mais influenciar de maneira direta os destinos do planeta Terra e seus habitantes. Reencarnar? Bem, após rejeitarem a misericórdia divina durante eras, evitando a todo custo o processo natural da reencarnação, a justiça soberana determinou que, pelo menos no planeta Terra, não mais reencarnariam.

Quando o Cordeiro expirou no madeiro do calvário, desceu literalmente às regiões obscuras do abismo, para pregar o Evangelho aos espíritos em prisão.[18] Desde então, promulgando o decreto divino para aquelas almas rebeldes e renitentes, criminosos cósmicos, não mais lhes foi permitido entrar em contato permanente com o mundo dos

---

[18] Cf. 1Pe 3:18-20; 4:6.

chamados vivos.[19]

Proporcionou-se reforço energético e magnético à dimensão para a qual foram proscritos, e, a partir de então, nunca mais reencarnariam no planeta Terra. Somente em outros mundos, em outros biomas.

Mas o acesso ao mundo dos vivos lhes continuaria sendo franqueado, até mesmo como oportunidade de presenciarem o progresso dos povos, de se inspirarem nos conhecimentos adquiridos pela humanidade e deixados pelo Cristo. Todavia, não em seus corpos originais. Somente lhes seria permitido observar, vagar de um lado a outro, constatar como o avanço da sociedade e dos seres humanos, embora lento, era inexorável. Espíritos em geral, mesmo criminosos, poderiam estabelecer contato com os viventes encarnados de uma ou outra forma mais estreita; porém, aquela classe de seres, somente em projeções de seu corpo mental,

---

[19] "Houve então uma batalha no céu: Miguel e seus anjos guerrearam contra o Dragão. O Dragão batalhou, juntamente com seus anjos, mas foi derrotado, e não se encontrou mais um lugar para eles no céu. Foi expulso o grande Dragão, a antiga Serpente, o chamado Diabo ou Satanás, sedutor de toda a terra habitada — foi expulso para a terra, e seus Anjos foram expulsos com ele" (Ap 12:7-9 cf. *Bíblia de Jerusalém*).

ainda que também em franco e gradual processo de degeneração. De tudo isso os dragões sabiam.

Para acessar a dimensão magnética denominada *infernus*, onde se refugiam as almas desajustadas a um grau que não se pode medir pelos parâmetros humanos, há somente uma possibilidade. Seres de dimensões superiores devem rumar em direção à estrela maior do sistema solar, numa velocidade muito maior que a da luz, porém menor que a do pensamento. Tão logo se aproximem do Sol, que emite radiações espirituais de natureza sublime, e se abasteçam das poderosas energias do plasma solar, devem retornar imediatamente à Terra, com toda a força concebível e com a maior velocidade possível, embora resguardando as barreiras preestabelecidas pela justiça soberana.

Essa foi a trajetória do aeróbus, cujo modelo se construíra visando especialmente às viagens à dimensão *infernus*. Descrevendo essa rota, voltou o espantoso veículo em direção ao magma da Terra, penetrando a atmosfera por um dos entroncamentos magnéticos do planeta, em velocidade alucinante. Abaixo dele, viam-se as formações dos continentes, as nuvens, as cidades dos homens como formigueiros humanos. Porém, tudo isso numa fração de segundo, pois a rapidez com que se conduziam os guardiões e sua equipe de representantes da justiça divina não permitia observar maiores detalhes. As dimensões pareciam suceder-se umas às outras, interpenetradas, mostrando a convivência de culturas espirituais diferentes, de formas de vida distintas entre si.

Nas telas de navegação do aeróbus apareceu um lampejo, algo que se assemelhava a uma esfera e logo adquiriu a forma de uma bolha na coloração azul, um azul profundo, como o pigmento azul-da-prússia. Rebrilhando com rajadas douradas, a esfera de energia parecia delimitar a dimensão muitíssimo especial que fora designada, por decreto divino, como morada dos dragões.

Mas não se pode compreender uma dimensão como um espaço físico convencional. Uma dimensão ou campo poderá não ter fronteiras físicas, perceptíveis ao senso humano, aos sentidos comuns do observador. Seja ela qual for, poderá ser limitada ou ilimitada conforme a percepção — de quem a examina — e a capacidade de ação dos seres que nela interagem. Não é simples espaço físico; longe disso, trata-se de espaço de âmbito dimensional.[20] Algo somente concebido e enten-

---

[20] Estas explicações são extremamente esclarecedoras e enfatizam o que já foi dito anteriormente. Quando se localiza algo na dimensão extrafísica, dando como referência um ponto da realidade dita

dido em sua plenitude através de esquemas matemáticos e conceitos de física avançada.

Dentro do aeróbus, o qual não deixava de ser uma nave, porém não espacial, mas extradimensional, Anton, Jamar, Watab e alguns outros guardiões superiores estavam atentos e com suas mentes conectadas, ligadas entre si. Entre nós, os participantes da jornada que haviam se integrado à equipe, destacavam-se Voltz; Júlio Verne, que oferecera aos guardiões ajuda na localização das dimensões sombrias, do local do desterro; Ranieri, um dos médiuns que trabalhara diretamente com Verne, período durante o qual teve oportunidade de visitar, em desdobramento, a região que demandava nosso grupo; bem como Dante, igualmente ligado àquelas paragens. Além destes, havia Pai João de Aruanda; Saldanha, antigo representante dos dragões; mais alguns amigos espirituais e eu, como observador atento, escritor de mortos e de vivos, ou de vivos mortos, ou como queiram conceber em suas mentes de leitores de fantasmas.

objetiva — "A colônia Nosso Lar fica acima da cidade do Rio de Janeiro" ou "Sua habitação situa-se nas proximidades do núcleo planetário" —, os locais físicos apontados efetivamente não passam disso: mera referência.

À medida que nos acercávamos da esfera eletromagnética, era como se ela inchasse cada vez mais. As cores originais foram modificando-se à proporção que nos aproximávamos e, assim que o veículo encostou, por assim dizer, na superfície da esfera dimensional, ela pareceu arrebentar-se, porém absorvendo-nos para seu interior. Enquanto isso, enorme explosão ocorreu à vista de todos, liberando extraordinária quantidade de matéria etérica ou antimatéria, que decerto constituía a estrutura por nós penetrada. Colunas de chamas se ergueram de forma a se projetar na dimensão física, fenômeno que, naquele momento, não pude estudar, pois minha atenção estava concentrada no escopo de nossa missão: a ação entre os poderosos dragões.

Jamar adiantou-se e falou a plenos pulmões, dirigindo-se aos técnicos que conduziam o veículo:

— Fiquem atentos, vocês! — trovejou a voz potente do guardião. — Quero registrados todos os fenômenos externos. Preciso de todos os detalhes, medições e rastreamentos, pois mais tarde necessitaremos de tudo para estudos...

Não se poderia ouvir mais nada em meio ao barulho ensurdecedor provocado pelo veículo em contato com o material daqueles planos. Ribombando como trovões, o aeróbus balançava e se sacudia de um lado para outro enquanto os condu-tores faziam de tudo para frenar o veículo, dimi-nuindo-lhe soberbamente a velocidade à medida que entrava na dimensão que nos recebia.

Quando o comboio parou completamente, estávamos situados no cume de uma montanha que me fez lembrar os Alpes suíços, com um tipo de material semelhante a neve cobrindo por com-pleto sua estrutura.

Particularmente, eu esperava encontrar am-biente totalmente adverso, com paisagens que trouxessem à tona descrições de um inferno mal-dito. No entanto, surpreendi-me com a beleza do cenário que avistávamos ao redor. Altos rochedos emolduravam um recanto que denotava ter sido preparado com esmero, embora a coisa toda não inspirasse naturalidade, mas parecesse um am-biente artificial, talvez mantido apenas por for-ça de alguma projeção mental. Mas era soberbo mesmo assim.

Descemos — uma das equipes do aeróbus, aqueles de nós que acompanhávamos os guar-diões — e reunimo-nos em torno do veículo, após as necessárias verificações de segurança. Foram erguidas as defesas elétricas e providenciadas até mesmo armas pesadas, uma vez que estávamos em território dos inimigos da humanidade.

— Nenhum de vocês poderá sair de perto do nosso veículo sem minha expressa autorização — falou Anton sério, para todos nós. — O espaço dimensional onde nos encontramos é considerado traiçoeiro e poucas vezes foi visitado por agentes da justiça divina. É um universo de espíritos rebeldes; de criminosos, no sentido mais amplo e cósmico do termo. Não se iludam pensando que somente porque estão do lado do Cordeiro de Deus isso os coloca automaticamente em segurança. Nenhum de nós alcançou angelitude, e precisamos estar absolutamente atentos a possíveis ciladas dos dragões e de seus astutos serviçais, a guarda pessoal e guerreira composta de espectros.

Mal Anton acabara de pronunciar essas palavras, avistamos um movimento suspeito, que se afigurava, à nossa visão, um enxame, aproximando-se de modo cada vez mais rápido, a escurecer o ambiente à volta, como se monstruosa sombra tomasse a paisagem, até então de uma beleza notável. Pai João apresentou-se, juntamente com o mensageiro Tupinambá, que ficou de prontidão e pediu autorização a Anton para fazer descer do aeróbus seus caças, guerreiros de alta patente e especialização que trabalhavam sob seu comando.

— Que assim seja! — pronunciou Anton, o guardião.

Um a um desceram espíritos que envolveram o aeróbus num cinturão de segurança. Portavam armamentos em forma de lança, forjados em uma estrutura astral e etérica que lembrava metal. As pontas abriram-se em um leque de três pétalas longas, como se estivessem sendo ativados para a ação iminente. Raios cintilavam nessas pontas, de maneira tal que, mesmo para alguns de nossa equipe, inspirasse certo respeito.[21]

Pai João aproximou-se de Jamar e Anton, que, neste momento, observavam o local através de instrumentos de longo alcance, pois naquele ambiente falhava qualquer tipo de visão psíquica mais apurada. Era um mundo de matéria negra, embora a aparência que nos surpreendeu ao chegarmos.

O enxame avizinhava-se com voracidade, engolindo a paisagem pela qual passava ou deixando

---

[21] Caso provoque algum estranhamento a descrição de armamentos usados pelos espíritos, mais do que citar os diversos exemplos na literatura mediúnica, é interessante rememorar o que declarou o codificador do espiritismo: "Consideremos, pois, o mundo dos Espíritos como uma réplica do mundo corporal, como uma fração da Humanidade (...); estão sempre em nosso meio, como outrora; apenas estão atrás da cortina, e não à frente: eis toda a diferença" (KARDEC, A. *Revista espírita* (ano IX, 1866). 2ª ed. Rio de Janeiro: FEB, 2004. "O Espiritismo sem os Espíritos", abril, p. 155).

tudo devastado, possivelmente revelando a verdadeira natureza do ambiente.

De repente a estranha formação estacou seu avanço de modo tão abrupto quanto surgira; destacou-se então uma parte de si, que logo se pôs à frente, em nossa direção.

— Ergam as baterias solares — deu a ordem Jamar, o guardião da noite.

As baterias solares eram campos de força potentíssimos, alimentados da pura energia do Sol, que se armazenara quando o aeróbus descreveu sua trajetória nas imediações do astro-rei. O abastecimento energético com elementos de uma dimensão efetivamente superior era o maior benefício da passagem do aeróbus em torno da estrela.

Finíssima película envolveu o aeróbus, de sorte que se ergueu uma concha, uma bolha a isolar-nos do ambiente. Como se fosse uma dimensão dentro da outra, interpenetrando-a.

Pai João foi quem primeiro identificou a criatura que se aproximava.

— Espectros, a guarda pessoal dos dragões.

— Sim! — comentou Anton, adiantando-se até a posição onde estava o chefe Tupinambá, em toda a sua imponência de guerreiro.

— Apenas oito desses seres prosseguem em nossa direção. Tudo indica que seja o comando de abordagem. Muito provavelmente, querem saber do que se trata.

Um dos seres que se achegou mostrou-se em toda a sua estrutura astralina, tal qual era. Alto, cerca de 2,10m de estatura, corpo forte, cabelos branquíssimos, albino ao ponto de a epiderme perispiritual parecer completamente sem cor, de tão opaca, esbranquiçada e sem vitalidade. Músculos emolduravam a estranha criatura; a pele era ressequida, com enormes veias salientando-se ao longo do corpo. Dentes protuberantes e afiados como os de felinos, alguns deles lembravam lascas, uns mais compridos que outros, e os lábios totalmente descorados, acompanhando a tonalidade desvitalizada da pele.

Como uma fera a estudar sua presa, rondou astuciosamente o campo defensivo, grasnando e pronunciando palavras incompreensíveis para mim e, talvez, para a maioria da nossa equipe. Insinuou-se até os limites do campo de força, sem tentar rompê-lo ou tocá-lo. Anton e Jamar também se aproximaram do contorno das barreiras solares, de maneira que ficaram frente a frente com o espectro.

As narinas da estranha criatura davam mostras de farejar algo, como acontece com os lobos das estepes quando perseguem a presa ou procuram alimento.

Quase num esgar, criando uma estranha máscara para exprimir algumas palavras, o espectro disse algo aos dois guardiões, arrastando-se nas palavras, que saíram de sua boca como um sussurro rouco, de uma cavernosidade sepulcral:

— Agentes da justiça!... Aqui é domínio dos dragões. Não podem intrometer-se em nossa política. Não é nosso tempo ainda. Que fazem em nosso mundo?

A voz arrastada e doentia lembrava o eco de um som qualquer numa caverna incrustada na montanha.

— Ao contrário, espectro — retornou Anton. — Viemos aqui por determinação do Alto. Vá e diga aos seus superiores que chegamos e queremos uma entrevista com um dos representantes diretos dos dragões. Queremos permissão para entrar em seu domínio, em nome do Altíssimo.

Um urro de terror saiu da boca do espectro e foi ouvido por toda a planície. Como um animal a criatura rugia, embora a forma humanoide e as roupas exóticas com as quais se vestia.

— Trouxeram consigo algum vivente? Não sinto o cheiro do sangue entre vocês... — rugiu novamente!

— Por estes domínios não nos atrevemos a

trazer um vivente. Sabemos que precisamos de licença dos dragões para adentrar este mundo.

Pessoalmente, estranhei muitíssimo o pedido de autorização do chefe dos guardiões para entrar na área de atuação dos dragões. Não fizéramos várias investidas nas regiões da subcrosta, do abismo e outras paragens infernais? Por que precisaríamos da permissão dos dragões se estávamos a serviço da justiça divina? Não detínhamos o direito e a autoridade para ingressar naquela região, naquele espaço dimensional?

Pai João fez um sinal para mim e entendi que deveria guardar minhas dúvidas para serem esclarecidas depois. Continuamos como espectadores, ouvintes atentos do diálogo que se passava.

— Deixarei meus guerreiros aqui! Enviarei uma comitiva para falar com os *daimons*. Que esperem o tempo necessário — grasnou o espectro, ainda farejando alguma coisa no ar.

— De forma alguma toleraremos esperar muito — retornou Anton. — Você não entendeu, espectro! Aguardaremos apenas determinado tempo, mas não indefinidamente. Pedimos autorização em respeito aos domínios concedidos pelo Eterno. Porém, temos pressa e não ficaremos à mercê de sua vontade.

Ao ouvir aquilo, a criatura ficou furiosa e pôs-se a bufar, como se fosse possível tornar-se mais odiosa do que era ou mais raiva demostrar, além daquela que nutria contra a humanidade. Afinal, eram os remanescentes de uma linhagem humana que há muito não encontrava lugar na Terra.

Desde épocas imemoriais se definiram contra o sistema do Cordeiro e a favor da política inumana dos dragões ou *daimons*, conforme alguns os chamavam. Guerreiros implacáveis, destituídos de seus corpos físicos em alguma batalha, pouco a pouco se reuniram e ao longo de milênios especializaram-se, sob o comando dos poderosos chefes de legião, a serviço dos dragões. As informações que recebêramos a seu respeito falavam de vampiros, ladrões de energia vital e emocional, algo num nível muito mais acentuado e tenebroso do que sugeriam as lendas contadas nos mitos da humanidade. Entre nós, os espíritos Dante e Júlio Verne detinham maiores detalhes sobre esses seres das regiões inferiores do mundo. No momento apropriado, com certeza compartilhariam conosco suas interpretações e seu conhecimento.

Naquele momento, observamos intensa movimentação nas fileiras dos espectros. Os seres que vieram a nosso encontro retornaram, e vimos perfeitamente quando pequeno grupo se apartou do estranho exército a serviço dos dragões.

Enquanto isso, Pai João convidou-nos a observar a paisagem em nosso entorno.

— Vejam como tudo se modifica à nossa volta — apontou o pai-velho ao derredor, deixando-nos curiosos pelo que ocorria.

A paisagem, que antes apresentava uma beleza exótica, transformou-se por completo. Quando o enxame se achegou do local onde estávamos, à medida que passava os fluidos ambientes moldavam-se como a refletir a fuligem e a escuridão do ambiente, talvez em conformidade com a situação íntima desses guerreiros e vampiros das regiões obscuras. Sobre os montes, onde antes avistávamos algo similar à neve, havia uma matéria aparentemente líquida ou viscosa vertendo das montanhas, escorrendo lentamente, até atingir o vale que vislumbrávamos mais ao longe. Escombros de construções antigas eram atingidos pela espécie de lava, que borbulhava e emitia um tipo de radiação que impedia definitivamente qualquer vegetação de vingar naqueles sítios.

Entretanto, na periferia do campo protetor, que abarcava o veículo que nos transportara até ali e ligeira porção do terreno em volta, a paisagem anterior permanecia intocada. Algo que sinceramente não combinava com todo o resto. À distância, suponho que a visão agora se assemelhasse a nobre paisagem pintada no centro de uma tela de marrons, escarpas, lavas borbulhantes e águas lamacentas, fétidas e correntes, entre outros vários elementos.

Notei que certas formações, espécies de árvores ressecadas, retorcidas, erguiam-se aqui e acolá, de maneira inusitada. As estruturas das construções remetiam a antigos castelos medievais, embora destruídos ou vaporizados em mais da metade, pela lava ardente que borbulhava ou escorria por toda parte.

O vespeiro de espectros indicava estar acostumado com o que via; porém, era indisfarçável a inquietude da súcia. Em razão de nossa presença no ambiente, quem sabe?

Muito mais distante, com relativo esforço, avistei algo ligeiramente diferente. Procurei sondar os detalhes, contudo não conseguia aguçar minha percepção espiritual a fim de perceber além desse ponto.

— Não adianta, Ângelo — falou João Cobú, Pai João de Aruanda. — Aqui falha o processo da visão psíquica. Os elementos que constituem o ambiente a nossa volta não são da mesma natureza daqueles a que estamos habituados nos planos astral ou espiritual. Estamos numa dimensão totalmente diferente, numa espécie de limbo; nesses limites vibracionais imperam leis naturais, que não guardam, contudo, relação com aquelas a que estamos familiarizados.

— Isto é o inferno? — perguntei com minha curiosidade.

— Você pode chamá-lo assim, se quiser, contanto que se cuide para não localizá-lo dentro dos limites conhecidos pelos homens do planeta Terra. Estamos numa dimensão diferente, apenas tente imaginar isso.

O pai-velho não ofereceu mais nenhuma explicação. Deu a entender que não era hora de entrar em detalhes e compreendi que deveria me contentar, por enquanto, com minhas observações.

Entrementes aguardávamos o retorno dos espectros, que, pelos meus cálculos, já deveriam ter voltado.

Anton e Jamar se impacientavam. Os guerreiros comandados pelo espírito Tupinambá também se remexiam numa inquietação evidente. Minhas percepções voltaram-se para o enxame, o exército cada vez maior dos espectros. Um dos guardiões, Watab, apontou ao longe:

— Vejam, Anton e Jamar, parece que chegam mais e mais guerreiros vampiros.

Nossos guardiões mostravam-se incomodados com alguma coisa. Tanto os especialistas da noite sob a orientação de Jamar, quanto os caças comandados por Tupinambá, assim como os demais guardiões começaram a movimentar-se, tamanho o desassossego, fato que eu nunca presenciei nas fileiras dos guardiões. Neste instante, foram Voltz e Dante que deram o alarme:

— Temos de agir, Anton! Os espectros são vampiros por natureza. Aliás, são de um tipo espiritual muito mais perigoso do que os vampiros astrais comuns. Estão sondando nossas fileiras para observar e sugar energias psíquicas. Veja como aumenta substancialmente o número dos espectros a nossa volta. Estão se alimentando! Não podemos esperar mais.

E, sobressaindo por suas observações, Dante completou:

— Conheço com algum detalhe a espécie de seres que acampa a nosso redor. Noutras etapas de minha vida, em existências passadas, pude visitar lugares bem inóspitos e deparei com essa classe de criminosos.

Dando um tempo para respirar, talvez para que suas lembranças retornassem ao passado, Dante prosseguiu, depois de um suspiro acentuado:

— Creio mesmo que *crime* é um termo que merece ser revisto urgentemente, pois não faz jus aos atos dos habitantes de uma dimensão tão sombria quanto esta. Também a palavra *sombria* carece de revisão, uma vez que não estamos mergulhados em sombras físicas, perceptíveis externamente, mas em um tipo de escuridão mais profunda, densa e, sobretudo, num plano ou, caso preferiram, num *universo* sem luz. É uma sombra de natureza metafísica.

— Mas e quanto aos espectros, tem algo a nos dizer? Algo que poderia nos auxiliar no enfrentamento desses espíritos que fazem parte da guarda pessoal dos dragões?

— Algumas vezes me fiz agente duplo e pude ter acesso a diversas informações sobre eles. Primeiro, especializaram-se nessa prática nefasta de roubo de energias de forma tão devastadora que não somente podem se alimentar de fluidos dos encarnados com os quais se deparam, mesmo desdobrados, fora de seus veículos físicos, como ainda se apropriam de emanações mais sutis de perispíritos ou corpos astrais e também etéricos; tudo isso de modo pouco usual e com apetite incrível. Essa é a razão por que constituem forte ameaça inclusive para os desencarnados comuns.

— Sugiro que, em vez de conversarmos, façamos algo. Quem sabe devamos tentar uma intervenção mais ativa? — comentou Jamar, sem se preocupar como suas palavras seriam interpretadas. Contudo, elas refletiam exatamente as cogitações de Anton, o representante máximo dos guardiões superiores.

— Vamos nos aprontar! — determinou de súbito o chefe da segurança extrafísica, Anton. — Está na hora de travarmos contato mais direto com os seres desta dimensão.

Tão logo escutei o guardião proferir suas ordens, fiquei pensativo se era essa a ação mais acertada, ao que ele retrucou:

— Não vamos invadir a dimensão em que estamos, como se fôssemos ignorar o reinado dos dragões, que, aqui, representam a autoridade. Sei que estamos em minoria, no entanto temos de levar a mensagem do Alto aos agentes supremos do poder nesta dimensão sombria. Por ora, atingimos apenas as franjas deste universo e quase nada sabemos a respeito das leis que imperam aqui, tampouco de seus habitantes. Mas quanto pudermos, Ângelo, vamos penetrar neste reduto, pois para tanto temos o aval daqueles que dirigem a evolução planetária.

Calei meus pensamentos, aquietando-me intimamente, não obstante pressentisse que pisávamos um terreno inóspito, diferente e — quem sabe? — ameaçador ao extremo. Naquela ocasião eu não sabia que os donos do poder estavam nos bastidores, manipulando cada detalhe, cada nota daquele acorde macabro, cujas origens se perdiam nos séculos passados de nosso mundo ou de outros mundos perdidos na imensidão.

Um dos espectros aproximou-se devagar dos limites da bolha energética onde nos abrigávamos. Havia algo diferente na forma como nos olhava. Havia nele certa inquietação, algo que eu mesmo tive dificuldade de precisar; ousaria dizer que era quase um pedido de socorro, um apelo quase imperceptível.

Assim que notei, numa fração de segundo, a atitude do espectro, Anton olhou significativamente para Jamar, o guardião da noite. Emitiu uma ordem mental somente percebida pelos outros especialistas de plantão, que, do interior do aeróbus, avançaram quase simultaneamente, quando de repente se fez uma abertura dimensional, um rasgo na estrutura do campo de força que nos separava do restante daquele universo estranho em meio ao desterro dos dragões. Jamar e Anton projetaram, simultaneamente, campos de força e contenção potentíssimos — como eu jamais vira — sobre o perigoso espectro, que começou a contorcer-se dentro do súbito envoltório de energias de ordem superior, que o cobriu de imediato.

A atitude dos dois guardiões foi sentida retardadamente pela horda de espectros, que ficava mais ao longe. Demoraram a perceber que seu líder, ou um dos seus líderes, rendera-se e havia sido capturado pelos especialistas a serviço do Cordeiro.

Jamar e Anton conduziram o espectro quase inconsciente até o interior do veículo, que servia temporariamente de base para nossa equipe. Todos nos assustamos, com exceção de Pai João, que esboçou um sorriso discreto nos lábios, como se soubesse com antecedência o que se desenrolava ali. Os outros, os que integrávamos a equipe, ficamos mais ou menos atônitos, momentaneamente sem entender o súbito desfecho.

Somente depois de algum tempo Anton nos explicou, em detalhes, que o espectro, na verdade, estava prestes a se converter num renegado da horda à qual pertencia. Havia fracassado ao executar uma das ordens dadas pelos dragões, e estes não toleravam a mínima falha de seus subordinados e escravos. Eram impiedosos; simplesmente implacáveis ao exercer o poder como ditadores da dimensão à qual estavam acorrentados. Ao aprisioná-lo, os guardiões apenas o livraram de um destino cruel, até mesmo para um chefe de legião, como aquele espectro infeliz.

Aproveitariam a circunstância para extrair

informações que ele certamente deteria, arquivadas no corpo mental. Talvez alguns pudessem recriminar tal intenção dos guardiões, mas, para eles, o destino da humanidade estava acima de qualquer interpretação filosófica ou religiosa, acima até mesmo do moralismo e do pudor que muitos representantes do Cordeiro queriam imprimir ao trabalho. Era uma questão de vida ou morte. Morte de milhares ou milhões de seres humanos e interferência na vida de outras tantas vítimas do sistema impiedoso sintetizado na figura dos dragões.

CAPÍTULO 5

Matrix ou o poder da mídia

"(...) para que não sejamos mais meninos, inconstantes, levados ao redor por todo vento de doutrina, pelo engano dos homens que com astúcia induzem ao erro."

Efésios 4:14

"Todas as nações foram enganadas pelas tuas feitiçarias."

Apocalipse 18:23

UM IMPOSITIVO da justiça divina demandava que enfrentássemos o "poder vibratório supremo" dos dragões, como di-
ziam eles, levando-lhes o ultimato do Alto. Diante
dos fatos ocorridos recentemente nesta dimensão em que estagiávamos, pedimos ao comando
dos guardiões nos concedesse alguns momentos,
a fim de que tivéssemos esclarecidas dúvidas referentes a apontamentos feitos pelos próprios
emissários superiores acerca do assunto.

Muito embora esses ditadores do abismo trabalhassem em oposição franca e aberta aos princípios do Reino, e merecessem ser enfrentados
logo, algo havia nos apontamentos que requeresse

pesquisas mais detalhadas.[1] Assim sendo, seleto grupo de pesquisadores e eu, como curioso acerca dos eventos que se passavam nos dois planos da vida, reunimo-nos em torno de Anton, Dante e Júlio Verne com o objetivo de formular questionamentos que, além de facultar nossa instrução, me trouxesse informações que pretendia repassar aos encarnados oportunamente. Assim que a reunião começou, Kiev, um dos guardiões de referência, foi quem primeiro perguntou, afoito:

— Queria saber de Anton a respeito do poder exercido pelos espíritos das sombras por intermédio da imprensa e da mídia em geral, no plano dos encarnados. Pode nos esclarecer sobre isso?

Anton não se importou com o jeito pouco cerimonioso com que o espírito o abordou, o que talvez possa soar estranho àqueles que fazem questão de rigor na observância de regras de polidez e etiqueta, especialmente no que se refere ao uso de títulos que denotam respeito às posições hierárquicas. Ocorre que as posições hierárqui-

---

[1] Poucas, mas significativas vezes, a palavra *reino* aparece fora das expressões *reino de Deus* ou *reino dos céus* no Evangelho. Como se pôde apurar, os guardiões interpretam o termo como alusivo à política do Cordeiro. Os versículos a seguir abonam essa visão: "E percorria Jesus todas as cidades e aldeias, ensinando nas sinago-

cas, do lado de cá, existem tão somente para de-
marcar os deveres de todos nós; em nossos rela-
cionamentos, dispensamos os títulos e as pretensões de autoridade, bem como a pompa e o formalismo, quase sempre artificiais e com ar... arcaico
e *démodé*, a meu ver. Respeitamos apenas a autoridade calcada na ascendência moral e a elevação
dos propósitos em favor da humanidade.

Anton, pois, respondeu com boa vontade:

— As diversas mídias existentes na atualidade são instrumentos poderosos de manipulação
de massas. Isso constitui fato público e notório, a
respeito do qual nem mesmo os encarnados costumam se iludir. Contudo, há quem se deixe levar
pelas notícias, informações ou desinformações
que são disseminadas pelos veículos de comunicação de massa, cuja condução está a cargo daqueles que detêm o poder dos dois lados da vida. Não
podemos ignorar a realidade de que são os espíritos que dirigem os destinos dos homens.[2]

"Não é novidade que, por diversas vezes, pre-

---

gas, pregando o *evangelho do reino*"; "E este *evangelho do reino* será
pregado em todo o mundo, em testemunho a todas as nações. En-
-tão virá o fim" (Mt 9:35; 24:14; grifos nossos).

[2] Vale repetir a célebre máxima do espírito Verdade, já citada nesta obra: "de ordinário, são os espíritos que vos dirigem" (KARDEC,

senciamos governos e governantes sendo depostos ou assumindo o poder a partir do retrato que a imprensa fez da questão em foco no momento, seja por meio da televisão, da imprensa escrita ou do rádio; mais recentemente, com o advento e a popularização da internet, tudo sucede ainda com maior velocidade. Mudanças decisivas como essas, que cito apenas a título de exemplo, podem esconder motivações de quem está a serviço de homens que detêm o comando da política das informações. Ou, às vezes, tais pessoas acabam por atender a interesses de modo inconsciente, ao colocar-se como instrumento dos poderes ocultos do mundo.

"Vamos nos ater a este início de século, período em que o planeta assistiu a diversas manipulações levadas a efeito pela mídia, que revelavam o objetivo escuso de seduzir a multidão desprevenida e crédula, a fim de que levasse a sério ameaças supostamente gravíssimas, que espreitavam de perto toda a gente. Referimo-nos agora à gripe cujo nome mudou ao menos três vezes desde que eclodiu, com velocidade tão impressionante quanto maciça foi a exposição do tema nos

Allan. *O livro dos espíritos*. 1ª ed. esp. Rio de Janeiro: FEB, 2005, item 459, p. 306).

meios de comunicação — paradoxalmente, durante período estranhamente curto. Da mesma forma abrupta como foi alçada à primeira página dos jornais e ocupou as principais manchetes ao redor do globo, subitamente desapareceu quase por completo, de maneira tão repentina quanto foi orquestrada.

"A chamada gripe asiática ou suína e, finalmente, H1N1 foi alvo do cômputo obsessivo do total de casos, acompanhado por estatísticas diárias e 'em tempo real' — números não corroborados por nenhum órgão de imprensa, diga-se de passagem, que se contentaram em reproduzir os informes oficiais. Apesar da perturbação que causou, a doença mereceu, nos meses subsequentes ao anúncio da vacina, apenas cobertura irrisória da imprensa. A partir de argumentos alarmistas, informações modificadas e tendenciosas, insufladas por grandes corporações, governos e detentores do poder, vimos a população ser escancaradamente manipulada, tendo sido instaurada uma espécie de neurose coletiva sem precedentes.

"Curiosamente, a suposta epidemia foi notícia durante tempo suficiente para favorecer as mesmas megaempresas que confortavelmente 'descobriram' a cura, o produto salvacionista patenteado e sintetizado por elas próprias, que começou a ser vendido no momento exato em que as massas responderam ao estímulo hipnótico, passando inclusive a exigir de seus governos a encomenda e a aquisição de lotes da droga. Que *timing* incrível tem a ciência farmacológica, não? É claro que o senso mercadológico da indústria farmacêutica nada teve a ver com o fato de que o antídoto se tornou disponível logo após a doença, que surgira há pouco, haver se alastrado, embora as pesquisas medicamentosas sérias normalmente requeiram anos a fio de estudos, testes e mais testes. Sem o saber, o povo se deixou induzir pelos veículos de comunicação, enquanto as contas bancárias dos institutos de pesquisa, dos grandes laboratórios, como também dos políticos que estavam por detrás da manipulação mental cresciam soberbamente.

"Então a doença, que constituía risco iminente, que ameaçava a vida de milhões, que estava prestes a se tornar uma epidemia mundial, assim, da noite para o dia, transformou-se em risco zero? Ou, no mínimo, passou a ser ameaça tão irrelevante a ponto de não mais merecer cobertura da imprensa? Será que alguém é capaz de explicar o movimento de ascensão e queda do tema *gripe* H1N1 na mídia? O ibope?

"Será que todos sabem que, com a saúde financeira seriamente comprometida, os grandes grupos de comunicação ao redor do mundo hoje extraem suas pautas praticamente das mesmas fontes — três ou quatro agências mundiais de notícias, que abastecem todos os veículos? É muito mais barato remunerar essas agências do que desenvolver apuração própria, com correspondentes ao redor do globo; isso é inegável.

"Apreciando e tirando proveito da ignorância, da falta de capacidade ou do hábito de submeter tudo à avaliação, assim como da passividade mental e emocional das multidões, entidades sombrias em conluio com executivos, proprietários e acionistas dos laboratórios, governos e políticos manipulam todos que se deixam arrastar por seus eficientes métodos de persuasão midiático-magnética, promovendo a indução mental e a hipnose coletiva, que chega às raias da histeria.

"Em outras épocas, nem tão distantes assim, o Brasil se viu às voltas com divulgações da mídia impressa, ou irradiada através das ondas de TV e rádio, que provocaram a escalada ao poder de diversas pessoas efetivamente arregimentadas, nos bastidores da vida, por inteligências extrafísicas descompromissadas com os ideais da política divina, do Cordeiro.

"Certos governantes e personalidades em geral, que alcançam notoriedade e prestígio no conceito popular, tanto quanto aqueles que decaem e são subitamente execrados pela chamada opinião pública, constituem movimentos visivelmente oriundos da condução mental e emocional realizada pela mídia, que se traduz hoje, no plano físico, como um dos maiores centros de poder, no exercício regular da hipnose coletiva das massas."

Respirando fundo, como se desse um tempo para nossas reflexões, Anton prosseguiu:

— Lamentável é reconhecer que, mesmo entre aqueles que pretendem ser os seguidores do Cordeiro no mundo, vemos a grande maioria hipnotizada pelos encantos, conceitos e desinformações expressas através da televisão, do rádio, da mídia impressa e eletrônica. Aguardemos o amadurecimento dos homens residentes do planeta Terra, a fim de que possa ser dissipado o maia — a grande ilusão da alma, segundo o hinduísmo, a ilusão insuflada aos sentidos pelo sistema vigente — e então os indivíduos acordem para a realidade que existe além do véu da fantasia e da ilusão.

Inspirado pelas palavras de Anton, que fluíam com tranquilidade da boca de quem sabia do assunto, outro espírito adiantou-se, antes que eu erguesse a mão e perguntasse:

— Mas se a mídia pode tanto assim, ou seja, se tem toda essa força, por que os espíritos superiores não assumem seus veículos com o intuito de irradiar a mensagem cristã ou espiritual para a humanidade?

Desta vez foi Júlio Verne quem se insinuou, respondendo ao espírito de forma um tanto lenta, não obstante suscitasse imagens mentais vigorosas:

— Se me permite inferir, acredito que a pergunta reflita ignorância a respeito da realidade espiritual dos habitantes da Terra — ousou o escritor, dando ênfase à sua voz, porém sem perder a tranquilidade nem aumentar o ritmo. — Nós não estamos radicados num planeta de vivências superiores, tampouco somos ainda espíritos tão poderosos e esclarecidos, evoluídos ou espiritualizados que tenhamos a nosso alcance tudo aquilo que desejamos ou julgamos ser o ideal. Devemos observar o momento evolutivo do mundo, que, por enquanto, tem a maior parte da população em situação acanhada de esclarecimento espiritual, de amadurecimento. Considerando-se os contingentes dos dois lados da vida, eu arriscaria dizer que mais de 70% dos habitantes da Terra situam-se em estágio crítico, no que concerne ao nível de despertamento da consciência espiritual. Tendo em vista essa realidade nada promissora, temos pela frente muito trabalho a fazer, muitas sementes a serem lançadas e muito solo a ser regado, pelo menos por todo este restante de milênio, antes que o panorama do mundo seja favorável ou receptivo à atuação mais direta dos benfeitores da humanidade.

"Por outro lado, há que levar em conta que os espíritos que dirigem os destinos do mundo não militam sozinhos; que dependem muitíssimo de agentes e parceiros encarnados para realizar o trabalho que nos desafia a todos. Sob esse ponto de vista, reitero o que disse nosso amigo Anton: muitos cristãos, espíritas ou espiritualistas ainda se veem reféns da ilusão dos sentidos, do grande maia, disputando questões menores, perdidos muitas vezes nas discussões estéreis, que não levam a nada."

O assunto dava o que pensar, mas definitivamente não era nosso objetivo entrar nas questões que envolvem o movimento cristão e espiritualista. Mesmo assim, Júlio Verne concluiu seu pensamento:

— Até que aqueles que dizem representar o Cristo e as forças soberanas da vida acordem para a verdadeira dimensão do trabalho proposto, que exige a união de todos os agentes do bem; até que amadureçam o suficiente para perceber que a obra da qual fazem parte não pertence a este ou aquele mentor, a este ou aquele centro espírita ou agremiação religiosa, temos de atuar contemplando as limitações impostas pela morosidade deste período de despertar da consciência cósmica.

"Nossos agentes médiuns, oradores e divulgadores da mensagem de esclarecimento do espírito Verdade, por exemplo, ainda se entretêm cultivando disputas entre si, ao invés de unirem forças em prol de conquistas mais ambiciosas ou produtivas, que só se podem atingir somando-se esforços, dando-se as mãos — apesar das diferenças. Quando alguém se aventura a tocar em determinado ponto mais sensível ou controverso acerca de suas atividades, a discussão descamba para a esfera pessoal, e, de repente, adjetivos e acusações partem de cá e de lá, criando um clima delicado, que resulta no afastamento uns dos outros."

Verne continuou suas observações como alguém que vê a situação de fora, sem intrometer-se nas questões internas do movimento espírita, tecendo críticas sobre alguns comportamentos, dotadas de propósito elevado:

— Dessa forma, cada agente nosso no plano físico acaba atuando isoladamente, sozinho com seu agrupamento de entusiastas ou seguidores, em vez de se unir a outros, em favor do coletivo. Nesse contexto, notamos que não amadureceram para ver o trabalho e a si mesmos como células de um corpo maior, ao qual todos pertencemos. Frequentemente, gastam precioso tempo ao defender causas e pontos de vista particulares, fomentando melindres e disputas que visam provar que seu mentor e as mensagens vindas através de si são mais corretas doutrinariamente, mais esclarecidas ou mesmo mais relevantes para a conjuntura atual. Falham ao perceber que a verdade reside na *união*, na *soma* de todos os aspectos e nuances — complementares, na realidade — que vêm através de seus companheiros de ideal, e não exclusivamente a parte minúscula, quase ínfima que trazem a lume por meio de suas próprias faculdades.

Concedendo uma pausa preciosa para entrarmos em sintonia com seu pensamento, devolveu-nos o questionamento:

— Então, sou eu que pergunto: como esperar interferência dos benfeitores da humanidade em caráter mais intenso, completo e que produza frutos mais expressivos quando verificamos o cenário em que os cristãos se movimentam? Ao considerar a proporção dos desafios, como se queixar dos resultados se os emissários do Alto no plano físico se entregam ao império daquilo que se convencionou chamar de matrix, isto é, algo similar ao maia dos orientais? Portanto, aguardemos a maturidade e o despertar de nossos agentes, pois pessoalmente acredito, segundo procurei expor, que a hora da colheita ainda está relativamente distante, apesar do avançado da hora, no cômputo de tempo dos Imortais.

Após algum tempo de silêncio, que talvez refletisse a preocupação de muitos de nós, ouvintes da plateia, ousei romper a situação e indagar:

— Minha dúvida refere-se ao poder das sombras sobre os meios de comunicação. Como podemos entender que estejam tão intimamente ligados entre si e aliados no objetivo de manipular a humanidade, do modo como afirmam eles próprios, os espíritos que se dizem no poder?

Agora foi a vez de Dante assumir a palavra, depois de um silêncio razoavelmente longo. Aliás, ele não era de se manifestar com muita frequência; mesmo assim, falou com disposição:

— Eis um fato que não deveria soar estranho para os conhecedores da mensagem do espírito Verdade, uma vez que o próprio Codificador, Allan Kardec, transcreveu o significativo pensamento dos Imortais segundo o qual, na verdade, são os espíritos que dirigem os homens, e não o contrário, repetindo ainda uma vez mais o que disse Anton.

"Basta avaliar a situação espiritual dos habitantes encarnados e desencarnados do planeta para constatar que o contingente de espíritos ignorantes, com passado complicado e adeptos de um sistema de vida oposto aos princípios do evangelho cósmico constitui, sem sombra de dúvida, a maioria numérica nos bastidores da vida.[3] Junte isso à informação de que são os espíritos que dirigem os homens, segundo assevera o ilustre codificador do espiritismo, e então será forçoso deduzir que é justamente a massa de seres e inteligências sombrias que está, atualmente, a conduzir as multidões. Evidentemente, isso não invalida a verdade oposta — de que os espíritos superiores, sob o comando de seu general, agem de maneira ininterrupta em benefício da humanidade, de seu esclarecimento e amadurecimento. E não há como esquecer que Deus, ao qual chamamos de Grande Arquiteto, é aquele que das trevas tira luz e da ignorância faz nascer a iluminação espiritual."

Depois desse pronunciamento um tanto doutrinário, Dante prosseguiu, num tom menos sério:

---

[3] A lógica subjacente ao raciocínio do interlocutor é análoga àquela que levou o espírito André Luiz — provavelmente o autor que na atualidade goza de mais prestígio entre os espíritas de modo geral — a formular a seguinte assertiva: "seus pensamentos revelam suas companhias espirituais" (XAVIER, F. C. Pelo espírito André Luiz. *Agenda cristã*. Rio de Janeiro: FEB, 1998, cap. 32, p. 103).

— Outro aspecto a considerar — mais decorrência das afirmativas anteriores que um ponto inteiramente novo — é que existem espíritos em todos os recantos do globo, em todas as dimensões do mundo e por detrás de todas as ações humanas.[4] Na terra, nos ares, no mar e em todos os sítios da natureza, os espíritos povoam, vivem, interagem e vibram numa existência que se configura como a verdadeira civilização do planeta, embora não perceptível aos olhos mortais vulgares.

"Retomo agora o argumento inicial. Se, portanto, as atitudes humanas são desequilibradas, maldosas, insanas, não podemos concluir que a inspirá-las estejam espíritos elevados. Pelo contrário, visualizamos na gênese dos desmandos humanos o impulso de inteligências sombrias. Sendo assim, é natural supor que o alcance das ações humanas é diretamente proporcional à inteligência dos seres que as subsidiam, e vice-versa. Isto é: quanto mais expressivas forem as ações

---

[4] É tentador reportar-se, ainda que de modo recorrente, a um dos textos fundamentais, mais caros à visão espírita de mundo, que encerra grande parte das premissas necessárias para compreender desde a mais simples descrição da realidade extrafísica até os pormenores da interação dos espíritos com o mundo corpóreo: "Tendes muitos deles [espíritos] de contínuo a vosso lado, obser-

no mundo dos encarnados, como no caso daqueles que exercem poder temporal, maior será a capacidade das consciências que as instigam. Faz todo o sentido: se estão em jogo objetivos mais abrangentes, mais amplos do que simples vinganças e perseguições pessoais, os seres atraídos não devem ser obsessores comuns de indivíduos e grupos, mas sim gozar de posição privilegiada nas dimensões sombrias."

A palavra de Dante foi por demais esclarecedora, principalmente para aqueles de nós que nos encontrávamos de certa forma comprometidos com as ideias espíritas. Outro espírito se manifestou logo após, pedindo consideração sobre um tópico ainda não explorado:

— No que concerne aos diversos programas televisivos que, nos dias de hoje, transmitem a mensagem cristã sob a ótica das igrejas evangélicas: podemos considerar que esse tipo de divulgação é um avanço?

Achei interessante a pergunta do guardião,

---

vando-vos e sobre vós atuando, sem o perceberdes, pois que os Espíritos são uma das potências da natureza e os instrumentos de que Deus se serve para execução de seus desígnios providenciais" (KARDEC, Allan. *O livro dos espíritos*. 1ª ed. esp. Rio de Janeiro: FEB, 2005, item 87, p. 112-113).

que se expressou segundo antigas convicções pessoais. Ele estava certo: esse tipo de mídia precisa ser analisado quando falamos sobre a divulgação de ideias que visem ao progresso da humanidade.

Anton tomou novamente a dianteira, respondendo com visível satisfação:

— É claro que podemos e devemos valorizar o pensamento veiculado de acordo com a interpretação evangélica. Entretanto, em grande parte das vezes a mensagem difundida é de caráter consolador, enfocando questões emocionais e doutrinação religiosa. O que tem seu lado positivo, é claro, porém impede de caracterizá-la, nesses casos, como de ordem eminentemente esclarecedora, pois nem sequer tem na instrução espiritual sua principal função. Além disso, é necessário apurar a motivação daqueles que a divulgam e os meios de que se valem para tal. De modo geral — e que fique bem claro que há honrosas exceções ao redor do globo —, pessoalmente não vejo no despertamento da consciência da humanidade o objetivo central e norteador dessas iniciativas, não obstante tragam um cunho essencialmente religioso.

Novamente foi Kiev quem se adiantou aos demais, levantando a mão e interrogando os expositores do pensamento imortal:

— Se os especialistas das sombras, que trabalham sob o comando das inteligências mais astutas, como os dragões, manipulam os meios de comunicação a partir do plano extrafísico, quando teremos uma alteração substancial nessa fonte inspiradora da mídia em geral e no quadro descrito até agora?

Foi Anton, ainda, quem respondeu:

— Acreditamos firmemente que a mudança geral da humanidade já está em pleno andamento. No entanto, ao examinar aspectos mais específicos, como a questão da mídia e do controle que sobre ela exercem pessoas, grupos e instituições, é preciso considerar o contexto em que se dá a interação entre os seres extracorpóreos e as mentes encarnadas. Sob esse ponto de vista mais amplo, as mudanças mais expressivas devem surgir à medida que houver amadurecimento da consciência humana. O ritmo de transformação do planeta é algo naturalmente lento, embora já tenha iniciado. O cômputo de tempo das esferas imortais é muitíssimo diferente daquele em vigor no mundo físico; falar de tempo linear, por si só, já se revela algo imaturo. Quando anunciamos que os tempos são chegados, quer dizer que já começou a transformação e já se notam os eventos que marcam o início de uma era nova. Significa também o aparecimento de uma consciência nova para a humanidade e o despertar da cidadania universal. Mas isso tudo é um *processo*. E, como disse o Cristo, o Cordeiro de Deus, há cerca de 2 mil anos: "Mas a respeito daquele dia e hora ninguém sabe, nem os anjos que estão no céu, nem o Filho, senão o Pai".[5]

"Também há outro aspecto a se observar a fim de que se evitem situações embaraçosas e uma avalanche de missionários da agonia pregando o fim do mundo. Na ocasião em que o Cristo anunciou, no chamado sermão profético,[6] os eventos aos quais deu o nome de *fim dos tempos* ou *tempo do fim*, ele foi muito claro ao afirmar que os sinais que apontava diziam respeito apenas ao 'princípio das dores'[7], e não o fim do mundo.[8] Portanto, seria muito prudente se os cristãos modernos, os

[5] Mc 13:32.

[6] Mt 24; Mc 13; Lc 21:5-35.

[7] Mt 24:8; similar em Mc 13:8.

[8] Extremamente pertinente a observação do personagem, pois a atração que o discurso de fim do mundo exerce é patente. Entre outros fatos que ilustram essa comoção, pode-se citar a visão corrente sobre o livro bíblico do Apocalipse — título cujo significado é *revelação*, mas que normalmente é tido como sinônimo de *fim do mundo*, erroneamente, ganhando cunho de texto que prevê a hecatombe planetária.

espíritas e espiritualistas de toda sorte, não colocassem na boca dos emissários do Alto palavras que não foram ditas.

"Nossa ação junto aos elementos discordantes que compõem a ditadura dos dragões não é algo restrito a determinado período ou possível de enquadrar em datas, segundo os calendários do mundo das formas. Somos porta-vozes de uma mensagem muito clara para eles; todavia, convém acentuar que não estamos em condições de estabelecer prazos para a renovação da Terra. Se nem Jesus, o administrador planetário, aventurou-se a fazê-lo!... Eis algo que somente o Pai sabe e somente a Ele é dado administrar.

"Grande evidência de que determinado mundo começou seu processo de renovação, como ocorre com a Terra neste ponto de sua história, é o início da reurbanização extrafísica do orbe, com a consequente e gradativa remoção das consciências cristalizadas ou estagnadas do panorama espiritual do mundo. Porém, é preciso notar que o intervalo necessário para que essa etapa se complete pode se estender de dezenas até centenas de anos. O tempo é algo muitíssimo relativo, e não se pode pretender que do lado de cá, em nossa dimensão, ele seja computado do modo como regem as convenções humanas.

"Assim sendo, esperemos uma fase elástica de restabelecimento dos alicerces da civilização; um período dilatado, em que devemos todos nos unir para reconstruir o planeta que ajudamos a degradar ao longo dos séculos. Tenhamos a certeza de que será duradouro este momento de muito trabalho antes que o dia amanheça e o mundo possa ser considerado renovado. Até lá, temos de esvaziar os umbrais, reformar as paisagens da dimensão extrafísica, modificar a essência das relações sociais, promover sérias reflexões nos centros de irradiação do pensamento progressista, mudar nossa maneira de ver e agir nos meios onde o Evangelho pretende ser seguido; enfim, é enorme a luta pela frente. Enquanto o governo oculto do mundo esvazia os redutos de sofrimento, desmantela as hordas de espíritos criminosos que agem no submundo, os próprios dragões são levados a analisar seu regime de governo e sua política.

"Não obstante todo esse processo, antes que venha o fim propriamente dito, segundo consta nos arquivos da espiritualidade, convém que os dragões sejam soltos por um pouco de tempo: 'Lançou-o no abismo, e ali o encerrou, e selou sobre ele, para que não enganasse mais as nações, até que os mil anos se completassem. Depois disto é necessário que seja solto, por um pouco de tempo'.[9] Isso nos faz pensar num conflito de grandes proporções. Conflito de ideias, embates econômicos, crises políticas e sociais que fermentarão a massa da população extrafísica e de encarnados com vistas a promover o amadurecimento do trigo para a época da colheita. Temos a palavra do Cordeiro, que nos advertiu sobre tudo isso ser apenas o princípio, e não o fim do processo seletivo."

Diante das palavras de Anton, não havia como duvidar das mudanças que estão em andamento no planeta; no entanto, algo mais precisava ser esclarecido, conforme a pergunta que se seguiu, de um dos espíritos presentes:

— Podemos esperar alguma interferência nesse sistema de poder que controla os meios de comunicação ou indefinidamente teremos seres mal intencionados dominando esse importante aspecto da vida terrena?

— Nossa presença na dimensão em que se localizam os dragões — principiou Anton — já representa uma interferência no sistema de poder das inteligências extracorpóreas que pretendem controlar o mundo ou a mídia em particular. Não podemos esquecer que, neste momento histórico, o

[9] Ap 20:3.

próprio planeta está entrando numa fase geológica de atividades incomuns, consequência de transformações em sua estrutura magnética. Campos de força da Terra experimentam intensa mudança, indicando que a própria natureza do mundo adentra a etapa de expurgo das consciências que têm se comportado como ervas daninhas, no que concerne à evolução do orbe. Algo está ocorrendo não somente na esfera extrafísica, como também no âmago do globo. Esses eventos, se naturalmente compreendidos, detêm um significado: que as inteligências extracorpóreas que não apresentam sintonia com o novo momento no qual ingressa a humanidade serão expurgadas e o processo já se iniciou, embora os habitantes da dimensão física não estejam se apercebendo dessas ocorrências no campo vibratório espiritual do orbe.

"Portanto, o domínio das inteligências sombrias está apenas por um fio, diante das drásticas modificações em andamento, patrocinadas pelo espírito Verdade e seus prepostos. O divino comandante das hostes celestes, Jesus, está a postos; porém, segundo a política divina, a forma de agir não é nem de longe semelhante à da oposição. Trabalhamos levando em conta a qualidade, e não a quantidade."

Outro espírito pareceu se inspirar na pergunta que provocou as reflexões de Anton e, demonstrando nítido interesse pelo tema, bem como em auxiliar no processo de transição, indagou:

— Que se pode fazer, da parte dos encarnados que representam a política divina, para reverter esse processo de domínio dos meios de comunicação e conquistar um lugar na mídia de forma efetiva e mais ativa?

Anton, que se sentia inspirado pela pergunta anterior, resumiu sua fala, emendando o seguinte raciocínio:

— Naturalmente, algumas coisas não estão sujeitas à decisão dos encarnados e se passam do lado de cá, nos bastidores da vida, por intervenção direta dos prepostos de Jesus. No entanto, necessitamos de apoio em nossas ações a fim de executá-las em sintonia, os desencarnados e encarnados, de maneira a estabelecer a política do Reino no mundo físico.

"Antes de mais nada, acredito que os seguidores do Cristo na Terra deveriam abolir as barreiras do preconceito religioso, do sectarismo, atuando *em conjunto* por um mundo melhor. Deixar de lado as diferenças e aprender a respeitá-las, alistando-se sob a bandeira da fraternidade, da igualdade e do trabalho em comunidade. Porém, caso isso não se dê por livre opção, acredito sinceramente que, num futuro próximo, as dores coletivas pelas quais passará a humanidade farão com que os rivais se unam em benefício do coletivo — embora certamente não precisasse ser assim. Ainda é tempo de os trabalhadores da esfera física deixarem de lado suas pretensões de santidade, seu espírito missionário e salvacionista para então se aliarem, pois breve, muito breve, todas as forças serão necessárias a fim de preservar e irradiar a mensagem do Cordeiro, em meio ao período de severas provas que se abaterão sobre as nações do mundo. Sem união, não haverá como sobreviver na luta que se avizinha."

Direcionando o foco da atenção para o centro do poder entre os ditadores do abismo, outro espírito, após o longo silêncio que se seguiu à fala de Anton, tomou a palavra para perguntar:

— Será que o representante do poder entre os dragões, exímio especialista na comunicação, tem a seu dispor todo o arsenal de poder e os especialistas que alegam hoje servi-los, tanto nesta dimensão quanto entre os encarnados?

— Com certeza, nisso eles não estão mentindo. O comando central dos guardiões já detectou diversos pontos de convergência no mundo, onde seres e recursos que servem aos espíritos da oposição estão reunindo forças, como ponto de apoio para suas investidas contra a civilização e o progresso do mundo. Mas, mesmo diante de todo o arsenal representado inclusive pelos avanços tecnológicos que emergem neste início de século — muitos dos quais têm sido postos a serviço das inteligências sombrias —, não podemos esquecer que o direcionamento espiritual do planeta está sob o patrocínio do Cristo.

Outro espírito, especialista em biologia e exobiologia, perguntou, visivelmente interessado no seu campo de pesquisa:

— Minha pergunta é diretamente relacionada aos dragões. Queria saber se hoje, isto é, no século XXI, ainda haverá condições de os seres que se intitulam dragões reencarnarem no planeta Terra, ou definitivamente não haverá mais oportunidades para eles?

— Sinceramente, meu caro — voltou a falar Anton —, diante das graves mudanças que têm ocorrido no ambiente extrafísico, oriundas principalmente do processo de reurbanização em andamento, bem como da urgência da mensagem que levamos a esses seres nas dimensões mais sombrias da erraticidade, é forçoso concluir que não há mais tempo para reencarnarem através das mães da Terra. Chegou a hora do juízo, e não há mais lugar para a reencarnação dos dragões.

O momento é de organizar a vida planetária tanto de um quando do outro lado da vida, a fim de preparar a humanidade para as transformações correntes, e que em breve serão mais rigorosas. Esses seres hediondos, agora, devem tão somente esperar pela justiça divina, que os desalojará do seio do orbe e os localizará em mundos compatíveis com seu estado íntimo e evolutivo.

"O momento da misericórdia já passou para esses seres, que logo deverão enfrentar os tribunais da justiça soberana, os quais definem, segundo as leis cósmicas: 'a cada um segundo suas obras'.[10] Não adianta mascarar a situação dos dragões e de seus mais diletos representantes; eles mesmos já sabem, ainda que por intuição, que não mais lhes resta oportunidade no planeta Terra, conforme está dito no livro considerado sagrado pelos cristãos: 'Pelo que alegrai-vos, ó céus, e vós que neles habitais. Ai dos que habitam na terra e no mar, porque o diabo desceu a vós, e tem grande ira, sabendo que *pouco tempo lhe resta*'."[11]

— Como podemos ver a situação das pessoas no século atual, diante dos avanços da tecnologia? Preocupo-me sobretudo no que se refere à inter-

---

[10] Mt 16:27; Mc 13:34; Rm 2:6; Ap 2:23; 22:12.

[11] Ap 12:12 (grifo nosso).

net e às possibilidades que ela coloca à disposição. Quais são os possíveis transtornos causados pelo mau uso da internet? Existe um perigo real rondando aqueles que se entregam ao seu uso indiscriminado?

Anton, respirando fundo, como a escolher as palavras certas para a resposta que pretendia dar, olhou-nos com visível preocupação quanto ao alcance da pergunta.

— Na atualidade, levando-se em consideração o sistema no qual se baseia a civilização, as comunidades espalhadas em todo o globo dependem de tecnologias de ponta, dos avanços da telemática e das técnicas mais modernas de comunicação para sustentar sua infraestrutura. Desde o tráfego de aeronaves ao arsenal de computadores que mantêm o sistema bancário e financeiro operando, passando pela administração dos países e da vida de bilhões de cidadãos — praticamente nada hoje funcionaria sem o uso de tais ferramentas. Há inúmeros exemplos: os sistemas que controlam a qualidade do meio ambiente, os hospitais e suas redes críticas; muitíssimos outros setores da vida civilizada não podem prescindir do esquema avançado da tecnologia, particularmente da internet.

"Noutro âmbito, as pesquisas científicas mais minuciosas estão totalmente dependentes da técnica desenvolvida especialmente depois da segunda metade do século xx. Notamos acentuada evolução nos sistemas informáticos, os quais proporcionaram o advento da informação, do controle rigoroso, do processamento de dados em larga escala, e é o desenvolvimento de novas tecnologias que possibilita o estilo de vida contemporâneo. Desse modo, as relações humanas globalizaram-se, internacionalizaram-se a tal ponto que se torna impossível imaginar, no atual estágio da humanidade, uma forma de se viver sem o uso da internet e da informática, que a cada dia dá passos mais avançados em torno de novas e diversificadas descobertas.

"Mas essa revolução do conhecimento, da informação e da inteligência humana não passa incólume diante da ação de espíritos muito mais experientes do que os homens encarnados. Sob esse prisma, buscamos estudar como a hipnose e a indução magnética estão se tornando também cada vez mais difundidas e globalizadas, usando os recursos da mídia, da tecnologia e do ciberespaço. Não há como circunscrever a atuação dos espíritos das sombras, e, lamentavelmente, vemos avançar também as modernas técnicas de obsessão, com o aparecimento da internet e dos meios de comunicação mais modernos. O uso de drogas virtuais,[12] a dependência crônica de salas de bate-papo, *chats*, redes sociais, entre outras ferramentas, têm contribuído também para a derrocada dos valores morais, éticos e humanitários, pois, através desses mecanismos, os lares são invadidos, perde-se a privacidade, e o domínio das mentes torna-se algo muito mais real do que nos filmes de ficção.

"E espero que minhas palavras sejam entendidas, pois não estamos depreciando o recurso em si, num discurso retrógrado, mas sim chamando a atenção para o modo como tem sido empregado, muitas vezes inadvertidamente.

"A verdade é que não podemos ser ingênuos a ponto de imaginar que os humanos usam a alta tecnologia sozinhos, isolados, sem a presença de seres extracorpóreos que se infiltram em seus pensamentos, emoções e sentimentos, lançando mão das mais modernas técnicas de transmissão de ideias e manipulação mental. São as modernas obsessões, as obsessões do ciberespaço, ou técnicas avançadas de manipulação das massas, presentes no dia a dia dos encarnados. Por isso, há que desenvolver o bom senso ao lidar com essas mídias. Somente há alguns anos os encarnados

---

[12] As chamadas *drogas virtuais* são objeto de análise no capítulo 10.

têm se deixado inebriar em suas redes mais sutis de entretenimento, prazer ou conhecimento; porém, os espíritos da oposição há muito já conhecem essas técnicas. Se, para os encarnados, constituem o que existe de mais atual, para os espíritos, representa algo trivial, com que já estamos familiarizados há bastante tempo.

"Assim sendo, cabe-nos inspirar os seres na Terra para o uso decente, ético e comedido daqueles instrumentos que a cada dia chegam ao seu domicílio, no plano físico, a fim de que desenvolvam a sabedoria de usar sem abusar, tampouco se transformarem em dependentes virtuais ou tecnológicos. Trata-se de não se tornarem seres castrados em sua inteligência e altamente manipuláveis, tanto por encarnados quanto por desencarnados imprevidentes e descomprometidos com os ideais cósmicos do Evangelho e do Cordeiro."

A reunião não poderia se estender mais, pois precisávamos atentar para outras atividades. Anton nos propôs reuniões entre as atividades, assim teríamos condições de nos manter informados e entrar em detalhes sobre as variadas questões que suscitavam nossa curiosidade. Deixamos o ambiente do aeróbus e demandamos o trabalho com a urgência que nos era solicitada. Tão logo deu por encerrada a reunião, Anton ordenou disparar-se o alarme no acampamento dos guardiões. De diversos locais, exércitos de espectros se aproximavam. Por enquanto, não corríamos nenhum perigo; porém, não podíamos abusar da sorte. Estávamos em território inimigo, e, ali, os dragões eram os senhores absolutos. Eram o poder vibratório supremo de todos os domínios do abismo.

CAPÍTULO 6

Salto entre as dimensões

"Conheço um homem em Cristo que há quatorze anos foi arrebatado até o terceiro céu. Se no corpo não sei, se fora do corpo não sei, Deus o sabe. E sei que o tal homem — se no corpo, se fora do corpo, não sei, Deus o sabe —, foi arrebatado ao paraíso, e ouviu palavras inefáveis, as quais não é lícito ao homem referir."

2 Coríntios 12:2-4

OS CALENDÁRIOS do planeta Terra marcavam o início de um novo ano, quando nos bastidores da vida transcorriam estes acontecimentos. E a maioria dos habitantes do mundo, envolvida com a vida social, as futilidades e dissabores comuns aos encarnados, nem sequer imaginava que fatos importantes se desenrolavam em outra dimensão do universo. Acontecimentos que representavam muito para o destino da quase totalidade dos espíritos cujas vidas estavam ligadas à evolução do planeta Terra.

Os dirigentes das nações, com raras exceções de alguns líderes, nem ao menos sabiam da existência de outras dimensões — ou evitavam pensar nisso.

A maioria dos representantes do Cordeiro no mundo já sentia que algo diferente se passava em seu planeta, simplesmente pela observação dos fatos, das notícias do dia a dia, que cada vez mais assustavam a população ou despertavam sérias reflexões naquelas pessoas dadas ao pensamento filosófico.

Poucos sabiam da existência de um plano extrafísico ou de outra dimensão, mas ainda assim esse conhecimento era irrisório, diante da multiplicidade de acontecimentos que estavam em curso. Tateavam, no que dizia respeito ao conhecimento espiritual e à vida em outras dimensões. E aqueles que sabiam e aceitavam a existência de outro fator dimensional não tinham conhecimento especializado, científico, que lhes trouxesse minúcias a respeito dos mundos fora dos limites vibracionais do planeta Terra.

Por outro lado, os dirigentes espirituais encarnados, de qualquer religião, estavam mergulhados em seus pontos de vista a respeito de suas acanhadas verdades, muito ocupados com a disputa sobre quem detinha o conhecimento pleno ou verdadeiro da vida espiritual. Eram pessoas boas, mas estavam perdidos na política interna de seus movimentos. E momentaneamente incapazes de perceber a movimentação intensa que se passava nos bastidores da vida e que definiria o destino do mundo chamado Terra.

Depois é que algum conhecimento veio inspirar os terrestres, aqueles que estavam preparados para abordar outra perspectiva do contato extrafísico; depois é que novos conhecimentos foram levados aos estudiosos da vida em outras dimensões; mais tarde é que seriam abertos os olhos de tanta gente sobre o sistema de poder dos magos negros, cientistas e toda a estrutura de uma vida intensa e ativa, muito além dos modelos antes concebidos pelos estudiosos da vida no Além. E, ainda mais, quando a vida no chamado Além ficara muito mais agitada, muito mais complexa e os problemas do mundo foram apresentados como intimamente ligados a todo um universo vivo e vibrátil... Aí sim, começou a haver uma esperança maior. Esperança de que os escolhidos do Cordeiro, seus representantes no mundo finalmente pudessem despertar para a importância de sua ação na transformação do planeta.

Uma nova consciência estava sendo elaborada, novas responsabilidades eram trazidas à tona, enquanto um novo mundo estava sendo parido, gerado nas cinzas do velho, embora com dores de parto análogas àquelas que uma mulher enfrenta ao dar à luz um novo homem.

Nesses dias, em que nos bastidores da vida ocorriam importantes mudanças e, no palco do mundo, os humanos da Terra presenciavam a mudança geral que se processava no sistema vivo do planeta, os guardiões, os amigos da humanidade, entram em ação.

Os ditadores do submundo entram em cena mais uma vez, na tentativa de deflagrar uma guerra total e, de repente, os amigos da humanidade aparecem no palco dos acontecimentos. Enquanto isso, abre-se uma porta dimensional para a abordagem do sistema de poder dos inimigos do mundo e do progresso — sem que a maioria dos habitantes do planeta o suspeitasse.

RELATOS DE RAUL

MEU ESPÍRITO pairava acima do corpo. Apoiado por mãos invisíveis, voava, como se estivesse entre o sonho e a realidade. Asas imperceptíveis pareciam sustentar-me nessa mudança de vibração até que fui, aos poucos, libertando-me do peso da substância material que representava o meu corpo.

E meu espírito passou a refletir os mesmos contornos observados em meu corpo físico, porém mais delgado, mais afinado com o universo no qual eu me projetava. Era um mundo mental, uma espécie de universo paralelo, que vibrava numa frequência ligeiramente diferente daquela onde repousava meu corpo.

Havia outros seres, outras sensações; eram criaturas que se movimentavam com seus outros corpos, diferentes do meu, mais ágeis, mais energéticos e menos substanciais, no que concerne aos componentes materiais. Como fantasmas, os percebi ainda quando entrava em estado alterado de consciência. Seus impulsos mentais e suas emoções atingiram meu espírito num ritmo já conhecido por mim, numa frequência a que eu já estava acostumado. Porém, pareciam querer de mim algo que eu ainda não sabia definir ou ao menos não tinha a mais leve intuição do que seria.

Pelo menos ainda não.

Os impulsos mentais pareciam se repetir num certo diapasão, embora o ritmo ficasse mais e mais intenso. Em mim, era como se causasse uma ressonância que não saberia definir. Aliás, eu nunca sabia definir esse tipo de impulso ou essa digital energética que constantemente se repetia, como vinha se repetindo há muitos anos em minhas experiências extrafísicas, em mundos pouco conhecidos e dificilmente analisáveis.

Com muito esforço mental, consegui apagar

de minha mente a ideia e a sensação de um cansaço que teimava em imprimir a sua marca. Lenta, inexoravelmente, abandonei a caverna de tecidos, músculos e ossos que me prendia o espírito ao mundo dos mortais. Embora todo o esforço da memória celular, da força quase gravitacional que o corpo exercia sobre minha mente, as células cinzentas do cérebro foram incapazes e impotentes para reter meu espírito, que se desprendia a despeito dessa força de atração exercida pelo escafandro de carne.

A matéria animal, com a qual eu convivia em simbiose profunda, gradativamente cedia, como cedera outras tantas vezes em que eu recebia o influxo de consciências que habitavam dimensões paralelas da vida universal. O cérebro manteve os processos químicos e elétricos necessários para sustentar a vida orgânica ativa com uma cota mínima de vitalidade; os sulcos cerebrais que coordenavam a estrutura animal do meu corpo físico emitiram impulsos elétricos, acionando o sistema nervoso, que passou a funcionar em regime de urgência para a manutenção da fisiologia do corpo. Eu despertava para uma nova etapa de vivência fora dos limites vibracionais impostos pelas leis da física.

Meu espírito extraiu todo o néctar dessas experiências vividas muito além da imaginação dos homens comuns do planeta. Eu despertava para o trabalho, para a ação, num universo diferente, mas, para mim, cada vez mais familiar, sob o comando de consciências extrafísicas que colaboravam com aqueles que orientavam os destinos da humanidade do planeta Terra.

Agora eu era Raul, não mais a personalidade cheia de limitações que caminhava pelas ruas do mundo. Aqui, ou melhor, neste aqui e agora, onde me movimentava, outros sentidos, outras faculdades e novas habilidades que eram despertadas em meu corpo espiritual faziam de mim um colaborador íntimo daqueles que me chamaram para a grande batalha espiritual.

Assim que me estabilizei fora do corpo, configurando minha aparência de acordo com a necessidade do trabalho, fiquei sabendo que os impulsos mentais vinham dos poderosos guardiões ou sentinelas, com os quais me achava ligado numa amizade indissolúvel.

A hipnose exercida pelo cérebro físico, que causava a ilusão dos sentidos, já não tinha força sobre mim, fora do corpo. Aliás, eu sabia, como sempre soubera, que aquele corpo não era eu. Era apenas uma prótese material descartável, usada por mim a fim de me relacionar com amigos, parentes e a sociedade do mundo durante o intervalo de tempo a que chamamos vida.

Os impulsos mentais vinham cada vez mais intensos e traziam informações cujos inúmeros detalhes antes, dentro do corpo físico, eu não teria condições de perceber ou apreender em suas minúcias e complexidades. Era como uma avalanche de conhecimento que vinha em bloco, sendo liberada em minha memória extrafísica fora dos limites vibracionais do corpo que me servia de instrumento temporário.

Em meio ao nevoeiro de fluidos que me envolvia; em meio às névoas de lembranças que se estabilizavam junto com o conhecimento arquivado na memória espiritual, extrafísica, mental, surgia um ser, um rosto, que se apresentava aos olhos da minha mente através daqueles outros sentidos, os quais não poderiam ser expressos pelo cérebro que ficara prisioneiro na roupagem física.

Pouco a pouco foram tomando corpo os contornos de um homem, um espírito de feições fortes, graves, mas amigo. Também se formava lentamente, mas de maneira a não deixar dúvidas sobre o lugar onde eu estava, o ambiente do centro de comando de uma das bases dos guardiões, já conhecida por mim desde um período anterior à última existência física.

Watab era um espírito estrategista, tático e líder de uma equipe de especialistas em estratégias de guerra, sob o comando maior do Cordeiro. Enfim, ele era um dos seres vinculados diretamente às instâncias da justiça divina. Quando entrava em ação nas regiões profundas da subcrosta ou do abismo, seu rosto marcante e sua postura quase imóvel conferiam-lhe um aspecto muito semelhante ao de um lince. Por tudo que conheço a seu respeito, posso dizer que Watab é extremamente zeloso com a tarefa que lhe compete, tanto quanto cioso ao defender os princípios éticos do Reino. Dava-me a impressão de que não se deixava guiar pelas emoções, como muitas vezes nós, encarnados, fazemos. Sempre o vi adotar medidas com base em avaliações frias e exatas dos fatos em jogo, e não em interpretações que colorem os eventos a ponto de adulterá-los. Talvez essa sua capacidade o fizesse um dos mais destacados guardiões e líder nato.

Assim que me vi fora do corpo, tentei ser delicado e respeitoso ao máximo com o guardião, com quem muito aprendi acerca dos perigos que vez ou outra nos rondavam no decorrer de nossas atividades no mundo.

— Não perca tempo com formalidades, Raul — declarou, com a potência de voz que lhe era comum em períodos como aquele, de investidas mais intensas. — Afinal, somos amigos e estamos no mesmo time.

— Você está exagerando — falei de forma a não deixar dúvida sobre minha consideração para com ele.

Watab fez uma mesura enquanto se virava para os instrumentos que tomavam toda a extensão da cabine de comando do aeróbus, para onde me conduziu após minha mudança de vibração, durante o desdobramento.

O veículo apresentava-se a minha visão como algo imenso, uma criação da técnica sideral dos guardiões. Watab monitorava tudo ao redor. Depois de dar algumas ordens a outros espíritos de plantão — engenheiros, técnicos, especialistas em cibernética e outros que trabalhavam no interior do aeróbus —, organizou pessoalmente a partida do veículo astral que nos abrigava. Até então eu não tinha percebido em que região daquela dimensão estávamos ancorados.

— Desde que começamos a enfrentar mais diretamente os seres que dominam as regiões sombrias, os senhores da escuridão e os ditadores implacáveis do abismo, tivemos de adotar medidas de segurança extremas e bastante necessárias tanto para proteger os médiuns que servem conosco desdobrados, quanto para nossa própria segurança. Espíritos especialmente treinados foram remanejados em suas funções, a fim de dar apoio aos destacamentos de guardiões. Temos recebido ordens diretamente da administração espiritual do planeta, com o intuito de movimentarmos os recursos para a grande transformação que se aproxima.

Watab parecia ter a mente ligada por fios invisíveis à dos outros guardiões, pois aparentava um quase transe ao pronunciar aquelas palavras.

— Temos na atualidade um considerável número de guardiões e especialistas do plano extrafísico monitorando todos os departamentos da vida planetária, de maneira especial os gabinetes dos governos do mundo. Infelizmente, porém, nem sempre conseguimos realizar nossas tarefas de maneira proveitosa, pois além de sermos ainda humanos, mesmo nesta dimensão e nas outras por onde transitamos, contamos com as dificuldades criadas e mantidas por inúmeras pessoas que, no plano físico, dizem ser nossos aliados. Isso nos faz procurar noutros campos agentes mais decididos, digamos assim, e assim prepará-los para as tarefas em andamento nos bastidores da vida.

— Por enquanto, os guardiões só podem trabalhar então em questões mais gerais, ou melhor, de abrangência planetária, não é mesmo? — perguntei, sem qualquer embaraço. — Vocês têm de concentrar a atenção e a ação nos focos de poder dos dragões e seus aliados, uma vez que tais focos são de natureza impiedosa e maligna. Como conciliar essa necessidade às dos diversos agrupamentos no plano físico, que do mesmo modo reclamam a intervenção mais direta dos guardiões?

— Que podemos fazer, Raul? A Terra já está em franco processo de mudança para outra etapa de sua evolução. Temos de deixar que guardiões menos experimentados tomem conta desses núcleos, embora estes também sejam importantes para o momento evolutivo da humanidade. Recebem assistência conforme a importância do papel que desempenham nesta hora de decisões para o destino dos humanos do planeta. Enquanto não dispusermos de mais gente especializada, temos de lançar mão desse contingente de trabalhadores.

— Consigo avaliar a enorme demanda de pessoal especializado e as dificuldades que vocês enfrentam do lado de cá — falei, referindo-me aos trabalhos e à rotina dos guardiões nas dimensões paralelas do planeta Terra. — Além de médiuns com boa vontade, precisam de pessoas que se instruam e se preparem como numa escola de oficiais, para trabalharem como auxiliares seus.

Puxa — enfatizei —, isso não deve ser fácil!

— Mas não é somente isso, Raul — respondeu Watab. — Não basta ter gente que se prepare, em termos de conhecimento. Para trabalharem diretamente ligadas à nossa equipe, é preciso pessoas que sejam menos místicas, não dadas ao fanatismo religioso ou espiritual. Isso sim é um desafio. Queremos e necessitamos de seres humanos que tenham os pés bem fincados no chão, embora o espírito ligado às estrelas. Essa situação peculiar torna nossa busca por parceiros algo semelhante a encontrar alguém num labirinto.

— Ou uma agulha num palheiro... — completei o pensamento do guardião.

E, após olhar para mim com uma ternura de que eu jamais o imaginava possuidor, Watab falou, abraçando-me, como a um velho amigo:

— Bem, meu caro, temos muito que fazer. Como dizem os espíritos espíritas, o tempo urge, e precisamos trabalhar. Os comandos dos guardiões receberam ordens para investigar mais a fundo os planos dos dragões e levar até eles a mensagem final dos dirigentes espirituais do mundo. Parece que as coisas vão piorar um pouco antes de melhorar...

Fiquei mudo diante das observações do guardião. Watab pronunciou suas palavras como se estivesse prevendo alguma coisa grave ou como se soubesse de algo mais que não me revelava naquele momento.

Talvez para descontrair o clima, acrescentou, num misto de ironia e filosofia, como era próprio deste amigo:

— Quando penso na movimentação que está ocorrendo no submundo e no abismo, não há como não associá-la ao ditado da Terra: os marinheiros já se preparam para abandonar o navio, acreditando que ele irá afundar...

E, completando o raciocínio, comentou:

— Mas enquanto nosso general estiver com o leme nas mãos, isso não acontecerá. No máximo enfrentaremos a ressaca, as tempestades, mas confiamos plenamente na direção para a qual é conduzido o barco terrestre, sob as mãos poderosas dos oficiais que assessoram nosso comandante maior.

Fiquei pensando por quanto tempo nós, os encarnados, poderíamos contemplar o quadro aparentemente pacífico que ora se vê no plano físico.

Que crimes hediondos teriam cometido os dragões em seus mundos de origem para que sofressem o desterro para cá? E mais ainda: que planejavam aqueles espíritos milenares a fim de levar nosso orbe ao mesmo destino e às mesmas ocorrências que precipitaram sua expulsão no pretérito?

Watab, provavelmente percebendo meus pensamentos, falou de maneira a não deixar dúvidas quanto às próximas ações dos guardiões:

— Está na hora de sairmos da defensiva, meu amigo. Devemos enfrentar os ditadores do submundo, os dragões, e encarar a realidade, embora nem sempre essa realidade agrade a todo mundo. Vamos penetrar no círculo do poder dos dirigentes da dimensão sombria.

Depois de refletir durante um quarto de hora e após intensos momentos de trabalho difícil na central de comunicações do aeróbus, aproveitei para encerrar uma discussão acalorada com Voltz, um dos amigos que viera com Watab me buscar e que por um bom tempo estivera em silêncio em alguma cabine do veículo astral.

Fiquei sabendo da captura do espectro, conforme Voltz me deixara a par. Eu não conseguia imaginar nenhuma solução convencional para lidar com o prisioneiro, sobretudo porque vários recursos haviam sido tentados, sem sucesso, segundo me informou. Teríamos de extrair do espectro o máximo possível de informações, e foi para isso que me chamaram: eu serviria de isca para o espírito que estivera a serviço dos dragões.

No entanto, isso era algo complicado, pois que são seres de índole vampiresca, no mais legítimo e amplo sentido da palavra. Vivem nas profundezas e formam o serviço secreto ou a polícia negra dos dragões; os mais graduados tornam-se chefes de legião ou passam a constituir a segurança pessoal dos ditadores. Contudo, sabíamos muito pouco a respeito de sua natureza mais íntima.

Um comando especial dos guardiões detectara alguns espectros disfarçados nos gabinetes de governos de algumas nações da Terra. De alguma forma, eles viviam uma vida diferente, em corpos mais ou menos materiais ou etéricos; contudo, de uma substância diferente, que desafiava os conhecimentos dos próprios guardiões. Não tínhamos muitas notícias, na atualidade, de algum ser vivo que pudesse sobreviver fora do seu ambiente natural, da sua dimensão, com corpos emprestados, roubados ou de uma natureza estranha e diferente. Mas algo se passava com os espectros que não entendíamos ainda. Procuramos nos arquivos mais antigos e conseguimos ligeiras observações a respeito de seres das sombras que povoavam o imaginário das pessoas, principalmente na Idade Média. Mas detalhes sobre sua atuação e forma de existência, não detínhamos.

Também ocorria que os espectros, devido a

seu caráter de vampiros, sentiam-se atraídos pelos humanos mortais, que constituíam fonte inesgotável de fluidos mais densos, úteis como alimento para os seres das sombras. Embora fossem, em sua grande maioria — ou, quem sabe, apenas sua elite — remanescentes dos espíritos banidos junto com os dragões, não eram os arquitetos dos planos criminosos dos autointitulados dragões. Por mais graduados que fossem, não passavam de executores das ordens soberanas. O que não quer dizer que não formassem uma potência ameaçadora e digna de todo o respeito, um exército devidamente preparado e capaz, cujo potencial não era nada desprezível.

Ao raciocinar sobre esses elementos, finalmente entendi por que os guardiões me convocaram a esta etapa das atividades, lidando com o caso de maneira a oferecer-me como isca fluídica ao espectro capturado.

Mas eu não queria saber de esperar. Não era meu feitio ficar de braços cruzados aguardando pesquisas, reações e descobertas a respeito da infeliz criatura. Queria a todo custo entrar em ação — imediatamente. Já que estava por ali, enquanto o tal espectro farejava, por assim dizer, o rastro fluídico que eu deixava no ambiente, como encarnado desdobrado noutra dimensão, eu agiria.

Entrei em contato com Jamar através de uma breve comunicação psíquica, já que ele não estava dentro do aeróbus e eu, até onde sabia, não tinha autorização para sair de dentro do veículo, ao menos naquele momento.

Voltz me encarou por alguns momentos com uma ruga expressiva no rosto, como a dizer que sabia o que eu pensava. Mas eu, sinceramente, tinha certeza de que ele não sabia. Era apenas um jogo da parte dele. Aprendi com Jamar e alguns guardiões a ocultar meus pensamentos da intrusão de qualquer ser, com exceção daqueles advindos de um âmbito superior de existência, o que não era o caso da maior parte dos guardiões, tampouco de Voltz. Em última análise, seu plano para me deter ou impedir qualquer gesto de minha parte não funcionou. Eu estava determinado.

Sorri para ele de forma que ficasse bem patente minha intenção de entrar em campo. Voltz sabia que eu recebera carta branca, aliás, uma identificação energética que me deixava à vontade para agir, caso fosse necessário, não obstante minhas decisões estivessem totalmente subordinadas aos Imortais e seus representantes devidamente constituídos naquela dimensão. Aquela espécie de passaporte energético me havia sido entregue pessoalmente por Watab, a mando dos

Imortais. Voltz, portanto, não podia ignorar essa realidade, embora mantivesse sua convicção de que eu era dado a atitudes "impulsivas e impensadas", conforme ele dizia. Para ele, tudo devia ser analisado, meditado e cautelosamente planejado; é lógico que divergíamos a toda hora. No final das contas, importava é que, mesmo sendo desencarnado e tendo percebido meu ímpeto de agir, ele não tiraria uma única palavra de minha boca. Jamais! Não ficaria sabendo dos meus planos em relação ao espectro.

O pedido que apresentei a Jamar por meio do contato psíquico havia obtido resposta favorável. Poderia ir ao compartimento do aeróbus onde se encontrava a entidade criminosa. É claro que eu não revelaria minha intenção para Voltz, nem mesmo para Watab. Não por falta de confiança neles; muito pelo contrário. Era porque nem eu mesmo sabia ao certo o que ia fazer. Queria, sobretudo, encarar o tal ser, observá-lo cara a cara, e disso eu não estava disposto a abrir mão. Ainda que isso implicasse correr perigo, já que eram seres ameaçadores.

Tomei a direção apontada por Voltz, que se sentia impotente para me deter. Talvez ele procurasse Watab quando eu me distanciasse. Mas, então, diante de minha insistência, ele cedeu, indicando o local onde se encontrava o dito espírito.

O identificador do aeróbus, um tipo de equipamento interno de segurança, irradiava um código especial, modificado a cada 5 minutos, a fim de evitar que o veículo fosse capturado ou invadido por inteligências sombrias desautorizadas. Tão logo alcancei o andar superior do aeróbus percebi que o veículo estava atulhado de guardiões, desde caças astecas até índios de aparência apache, além de outros tantos espíritos, especialistas em diversas áreas. Assustei-me, a princípio, mas parece que os tais espíritos percebiam a irradiação do código de segurança ou identidade energética que me havia sido dado e, assim, deixavam-me passar. Sentia-me um verdadeiro ET no meio deles. Logo virei o foco das atenções, talvez porque eu fosse o único passageiro encarnado no veículo astral ou, quem sabe, porque destoasse completamente da natureza daquela dimensão.

A presença de encarnados em desdobramento era normalmente vedada naquele universo paralelo. Porém, no meu caso, eu seria uma isca, e não um combatente junto aos guardiões. Deveria ser uma participação mais passiva, a minha. Apenas *deveria*. Mas, se assim fosse, não seria eu; seria um autômato a serviço dos espíritos, e jamais admitiria ou me conformaria com semelhante papel.

Peguei uma esteira rolante dentro do aeróbus, visando adiantar-me em meus planos e evitar esbarrões e outros constrangimentos no caminho até a cela de segurança máxima. Senti que os olhares de todos repousavam sobre mim, como que a me medir, à proporção que eu avançava. Eu já conhecia um ou outro guardião, de algumas tarefas anteriores na subcrosta e no abismo, entretanto a maioria era de espíritos de alta patente, especialistas dos guardiões estranhos a mim — o que, possivelmente, era recíproco. Então, estávamos mais ou menos em pé de igualdade.

De repente, fui detido por um dos especialistas, que montava guarda junto ao portal de acesso a um setor que eu deveria atravessar para atingir meu objetivo.

Meu coração extrafísico bateu depressa, aumentando o seu ritmo. O espírito passou em torno de mim um aparelho que julguei ser um rastreador de impulsos do sistema de identificação. Parei meu percurso imediatamente, aguardando ser detido por ele. Mas nada disso aconteceu. Minha identidade energética fora lida de modo adequado, e o especialista com cara de militar mal-humorado me concedeu passagem, sem mais delongas.

Foi aí que aconteceu algo que me deu novo impulso para executar meus planos e, quem sabe, ser mais arrojado ainda.

Passei diante de uma tela de observação ótica do aeróbus e vi outro veículo se aproximando do nosso. Era um comboio de formato diferente. Uma esfera azul-escura, que refletia as inúmeras partículas da matéria negra daquela dimensão onde nos encontrávamos. Logo reconheci tratar-se de um aeróbus característico dos guardiões superiores, pois assim me explicaram Anton e Jamar, noutra ocasião. Aquele tipo de veículo era usado em casos de emergência, para missões nas regiões mais profundas do que as profundezas conhecidas. Soube, então, que algo estava acontecendo de excepcional, senão o comando central lunar dos guardiões não enviaria o estranho aeróbus àquele lugar, e exatamente naquele momento, em que os guardiões se preparavam para penetrar definitivamente o domínio impiedoso dos poderosos dragões.

Mexi instintivamente em algumas teclas abaixo do sistema ótico do aeróbus e subitamente a imagem da nave esférica aumentou significativamente. Era uma sorte o fato de ter acertado. Mas não foi intencional; fora apenas curiosidade de minha parte.

A partir desse ponto, minhas dúvidas e deduções também cresceram de forma significativa, pois identifiquei um emblema no aeróbus que já me era familiar de experiências anteriores. Era o sinal de que ali estavam espíritos de escol; eu diria mesmo que algum dos Imortais viera pessoalmente para alguma atividade naquelas paragens. O símbolo irradiava sua frequência energética inconfundível em todas as direções.

Era público e notório para todos ali que os Imortais só intervinham pessoalmente caso a situação ficasse mais complexa do que os guardiões mais experientes pudessem resolver. Ou, ainda, se um alarme geral no sistema de vida do planeta fosse acionado, a partir do governo oculto do mundo. Salvo tais circunstâncias extraordinárias, eles, os guardiões, seriam os únicos responsáveis por interferir diretamente nas regiões de matéria grosseira ou nas dimensões mais densas da vida no planeta Terra. Entretanto, ali estava o símbolo clássico que nos fora revelado, atestando a presença dos Imortais. Ou seja: algo insólito sucedia, de que não tínhamos sido informados — ainda.

Para muitos espíritos, os Imortais estariam em regiões superiores governando ou administrando os destinos do mundo, decerto do alto de seus tronos celestiais. Mas não para mim. Por experiência própria, sabia muito bem que eles frequentemente serviam em regiões inferiores, disfarçados numa aparência pouco usual para os espíritos comuns como nós, e certamente inusitada, segundo as concepções tradicionais.

Eu recebera um treinamento especial em algumas bases dos guardiões no período entre vidas. Fiquei sob a tutela direta de Jamar, internado em regiões aonde a luz do Sol jamais chegava, nem mesmo se avistavam esferas elevadas da espiritualidade. Ali, desenvolvi algumas habilidades, entre elas, a de detectar perigos iminentes por meio do rastreamento psíquico e emocional. Sabia como identificar de forma imediata a presença de espíritos das sombras camuflados, tanto quanto tentando se passar por entidades iluminadas, ou mesmo envoltos em mantos de invisibilidade. Militei longo período numa organização subversiva na subcrosta como agente duplo a serviço dos guardiões, e ali foi onde mais me inspirei e aprendi a forma como os seres denominados senhores da escuridão e alguns de seus cientistas agem e operam, às ocultas, engendrando as maiores maquinações e infâmias.

A esfera de material astral do aeróbus trazia o sinal característico da ação dos Imortais, fato que talvez pudesse permanecer oculto para alguns dos espíritos ali presentes. Como já disse, minhas experiências no período entre vidas parecem ter apurado em mim um sentido especial para as ações de camuflagem, as intrigas de obsessores e a detecção de perigos ou situações emergenciais. Para mim, era perfeitamente claro que a visão do aeróbus estranho naquelas paisagens devia-se à ação singular de Joseph Gleber. Por certo, tratava-se da interferência dele e de algumas outras consciências mais esclarecidas, orientadores evolutivos da humanidade. Considerei até que esse era o motivo dos guardiões adiarem um pouco qualquer ação junto ao espectro capturado, esperando uma decisão mais clara e ativa por parte dos Imortais.

Anton e Jamar eram guardiões de um escalão superior, e dos melhores e mais destacados representantes da segurança planetária. Sem dúvida, dos espíritos mais competentes que os Imortais poderiam ter escolhido, aos quais designar tarefas como as que se apresentavam. Porém, algo mais estava acontecendo, num terreno, para mim, difícil de compreender.

Formulei esse raciocínio em virtude da presença de espíritos como Dante, Edgar Cayce, Ranieri e outros mais, que eu sabia terem especialidades diferentes daquelas até então observadas por mim em outras excursões. Cheguei à conclusão de que não era mesmo casual que estivessem tão envolvidos naquela empreitada. Também a presença de Saldanha me deixou intrigado, pois ele fora no passado um dos servos mais atenciosos e especializados dos dragões, e havia sido resgatado pela equipe da qual fazia parte o espírito André Luiz, ainda no século XX. A presença dele junto à equipe me dizia de algo mais intenso nas regiões profundas.

De todo modo, mantive um silêncio profundo sobre minhas reflexões. Nada disse a respeito, nem mesmo a Watab, com quem eu tinha mais facilidade de comunicação e uma amizade antiga.

E agora, um aeróbus dos Imortais provocou em mim essa associação de ideias que só poderia me levar a pensar que Joseph Gleber e outros representantes da Vida Maior estivessem intervindo pessoalmente por sugestão ou ordem do governo oculto do mundo.

Esse torpor dominava meus pensamentos enquanto me dirigia quase sem raciocinar para o alvo de minhas ações. Minha mente divagou por caminhos que nem sei direito precisar, de tantas reflexões que emergiram de meu âmago. Enfim, detectava algo muito importante nos acontecimentos da dimensão extrafísica. E, além disso, um perigo, um perigo iminente rondava meus sentidos, de tal maneira que tomava corpo formidável em meu psiquismo. Era o alerta íntimo que soava.

Dei uma risada de puro nervosismo.

Os espíritos que estavam de prontidão no próximo posto de vigilância do aeróbus pareciam não confiar em mim. Sabiam que esta parte do veículo astral era vedada a encarnados desdobrados. E mesmo a outros seres desencarnados, inclusive guardiões, sem autorização expressa de Anton ou Jamar.

Peguei um equipamento minúsculo, que mais parecia uma cápsula de algum medicamento da farmacopeia terrestre, e coloquei-o sobre a mesa à minha frente. Atrás dela — do outro lado, portanto, como ocorre num balcão de atendimento — encontravam-se os três guardas daquela ala. A cápsula abriu-se sozinha, como se um controle remoto tivesse dado algum impulso para o estranho artefato. De dentro dela, surgiu um objeto minúsculo, em forma de cristal cintilante, que projetou uma imagem tridimensional, uma espécie de holograma, diante dos guardiões. Era o sistema de identificação que eu trazia comigo o tempo todo, até então disfarçado dentro da roupa de matéria extrafísica com a qual me vestia.

O guardião que estava no comando daquele compartimento era alto, magro e lembrava um oficial da ss, com seu uniforme militar imponente. Deixei passar em minha mente certo pensamento de zombaria ou desdém por seu porte, que me parecia um tanto caricatural. Imediatamente o guardião enrubesceu, talvez sentindo sua autoridade contestada, e então se empertigou, como a dar-me uma idéia da importância de sua tarefa. Contudo, ignorei deliberadamente a mensagem subliminar do gesto. Retirando aquele bloqueio mental que aprendera com Jamar, resolvi brincar mais ainda com meus pensamentos, com o objetivo de deixá-lo desconcertado. Aí, sim, o guardião ficou inquieto, sem lugar. Remexia o equipamento de identificação, agora em suas mãos, com incontido nervosismo. Sorri um sorriso maroto, mostrando-lhe que sabia que ele lera meus pensamentos. Foi proposital, apenas para deixar o guardião ainda mais atrapalhado. Nada sério.

Assim que o material do microequipamento foi acionado e o holograma apresentado diante dos olhos atentos e desconcertados do guardião, ele me liberou. Uma série de símbolos foi exibida pelo holograma, e logo depois se apagou.

— Certo, Sr. Raul — falou com voz potente e máscula o guardião. Quase ri dele, de tão engraçado que se afigurou para mim. Mas me contive, pois vira há pouco que Joseph Gleber, um dos Imortais, estava por ali, e dele eu jamais conseguiria esconder meus pensamentos, como fazia com os guardiões.

E ele, empertigado, evitando comentar meus pensamentos anteriores, dirigiu-se, então, a seus dois companheiros:

— O Sr. Raul está autorizado a entrar na cabine do espectro durante apenas dois minutos. Mas deverá ter o cuidado de não se aproximar demasiado dele, pois o senhor está ainda encarnado e é um alvo fácil para este ser. O senhor deverá contatá-lo por um sistema de comunicação de áudio e vídeo.

— Você acha que vim até aqui para falar com o espectro por meio de um videofone? Você sabe o quanto investi neste encontro para me deter diante de um equipamento que de nada serve a não ser para distanciar-nos ainda mais?

— Senhor! — falou o guardião, quase engasgado. — Seria um suicídio se o senhor se aproximasse do espectro, assim...

— Deixe o "senhor" de lado, homem — falei, teatralizando uma repentina euforia e abraçando o guardião com o intuito de deixá-lo ainda mais desconcertado.

— Sr. Raul... O senhor sabe que sou desencarnado e estou a serviço dos Imortais. Por favor, meu senhor.

— Deixe pra lá, guardião! Você não entende de brincadeiras. Afinal, há quanto tempo você está desencarnado?

— Há mais de 50 anos, *sir* — respondeu, denunciando sua formação cultural.

— Entendo agora porque está tão desconcertado com minhas brincadeiras. Mas deixe de lado tudo isso. Fato é que vou entrar na cabine e não abro mão disso. Sei também do risco que corro; então, destaque alguns guardiões para entrar comigo na cela de segurança máxima. Quero enfrentar cara a cara este tal espectro.

Parece que o guardião envelheceu alguns anos em apenas poucos minutos. Ficou sisudo com minha determinação.

— O senhor sabe... — não conseguiu terminar a sentença, pois o interrompi mais uma vez:

— "Senhor" que nada, guardião. Me chame de você. Afinal, somos companheiros de trabalho.

— Sim, senhor... É que o senhor, aliás, você traz o símbolo de identificação que lhe foi dado pelos Imortais, o que lhe abre muitas possibilidades.

E, concluindo o pensamento interrompido por mim:

— Você sabe, Raul, que está arriscando a própria vida no contato direto com o espectro. Lamentavelmente, a identidade energética que trouxe não me permite proibi-lo. Colocarei 10 guardiões de plantão e mesmo assim lhe asseguro que não serão suficientes, caso o espectro resolva agir com a crueldade que o caracteriza. Espero que se lembre do meu alerta.

"Além dessas providências, eu mesmo acionarei um campo energético de dimensão superior para evitar a fuga do espectro ou o destroçamento de seu corpo espiritual por parte dele. Se ele conseguir romper o campo, saiba que você está perdido, ou melhor, desencarnado, e com possibilidade de ter os elementos sutis do seu perispírito completamente esgotados pela ação do ser medonho."

— Tudo bem — respondi com ar de trivialidade. — O que estamos esperando, então?

O guardião instruiu os demais sob seu comando e acionou um contingente de especialistas para montar guarda do lado de fora da cela energética.

Segundo depreendia daquilo tudo, uma situação de risco devidamente planejado era a única alternativa restante para abordar aquele ser enigmático e perigoso, uma vez que os métodos usados anteriormente pelos guardiões não surtiram resultado. E deduzi isso sem que Watab ou qualquer outro precisasse me dizer. Afinal, por que outro motivo ele teria me recrutado para uma ação fora do corpo naquela dimensão, tipicamente vedada aos encarnados?

Sempre acreditei que jamais se poderia convencer um espectro ou algum dos chefes de legião com atitudes discretas ou que dessem a impressão de muita sensatez. De acordo com o que pensava, ao contrário, era necessário perturbá-los, incomodá-los ao extremo num enfrentamento de forças, sem demonstrar a mínima condescendência, muito menos receio ou medo.

O guardião me conduziu pelo departamento do aeróbus que levaria à tal cela. Composto por várias galerias, fez-me rever a noção que tinha, até então, da dimensão do veículo dos guardiões. E assim me intrometi por aqueles lugares, cujo acesso era proibido a quase todos.

Em completo silêncio, atravessamos o ambiente. Reparei que a galeria que constituía a prisão energética era protegida por diversos campos sobrepostos de correntes de magnetismo. Barreiras vibratórias de um *continuum* superior envolviam a cela propriamente dita.

No centro do salão, havia uma célula de energia de formato esférico. Brilhava em diversas cores, e, dentro dela, a fera, o espectro. A esfera era à prova de fuga, mas tinha sobretudo a função de isolar as emissões magnéticas da criatura aprisionada, impedindo que pudesse sugar qualquer tipo de energia dos espíritos ali atuantes.

Ainda a caminho da esfera de energia, Kiev

Popovinsk, o guardião de que entrementes descobri o nome, deu ordem para o psicampo ser desligado por alguns instantes.

Somente então me dei conta de que o espectro estava encerrado dentro de outro campo no interior daquele no qual me encontrava. Portanto, eram duas esferas de energia, uma dentro da outra. Eu e os 10 guardiões ficamos dentro da esfera externa, ou melhor, um portal nesta se abriu, e, ao se fechar, ficamos entre ambas. Deparei com ele agachado, numa atitude que poucas vezes vira, por parte de espíritos a serviços dos dragões, embora nunca antes tivesse me aproximado tanto de um chefe de legião.

De repente, assim que penetrei a célula externa de energia, o espírito tresloucado pareceu despertar de algum transe que talvez eu tenha interrompido. Avançou como um projétil em minha direção, farejando como um cão caçador. Urrava, emitia sons incompreensíveis, tentando derrubar a barreira energética que se interpunha entre ele e nós.

Os 10 guardiões tentaram me envolver, mas eu os detive de forma enfática. Eu queria atiçar a fera.

O espectro babava, deixando cair da boca uma saliva com odor fétido. Os cabelos e a pele extremamente brancos, sem vitalidade, eriçavam-se à minha aproximação. Rodeei a esfera, encarando-o e provocando-o. Subitamente — não sei como ele o conseguiu, sem que eu o visse romper a barreira energética —, senti como se um punho invisível me jogasse ao lado oposto. Uma violência que nunca vira antes por parte de um ser desencarnado. Caí ao chão e fui erguido por um dos guardiões, que me pediu para retornar ao meu lugar de origem dentro do aeróbus.

Eu estava determinado. Mesmo sentindo dores em meu corpo astral, depois da violência que eu não soube como ocorreu, aproximei-me mais uma vez da célula interna de força, que continha a fera. O espectro urrava furiosamente, erguendo ligeiramente a cabeça, enquanto as narinas me farejavam.

Os guardiões, portando armas elétricas de alta potência, aproximaram-se de mim, tentando evitar minha ação. Mas agi de forma que nem eles esperavam. Joguei-me sobre a esfera de energia, sabendo, é claro, que não a transpassaria. Fui exatamente ao local onde o espectro estava, do outro lado da barreira invisível.

Ele debatia-se como louco, pois com certeza sentira o cheiro do fluido vital que me animava, como encarnado. Consegui provocá-lo, mas não somente isso, o espectro entrara numa crise sem precedentes. Uma crise nervosa ou de outra natureza que eu não sabia definir. Seus olhos, até então de uma brancura quase assustadora, passaram a um vermelho fosco, ao passo que seus cabelos e pele ficaram, de repente, arroxeados, como se veias salientes quase estourassem, rompendo a epiderme do corpo astral da besta.

Foi neste ponto que soou o alarme. O guardião Kiev interferiu imediatamente, dando ordens para os 10 outros que me acompanhavam me retirarem de lá imediatamente, mesmo contra a minha vontade.

Mal fui arrancado da minha posição, esperneando e gritando, sendo literalmente carregado por dois dos guardiões, o espectro imediatamente rompeu a célula que o envolvia, no segundo exato em que fui levado pelos amigos guardiões. Mas tão logo a entrecruzou, caiu ao chão, quase sem fôlego. A crise se instalara de vez.

Kiev, ofegante e rompendo o silêncio dos pensamentos, falou:

— *Minha* Deus do céu!... Quase perdemos você, Raul!

As palavras que saíam da boca do guardião pareciam refletir seu nervosismo.

— Você é louco!... Com certeza nos chamarão a atenção por havermos permitido sua entrada aqui. Ai, *minha* Deus...

Se não fosse o perigo real, diria que Kiev estava encenando. Mas não! Eu realmente transpus os limites; não poderia negar.

Enquanto a fera se debatia, em convulsão, fui conduzido a outro cômodo do aeróbus, onde recebi ajuda médica.

O novo lugar era similar a uma enfermaria da Terra, e fui muito bem atendido, embora os espíritos que ali trabalhassem, os quais julguei fossem médicos, estavam com a cara amarrada, pois a minha ação junto ao espectro logo foi comentada entre os guardiões. Como fogo num rastro de pólvora, a notícia da crise em que entrara a fera se alastrou rapidamente pelo aeróbus. Comecei a temer pela reação dos guardiões, mas principalmente de Jamar e Anton, ainda mais no momento em que os Imortais estavam por ali, naquelas imediações, embora eu não soubesse exatamente em que dimensão nos encontrávamos. Desmaiei sobre a maca, exausto. Fiquei numa inconsciência profunda.

Quando acordei, vi a cara de um dos espíritos que serviam naquele local que eu julgava ser a enfermaria. Afinal, eu ainda não voltara para o corpo físico. Permanecia desdobrado.

— Olá, meu amigo — falei para o espírito à

minha frente. — Sabe por quanto tempo dormi? Digo, dormi fora do corpo?

— Se eu fosse você, me preocuparia com outras coisas mais urgentes e importantes.

— É, mas eu tenho de começar nosso diálogo de alguma maneira. Com o que eu deveria me preocupar, afinal?

— Talvez com a situação de seu corpo espiritual, quem sabe? Como ele ficou depois do enfrentamento da fera assassina, o espectro — falou rabugento o espírito.

— Acho que você está superestimando a situação, pois não estou sentindo nada — eu mentia.

— Não sei como você não sente dores, pois o impacto energético produzido pelo espectro foi violentíssimo.

E, depois de me olhar de maneira significativa, porém não menos sisudo, continuou:

— Pelo menos ficamos sabendo de algumas habilidades desse ser, que mal conhecíamos.

— E ele, como está? A última coisa de que me lembro foi de vê-lo no chão espumando feito doido.

— Bom, creio que você conseguiu alcançar alguma coisa com a sua loucura, além de não somente pôr em risco sua vida, mas também deixar os guardiões numa situação difícil.

Nem quis continuar a conversa com o tal espírito; era demais para mim. Ora, conversar com alguém tão mal-humorado? Não tinha paciência para isso. Não estávamos trabalhando juntos, afinal de contas? Para que tanta rabugice?

— Quero falar imediatamente com Kiev — disse num tom firme, embora as dores que eu sentia por todo o corpo espiritual. Jamais admitiria para aquele espírito que estava sentindo aquelas dores horríveis. Jamais! Morreria mil vezes, mas diria que tudo estava bem.

— Não se preocupe, amigo, você receberá a visita do oficial dos guardiões a qualquer momento. Ele já se comunicou conosco e está a caminho.

Logo passei a esperar outro encontro do mesmo estilo, em que predominassem reclamações e coisas semelhantes. Mal o guardião entrou, porém, foi falando como se fôssemos velhos amigos, o que me causou estranheza, pois suas reações anteriores diziam do incômodo que sentia com minhas brincadeiras e minha presença.

— Camarada Raul, você nem imagina o que aconteceu! — falou eufórico o guardião Kiev. — O espectro entrou numa espécie de crise quando você o provocou. Ele trazia um bloqueio mental feito pelos próprios soberanos, como ele denomina os dragões, e esse bloqueio foi rompido com as convulsões e a crise nervosa a que se entregou.

— Como assim? — fingi um interesse repentino, como se o assunto acabasse de me cativar a atenção e realmente eu não sentisse dores em toda a estrutura do meu corpo perispiritual.

— O bloqueio hipnótico, ou seja lá de que natureza for, assegurava que o espectro não revelaria nenhum pormenor a respeito de sua própria realidade íntima, tampouco sobre a estrutura de poder dos dragões.

"Sabíamos apenas que esses seres são vampiros astrais, mas nada além disso, pois certas regiões do plano extrafísico são vedadas tanto para vocês, encarnados, quanto para a maior parte de nós, desencarnados. Talvez por isso não tenhamos muitas informações sobre a natureza das feras, como ficou conhecida a horda de espectros. Contudo, tendo em vista serem atraídos de modo quase instintivo e irresistível pelo fluido vital dos encarnados, bem como por eventuais resíduos de vitalidade impregnados tanto em corpos espirituais quanto etéricos, ao encontrar você e enfrentá-lo, sem conseguir atingi-lo como desejava, o espectro entrou numa espécie de crise, que desestruturou todo o seu psiquismo. Algo semelhante a uma crise de abstinência, que acomete dependentes químicos."

Naturalmente, continuava fazendo silêncio sobre as dores que sentia. Deixava o guardião pensar que eu não fora atingido, embora mal me movimentasse na maca. Ele continuou:

— Após as convulsões do ex-chefe de legião, formamos um campo sobreposto de energias de uma dimensão superior e o transportamos ao setor de exopsicologia, ciência voltada exclusivamente para o estudo de entidades pouco conhecidas da dimensão extrafísica. Bem, o inesperado aconteceu com a entidade. O espectro abriu-se à abordagem dos guardiões especialistas da área psicológica e está agora sob os cuidados dos nossos cientistas. Em resumo — falou respirando, quase aliviado —, embora você tenha se portado de forma *inadmissível* — enfatizou ao máximo a última palavra — de acordo com nosso código de conduta, os resultados foram ótimos!

Sorri também aliviado, pois eu mesmo, àquela altura, ainda mais depois da repreensão do enfermeiro ou médico, estava inseguro quanto ao desfecho da minha iniciativa. Se surtisse algum efeito positivo, ótimo, mas era forçoso reconhecer que eu agira totalmente baseado na intuição ou em algo até mais primário, instintivo, e não em algum raciocínio prévio.

— Pois é, Raul, agora você será levado ao corpo físico novamente. Eu mesmo me incumbirei disso. Eu o acompanho.

E, remexendo na maca, falei, arrancando forças de meu âmago:

— Não. Nada disso! Preciso falar com os Imortais. Sei que Joseph Gleber está por aqui. Tenho algumas impressões que preciso compartilhar com ele.

— Por aqui? — perguntou Kiev, sem saber nada a respeito. — Mas aqui só estamos os guardiões. E, de mais a mais, que farão os Imortais aqui, nestas regiões sombrias e densas, onde mal conseguimos nos locomover?

— Então o aeróbus está assim tão vibratoriamente adensado por estar em regiões inferiores? — perguntei, pois de fato ignorava onde nos situávamos. Fora transferido diretamente para dentro do aeróbus, uma base dos guardiões, de maneira que não tive tempo de examinar as redondezas, minuciosamente.

Ao indagar sobre nossa localização, Kiev Popovinsk gaguejou:

— Bem, apenas me referi a essas regiões sombrias como figura de linguagem... — contemporizou o guardião. — Você sabe que temos diversas bases de apoio na subcrosta, no abismo e em outras paragens de difícil acesso.

— Não importa — continuei insistindo. — Vi com meus próprios olhos o comboio com o símbolo dos Imortais chegando aqui perto, minutos antes de abordar o espectro. Tenho certeza de que Joseph ou outro representante superior do Cordeiro está por aqui. Quero falar com ele imediatamente.

— Mas você não pode fazer isso, camarada! Sabe muito bem que não podemos interferir em nenhuma reunião da nossa liderança.

Não sei onde arranjei forças. Ao perceber que Kiev não me levaria aonde desejava, desci da maca num só pulo. Boquiaberto, ele só reagiu quando me pus para fora da enfermaria, o que lhe causou surpresa e inquietação, vendo-se obrigado a me perseguir pelos corredores do aeróbus. Talvez se acostumando com meu jeito de ser e agir, tenha se conformado com o fato de que eu não voltaria para o corpo de forma alguma sem antes falar com os representantes da justiça sideral.

Eu caminhava, agora, já nem percebendo o incômodo das dores, quase em disparada pelas galerias do veículo astral. Na verdade, eu nem ao menos sabia onde estava ou como me localizar dentro do aeróbus. Não tinha noção para que lado deveria me dirigir, porém queria causar uma reação no guardião, pois tinha certeza de que algo mais sério acontecia ali.

— Pare, Raul! Pare imediatamente — gritou Kiev, esbaforido. — Eu falarei com Jamar e Anton a respeito. Vou pedir autorização para você participar da tal reunião.

Parei os passos de supetão, aguardando as providências do oficial Kiev. Ele me mediu de cima a baixo com um olhar de reprovação, mas um tanto dúbio; era como se escondesse algo, como se me admirasse, de algum modo. Um esboço de sorriso pôde ser percebido em sua boca, e os olhos do guardião brilharam de forma especial quando o encarei frente a frente, determinado a cumprir minha vontade.

— Você parece ter sido treinado pela escola dos guardiões! Deus me livre de alguém assim como você, Raul!...

— Você vai ou não entrar em contato com a liderança dos guardiões? Estou esperando! — Falei quase sério demais, cruzando os braços e ao mesmo tempo batendo o pé direito no chão do aeróbus, num típico gesto de impaciência.

Kiev esboçou uma reação muito humana:

— Meu Deus, livrai-me desse médium desordeiro. Agora quer dar uma de meu superior!...

— Você sabe que não sou superior a ninguém aqui, Kiev, mas também não ignora que trago a identidade energética que me dá carta branca, ao menos aqui dentro deste veículo.

Soprando e fazendo cara feia, que mais parecia um teatro para me impressionar, Kiev acionou um aparelho de comunicação e conversou com alguém mais distante. Depois de breve tempo, que para mim soava longo demais, o guardião retomou a fala:

— Pois é melhor você se preparar intimamente. Jamar disse para levá-lo até determinada sala, onde você poderá aguardar a reunião terminar. Eles estão recebendo instruções dos Imortais.

E, apresentando uma ruga de dúvida na testa, Kiev me perguntou:

— Como você fica sabendo de tanta coisa assim? Nem mesmo eu sabia que havia um comando dos Imortais por aqui!

— São coisas que se aprende quando se está a serviço de pessoas como Jamar e Anton; só isso — respondi, brincando com ele para variar.

— Vamos, então, meu amigo — falou descontraído novamente. — Vamos subir até outro andar do aeróbus. Temos de transpor alguns *decks* antes de chegar ao destino. Mas lhe peço *encarecidamente* que fique aguardando na antessala, combinado? Jamais entre no ambiente da reunião sem ser convidado.

— Sim, eu sei como são essas coisas. Não se

preocupe. Afinal, eu sou um médium comportadíssimo... — disse, evidentemente sem convencer Kiev, que ria agora do meu jeito, embora estivesse realmente preocupado com o modo como eu procederia.

Chegamos a um local do aeróbus em que eu nunca estivera. Aliás, era um lugar igualmente vedado a encarnados desdobrados, assim como a câmara de segurança máxima. Tratava-se de amplo pavilhão, decorado com esmero, mas sem luxo. Extremo bom gosto e sobriedade parecem ter norteado quem compôs o ambiente. Três guardiões estavam a postos na antessala do local onde supostamente acontecia uma reunião importante entre os guardiões superiores e os Imortais. O silêncio era constrangedor. Olhei para os três guardiões e eles retribuíram o olhar, meneando a cabeça, embora com ar de seriedade e certa reverência. Kiev aproximou-se deles e conversou de forma que eu não ouvisse. Em contrapartida, eles também não podiam saber o que eu pensava.

Aguardei por alguns momentos quieto, sentado numa poltrona confortabilíssima que flutuava sobre uma base invisível, pelo menos para mim. A sensação era incrível.

Quando Kiev saiu do ambiente, deixando-nos a sós, os guardiões e eu, resolvi levantar-me para reconhecer melhor o lugar. Andei de um lado para outro, examinando aparelhos que estavam embutidos na lateral da antessala, causando certa inquietação nos guardiões. Olhei atentamente a abertura que fazia as vezes de porta e notei que era feita apenas de energia, e não de algum material sólido da matéria extrafísica. Tudo isso meus olhos perceberam num relance, sem dar a entender aos guardiões a minha intenção.

Esperei longo tempo mexendo aqui e acolá, acionando um videofone, enquanto um dos guardiões, sempre em silêncio, acompanhava-me há dois ou três passos. Ele não largava do meu pé. Bastava eu tocar em alguma coisa, em qualquer equipamento, para ele tirar delicadamente minha mão do lugar e olhar para mim, entre austero e cômico. Certamente Kiev os avisara sobre meu jeito, digamos, irreverente. Caminhei devagar até a abertura que separava a antessala do local onde a reunião ocorria. Se houvesse ali algum dos Imortais — e havia —, não era segredo para eles o que se passava, pois não havia como esconder deles minhas intenções e pensamentos. E se sabiam e nada faziam para impedir-me, é porque não achavam nada demais eu fazer o que planejava. Mas os guardiões nada sabiam.

Fui seguido de perto, agora pelos três guardiões, que procuravam abortar a mínima intenção de invadir o cômodo anexo e garantir que eu não fizesse qualquer estripulia. Em minha inocente caminhada em círculos, fingi de repente que retornava, virando-me na direção oposta ao portal de acesso à sala principal. Tão logo os guardiões atrás de mim viraram as costas, pensando que eu os seguiria, atirei-me num pulo para dentro da abertura energética, penetrando no ambiente sem que eles pudessem fazer qualquer coisa para me impedir.

Quase houve um tumulto. Os três se precipitaram logo em seguida, atrás de mim, interrompendo a reunião abruptamente. Ficaram parados em sentido de pose militar, diante dos espíritos ali presentes. Quase dei uma gargalhada, não fosse o olhar reprovador de Anton e Joseph Gleber. Jamar preferiu virar o rosto e adivinhei um sorriso dificilmente contido em sua expressão. Acho que ele já sabia que eu iria entrar de qualquer jeito.

Antes que alguém falasse alguma coisa, me adiantei:

— Desculpe, gente, mas eu não consegui me segurar — disparei a falar. — Observei o veículo com o símbolo dos Imortais e resolvi procurar vocês. Eu não quero ficar de fora, seja lá do que for que estejam planejando.

— Raul, se comporte! — falou Joseph, repentinamente me interrompendo.

Com um olhar significativo, Anton dispensou os três guardiões, que regressaram à antessala.

— Eles não tiveram nenhuma responsabilidade sobre o que ocorreu — falei para Anton. — Eu os enganei e entrei sem que pudessem me impedir.

Jamar interferiu de maneira a suavizar o clima, que parecia querer ficar tenso:

— Você pode tê-los enganado, mas não a nós, Raul. Já o conhecemos o bastante; aliás, quem lhe disse que não esperávamos de você exatamente as reações que teve?

Fiquei agora atônito. Pois então Jamar e Anton permitiram minha vinda aqui exatamente porque sabiam que eu teria estas reações? Então haviam previsto tudo, e eu é que estava enganado, pensando que agia no limite da criatividade, da contravenção? Detendo a avalanche de pensamentos que desciam à minha mente, fui interrompido quase bruscamente:

— Você não falou para mais ninguém que estávamos reunidos aqui, não é, Raul?

— Só para Kiev, embora ele não tenha acreditado que os Imortais estivessem por aqui.

Havia mais gente na reunião. Dante, Pai João, Júlio Verne, Saldanha, Zura, o guardião representante da Legião de Maria, bem como Zarthú, o Indiano, e outros mais.

Anton levantou-se, já que eu interrompera a reunião, e falou para mim, sem deixar transparecer qualquer emoção:

— Parece que você abusou da liberdade que lhe concedemos, meu amigo. Usou sua identidade energética de forma a obter dos guardiões um salvo-conduto, ao passo que era para ser usada apenas em caso de necessidade extrema. Ouvi a respeito de sua ação junto ao espectro. Colocou em risco sua vida de maneira irresponsável — falou num tom severo, que não deixava dúvidas quanto à intenção de repreender minhas ações.

Engoli em seco, pois não me atrevia a questionar espíritos daquela categoria.

Joseph adiantou-se, levantando-se e colocando a mão espalmada sobre minha cabeça, visando atuar sobre minha estrutura perispiritual. Imediatamente, as dores cessaram, ainda que restasse ligeiro incômodo na região do estômago. Em silêncio, sentou-se novamente; só depois falou, para todos ouvirem, dirigindo-se a mim:

— Estamos num momento grave, Raul; embora sua ação tenha redundado em benefício para nossos projetos, não foi assim que lhe ensinamos. Creio que meu irmão tenha extrapolado ao ponto de provocar certo rebuliço entre a equipe dos guardiões. Não precisava ser dessa forma.

E, dando certo tempo para eu digerir o que falara, olhou sério para mim, com aqueles olhos claros, porém de uma profundidade imensurável. Senti que estava devassando minha alma. Todos ficaram em silêncio, inclusive os representantes máximos dos guardiões.

— Vou retirar sua identidade energética, de modo que não terá mais plena liberdade. Doravante deverá se reportar a Jamar e Anton diretamente.

— Sim, Joseph! — falei com voz baixa e o coração disparado diante da determinação do orientador espiritual. — Desculpe!

— Não temos tempo para desculpas, meu irmão! Temos muito a fazer. Portanto, já que entrou sem permissão, fique por aqui e entenderá o que se passa, embora tenha chegado depois de já havermos tratado de boa parte do assunto que nos trouxe até esta dimensão. Jamar e João Cobú poderão deixá-lo a par do que conversamos, posteriormente.

E, como que ignorando o que aconteceu, continuou a conversa que interrompera quando cheguei. Zarthú observou-me de relance, com uma expressão no olhar que mais parecia ser paternal do que de repreensão. Quase como se dissesse:

"Eu esperava isso mesmo de você". Afinal, ele me conhecia muito bem e eu jamais admitiria ficar de braços cruzados diante de alguma coisa importante que ocorria nos bastidores da vida. Queria trabalhar, participar, interferir, enfim.

Continuando a conversa entre eles, Joseph falou, em tom mais sério do que de costume, que eu desconhecia:

— Temos conosco informações preciosas advindas de esferas mais altas da espiritualidade. Vocês sabem que há bem pouco tempo foram captados pensamentos de um nível superior da existência, com o qual ainda não estamos habituados a lidar. São mensagens oriundas dos espíritos sublimes que orientam a evolução no planeta Terra, isto é, o governo espiritual do mundo. Esses seres existem e vibram numa estrutura especial e cósmica, que não temos como definir, por falta de elementos de comparação. Afinal, ainda não adentramos os domínios da espiritualidade e da angelitude. Na dimensão em que vivem, são regidos por outra equação de tempo e por conceitos que começamos a tatear, em matéria de conhecimento.

Respirando mais profundamente, o elevado amigo continuou:

— Bem, meus irmãos, o certo é que já foi dado o alarme geral, aquilo que aguardamos desde muito tempo. Começou o grande momento que muitos videntes, profetas e sensitivos anunciaram desde os tempos antigos. A partir dessa mensagem, recebida pelos luminares da vida maior e também pelo comando supremo dos guardiões, avistaram-se milhares de seres de hierarquia superior movimentando-se na atmosfera terrestre, a fim de começar os preparativos para a grande mudança, que hoje está em pleno andamento.

Levantei a mão para pedir uma oportunidade de perguntar, embora os espíritos estivessem todos atentos e não tenha visto nenhum deles pretendendo interromper o Imortal. Joseph meneou a cabeça, num gesto de carinho:

— Que essa mensagem significa, para vocês que estão de posse de uma consciência mais ampla? Em outras palavras, queria saber quanto tempo temos no mundo antes que ocorra essa transformação geral para um mundo melhor.

— Sinceramente, meu irmão — respondeu o espírito a mim, porém senti que se dirigia também aos demais ali presentes —, o fator tempo é muito diferente de acordo com a dimensão em que se posiciona o espírito temporariamente. Sabemos apenas que temos uma tarefa hercúlea à frente, para a qual devemos arregimentar muitos companheiros, a fim de preparar o mundo para esta fase de transformação intensa que atravessará a partir de então.

"Primeiro, teremos as mudanças e os tremores internos, que farão eclodir elementos antes insuspeitos. Instituições diversas, governos e agremiações religiosas sofrerão abalos em seus alicerces, a fim de que venham à tona valores desconhecidos, porém necessários à tomada de posição e de consciência diante do que virá. Muito embora isso não possa ser medido de acordo com um cômputo de tempo previamente estabelecido, é inquestionável que a engrenagem já foi posta em andamento; as reviravoltas estão em pleno ritmo de ascensão. Constituirão o teste final para determinar quem ficará e quem partirá da nave cósmica chamada Terra. As religiões e os sistemas filosóficos igualmente se ressentirão, como todas as instituições que representam pensamentos, filosofias e políticas. A ação saneadora definirá os valores eternos e fará com que apareçam os líderes futuros de um movimento renovador. Indivíduos que não estejam adequadamente preparados não encontrarão mais lugar em tais institutos da sociedade, sobretudo aqueles que estão desperdiçando o tempo alheio ou brincando com os valores morais, éticos e espirituais, prejudicando o próximo com sua conduta.

"Para isso temos de nos preparar, pois não recebemos do Alto um período exato de tempo, previamente estabelecido, em que ocorrerão tais modificações. Este é o estágio inicial da melhoria do ambiente terrestre a que se convencionou chamar juízo. Pode até parecer que estamos numa fase crítica em nossas instituições do mundo, mas é que já assistimos aos primeiros lances dessas mudanças. Aos olhos daqueles que contemplam a realidade segundo o contexto da vida universal, parece apenas um momento crítico em que a poeira se levanta para revelar, logo depois, aquilo que está por baixo: tanto o joio, que será lançado ao fogo, quanto o trigo, que deverá amadurecer para a colheita divina.

"Concomitantemente com essas mudanças que classifiquei de internas, que afetarão organizações religiosas, governamentais e filosóficas, entre outras existentes no mundo, há as transformações do próprio globo terrestre, que se encontra numa fase madura, no que concerne à sua idade geológica. A Terra se revolve e a natureza do mundo se modifica, tanto para expulsar de seu seio elementos nocivos e perniciosos que não farão jus ao *status* espiritual da nova humanidade, quanto para preparar o próprio solo do planeta, que gradualmente se estabilizará. Assim, oferecerá condições mais propícias à morada de seres capacitados a viver numa comunidade fraternal e mais justa."

Após as explicações de Joseph, que francamente foram mais elucidativas e detalhadas do que eu esperava, o amigo concedeu uns instantes, talvez para que nós digeríssemos o conteúdo de sua fala. Logo prosseguiu, retomando o assunto que o trouxe até nós.

Os membros da delegação que viera ao encontro dos guardiões estavam sentados ali, um ao lado do outro. O especialista da noite, Jamar, colocara-se ao lado de Anton, aquele que representava os guardiões superiores do primeiro escalão do comando planetário. Sentados em poltronas anatômicas estavam Júlio Verne, Dante e Voltz, os quais seguiam atentamente a fala de Joseph Gleber. Os demais pareciam se sentir melhor em pé, observando os mínimos detalhes da conversa. Zarthú e Zura estavam ao lado do amigo Joseph, e, diante de todos, uma mesa repleta de diagramas. Em três dimensões, mostravam, numa tela finíssima, o esquema das localidades e das dimensões onde a equipe de guardiões se movimentava. Nunca soube que seria possível um mapeamento assim, tão detalhado, das regiões do mundo extrafísico.

O rosto de Joseph Gleber adquirira um ar grave enquanto Zura irradiava uma frieza impessoal. Afinal, ele era um dos coordenadores da Legião de Maria, que serviam na obscuridade dos ambientes umbralinos e das regiões abissais. Nada melhor a esperar de sua aparência. O Imortal parecia extremamente controlado em todos os seus movimentos — controlado até demais para meu gosto, mas não ousei externar o que pensava. E nem precisava. Um simples olhar de Zarthú e Zura e pude perceber que eles sabiam o que se passava em minha mente.

Além destes, encontravam-se no recinto, em volta da mesa com os instrumentos de mapeamento, Pai João, Ângelo — que não desgrudava de mim — e, mais além, num canto e quietos em seus lugares, impassíveis, Watab e alguns especialistas da ciência sideral trazidos por ele.

Irradiando-se sobre a mesa, numa projeção holográfica de qualidade visual surpreendente, as imagens dos locais em análise, que foram cedidas por iluminados espíritos que dirigem os destinos do mundo. Enfim, eu estava ali, um zé-ninguém, em meio aos mais experientes espíritos, especialistas, técnicos e peritos em cibernética, matemáticos e demais espíritos ligados à logística de todo empreendimento nas zonas inferiores. Evidentemente, uma ação daquele porte exigia a participação de seres competentes e com extrema especialização. Somente eu estava ali como penetra. E como me senti pequeno diante de toda aquela gente. Começava a me arrepender de haver invadido a privacidade daquela reunião.

Meus pensamentos enveredaram por um turbilhão desenfreado ao pensar nos momentos críticos da humanidade, neste início de milênio e de era. Na testa de Ângelo Inácio, formou-se uma fina rede de gotículas de suor, um sinal evidente de sua agitação interior ante a gravidade dos acontecimentos.

No íntimo de seu espírito, todos ali se davam conta do ambiente onde se encontravam, da dimensão com vibração baixíssima na qual deveriam agir. Porém, talvez, conscientemente, nem pensassem em que lugar estavam, em qual mundo se encontravam. Quanto a mim, esforcei-me para sacudir de dentro de mim pensamentos nostálgicos quase tristonhos, diante de acontecimentos tão importantes para a humanidade. Foi nesse momento que Joseph Gleber falou:

— Trago aqui comigo a localização do bioma no qual estão inseridos os dragões. Eles se intitulam *poder vibratório supremo* e outros nomes pomposos, que julgam apropriados para alimentar sua megalomania. Os Imortais do governo oculto do mundo têm conhecimento pleno das regiões inferiores, muito mais do que nós. Passo a vocês, guardiões, a responsabilidade de usarem deste documento com o máximo de respeito por aqueles que nos dirigem de dimensões das quais nem sequer temos informações precisas.

"Sabemos que essa concessão somente está sendo oferecida porque os lendários dragões precisam ser avisados de que seu tempo está prestes a se esgotar. A justiça divina jamais toma qualquer atitude sem antes dar mostras claras do que fará. A transparência em todas as nossas ações deve ser um símbolo das claridades das dimensões superiores. Confio a vocês estes documentos, mapas e roteiros. Mas tenham cuidado — enfatizou Joseph Gleber —, pois não devem interferir no sistema de vida dos soberanos desses domínios. Somente o Cristo planetário e seus prepostos têm condições morais e autoridade suficiente para agir ali. Enquanto todos desempenharem as tarefas sem pretensões de estarem investidos de um poder que não nos foi concedido, estarão a salvo. Do contrário, poderão despertar energias represadas e a fúria de elementos que somente o Cristo conseguiu conter nas cadeias eternas, às quais foram submetidos e confinados ao longo dos últimos milênios da civilização."

Após as palavras de Joseph, assim que repassou os mapas e documentos ofertados pelos espíritos superiores, Zarthú tomou a palavra:

— Temos de cuidar para que nossas ações nesse bioma não afetem o sistema de vida na superfície. Qualquer atitude que pareça hostil aos senhores desse sistema de vida, aos dragões, e eles poderão irradiar seu poder, sua influência, numa represália aos povos da superfície. Portanto, deixemos aos prepostos do Senhor aquilo que compete a eles e, quanto a nós, façamos apenas nosso papel de auxiliares indiretos na grande transformação que temos pela frente.

Zura, tomando a palavra, acrescentou:

— Tivemos notícias de que guardiões que trabalham em âmbito cósmico, envolvidos nos sistemas de transporte e transmigração de almas entre mundos, estão ampliando suas posições. É que um novo elemento entra em ação nas proximidades do planeta Terra. Irmãos das estrelas, que até então estiveram observando o panorama terrestre, e que de maneira alguma interferem na vida e no sistema vivo do planeta, apresentaram-se ao governo oculto do mundo para ajudar, em caso de necessidade.

— Sim, já estamos treinando nossos especialistas — acrescentou Anton — com esses emissários de outros mundos. Pois eles têm vasta experiência no trato com transmigrações planetárias e expurgos gerais, e hoje já prestam serviço em nossas bases, auxiliando nossos guardiões com seu conhecimento e estrutura. Todavia, esclarecem sempre que compete a nós, os espíritos vinculados à Terra, resolver os problemas enfrentados por nós, solucionar os dilemas milenares que permeiam nossa civilização.

Outros espíritos se pronunciaram. Calei-me, pois era apenas um intruso naquela reunião de seres mais experientes. Estava na hora de retornar ao meu corpo físico, que repousava entre lençóis e travesseiros, para, então, continuar minha parte, retomar meu papel na grande trama da vida, no palco abençoado da vida física, com todas as limitações que o corpo me impunha.

Jamar olhou para mim, deixando transparecer doçura e carinho no olhar. Com certeza, percebeu que me arrependi de haver me lançado daquela forma tão abrupta sobre um assunto que dizia respeito apenas àqueles que detinham autoridade moral para administrar os destinos da humanidade.

Senti-me flutuar entre os fluidos que permeavam as dimensões. Minha mente vagava voando entre mundos, quando me vi arrastado por forças descomunais para dentro do escafandro carnal, ao qual estava vinculado de maneira definitiva, até o momento que fosse chamado para servir, como espírito, junto aos amigos de outra dimensão. O cérebro físico absorveu os conteúdos da memória extrafísica; as conexões com o sistema nervoso se incumbiram de amortecer as cenas daquele encontro. Apenas agora, sob a ação de um benfeitor e amigo, vem à tona uma parcela de recordação desses eventos, que marcaram para sempre minha vida mental e determinaram minhas atitudes, a partir de então. Acordei, abri os olhos e me vi num recanto abençoado, o meu lar.

Em momentos como aquele é que eu reconhecia o acerto do conselho de Zarthú, de que eu deveria morar sozinho em minha vida física atual. Precisava ficar só a maior parte do tempo, pois não conseguiria de forma alguma silenciar as emoções e os pensamentos após os desdobramentos, caso tivesse alguém lado a lado, o tempo todo, por melhor que fosse a companhia. A volta ao meu lar, ao corpo, era a oportunidade abençoada de conviver comigo mesmo, com as minhas coisas, com tudo à minha volta, e uma tentativa, também, de ficar mais tempo inserido no mundo físico, sem confundir as duas dimensões da vida. Eu precisava de certa cota de solidão. Conviver comigo mesmo, sem interferências, intensamente.

Fiz uma prece de agradecimento por habitar

um lugar seguro e tranquilo, livre de formas-pensamento de outras pessoas, e resolvi me levantar para observar a noite, que, naquele momento em especial, estava pontilhada de estrelas, como a minha vida, pontilhada de estrelas dos amigos invisíveis, aos quais dedico minha vida e minhas forças, esperando novamente que me chamem para novas oportunidades de trabalho.

CAPÍTULO 7

Obsessões modernas

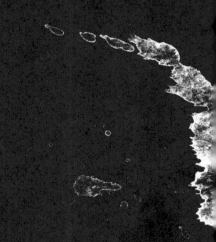

"Filhinhos, esta é a última hora; e como ouvistes que vem o anticristo, já muitos anticristos têm surgido, pelo que conhecemos que é a última hora."

1 João 2:18

"Por ganância farão de vós negócio, com palavras fingidas."

2 Pedro 2:3

A REUNIÃO ocorreu num ambiente previamente preparado do laboratório que agora servia de apoio para nossa equipe. Jamar, Edgar Cayce, Watab, eu e mais de 60 outros espíritos nos reuníamos ali, procurando ouvir as explanações de Pai João de Aruanda que nos auxiliava com respostas às inúmeras perguntas que haviam surgido a partir do contato com o sistema de poder no abismo, bem como ao refletir sobre seus métodos de ação sobre encarnados e desencarnados do planeta Terra. O tema escolhido por nós eram as obsessões complexas, tendo em vista tantas formas novas — e outras, nem tão novas, porém mais refinadas — que os habitantes das sombras estavam usando para influenciar os homens no mundo.

Em meio aos equipamentos que encontramos e que os guardiões estavam estudando para avaliar o grau de desenvolvimento tecnológico alcançado pelos seres da oposição, nos acomodamos.

Dos espíritos presentes, Pai João parecia o mais envolvido com o pensamento dos Imortais que nos dirigiam de mais alto. Talvez ele fosse uma ponte e um dos instrumentos mais sensíveis utilizados pelos benfeitores da humanidade a fim de nos conduzir e nos instruir.

Assim que ele assumiu um lugar à frente do nosso grupo, foi logo interpelado a respeito do assunto escolhido como tema de nossa conversa:

— Verificamos nessas regiões do mundo extrafísico um esquema muito bem elaborado, sofisticado, até, no que tange aos processos de obsessão. Como você vê a questão do vampirismo, da forma invulgar como a encontramos nesta dimensão?— perguntou um dos guardiões, mais interessado em seu trabalho junto aos encarnados.

Apreciando a pergunta do espírito, Pai João demonstrou satisfação já no primeiro questionamento. Talvez devido à abrangência do assunto e sua importância vital para a situação das pessoas em geral, mas principalmente daqueles envolvidos na prática da mediunidade. Respirando fundo, João Cobú respondeu:

— O vampirismo não é um método simples de obsessão, uma vez que envolve uma intenção com requintes de crueldade por parte do espírito que o pratica. Eu também o classificaria como processo de extrema complexidade devido principalmente a certos fatores que envolvem esse tipo específico de obsessão. Por exemplo, o roubo de energia vital, ectoplasma e outros recursos anímicos da vítima ou alvo mental. Sem nos reportarmos aos vampiros modernos entre os encarnados, os quais se auto-obsidiam, podemos entender que, na dimensão em que nos encontramos, o processo de *vampirismo energético* se difere do chamado *parasitismo* exatamente pelo requinte, pela crueldade e extrema habilidade de seus artífices, que os tornam perigosíssimos para a sociedade de encarnados e desencarnados.

"Convencionalmente, vampirismo é o processo levado a cabo pelo espírito que se nutre de energias alheias ou as rouba com um propósito mais específico, seja para alimentar certas sensações próprias do corpo físico, perdido por ocasião da morte, seja para abastecer laboratórios de tecnologia astral, usando-as como combustível. Entretanto, o que descobrimos em nossas incursões à dimensão sombria foi algo mais complexo do que esse tipo de vampirismo, que, embora possa adquirir contornos graves, já é velho conhecido dos amigos espíritas e espiritualistas, nem que seja com outros nomes.

"Se formos analisar apenas o fenômeno de perdas e roubos energéticos, podemos verificar, meus filhos, que o vampirismo é o prosseguimento natural do parasitismo. Contudo, ao encontrarmos seres especializados no roubo de energias de natureza emocional e mental tanto quanto de conteúdo vital ou ectoplásmico, torna-se muito claro que a intensidade da ação infernal observada no vampirismo é diretamente proporcional à inteligência, à determinação e à consciência do espírito que pratica tal atrocidade, ou mesmo daqueles que a patrocinam. Há intenção consciente, deliberada e exercício de vontade firme ao perpetrar o mal. Portanto, essa intenção dos malfeitores aliada à tecnologia astral disponível é que ditará o grau de complexidade alcançado."

Parecia muito conteúdo para a primeira resposta; entretanto, já sabíamos como as respostas dos Imortais — neste caso, canalizadas por João Cobú — vinham com grande número de informações. Outro espírito manifestou-se, com um questionamento derivado do que Pai João respondera:

— Quando os malfeitores astrais se utilizam de tecnologia para roubar energias de seus alvos ou vítimas, com que propósito eles a usam? Isto é, por qual razão, já que podem fazê-lo apenas sugando-as mental e fluidicamente?

Mais uma vez, Pai João parecia satisfeito com a pergunta de seu interlocutor, que demonstrava sensível interesse no assunto.

— Sabe, meu filho, conforme disse certa vez um dos Imortais, as trevas estão cada vez mais se especializando e atualizando seus métodos de abordagem nos complexos mecanismos das obsessões. Considerando essa modernização por parte dos habitantes do mundo oculto, até mesmo as obsessões mais simples são levadas a efeito com algum requinte ou inovação por parte de entidades mais inteligentes. Quando vemos o emprego de tecnologia astral ou extrafísica, especialmente nas ações de vampirismo, esses engenhos eletrônicos e tecnológicos desenvolvidos nas regiões do astral inferior, de modo geral, têm como finalidade interferir no sistema nervoso das vítimas, na área da sensibilidade, visando favorecer o roubo de vitalidade ou ectoplasma. Os centros nervosos atingidos e manipulados com os artefatos tecnológicos permanecem sofrendo influência depois de efetuado o roubo. Ou seja, mesmo com o afastamento do obsessor, as funções neurológicas dos humanos vitimados continuam prejudicadas. ·

"Dessa forma, mesmo que alguns processos obsessivos tenham sido solucionados em reuniões mediúnicas, não significa que a pessoa-alvo saia ilesa da ação levada a cabo pelo espírito das sombras. Em casos graves ou que requereram longo tempo para resolução, chegamos a observar paralisias progressivas, tiques nervosos mais ou menos permanentes, atrofias e hemiplegias, além de outras síndromes dolorosas, que permanecem ocorrendo mesmo depois de afastado o obsessor que usou do requintado método de vampirismo com sua vítima. Reiteramos: nem sempre os efeitos cessam imediatamente após ser abordado o autor espiritual do processo obsessivo. Eis como se faz sentir a crueldade do vampiro. Ele não se contenta em roubar energias e ectoplasma de seu alvo, da criatura humana que ele vampiriza; além disso, promove um desequilíbrio mais profundo na estrutura emocional, mental e nervosa da pessoa."

— Então, mesmo depois de ser atendida numa reunião mediúnica especializada no trato com obsessões complexas, a pessoa pode continuar sentindo intensamente os males suscitados como efeito desses aparelhos e da ação do antigo verdugo?

— Perfeitamente — tornou Pai João. — E, muitas vezes, esses aparelhos são retirados, mas não integralmente. Vocês puderam observar como o desenvolvimento da nanotecnologia astral está a anos-luz de distância da mesma especialidade no mundo físico. Muitos artefatos, embora bizarros em sua estrutura etérica-astral, agem mesmo depois de desligados, porque restam elementos que desencadeiam perturbações na delicada estrutura nervosa das pessoas. Como nossos companheiros encarnados, em sua grande maioria, não têm formação científica, tampouco dominam tecnologia ou detêm informações minuciosas a respeito, acham que basta remover o aparato e os sintomas cessarão. No entanto, menosprezam a engenhosidade desses equipamentos, que, uma vez implantados pelos vampiros de energias, liberam outras centenas ou milhares de *aparelhículos*, que passam a ter uma existência parasitária, ligando-se às células nervosas, às sinapses, às células sanguíneas e outros alvos, cuja estrutura os encarnados que trabalham em reuniões mediúnicas raramente conhecem.

— Então é até certo ponto inócua, ou ao menos ineficaz, fazer apenas uma abordagem do caso, ainda que em uma reunião mediúnica especializada, sem acompanhamento do indivíduo, como ocorre em diversas reuniões em que se utilizam técnicas consideradas avançadas? Haveria algo mais a ser feito para liberar as vítimas da ação nefasta dessas engenhosidades?

— Claro que existem recursos muito eficazes. Porém, grande parte, se não a maioria das pessoas que emprega a apometria, acredita que somente o estalar de dedos e a ação pontual deste ou daquele grupo de médiuns basta para livrar o consulente dos efeitos perturbadores do vampirismo ou de outro tipo complexo de obsessão. Em tese, meu filho — continuou o pai-velho — fazer desobsessão por correntes magnéticas, por apometria ou qualquer outro instrumento ou método só adianta se vier acompanhada de uma abordagem mais intensa através do magnetismo. Ainda se deve levar em conta a necessidade de que as pessoas que pretendem fazer a desobsessão tenham ascendência moral sobre os espíritos a serem tratados.

"A pessoa que passa por um tratamento através das técnicas da apometria, mesmo bem orientada e realizada por pessoa idônea, precisa submeter-se a um tratamento com passes magnéticos. Aí, sim, haverá sucesso, pois os passes agirão na intimidade das células nervosas, no sistema linfático e até mesmo no nível subatômico. Na mão de pessoas que conhecem o processo, que estejam sintonizadas com os Imortais pelo coração e pela constante busca de conhecimento e de aprimoramento, o magnetismo é o maior auxiliar, se não o melhor instrumento na ação contra as obsessões complexas. Através dos passes magnéticos aplicados na pessoa em tratamento, não somente pode ser destruída grande parte dos aparelhos usados pelos vampiros astrais — frequentemente mais superficiais, não entranhados no sistema nervoso da 'vítima'[1] —, como os artefatos podem entrar em curto-circuito, coibindo os efeitos secundários do próprio vampirismo e de outras patologias obsessivas. Além de tudo isso, a pessoa submetida à aplicação do magnetismo pode ter recomposta sua vitalidade, restaurado o ectoplasma, em déficit por causa do processo de roubo vital, e, em muitos casos, pode ter reconstituída a fisiologia astral, reconfigurando-se sua estrutura psicobiofísica. Somente a ação conjunta desses diversos instrumentos poderá favorecer a melhoria da qualidade

---

[1] Segundo a teoria apométrica, possivelmente a única que se debruçou experimentalmente sobre o problema dos aparelhos parasitas, sua extração geralmente se processa com o sujeito desdobrado (AZEVEDO, José Lacerda. *Espírito/matéria*. Porto Alegre: Casa dos Jardim, 2005, p. 234-241). Questionado a esse respeito, o espírito Joseph Gleber afirma que, muitas vezes, artefatos implantados superficialmente — isto é, cujos vínculos com o sistema

de vida do consulente.

"A apometria sozinha, sem o concurso do magnetismo — que, afinal, é a mãe, a fonte da qual se originam todas as técnicas, inclusive a apometria —, sem dúvida pode realizar algo, mas ficará incompleta, caso o indivíduo não se submeta a uma abordagem magnética correta. E olhe, filho, que mesmo assim, lançando mão desses recursos que temos à disposição, em alguns casos não se pode prescindir de apoio médico e psicológico para quem se fez vítima ou alvo mental de obsessões complexas."

Parece que Pai João aproveitou a resposta ao guardião a fim de deixar uma dica para aqueles que desejam se aprimorar no contato com os aspectos mais complexos da problemática obsessiva.

Antes mesmo que outro guardião tentasse alguma pergunta, nosso amigo prosseguiu, dando

nervoso são tênues ou inexistem — podem sim ser desabilitados por meio da aplicação de passes magnéticos, sobretudo de grandes correntes e/ou de sopro. Não obstante, tudo depende do tipo de artefato, já que apresentam inúmeras variações. Como se vê, o ex-médico e físico nuclear, responsável pela direção dos tratamentos espirituais nas instituições fundadas por Robson Pinheiro, ratifica a posição de Pai João, corroborada também pela prática nessas instituições.

ênfase ao novo aspecto que apresentava:

— No mundo dos encarnados, os mitos que envolvem os vampiros tiveram sua origem na antiga Transilvânia, nas tradições da magia ou em contos germânicos. Esse tema vem seduzindo milhões de pessoas e polarizando as atenções ao redor do mundo, já desde o final do século xx, e ainda com mais força no início deste século, pois chegou a hora de levar um pouco mais de conhecimento à população. Assim, quando pensamos que a linguagem espiritualista ou espiritista ortodoxa poderia afugentar pessoas, ou meramente causar restrição em certos círculos, têm vindo contribuições através da literatura chamada de ficção e de outras mídias, a fim de começar a dar ciência ao maior número possível de pessoas acerca de como se dão tais fatos nos bastidores da vida.

"Considerando o antigo mito, os vampiros seriam caracterizados por dois aspectos. O primeiro e mais comum, apresentarem-se como mortos-vivos que não podem viver à luz do dia e se alimentam do sangue humano, por toda a eternidade. A segunda versão os tem na conta de enviados do diabo ou do demônio, com objetivo mais definido do que os vampiros da categoria anterior, dos contos que ilustram os livros. No fundo, o mito não deturpa a realidade.

"Temos observado que o primeiro tipo de vampirismo, embora de extrema complexidade, reflete a sede de vitalidade de determinados espíritos, que procuram se manter por meio do roubo de seu alvo mental. Sugam-lhe as reservas energéticas e, desse modo, conseguem sentir todas as sensações que o encarnado sente, como prazer sensorial, físico, sexual e outros tipos de paixões das quais ainda não se desvencilharam. Esses são os vampiros mais comuns; em muitos casos, são tratados em reuniões de desobsessão.

"Mas há também os vampiros especializados, como a categoria representada pelos espectros, a elite da guarda dos dragões. Esses sim, seriam comparados àqueles que as histórias classificam como enviados diretos do diabo. Dificilmente encontramos agrupamentos especializados em lidar com tal espécie de vampiros astrais, que detêm não somente o conhecimento, como um refinamento muito específico na forma como atuam.

"Em primeiro lugar, capturam duplos etéricos para serem tratados, elaborados e encerrados em potentes campos de força, coisa que somente poucos espíritos da categoria dos dragões e seus prepostos sabem fazer.[2] Esse conhecimento é tão

---

[2] Uma das notícias do livro *Legião* que mais provocou surpresa e

invulgar, tão pouco difundido, mesmo entre as comunidades das trevas, que uma pequena minoria de seres do abismo é que realmente monopoliza a técnica. Aprisionado o duplo etérico por meio desse método, o corpo físico do encarnado pode sofrer a morte, e, ainda assim, a contraparte etérica não se dissolve, resistindo por dilatado período de tempo. Após essa extorsão, essa apropriação indébita e criminosa, os seres especializados assumem o duplo capturado, acoplando-se nele e moldando-o segundo sua vontade, sujeitando-o à força do pensamento que gerou o processo.

"Surge, então, outro aspecto, que não podemos ignorar. Além do roubo do corpo etérico ou vital empregando mecanismos pra lá de intricados — que não vem ao caso examinar agora —, o

até choque entre adeptos do espiritismo foi a menção a sequestros de duplo etérico. "Impossível!", declararam muitos. Semelhante postura, além de anticientífica e antikardequiana, pois encerra a questão antes de considerá-la e promover-lhe investigação cautelosa — conforme fez Kardec perante os fenômenos que chamaria de espíritas —, carece de lógica. Tão somente porque, para asseverar judiciosamente que algo não existe, seria preciso conhecer a realidade *total* e, ao examiná-la, poder atestar a ausência absoluta de determinado elemento. Por exemplo, a ciência material não

sujeito, o vampiro ousa apropriar-se da identidade energética do seu alvo e vítima. Os técnicos realizam aquilo que denominaram de *fotografia mental* antes de promover a morte da vítima, registrando em imagens as memórias arquivadas no corpo espiritual do ser, para em seguida as transferir, por processo hipnótico, ao espírito que faz a vez de vampiro. De posse dessas memórias, dos registros energéticos e emocionais de sua vítima, o ser hediondo materializa-se na Terra, entre os encarnados, uma vez que o duplo etérico é formado de puro ectoplasma. Desponta no mundo algo pouco estudado pelos espíritas, mas já ventilado

encontra evidências da existência de Deus; isso não quer dizer que tenha comprovado sua inexistência. Ou seja: não pode haver técnicas e espíritos que as dominem, mesmo reconhecendo-se que até os espíritos inferiores detêm avanços ainda desconhecidos do mundo físico? Outro erro de ordem lógica consiste no seguinte argumento: "André Luiz disse que os benfeitores dissipam energias dos duplos etéricos no momento do desenlace". Ocorre que isso é uma verdade parcial. Esse espírito simplesmente *relatou* fatos, como o do espírito Dimas — o que é diferente de generalizar, deduzindo que isso é o que *invariavelmente* acontece (XAVIER, F. C. Pelo espírito André Luiz. *Obreiros da vida eterna*. 28ª ed. Rio de Janeiro: FEB, 2003, p. 231-232). Em outras palavras: noticiar um evento não o faz regra geral — e muito menos absoluta.

por Allan Kardec: as aparições tangíveis ou *agêneres*.[3] No caso referido, não são nada mais, nada menos do que vampiros, na mais exata acepção do termo e na sua mais ampla significação. É a arte de produzir aparições tangíveis aprimorada e levada às últimas consequências, a serviço dos donos da maldade."

Diante das palavras de Pai João, que nos deixou impressionados com o alcance desse tipo mais específico de vampirismo, eu mesmo resolvi perguntar, antes que outro guardião o fizesse:

— Então, as lendas do passado medieval, por exemplo, que falavam de espíritos íncubos e súcubos — espécie de demônios que visavam ter relações sexuais com os humanos —, não estão totalmente destituídas de verdade?

— É certo, meu filho — começou o pai-velho

---

[3] Os agêneres foram objeto de estudo do codificador do espiritismo no periódico que editava (KARDEC, A. *Revista espírita* (ano II, 1859). Rio de Janeiro: FEB, 2004. "Os Agêneres", fevereiro, p. 61-68. Há menções em outros volumes da obra). Ao longo do capítulo 8 deste livro — intitulado Agênere — exploram-se nuances da técnica que, embora não tenha necessariamente finalidades más, é levada a cabo pelos espectros com os piores objetivos, conforme explica Pai João. Na ocasião, discutem-se também aspectos teóricos relacionados ao assunto.

—, que na Idade Média as motivações desses seres eram outras, pois o mundo não oferecia a eles elementos mais instigantes do que oferece hoje. Nos tempos atuais, os indivíduos que adquirem tangibilidade são confundidos com os homens a ponto de ocuparem lugares cobiçados nos gabinetes governamentais da Terra, nas grandes corporações e instituições do mundo. Agem às escondidas, sem que meus filhos encarnados sequer suspeitem tratar-se de espíritos tangíveis, mas não encarnados; agêneres, portanto. Agem de modo diferente de como atuavam há alguns séculos, mas, mesmo assim, com o objetivo de saciar suas paixões, aplacar sua sede de poder, influenciar os grupos e líderes do mundo, uma vez que sabem que lhes resta muito pouco tempo na psicosfera terrena. Eis por que se utilizam de todo o conhecimento, de toda a engenhosidade de que são conhecedores, a fim de levar avante seus planos de domínio.

Desta vez, antes mesmo que eu formulasse outra pergunta, outro espírito se dirigiu a Pai João numa ansiedade inigualável por obter mais conhecimento sobre o fenômeno.

— Como os espíritos superiores fazem para combater esse tipo de fenômeno, como a materialização direta de entidades perversas, uma vez que estes agem de forma direta, quase humana e material, e os benfeitores contam apenas com a intuição? Refiro-me ao caso de algum agênere se infiltrar, por exemplo, entre os representantes das Nações Unidas, roubando a identidade de algum diplomata, tendo, assim, enormes possibilidades diante de si.

Pai João parece ter gostado da pergunta do nosso amigo, pois esboçou um sorriso amplo e, logo em seguida, respondeu:

— Bem, meu filho, o Alto conta com diversos recursos, inclusive a condição de também promover materializações, de usar essa possibilidade que o fenômeno oferece para materializar-se temporariamente no mundo e também apresentar suas ideias aos órgãos onde convém atuar. Isso é uma possibilidade, embora não precisemos usar artifícios análogos ao roubo de duplos etéricos, é evidente. Contamos com nossos médiuns doadores dos dois lados da vida. Todavia, essa não é uma prática corriqueira, nem do nosso lado nem do lado da oposição, muito embora na atualidade temos observado bom número de ensaios, por parte de entidades sombrias, visando se infiltrar entre os encarnados da forma como descrevi.

"De todo modo, diversos representantes nossos estão encarnados no mundo; através deles, como instrumentos nossos, exalamos nossas ideias de progresso, respeito, fraternidade e outras que nos convêm, de acordo com a política do Cordeiro de Deus. Mas, se for necessário, com certeza o Alto pode muito bem empregar o recurso dos agêneres, uma vez que está dentro das leis naturais, embora pouco pesquisadas pelos irmãos espíritas e espiritualistas.

"No passado, muitos povos foram visitados por representantes do mundo oculto, materializados como agêneres, que os visitaram e conviveram com os homens sem que suspeitassem estar recebendo seres elevados, temporariamente materializados. A Bíblia é cheia de referências a esse respeito, e o próprio apóstolo Paulo nos fala, em sua carta aos Hebreus: 'Não vos esqueçais da hospitalidade, pois por ela alguns, sem o saber, hospedaram anjos'."[4]

A resposta não poderia ser mais simples e, igualmente, completa. Isso nos inspirou a pedir mais informações e aprofundarmos o assunto. Outro espírito aproveitou o momento de reflexão que a resposta do pai-velho provocou e levantou a

---

[4] Hb 13:2. Vale recordar que, após sua ressurreição, ao menos em cinco ocasiões Jesus realiza atos impossíveis a quem está fora da matéria (Lc 24:30,35,39-43; Jo 20:11-17,27; 21:12; 1Co 15:6). Não seriam esses eventos explicados pela teoria dos agêneres?

mão, indagando:

— Gostaria de saber a respeito de outro fator ligado à existência dos chamados vampiros, e mais precisamente desses conhecidos como espectros. Quando eles reencarnam no mundo, qual a forma de conhecê-los? Como se comportam ao entrar em contato com a sociedade de uma forma mais permanente, como a que oferece o processo reencarnatório?

A pergunta era interessante, e eu mesmo não havia pensado em como os espectros se relacionariam na vida social, quando encarnados. A questão provocaria outros desdobramentos. Pai João respondeu com a mesma boa vontade de sempre:

— Segundo as informações que temos do lado de cá, meu filho, a reencarnação desse tipo de espírito não é algo comum, no estágio atual em que se encontram. Em sua grande maioria, o contato com a sociedade humana seria altamente prejudicial para o homem encarnado. Apenas alguns têm a oportunidade de reencarnar na Terra, possivelmente como última chance antes de serem deportados para mundos condizentes com o estágio primitivo em que se encontram.

"Esses poucos, porém, ao reencarnarem, são representados pelos *serial killers* e psicopatas mais cruéis, pelos homens que desenvolvem o desejo e o prazer de matar e entram para corporações como o exército, a fim de exercitarem, em tempos de guerra, seus desejos mais abjetos. Vemos espectros entre ditadores, tiranos e matadores de aluguel. Há também aqueles que, ainda na adolescência, deixam as lembranças do período entre vidas aflorar e, de um momento para outro, tomam de alguma arma e assassinam brutalmente considerável número de vítimas; por fim, alguns dos homens e mulheres-bomba, que intentam contra a própria vida, mas de uma forma que morrem matando. No plano inconsciente de suas almas, pretendem aproveitar a grande porção de ectoplasma liberado no momento da morte conjunta de várias pessoas e se locupletarem.

"De qualquer maneira, esses seres não merecem da justiça sideral novas oportunidades no ambiente do planeta Terra e, desde sua morte, já são incluídos entre aqueles que serão expatriados para mundos distantes no grande processo de limpeza e higienização psíquica do planeta."

— Os guardiões superiores têm mapeados os agêneres atualmente materializados na Terra ou somente quando agem mais abertamente é que eles são revelados?

Pai João pareceu estabelecer conexão com algum ser de dimensão superior antes de dar a resposta. Isso denotava que ele seria ali, de certo modo, médium de alguém que nos dirigia de mais alto. Após esse breve instante, respondeu num tom que não deixava dúvida quanto ao assunto:

— O fenômeno natural que estudamos sob o nome de agênere não é algo fácil de se produzir, mesmo para as inteligências mais astutas e geniais das organizações filiadas à oposição. Considerando isso, os guardiões possuem mapeados na atualidade 18 desses seres materializados temporariamente no planeta. Entre eles, um está ligado de maneira muito íntima à família Rothschild, outro à família Rockefeller; um deles está intimamente associado às alianças G8 e G15,[5] assim como há um desses indivíduos inserido na Organização das Nações Unidas. Os guardiões mapearam também a ação de um desses agêneres no Vaticano, em posição importante no colégio dos cardeais; outro goza de bastante poder e influência junto aos Illu-

---

[5] Os sete países mais ricos e industrializados do mundo, conhecidos como G7, reúnem-se geralmente a cada ano, desde 1975. Em 1997, a Rússia foi convidada a integrar o grupo, daí o novo nome, G8. O G15, por outro lado, é uma aliança de países emergentes celebrada em 1989, ainda que hoje possua 18 integrantes, entre eles o Brasil.

minati, e dois deles atuam no Clube Bilderberg.[6] Quanto aos demais, desempenham funções de relevância em agências de serviço secreto, como CIA, Mossad[7] e outras espalhados pelo mundo.

"O que se sabe é que esses seres, hoje em dia, detêm informações importantes e recebem ordens diretas dos ditadores do submundo, os dragões. Devido à própria natureza dos espectros-agêneres, podem desmaterializar-se e rematerializar-se à vontade, de acordo com as próprias leis que regulam o fenômeno; gozam de invejável poder de locomoção para os padrões humanos, além de promoverem ação direta nos governos e famílias mais importantes do planeta. Podem agir como se fossem encarnados, como já foi dito, sobretudo porque os humanos com os quais convivem nem suspeitam que algo assim possa ocorrer.

[6] Para saber mais, há diversas recomendações do livro *A verdadeira história do Clube Bilderberg*, do renomado jornalista lituano Daniel Estulin (São Paulo: Planeta, 2006), fruto de 13 anos de investigações e pesquisas e corroborado por farta documentação. O Clube constitui uma cúpula dos homens mais ricos e influentes do Ocidente, que se encontraria anualmente desde 1954 em caráter privado.

[7] Agência de serviço secreto de Israel, com sede em Tel Aviv, fundada em 1949.

"Como veem, esse é um processo de obsessão que nossos irmãos espíritas ainda nem acordaram para pesquisar, mas que existe, em menor escala, mas numa amplitude e requinte que afeta a sociedade de uma maneira ampla, geral, os políticos em particular, e o destino do planeta Terra, especialmente.

"Quem dera nossos amigos espiritualistas pudessem se reunir para orar pelo planeta, pelas nações e pelos dirigentes. Notamos que muitas vezes se preocupam exclusivamente com o problema das pessoas que estão a seu lado; afligem-se somente com o próximo mais próximo, em detrimento de todo o resto. Esquecem-se de que, para o mundo se renovar e atingir o estágio de regeneração, esses focos infecciosos deverão ser extirpados também. O mundo, portanto, não é somente o Brasil. O mundo é toda a comunidade global."

Respiramos fundo enquanto Pai João nos respondia mais esta pergunta. Jamar, Edgar Cayce e mais alguns espíritos se entreolharam enquanto Pai João falava. Certamente tais palavras davam muito que pensar e, mais ainda, teríamos farto estímulo e uma gama de assuntos a pesquisar nos registros dos guardiões superiores. Enquanto o clima entre nós estava eletrizado pelo conhecimento que João Cobú nos trazia, outro espírito resolveu perguntar:

— Nas sociedades e nos grupos onde estejam agindo tais espíritos, naturalmente a serviço dos poderosos dragões, eles têm alguma ascendência sobre os outros componentes desses grupos?

Novamente, Pai João respondeu com a naturalidade de sempre e com a mesma benevolência que o caracterizava:

— É certo que os espectros se imiscuem onde encontram afinidade. As sociedades, famílias e organizações citadas, algumas delas inspiradas pelos próprios dragões, têm como objetivo fundar uma nova ordem mundial, o que atrai seres que já trazem em sua mente esse formato de governo inspirado pelo sistema dos *daimons*. É preciso considerar que a maioria das grandes famílias influentes e seus impérios, assim como das organizações que pretendem dominar os governos da Terra, foi inspirada pelos dragões ao longo dos séculos. Sabendo que os dragões consideram a exiguidade do tempo que têm a disposição no planeta Terra, podemos entender que não colocariam qualquer espírito junto a esses grupos e famílias, mas somente seres preparados, dotados de alto poder de decisão, potencial magnético e força hipnótica invejáveis, além, é claro, de conhecimento da estratégia de ação dos dragões e seu sistema de poder. Portanto, analisando-se apenas sob o ponto de vista desses seres, eles realmente possuem uma ascendência muitíssimo especial sobre os homens que os representam no mundo.

O clima em nosso grupo era de curiosidade e ansiedade por obter mais conhecimento, assim como de muito interesse em aprofundar o assunto. No entanto, o tempo urgia e precisávamos nos preparar para novas tarefas. Teríamos mais oportunidades de estudo posteriormente.

Jamar levantou-se de chofre, tão logo recebeu um chamado de Anton, encerrando assim nossa primeira etapa de perguntas. Precisávamos voltar às atividades urgentemente.

CAPÍTULO 8

Agênere

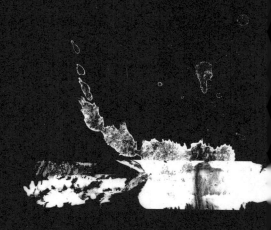

"Viu-se também outro sinal no céu: um grande dragão vermelho, que tinha sete cabeças e dez chifres, e sobre as suas cabeças sete diademas."

Apocalipse 12:3

"Ele se opõe e se levanta contra tudo o que se chama Deus ou é objeto de culto, de sorte que se assentará, como Deus, no templo de Deus, querendo parecer Deus."

2 Tessalonicenses 2:4

AS PAREDES do aeróbus pareciam se diluir diante das energias tremendas desencadeadas no entorno daquela dimensão. Espíritos experientes em exopsicologia estavam ao lado do espectro, que após a crise interna e de ordem emocional deflagrada pela presença de Raul detinha possibilidades de colaborar com os guardiões. Porém, não apresentava condições para entrar em comunicação mais direta, pois lhe faltavam recursos, vocabulário e algum ponto de ligação, de sintonia com a realidade atual da civilização. Há muito não reencarnava; por isso, não sentia nenhuma facilidade em se comunicar com os espíritos ali presentes. Houve várias tentativas e somente depois de muito empenho é que se conseguiu estabelecer uma linguagem rudimentar para o entendimento entre o espectro e os especialistas dos guardiões.

O único espírito ali presente que talvez conseguisse conectar-se mentalmente com a criatura era Saldanha, pois fora, mais de 50 anos atrás, ilustre servo dos dragões, coordenando uma cidade inteira no submundo até ser despertado pela ação de emissários do Cordeiro, e as lembranças do passado permaneciam inscritas na memória extrafísica.

— Amigo Saldanha — começou Jamar —, creio que teremos de recorrer à sua ajuda, pois o espectro resolveu colaborar com algumas informações. Nem sabemos se o que ele dirá será a expressão legítima da verdade ou somente uma interpretação que ele dá aos fatos. De qualquer forma, com seu auxílio podemos penetrar no psiquismo dele e trazer à tona alguma coisa que possa nos ser útil sobre o sistema de poder dos ditadores.

— Então serei uma espécie de médium; conectarei minha mente à do espectro? Bem, pode contar comigo, Jamar.

— Não podemos ficar aguardando aqui. Enquanto você se prepara junto aos especialistas em exopsicologia, teremos muito trabalho a fazer.

Portanto, mãos à obra, meu amigo.

Saldanha deixou o ambiente onde conversava com o chefe dos guardiões da noite. Por corredores e *decks* deslizou enquanto pensava nos tempos em que serviu sob o jugo impiedoso dos dragões e no quanto ele próprio fora impiedoso naquela época recuada. Passou por todos os postos de fiscalização localizados na direção da ala de contenção de seres criminosos, os espíritos mais renitentes. Quando chegou ao local onde funcionava o laboratório de ciências psíquicas, espantou-se com a quantidade de guardiões em serviço.

— Então nosso convidado deve ser mesmo muito importante para Jamar e Anton deixarem um contingente de guardas tão grande como este — pensou Saldanha, antes de adentrar o ambiente dos especialistas da mente.

Deparou com uma sala mais simples do que supunha. Estava cheia de espíritos, que caminhavam de um lado para outro, cada qual com uma placa de matéria translúcida, uma espécie de computador estruturado nos fluidos mais sutis do ambiente de onde se originou a excursão. Imediatamente, identificou a estranha criatura, a entidade que representava um sistema de poder oposto àquele a que serviam os espíritos sublimes. Saldanha parou em frente ao espectro, que se encontrava deitado numa espécie de poltrona. Mantinha-se preso por amarras magnéticas, para conter qualquer crise mais intensa, como a que se passara anteriormente sob a ação do médium desdobrado. De maneira incomum, ele auxiliara na eclosão do estado interno da fera, como ficou conhecido o espectro, devido ao alto grau de ódio armazenado em sua alma. O ser jazia num estado similar a um transe, e mais de 20 peritos se ocupavam de sua estrutura perispiritual, além de realizarem exames mais profundos em sua mente. Entretanto, somente com uma ação mais sutil e, ao mesmo tempo, intensa conseguiriam penetrá-la e obter informações sobre alguns pontos que talvez pudessem ser úteis aos guardiões.

Saldanha sorriu significativamente.

— Engraçado como, de modo geral, nossos irmãos encarnados pensam que nós, espíritos, sabemos de tudo — confabulava consigo mesmo. — Têm a nosso respeito uma idéia tão deturpada que nos transformaram em deuses, santos e heróis da espiritualidade. Se soubessem quanto temos de investir para conhecer a vida extrafísica; quanto temos de arriscar para aprofundar nosso conhecimento a respeito das diversas formas de vida, dos biomas que encontramos do lado de cá...

Saldanha foi arrancado de suas reflexões por

um dos especialistas da mente, que o conduziu cuidadosamente a outra poltrona, onde se deitou ao lado do espectro. Leve onda de medo perpassou sua mente. Temia penetrar nos escaninhos daquela mente doentia e criminosa e ser obrigado a rever o próprio passado. Não era algo fácil de administrar. Mas não recuou, pois o pensamento e a emoção que afloraram fora algo passageiro; uma reação emocional comum a todo espírito humano. E como ele era humano!...

Após alguns outros preparativos, Saldanha estabeleceu sintonia com a mente do espírito a seu lado. Imagens, paisagens fantásticas e, ao mesmo tempo, horripilantes emergiam em torno da aura do estranho ser que abdicara de servir aos *daimons*. Saldanha fez de tudo para conter o asco, presente tanto devido ao tipo de pensamento, ao ódio que emanava do indivíduo, como também devido ao odor que exalava de sua estrutura periespiritual. Olhando-o mais atentamente, o médium sobressaltou-se quando o espírito abriu os olhos amarelentos, arregalando-os e fixando Saldanha. À essa altura, já estava de certa forma conectado à mente do espectro, captando alguns fragmentos de pensamento e memória que este emitia:

— Você... também é um desertor como eu!... Você já serviu aos soberanos... — balbuciou o ser, antes de entrar num transe mais profundo.

Um dos especialistas da mente comentou com Saldanha, de forma tão sutil que não atrapalhou o transe ao qual se entregara:

— Aproveite o ponto em comum entre vocês. O espectro parece confiar mais em você do que em nós. Isso facilita as coisas.

LEMBRANÇAS DE UM ESPECTRO, PARTE 1

DENTRO DE UMA caverna incrustada no interior da Terra, bem no interior de um buraco fétido cheirando a enxofre — pois ali funcionou uma antiga mina, agora abandonada —, observava um par de olhos atentos e esbranquiçados, com as pupilas dilatadas, brilhando numa tonalidade amarelenta.

O local rescendia a uma mistura de mofo e podridão. Um quê de ódio impregnava intensamente o ar, enquanto as garras afiadas da entidade chispavam, como se exalassem, em forma de gotas, também amarelentas, a raiva e a fome de fluidos humanos.

A criatura emitia ruídos estranhos, que, segundo seu ponto de vista, representavam uma risada. Mas nada nem sequer parecido com os sons que eventualmente saíam das cordas vocais de um humano encarnado. Aliás, o bizarro sujeito quase não tinha mais a lembrança de que algum dia fora humano, tanto postergara o processo reencarnatório e tanto ficara escondido sob o manto da escuridão, nos recônditos obscuros do planeta Terra, por incontáveis eras.

O espectro escorregou de lado, a fim de deixar passar algo ou alguma coisa que descia vertiginosamente da superfície ou da dimensão dos humanos encarnados. Num recanto qualquer da caverna escura, outro ser, da mesma espécie espiritual que ele, se colocara de prontidão. Quem sabe um companheiro de desgraça, sob o domínio impiedoso dos soberanos, os próprios dragões?

O recém-chegado parecia arrastar um manto rasgado, sujo e grotesco, como se fosse uma asa negra, que mais lembrava a de um morcego. Pendia como dois pedaços de pano, estruturados na matéria bruta de dimensões desconhecidas pelo homem. A estranha criatura parecia esperar por alguma coisa, por algo que, para ambas, seria de importância vital. Naquela forma atual, não suportavam a luz solar e, por isso, escrutavam na escuridão. Aguardavam a noite cair? Não se sabia ao certo. Mas uma coisa era inconteste: os dois espectros estavam com todos os sentidos excitados, como se procurassem por um tesouro oculto entre as sombras que caíam lentamente.

Os olhos espectrais sondavam as redondezas, numa espécie de visão à distância adquirida por estranhas e desconhecidas habilidades psíquicas. Procuravam a presença de um homem que seria seu alvo naquela noite. Estavam naquele local e naquele momento apenas para cumprir um mandado dos soberbos dragões, como o fizeram inúmeras vezes ao longo dos séculos.

O homem aproximou-se do local naturalmente, sem perceber que estava sendo vigiado por estranhos e exóticos seres. O humano estava de férias, gozando um pouco de descanso antes de retornar à cidade grande. Ali, junto à natureza, talvez conseguisse meditar um pouco, mergulhar em profundidade nos planos de algum dia ocupar um cargo importante na política de seu país. Aliás, faltava pouco para atingir seu intento.

O político percorreu sozinho o caminho que conduzia a um velho riacho, desejando ver a Lua e as estrelas e ficar um pouco a sós, longe também da mulher e dos filhos, que ficaram na cidade organizando as tramas e os lances do partido ao qual se filiara.

Passou ao largo da entrada da caverna onde as duas criaturas se escondiam, aguardando o pleno anoitecer para cumprir seus planos hediondos.

Afinal, quantas vezes fizeram isso nos últimos séculos? Perderam as contas!

Haviam se especializado nessa tarefa e aproveitariam para aspirar os fluidos densos e animais dos humanos que deveriam substituir em meio à sociedade. Absorveriam energias grosseiras acumuladas nas dimensões próximas à Crosta e, com sua ciência infernal — pouquíssimo conhecida entre os encarnados, mesmo entre os estudiosos do espiritualismo —, se materializariam, assumindo um corpo em tudo parecido com o do homem que espreitavam há algum tempo. De modo algum era uma operação fácil, não obstante certo número deles houvesse se especializado na área. Durante a era medieval, várias vezes repetiram esse processo, aproveitando a situação de semi-materialidade para sentir novamente os prazeres da carne, embora a carne da qual se revestissem fosse de natureza diferente, mas próxima da humana. Na verdade, era uma operação de caráter genético, porém realizada numa dimensão ou proporção que os cientistas encarnados nem sequer tinham vislumbrado.

Era uma técnica somente conhecida, na íntegra, pelos soberanos. Eles mesmos executariam os últimos preparativos do plano, pois nem mesmo os espectros poderiam conhecer plenamente a ciência por trás desse crime hediondo. Nem os senhores da escuridão — os magos negros —, tampouco os cientistas das sombras a seu serviço conseguiram alguma vez se aproximar dos resultados de materialização de corpos etéricos, tal como os soberanos dragões os obtinham. Porém, como os próprios soberanos não podiam entrar em contato direto e intenso com a raça de humanos encarnados, exclusivamente por imposição divina, usavam seus asseclas, os espectros, para atingir os planos.

Assim que o sol se escondeu por completo, as criaturas esperaram mais um pouco, até que os últimos resquícios dos raios pudessem estar totalmente encobertos e a escuridão da noite pudesse disfarçar seus planos inconfessáveis. Saíram do refúgio secreto lentamente, esgueirando-se até debaixo de uma árvore ressequida, com troncos podres, que oferecia a eles aparente resguardo. Talvez fosse apenas um efeito psicológico necessário para que se sentissem protegidos, pois, de alguma forma, embora não soubessem nem tivessem consciência disso, sua humanidade ainda refulgia dentro da carapaça externa de vampiros energéticos.

Novamente o som que deveria ser de uma risada foi ouvido e sentido, agora pelo homem, que se afastava do ambiente rumo ao seu objetivo, às margens do lago.

Como lagartixas grotescas, arrastava-se o par de entidades pelo solo, buscando, tateando e cheirando o ar, pois o homem encarnado exalava fluidos animais intensos, devido à própria condição humana. Os espectros farejavam esses fluidos como cães de caça, os quais em breve lhes proporcionariam uma condição temporária de humanidade, uma impressão fugaz de materialidade, com todas as sensações comuns a uma vida terrena. Mas não seriam encarnados no verdadeiro sentido do termo; seriam apenas aparições, agêneres, que se locomoveriam como se humanos fossem e assim o seriam percebidos pelos sentidos próprios aos encarnados. Bastava observar certos limites da natureza, reunindo as condições mais ou menos favoráveis para que o fenômeno pudesse ser produzido. Seriam uma materialização, que desempenharia seu papel na sociedade dos homens, embora com algumas limitações.

Os dragões detinham uma técnica muito superior àquela concebida pelos humanos encarnados. Nada se comparava ao conhecimento arquivado durante milênios nos bancos de dados das mentes brilhantes dos poderosos dragões. E agora, mais uma vez, seus aliados e escravos assumiriam o aspecto humano, mas não somente o aspecto, como também a forma material temporária, palpável, perceptível. O objetivo era colocar no poder, junto às autoridades de um país da atualidade, um de seus cientistas políticos, escravo fiel.

O homem que era perseguido, estudado e que teria sua forma copiada podia antever que algo não estava andando bem; um sentido especial, que todos os homens desenvolveram ao longo da evolução, parecia alertá-lo quanto a isso. Porém, não tinha nenhum conceito de espiritualidade que lhe permitisse associar suas sensações com o que ocorria nos bastidores da vida.

Ele chegou às margens do lago; podia sentir sob os pés a terra fria, já que resolvera tirar os calçados. Estava só, porém acompanhado de vultos, criaturas da noite. Não da noite física, mas de uma noite metafísica, de espíritos, fantasmas, espectros, enfim.

O instinto parece que falou mais alto, pois logo se aproximaram as horrendas criaturas, e o homem começou a sentir medo, um medo que somente sentira quando criança. De seu âmago, começaram a emergir imagens, figuras e paisagens com seus horrores indizíveis, decerto inspirados pela presença das entidades, num processo de intercâmbio mediúnico, a partir de um condomínio espiritual que começava a se concretizar ali, embora há longo tempo o alvo mental dos espectros fosse mapeado, observado e testado sob variadas maneiras. Ele fora pesado na balança da consciência e achado em falta. E sua mente, prisioneira de atitudes e ações inconfessáveis, ficara sob a mira das trevas (cf. Dn 5:27).

Os dois espíritos, como vultos envolvidos pelo manto da escuridão, considerando-se seus objetivos e sua situação íntima, espreitavam o homem, aproximando-se lentamente, como se temessem alguma ação desconhecida, que pudesse rechaçá-los. Quase levitando com sua indumentária feita da matéria negra dos abismos, vagueavam ao lado dele, movimentando os tecidos de sua roupagem como se fossem asas espectrais, desfraldadas, envolvendo os pensamentos do homem e começando o processo de apropriação de suas energias vitais.

Envolviam-no em movimentos desconexos, aspirando-lhe o fôlego; em meio ao ar que retiravam sofregamente e escapava-lhe da boca, fluidos mais ou menos densos eram absorvidos das células do homem, mas principalmente dos orifícios do seu corpo físico. Por meio do nariz, da boca, dos ouvidos e da região genital, escapuliam-lhe fluidos como uma névoa, que era sugada pelos vampiros de energia. O indivíduo sentia ligeira vertigem, como se padecesse dos sintomas da labirintite ou de outra enfermidade análoga.

Alguns momentos após e o processo de usurpação de energias continuava, mas os espectros faziam calculada interrupção, a fim de não esgotar plenamente e de uma única vez seu alvo e vítima. Afinal, tinham um plano para ele, o homem que deveria oferecer mais volumosa cota de fluidos.

À medida que inalavam, sugavam e roubavam os fluidos animais e vitais, as duas entidades visivelmente ganhavam vida, uma vida diferente, quase orgânica, quase física. A musculatura de seus corpos semimateriais parecia inchar-se, adquirir certa massa, enquanto as criaturas começavam a ter a sensação de estar encarnadas, ou melhor, recebiam, num grau menor, impressões físicas, como as que o homem sentia. Começara assim o processo diabólico que tantas vezes esses seres perpetraram, de assumir uma condição quase humana, como seres que vagassem entre dois mundos, participando da vida em ambas as dimensões.

Com seus braços longilíneos e suas garras afiadas — pois as unhas mais pareciam garras de águia, pontiagudas —, cravaram-nas em torno da garganta do infeliz homem e, aspirando-lhe mais intensamente tanto o ar dos pulmões quanto o fôlego da vida, da vitalidade, causaram nele uma reação próxima a um AVC, tal a voracidade controlada com que vampirizavam suas energias. O homem desfaleceu, perdendo os sentidos ali mesmo, enquanto seu espírito pairou sobre o corpo, em desdobramento.

Conhecedores de uma técnica de magnetismo deveras apurada, as entidades imantaram o corpo físico do homem e seus corpos desdobrados. Tanto o duplo etérico quanto o perispírito foram magnetizados, e o homem-espírito projetou-se na dimensão daqueles seres como um fantasma, sendo conduzido pelos espectros a um antro localizado em regiões inferiores do submundo. O corpo físico permaneceu ali, desmaiado, inerte, quase sem vida.

Assim que os espectros arrebataram o corpo astral e o duplo etérico do homem utilizando uma intensidade de magnetismo incomum, outras cinco entidades do mesmo tipo espiritual, portanto outros espectros, apareceram, vindas da imensidão das dimensões inferiores, sôfregas, famintas de energia, desejando absorver do corpo vital ou duplo etérico o restante de vitalidade, de ectoplasma que ainda restava ao encarnado desdobrado. Mas as primeiras criaturas evitaram que sugassem, que se alimentassem dos fluidos animais acumulados na estrutura espiritual que conduziam aos laboratórios da escuridão.

Os cinco espíritos, da pior estirpe conhecida entre os espectros, vagavam, como sombras, envolvendo e revoluteando as entidades espectrais e o homem cujos corpos energéticos haviam sido sequestrados. Como gralhas, como urubus, emitiam ruídos ignotos, configurando tais sons numa linguagem somente conhecida pelos seres do submundo. Babando e grasnando, quase enlouquecendo pelo cheiro dos fluidos humanos, desejando a todo custo compartilhar do sabor das emanações animais, os vampiros astrais entraram em crise de abstinência, de fome e sede de energias hominais, enquanto desciam as dimensões com o elemento aprisionado. Faziam de tudo para se aproximar do homem que os dois outros espectros carregavam. Um brilho de contentamento foi visto nos olhos esbranquiçados e nas pupilas pardacentas das duas feras.

O homem adormecido, então fora do corpo, tinha o halo mental povoado de pesadelos, das imagens mentais criadas por si próprio e acentuadas pela ação do vampirismo que sofria. Em meio aos pesadelos, o sentimento de culpa, a autopunição a que se entregara, mesmo inconscientemente, pois havia em sua memória espiritual o registro dos crimes perpetrados em nome do desejo de ocupar, a qualquer custo, um cargo político de expressão. A ganância fizera-o capaz de quase tudo. Entre as imagens de seu tormento particular, do angustiante cenário mental que forjara em sua trajetória política, marcada pelo desrespeito ao ser humano, o medo surgia no âmago de seu espírito. Um medo que evitara durante toda a vida, não obstante a condição feroz de seu espírito, atormentado em virtude dos lamentáveis excessos cometidos. Justo naquele momento, em que pensava concretizar seu projeto, ascendendo a uma posição privilegiada e de poder, invejada por muitos, acontecia aquilo. Ele pressentia em seu corpo mental, embora desacordado e intuitivamente, que estava perdendo o controle total sobre sua vontade, sobre sua vida, se vida lhe restasse, se alguma vida houvesse ainda.

Flutuando ou arrastando-se nos pesados fluidos das regiões inferiores, os demônios serviçais dos dragões desciam cada vez mais, vibratoriamente, carregando o infeliz e desgraçado que abriu campo mental e emocional para sua atuação. Há muito tempo vinham pesquisando, sondando, refinando suas buscas em torno do político, que agora jazia em suas mãos.

Envoltos numa nuvem de cheiro profundamente desagradável, as entidades que representavam a política do abismo exalavam um odor que lembrava uma mistura de gás metano e amoníaco, comum nas dimensões subcrustais do planeta. Os seres infernais irradiavam uma aura de tal negritude e materialidade, que pareciam açoitar o perispírito desdobrado do homem que transportavam. O magnetismo primário dos seres do abismo fazia o duplo balançar como asas negras, enquanto passavam entre as cavernas, as placas tectônicas e os elementos etéricos e astrais, rumo ao local onde os aguardava um dos soberanos.

Enquanto conduziam sua vítima ou alvo mental, garras negras afiadas cravavam-lhe a estrutura dos corpos perispiritual e etérico, como que a minar-lhe as forças, rasgar-lhe as entranhas da contraparte energética, astral. Como num reflexo condicionado, o perispírito e o duplo debatiam-se, agonizando a olhos vistos, embora o homem não conservasse a consciência dos fatos em todos os pormenores. Dava a impressão de que o espírito, apesar do estado de consciência alterado, profundamente hipnotizado, tentava escapar ao ataque e ao sequestro que ocorria na dimensão mais densa da vida.

Os seres miseráveis do abismo urravam de prazer; era a oportunidade de experimentarem novamente a sensação do sangue correr-lhes nas veias, de provarem das sensações comuns aos encarnados; era a chance de se envolverem diretamente com o aspecto mais carnal da humanidade sem terem de abdicar da condição de espíritos. Algo que nunca fora presenciado, em suas minúcias, por nenhum dos humanos.

A ENTRADA DO AMBIENTE remetia a uma fortaleza inexpugnável. Uma guarnição de soldados, de espectros, guardava silenciosa a fenda energética através da qual se poderia ter acesso ao intricado sistema de poder de um dos soberanos do mundo inferior. Era o reduto do maioral entre os dragões. Uma dimensão diferente daquela conhecida pelos homens do mundo; um mundo diferente de tudo o que se poderia imaginar.

O *daimon* havia preparado tudo a sua volta, e somente um entre os oficiais daquela legião de seres que o serviam poderia adentrar o local. Ele mesmo, o *daimon*, jamais poderia entrar em contato direto com o duplo raptado. Não o tocaria, senão as emanações densas, pesadas e sobremodo tóxicas de seu corpo artificial, tanto quanto as energias mentais de seu corpo degenerado, provocariam irremediável estrago na estrutura etérica e astral, que deveria ser preservada em nome da operação que tinham pela frente. Criatura humana nenhuma, entre as encarnadas, suportaria o contato direto com os *daimons*, os poderosos dragões e ditadores do mundo inferior.

Vibratoriamente encarcerados durante séculos em recantos obscuros do horizonte extrafísico; alvos da intervenção da justiça sideral, que impedira no último momento que destruíssem a civilização; condenados a permanecer na região purgatorial mais densa do planeta, ergueram aí seu sistema de poder e repúdio às leis divinas, diante das quais um dia teriam de dar conta suas consciências criminosas.

O bando foi barrado por ordem de um dos *daimons*, que ninguém ali sabia ao certo se era ou não o número um em poder. Apenas um dos eleitos, um dos espectros poderia prosseguir, segundo ordem direta do maioral. Ao serem detidos na entrada da fenda dimensional, os seres das profundezas gritavam, grasnavam e emitiam toda sorte de ruídos os mais espectrais, como se conversassem entre si numa língua morta há milênios, que mais lembrava os sons emitidos por aves de rapina há muito varridas da superfície do planeta.

Um dos espectros avançou, penetrando a fortaleza desconhecida dos demais *daimons* e senhores do poder. A estranha construção parecia movimentar-se entre as dimensões, como um pêndulo, oscilando, ora aqui, ora acolá, de maneira que era impossível precisar sua localização exata, conhecida somente daquele que a dirigia, que a controlava. O corpo de espectros, polícia principal dos *daimons*, era substituído a cada mudança dimensional, de tal sorte que só podia achar o lugar ignoto guiado pelo chefe maior dos dragões.

Quem teria erigido aquela fossa abismal à qual estavam confinados os donos do poder naquela dimensão? Que poder superior teria alojado os espíritos rebeldes naquelas regiões profundas do mundo? Ninguém poderia saber ao certo. Mas corria um boato, uma lenda entre os seres sombrios.

Rezava a lenda que, em uma época não muito distante, o Cordeiro em pessoa descera às regiões mais densas, ao inferno no qual se encontravam os degredados, e falara a eles numa linguagem tão persuasiva que nem aqueles que se consideravam soberanos, os imperadores do mundo, puderam ignorar seus ditames. A estória conta que nenhum entre os *daimons* conseguiu reagir ou insurgir-se perante o iluminado, que detinha realmente os destinos do planeta em suas mãos. Por um período de tempo, ele visitou os espíritos em prisão, explicou-lhes sobre a política de seu reino; conversou diretamente com os mais de 600 seres que formavam a elite do mundo antigo — obsoleto —, assim como falou aos maiorais, que foram escolhidos para representar os demais. Quedaram-se, completamente impotentes diante do poder sem limites do Cordeiro. Nada puderam fazer.

Mas a lenda corria de boca em boca entre os seres do abismo, sem que ousassem expressar-se publicamente sobre o assunto. Quem infringia a proibição tornava-se digno do mais alto castigo por parte dos soberanos. Ninguém ousava perguntar a eles, aos *daimons*, a respeito do que o Cordeiro dissera naquela ocasião. Nenhum espírito tinha coragem de tocar no assunto e, ao que parece, nem mesmo eles, os *daimons* dominantes, falavam sobre os esclarecimentos do insigne representante do governo oculto do mundo. Não ousavam sequer mencionar o episódio, tão graves seriam as implicações.

Os habitantes do abismo sabiam que somente alguém detentor de uma ascendência moral insuperável, um poder tremendamente superior teria capacidade de alojar os *daimons* nessa dimensão sombria. Além disso, era-lhes igualmente claro que somente aqueles que detinham autoridade advinda diretamente do governo espiritual do mundo poderiam romper a película dimensional dentro da qual se encontravam prisioneiros ou limitados os que se consideravam poderosos, os espíritos rebeldes representados pelos dragões.

O espectro escolhido para entar na fortaleza adejava e se contorcia como se estivesse numa crise nervosa. Mas a presença do *daimon* inibia qualquer manifestação vulgar ou de espontaneidade, como quando o ser estava entre os de sua espécie. Dessa forma, ele seguiu o *daimon*, carregando o corpo astral de sua vítima nos braços esquálidos e longilíneos, passando por corredores labirínticos e descendo a lugares nunca antes visitados pelo espectro. O chefe da horda sabia que jamais veria novamente aquele lugar. Nenhum que visitara as regiões mais profundas e o esconderijo do maioral conseguia localizá-lo novamente. O subchefe de legião não saberia dizer se era uma desgraça ou uma conquista poder ir ao centro de poder do maior de todos.

Salas arrumadíssimas, corredores ricamente decorados, como jamais pôde imaginar e sonhar, lembrava ao espectro algo perdido na memória, que se emaranhava numa noite muito profunda da consciência. Nada que se comparasse ao gosto dos habitantes da superfície.

Equipamentos insólitos se sucediam pelas paredes; outros ainda, encravados nas profundezas abaixo, rugiam um ruído que ressoava estranho até aos ouvidos da criatura que carregava o homem quase morto e desdobrado em seus braços. O *daimon* ia à sua frente, com uma aparência meio masculina, meio feminina. Andrógino em seu verdadeiro sentido, cintilando radiações de um eletromagnetismo somente conseguido devido aos milênios que ficara prisioneiro nas dimensões mais ínfimas da subcrosta, junto a elementos radioativos que emitiam ondas de dimensões desconhecidas pelos humanos encarnados. O ser parecia descomunal; algo que não poderia ser descrito pela linguagem inumana do espectro. Desciam cada vez mais rumo ao inusitado — se é que se poderia descer ainda mais com relação à posição em que já se encontravam.

Subitamente, abriu-se diante deles um corredor imenso, de proporções gigantescas; sem precedentes, ao menos para o espectro, que parou, abismado com a vastidão e o conteúdo do local. O enorme pavilhão estava repleto de equipamentos de uma tecnologia diferente de tudo o que já havia visto — e ele conhecia muita coisa, que faria inveja ao mais brilhante cientista encarnado.

Corpos que pareciam sem vida, seres forjados numa matéria ou energia ignorada sucediam-se uns aos outros, pendurados um após o outro no teto do pavilhão. Eram criações infernais, espectrais, artificiais. Ou aquilo seria natural? O espectro não saberia dizer. Pelo menos naquele momento. Em completo silêncio, o *daimon* apontou ao chefe da horda o local onde deveria depositar o corpo astral e o duplo do homem. Tudo ali indicava tratar-se de um laboratório onde trabalhava somente o dono. Nenhum outro espírito conhecia o lugar; nem mesmo os outros *daimons*.

O espectro depositou seu fardo no local, porém continuou observando ao longo do pavilhão. Maravilhado com a tecnologia, com os corpos dependurados. E o *daimon* parecia regozijar-se diante da forma como seu subordinado, seu escravo olhava para tudo, quase com veneração. Sentia-se realmente superior.

Ao longe o espectro avistava algo ainda mais descomunal. Era uma espécie de redoma, feita de material semelhante a cristal puríssimo, embora a pureza fosse algo incombinável com aquelas bandas, aquela dimensão. Dentro da redoma, brilhava algo ainda mais impressionante, uma energia que parecia atrair o espectro para aquele lugar. Algo assutador, tenebroso, de natureza mental. De repente, um som inarticulado, uma voz mental, muitas vozes invadiam seu cérebro extrafísico. Devassavam-lhe o interior, sugavam-lhe as lembranças e arrancavam dele todo e qualquer resquício de humanidade que lhe sobrara no mais recôndito da alma. Foi nesse momento que o *daimon*, com um sorriso irônico, se pronunciou, também numa voz inarticulada, de tal modo como o ser à sua frente nunca ouvira:

— Não façam isso. Ele não resistiria a um ataque dessa natureza.

Outra voz se fez ouvir, outras vozes repercurtiram em seu corpo mental:

— Não o estamos atacando. Apenas sondamos seu espírito. Temos sede de conhecer sua alma. Temos fome de saborear suas lembranças.

— Sei que se sentem tolhidos em sua liberdade e que os limites impostos a nós já perduram por dilatado tempo. Mas não podemos perder um dos nossos melhores aliados e comandantes. Teremos novas oportunidades. O mundo nos pertence, os homens nos pertencem.

As vozes discutiam entre si, de modo inflamado; ao menos é o que davam a entender. Parecia um coro formado por centenas de criaturas que não podiam ou não queriam ser percebidas. As mentes prisioneiras pareciam se comportar como uma comunidade, um ser coletivo. Novamente o porta-voz se pronunciou, e sua voz ou a soma de suas vozes foi captada pelo espectro:

— Faremos como você decidiu. Afinal, lhe conferimos o poder de nos representar. Você domina e somente você tem como empregar o conhecimento dos antigos de nosso mundo, a fim de que possamos assumir os corpos que criamos.

Sinistra risada se fez ouvir. Mas era uma risada mental. O espectro não poderia afirmar com segurança se o som ou a repercussão mental que interpretara como som viera do *daimon* à sua frente ou dos seres que ele pensava estarem dentro da redoma. Afinal, talvez nunca ficasse sabendo quem eram, tampouco se estavam ali presencialmente ou se, de alguma maneira, aquela redoma funcionava como um amplificador dos pensamentos do ser coletivo, das mentes em comunhão; embora essa comunhão denotasse o domínio e o poder como nunca fora pressentido pela humanidade. Eram eles os poderosos dragões originais? O espectro não tinha condições de saber. Ninguém, a não ser o *daimon* e o Cordeiro, conhecia ao certo sua identidade.

— Deixe aqui comigo os corpos e continue observando à sua volta, escravo — declarou o *daimon*, sem articular palavra na mente da entidade.

Abaixando a cabeça, o espectro saiu de sua presença, enquanto o poderoso dragão manipulava algum tipo de energia cuja ciência não era familiar ao chefe das hordas do abismo. Outra risada foi ouvida na mente do espectro. Um pensamento ofuscou-lhe a memória por um tempo, por uma fração de segundo. Ele sabia que jamais voltaria ali. Jamais poderia comunicar aos companheiros de infortúnio o que vira na fortaleza do invencível soberano daquela dimensão.

Observou os corpos e contou-os um a um, até atingir o número de 699 unidades dependuradas. Somente agora notara, ao mirá-los mais detidamente: não estavam apenas pendentes, como supusera; estavam suspensos e arranjados de sorte tal que era possível notar que a aparência de cada um não tinha par. Assemelhavam-se a seres humanos comuns, que viviam na superfície. E, prisioneiro dessa curiosidade, o espectro não vira que o *daimon* terminara de aplicar as técnicas secretas, realizando algum procedimento que parecia mágico; contudo, o espectro sabia que essa magia constituía uma ciência que escapava aos demais seres do abismo. Era a ilustração, o saber arquivado há milênios nos bancos de memória dos dragões. Também não lhe era segredo que ninguém, nenhum dos que visitaram as dependências da fortaleza fora visto novamente em lugar algum para relatar o que presenciaram.

Sem que atinasse, novamente a voz soava em sua mente:

— Vá, escravo! Suma daqui com o duplo da

desgraçada criatura humana.

O espectro arrepiou-se. O medo pareceu tomar conta dele, uma espécie de pavor ou temor que nenhum mortal poderia compreender ou havia sentido na extensão que ele sentia. Sem olhar para trás, sem perceber o *daimon*, saiu de cabeça baixa, pois não ousava encarar o soberano, que para ele se afigurava, ao menos naquele momento, no maioral dos maiorais. Será que estava certo?

Tomou a criatura humana desdobrada nos braços e ameaçou sair, quando novamente a voz se fez audível; era uma voz quase feminina, mas eivada de um magnetismo profundo, de uma força persuasiva e retumbante, a que não poderia resistir:

— Leve os corpos para a superfície agora. Ao chegar lá, coloque o duplo no lugar que lhe será indicado por um dos meus eleitos, o qual já recebeu instruções de como proceder. Obedeça-lhe como obedece a mim, e não se atreva a contrariar nossas ordens.

O espectro saía de mansinho, cabisbaixo, com a alma tomada do medo incendiário que todos os subordinados dos *daimons* sentiam, quando ouviu, mais uma vez:

— Esqueça tudo o que viu em minha fortaleza. Não mencione um detalhe sequer a nenhum dos escravos. Do contrário, morrerá mil vezes, embora corpo físico não possua.

O espectro gritou tão alto que foi ouvido pelos guardas fora da fortaleza, e com toda a força que tinha correu como nunca correra antes, com ambos os corpos, astral e etérico, do homem em seus braços. Somente mais tarde, a caminho da crosta, pôde ver que o duplo estava diferente, que alguma substância fora injetada no corpo vital do homem cuja estrutura energética sequestrara. O perispírito, igualmente, estava decisivamente modificado. Uma técnica muito particular fora utilizada, a qual o chefe da horda dos espectros não compreendia nem usaria jamais. Algo que somente a ciência dos soberanos dragões poderia executar.

Provavelmente isso explicava por que a operação em curso não era tratada como algo trivial, que pudesse ser levado a cabo sem a interferência pessoal dos *daimons* ou maiorais. Talvez, por isso, nenhum outro espírito conhecido no abismo, nem mesmo os senhores da escuridão, pudessem empreender tais objetivos. Somente seres milenares como os dragões detinham exímio conhecimento da natureza extrafísica, tanto quanto da fisiologia energética dos habitantes do planeta Terra. Isso os tornava os únicos capazes de efetivar a operação que possibilitava aos espectros a intrusão e o roubo da identidade dos infelizes que caíam na desgraça de serem escolhidos para trocar de lugar com os seres da escuridão.

O espectro retornou para a dimensão dos encarnados esgueirando-se entre as camadas de minerais, de rochas e as toneladas de água dos oceanos, embora numa dimensão diferente da habitada pelo homem. Arrastava-se em meio a essas paragens com o produto modificado da ciência infernal em seus braços. Atrás de si, os elementos da matéria astral pareciam enfurecidos, enquanto o ser medonho levava o novo corpo profundamente adulterado, resultante de um conhecimento de genética, da genética astral em níveis não difundidos pelos *daimons*.

Assim que chegou à dimensão dos homens, tão logo atingiu a área onde jazia estirado o físico do homem vitimado, notou que não estava só. Percebia vultos de seres desencarnados como ele, porém desconhecidos. Havia outros espíritos observando, escondidos na noite, por entre as árvores do bosque. O espectro tinha consciência de que participava de um jogo político de extremo interesse dos dragões. E como ele, talvez centenas de outros espíritos tomassem parte nesse jogo tenebroso — que, visto pela perspectiva científica, era maravilhoso; todavia, sob o aspectro espiritual e ético, constituía uma crueldade inacreditável.

Foi nesse exato momento que o espectro começou a esboçar seu plano de fuga. Foi aí que sua consciência começou a emergir da escuridão profunda na qual estivera mergulhada por milênios. Mas devia manter-se calado, com a mente bloqueada, a fim de evitar que outros seres de seu bando lhe sondassem a intenção.

Na escuridão da noite, havia olhos amarelos observando. Profundos olhos acostumados com a escuridão espiritual espreitavam aqui e ali, observando tudo, sem que nada lhes escapasse. O espectro depositou os corpos astral e etérico ao lado do organismo físico do homem deitado ao chão. Mas, nesse instante, percebeu que algo monstruoso também ocorrera ao homem, ou melhor, ao seu veículo carnal. Estava desfigurado, desvitalizado ao extremo; irreconhecível. Possivelmente os médicos da Terra definissem o estado em que se encontrava como vegetativo, entre a vida e a morte, e vissem aquele indivíduo como alguém cujo cérebro, cuja inteligência e memória haviam abandonado há muito tempo. Era um morto-vivo.

Deduziu o espectro que lhe caberia assumir o duplo etérico do homem, tanto quanto a forma de seu perispírito desdobrado e modificado em suas moléculas e em seu DNA extracorpóreo, semimaterial. Com esse pensamento, esboçou um movimento, como se se preparasse para justapor seu perispírito ao perispírito do encarnado, possivelmente em coma profundo. O produto dessa união o faria ganhar vida temporária, franqueando-lhe locomover-se no mundo dos homens como um agênere. De repente, no entanto, seu gesto foi interrompido bruscamente por outro ser, tão medonho quanto ele, tão insensível como ele se encontrara alguns minutos antes. Era um dos poderosos chefes de legião, portanto superior a ele na hierarquia do abismo; tratava-se de um estrategista conhecido por todos; era ministro dos *daimons*.

— Você está enganado, espectro miserável. Foi escolhido tão somente para ir à fortaleza dos soberanos, unicamente porque eu não queria correr o risco em seu lugar. Ninguém que passa por lá sobrevive por muito mais. Qualquer que conheça a localização do centro de poder dos *daimons* desvanece como poeira; nunca se ouviu falar do paradeiro de nenhum dos miseráveis e desgraçados. Conheço sobremodo a natureza dos nossos senhores. Sei muito bem do que são capazes, pois os sirvo desde as épocas recuadas da Antiguidade e, como eles, sou também um degredado, embora submetido à sua autoridade. Não é a você que será dada a honra de assumir um corpo entre os humanos. Você somente será responsável por tomar conta do corpo físico do homem e fazer de tudo para que seja descoberto e levado a algum dos hospitais da Terra, onde ele precisa ser preservado. Sou eu, seu superior, que assumirei os fluidos do duplo desse homem e absorverei, depois de seu perispírito, todas as lembranças e conhecimentos arquivados na memória espiritual dele. Deverei caminhar novamente entre os mortais e poderei desfrutar dos prazeres e das paixões da carne novamente. Assim como poderei andar entre os humanos, tomarei o lugar ao lado do presidente de uma das nações mais importantes da Terra. Estarei ao lado dele, serei seu conselheiro, e eles poderão me ver e ouvir, interagir comigo, como se encarnado eu fosse.

À medida que continuou, proferindo suas últimas palavras, instaurava no espectro o pânico à flor da pele, pois insinuava abertamente o destino de quem quer conhecesse a localização do poder vibratório supremo, o quartel-general do número 1:

— A você só resta mais essa tarefa por ordem dos *daimons*, os dragões poderosos e nossos senhores absolutos.

O espectro não poderia contrariar a ordem jamais, pois diante dele estava nada mais, nada menos do que um dos mais temidos chefes de legião, estrategistas que comandavam os aliados encarnados dos senhores do abismo.

Só pôde observar, à proporção que o ódio crescia dentro dele, e esse ódio, agora voltado contra os soberanos dragões e seus chefes de legião, devorava-lhe exponencialmente as vísceras. Estava inconformado. Afinal, perderia a chance, única em toda a sua existência miserável, de revestir-se da forma humana tangível, muito embora temporária, mas mesmo assim tangível o suficiente para aproveitar-se das paixões mais vis que alimentava a alma humana, das quais sentia uma saudade imensurável. Seria preterido na oportunidade inigualável de ter um corpo quase natural, não obstante fosse de uma densidade próxima à densidade das moléculas que compunham o corpo humano. Estaria fadado a nunca mais sentir prazer, o prazer da forma mais próxima ao gozo dos sentidos, prerrogativa dos humanos, que podiam se dar ao luxo de neles se refestelar, em seus corpos carnais. Ele sabia — e como sabia — que não mais encarnaria entre os habitantes do planeta Terra; que somente em mundos distantes, em um tempo que para ele parecia um futuro incerto e infinito, poderia ter um corpo de carne e osso novamente. A única chance fora-lhe tirada; a única chance que possuía de usar de uma ciência somente conhecida pelos *daimons*, os dragões, a fim de caminhar entre os homens.

Parou diante do corpo do infeliz, qua jazia no chão, e viu com seus olhos amarelentos quando o chefe de legião levou o duplo manipulado a um recanto no Himalaia, numa dimensão diferente daquela onde vivem os humanos. Teve de acompanhar tudo, embora o pânico que o dominava ao pensar no que poderia acontecer consigo por ter visto de perto um dos soberanos, um dos dragões e seu esconderijo. Com certeza, o aguardava a segunda morte — e o pior: ele não sabia ao certo o significado dessa tão temida segunda morte. É claro que, se soubesse, o pavor seria ainda muito maior.

O chefe das legiões abismais chegou ao local onde estava incrustada, no âmago da formação rochosa, no ponto mais alto possível, uma fortificação estruturada em matéria da dimensão astral. Uma matéria distinta daquela encontrada no mundo físico. Vibrando numa frequência ainda não detectada pelos encarnados, num estado mais sutil que o plasmático e mais denso que o espiritual propriamente dito, o material com o qual fora erguida a construção era soberbo. E o espectro seguia o chefe de legião, carregando o corpo desfigurado. Depositou-o em um lugar que parecia uma câmara de criogenia, onde o duplo ficaria prisioneiro, em animação suspensa, impedido de desagregar-se em sua estrutura etérica, isto é, os fluidos e substâncias que o constituíam.

A ciência do abismo, principalmente aquela praticada pelos *daimons*, estava muitíssimo à frente da produção científica dos homens. Os estudiosos do psiquismo e do moderno espiritualismo nem sequer vislumbravam do que era capaz esse saber destituído de ética e moral. Afinal, o conhecimento arquivado na memória dos dragões somente aumentou, desde as épocas remotas da Lemúria, da Atlântida e, principalmente, da Suméria, locais onde realizaram experiências genéticas com os homens da Terra,[1] transformando-os em seus servidores e escravos. Subsequentemente, habitando outro plano da vida, não tiveram de enfrentar as lutas, as dificuldades e os desafios das experiências terrenas, no mundo físico. Em-

---

[1] A tese levantada aqui é desenvolvida e corroborada por trabalhos científicos baseados sobretudo em arqueologia. A questão é intrigante: "O que é que, depois de centenas de milhares e mesmo milhões de anos de lento e doloroso desenvolvimento humano, mudou, de maneira repentina, tudo tão completamente e, num golpe de mágica — em aproximadamente 11.000 a.C., 7.400 a.C, 3.800 a.C. — transformou os caçadores nômades primitivos e os catadores de alimentos em agricultores e fabricantes de cerâmica

pregaram todo o tempo e talento para estudar, aprofundar suas experiências e observações em diversos setores da natureza. Quando o *homo sapiens* atingiu o estágio que a sociologia classifica como civilização; ou na ocasião em que a Europa adentrou os portais da Revolução Industrial; ou ainda na atualidade, quando o século XXI desponta com suas descobertas, invenções e modernidades e a tecnologia no mundo físico avança sobre estágios de desenvolvimento sem precedentes — há dezenas de séculos, há milênios que os suntuosos seres do poder vibratório supremo, chamados de dragões ou *daimons*, já alcançaram e ultrapassaram o patamar atual do saber humano.

Passando por galerias incrustadas naquele local gélido, o duplo etérico preservaria suas funções, assim como ele mantém sua integridade quando os cientistas do mundo congelam o embrião humano

e, depois, em construtores de cidades, engenheiros, matemáticos, astrônomos, metalúrgicos, comerciantes, músicos, juízes, doutores, escritores, bibliotecários e padres? (...) Os sumérios, povo por meio do qual esta alta civilização encontrou sua existência, tinham uma resposta já pronta. (...) Os deuses da Suméria" (SITCHIN, Zecharia. *O 12º planeta*. 7ª ed. São Paulo: Best Seller, 1990, p. 60). Outros livros do mesmo autor continuam a explorar suas hipóteses e demonstrar suas pesquisas.

para uso futuro. Ali, agregado ao embrião, já existe um corpo etérico, que se desenvolve gradualmente, conforme as leis da biologia. Naquela fortificação, submetidos a temperaturas baixíssimas, os duplos são mantidos, naturalmente sem a contraparte física, contudo servindo de molde astral e energético. Serão utilizados pelos seres eleitos pelos *daimons* para pisarem a Terra novamente, entre os homens, embora numa vida temporária, como aparições, mas, ainda assim, cheias de vida e dotadas de suficiente materialidade, a ponto de serem percebidas pelos encarnados.

Assim que o espectro depositou o duplo do homem em um nicho que mais parecia uma urna funerária, o chefe de legião empertigou-se, espreguiçando-se, liberando suas tensões. Olhou com pretendida superioridade para o espectro, que também comandava um vasto número de seres da sua espécie, e debochou dele, não perdendo a oportunidade de humilhá-lo uma vez mais.

Imediatamente após se acomodar, sentando-se numa poltrona à frente do duplo preparado pela ciência dos *daimons*, ele abandonou seu corpo astral através do fenômeno do desdobramento levado a efeito em sua dimensão. Seu corpo semimaterial ficou repousando sob as vistas de instrumentos sensíveis, responsáveis por monitorar a vida astral das moléculas de seu perispírito. Porém, sua mente, seu corpo mental, desprendia-se como uma fuligem, devido ao alto grau de materialidade e de crueldade acumulado em seu interior, ao longo dos séculos a serviço dos maiorais. Uma fumaça negra — tal era o aspecto de seu corpo mental —, irradiando um magnetismo que refletia uma luminosidade arroxeada, como se fosse uma chama fantasmagórica, foi absorvida pelo duplo à sua frente.

O espectro assistia a tudo silencioso e imaginava-se no lugar do chefe dos povos do abismo. Deveria ser ele o eleito. Mas não! Era obrigado a ver aquilo e ficar impassível, caso não quisesse enfrentar a fúria e a crueldade dos temíveis dragões.

O corpo mental do eleito foi inteiramente assimilado pelo duplo preparado anteriormente nas furnas do abismo. Não era aquele um corpo qualquer; não era um ser artificial. Era um organismo natural, embora vibrasse no plano etérico, quase físico, segundo os encarnados o conheciam. Era um corpo repleto de vitalidade, de ectoplasma, de fluidos vitais vigorosos.

Assenhorando-se desse corpo, o ser do abismo poderia se materializar e se desmaterializar à vontade; seria capaz de atuar entre os homens, ser sentido, pecebido, tocado de modo a interagir diretamente com eles, os miseráveis filhos de Eva. E, quando se cansasse, bastava dissipar-se, evolar-se, sumir, de acordo com sua vontade e com as circunstâncias. Poderia ainda gozar de todas as paixões, satisfazer os desejos mais abjetos num grau dificilmente imaginado. Viveria novamente — e, o que é melhor — sem que para isso fosse necessário encapsular-se de maneira tradicional no corpo de um humano, mediante a encarnação. Voltaria ao seu hábitat natural quando bem entendesse, pronto para reassumir sua posição de súdito leal e chefe de legião dos soberanos senhores, os *daimons*.

O espírito eleito pelo *daimon* número 1 assumiu o controle de cada molécula do duplo etérico do homem, e então ajustou sua conformação segundo o aspecto do perispírito modificado, que permanecia conectado ao corpo físico por laços invisíveis aos olhos comuns. Justapostos os dois corpos — o mentalsoma do desencarnado e o duplo etérico do encarnado —, o chefe de legião aprofundou sua ligação com o corpo vital de modo definitivo, assegurando, assim, que se manteria íntegro mesmo na eventualidade da morte de seu hospedeiro. E o espectro, como espectador, viu quando um fio prateado, saindo de entre os olhos do ser infernal, vinculou-se ao duplo roubado, entranhando-se neste por todos os centros de força, por todas as conexões possíveis.[2]

Finalmente, o produto dessa ciência infernal, desconhecida pela maioria dos espíritos naturais do planeta Terra, levantou-se, aprumando-se, em meio a um clarão. Era a estranha luminosidade peculiar à junção temporária dos elementos astrais e etéricos, que se chocavam na união de dimensões distintas, de matérias cuja procedência diferia, mas constituíam amálgama perfeitamente estável, quase fundido. Um corpo se levantou. A nova criatura, um híbrido de natureza humana e de natureza astral, na aparência era a duplicata exata do político. Mas o incipiente Frankenstein não era humano; não poderia procriar, tampouco

[2] O processo descrito é bastante complexo, além de inusitado, o que suscitou várias perguntas ao autor desta obra. Não se trata de forjar um "simples" agênere, mas um agênere cuja identidade é roubada de um encarnado. Além disso, o relato consiste em informações captadas por Saldanha, oriundas da mente do espectro e, depois, transmitidas através da psicografia por Ângelo Inácio. Este próprio chegou a revelar que só acreditou no processo após Jamar lhe mostrar um desses seres se dissipando, nas dependências de um grande banco norte-americano. Explicando o fenômeno de outra maneira, de início se deu a ligação do cordão de ouro do chefe de legião ao cordão de prata do corpo etérico capturado. Na

se alimentar do mesmo tipo de alimento dos humanos. Era um vampiro de fluidos, de vitalidade, que roubara a identidade social daquele que lhe favorecera como vítima.

O chefe de legião caminhou alguns passos trôpegos no novo corpo que assumia, até obter o equilíbrio, bem como os trejeitos do homem cuja forma copiara no processo tenebroso e infernal da ciência dos *daimons*.

Voltando-se para o espectro — pois mesmo possuindo agora um corpo mais material, tangível aos humanos, era um híbrido, um agênere, e por isso mesmo podia continuar percebendo os espectros e todas as outras entidades de sua esfera de ação —, falou:

— Tome conta do corpo carnal daquele ho-

---

etapa subsequente, essa associação se fortaleceu, incorporando-se também as ramificações do cordão de prata no perispírito do encarnado — que, por estar vivo, permanecia conectado ao organismo físico, que jazia à distância, no hospital, com o aspecto visual deformado e a saúde deteriorada. Contudo, este não deveria perecer enquanto não se realizassem os devidos procedimentos de *fotografia mental*, de acordo com o que explicou Pai João no capítulo anterior (p. 364), a fim de que o roubo da aparência, e mais, da identidade como um todo — desde ideias e conhecimentos até a cópia do próprio DNA — pudesse se concretizar.

mem como toma conta da sua própria vida. Se algo lhe acontecer, não poderei mais ficar entre os encarnados com esta aparência, nem poderão mais me ver. E aí você será responsável perante nossos soberanos, os dragões, pela derrocada de seus planos.

Balbuciando, não por estar comovido, mas pelo ódio que sentia, o espectro perguntou:

— Que fará agora, que possui um corpo tangível? Eu não poderia ser útil também, assumindo outro corpo semelhante a este, para servir aos nossos soberanos?

— Não tente me enganar, miserável ser da escuridão. Ou não sabe que somente a seres como nós, os chefes de legião, permitem os *daimons* usufruir tão elevada posição, a fim de influenciar os governantes do mundo e fomentar a guerra e a discórdia entre os humanos? Desconhece nossas leis, por acaso? Apenas à nossa classe é dado adiar indefinidamente a permanência neste planeta, a mando dos maiorais; isso não é serviço para subchefes.

Saindo da presença do espectro, o ser inominável foi-se em direção ao seu alvo. Outros tantos havia como ele, a serviço dos dragões, andando entre os habitantes da superfície, entre os governos e governantes da Terra, preparando o mundo para enfrentar as forças que patrocinam o progresso e determinam o destino dos homens. Afinal, arregimentavam-se para a grande hora, o Armagedom, como era denominado o evento, segundo os religiosos do mundo. Eram os anjos decaídos, que pisavam o solo do planeta novamente. Tais situações foram perfeitamente descritas nos textos sagrados:

"E houve guerra no céu: Miguel e os seus anjos batalhavam contra o dragão. E o dragão e os seus anjos batalhavam, mas não prevaleceram, nem mais o seu lugar se achou nos céus. E foi precipitado o grande dragão, a antiga serpente, que se chama diabo e Satanás, que engana a todo o mundo. Ele foi precipitado na terra, e os seus anjos foram lançados com ele. Eles o venceram pelo sangue do Cordeiro e pela palavra do seu testemunho; não amaram as suas vidas até à morte. Pelo que alegrai-vos, ó céus, e vós que neles habitais. Ai dos que habitam na terra e no mar, porque o diabo desceu a vós, e tem grande ira, sabendo que pouco tempo lhe resta".[3]

Ali mesmo o chefe de legião dissolveu-se, à vista do espectro, desmaterializando-se completamante, para rematerializar-se noutro lugar, junto a seu alvo mental preestabelecido.

[3] Ap 12:7-9,11-12.

Alguém aproximou-se do lugar onde o corpo estava estendido. Os espíritos que guardavam o corpo acompanhavam tudo; uivando, grasnando e lamentando-se, cada qual xingava e amaldiçoava seus respectivos superiores, todos revoltados por não terem sido escolhidos para saborear a vida temporária de que o chefe usufruiria por tempo indeterminado. O homem que descobriu o corpo ficou boquiaberto ao deparar com tamanha deformação. Logo pediu ajuda por telefone, visando conduzir o estranho desmaiado a um hospital. Irreconhecível, o sujeito estirado sobre a terra não fora identificado.

Enquanto isso, outros olhos observavam o corpo de perto, com temor, com um medo descomunal do que pudesse lhes acontecer caso o corpo morresse. O espectro teria de dar conta aos maiorais e, por isso, faria de tudo para manter o homem na vida vegetativa enquanto o chefe de legião usava-lhe o duplo etérico para agir entre os governos do mundo, com as ideias insufladas diretamente pelos donos do poder.

E o chefe de legião agora, num corpo quase humano, uma aparição entre vivos, procurou exatamente o endereço que lhe fora dado pelo maioral. Dirigia-se a uma das famílias mais importantes daquela nação, uma família de banqueiros ligados à Comissão Trilateral.[4]

Atrás fiquei eu, o espectro, olhando com todo o ódio que me era possível arregimentar dentro do meu ser. Ali, naquele instante, decidi que me vingaria de tudo e todos que representavam aquele sistema de poder, que, até então, eu servira como escravo. Mesmo que eu tivesse de me entregar, de passar para o lado da oposição, dos odiosos filhos do Cordeiro. E isso os *daimons* não poderiam prever em seus planos.

Após as lembranças do espectro, Saldanha acordou do transe, trazendo ainda na memória as imagens de tudo que vira e ouvira. Abriu os olhos vagarosamente e com certa dificuldade, no que foi auxiliado por um dos especialistas. Com certeza, esse seria o primeiro de vários contatos promissores com a mente do ser que resolvera, mesmo que por vingança, subtrair-se do poder dos dragões.

Saldanha, levantando-se com esforço, mirou as feições do espectro, que despertava também do

---

[4] A Comissão Trilateral é uma organização que congrega lideranças da economia privada em prol da defesa de assuntos ligados à economia e à política. Uma iniciativa de David Rockefeller, teve início em 1973 e conta hoje aproximadamente 350 membros de três regiões mundiais: América do Norte, Europa e Ásia do Pacífico.

transe anímico, e fixou-lhe os olhos macilentos, dizendo:

— Preciso de algum tempo para descansar. Sinto-me exausto.

O espectro, agora de posse de alguns elementos de comunicação hauridos no contato com Saldanha, balbuciou algumas palavras:

— Sinto muito. Não queria exaurir suas energias, mas para mim é inevitável. É da minha própria índole sugar, alimentar-me de outras criaturas; porém, não foi proposital.

Quando Saldanha voltou do transe, um dos nossos especialistas estava a seu lado. E, claro, eu também, com minha natural curiosidade de jornalista entre vivos e mortos. Mas fui eu quem fiz a primeira pergunta, que me deixava o cérebro extrafísico queimando, tamanho o desejo de me inteirar do ocorrido. Resolvi, num átimo, formular a única pergunta que possivelmente haveria como ser feita naquele momento — mais exatamente uma incitação —, deixando para mais tarde as ou-

Membros que passem a ocupar cargos de governo devem renunciar à sua posição na Trilateral (fontes: www.trilateral.org; http://en.wikipedia.org/. Todos os *sites* e páginas de internet citadas ao longo desta obra foram acessadas durante os meses de junho e julho de 2010.).

tras, que viriam numa avalanche:

— Fale logo, Saldanha! Fale sobre a experiência de entrar em contato com uma mente que traz informações completamente diferentes daquelas que estamos acostumados a ter, da cultura arquivada no corpo mental desse espírito. Estou fervilhando de perguntas.

Conhecendo-me como Saldanha me conhecia, ele esboçou um traço no rosto que imaginei ser um sorriso. Sabia não ser fácil para ele, principalmente devido às lembranças tão recentes, de apenas pouco mais de 50 anos, que emergiam de seu próprio corpo mental.

— Sabe, Ângelo, tudo isso me leva a algumas reflexões que quero sim compartilhar com você, antes de descansar um pouco. Esse contato deixou-me mais atento ao que algumas pessoas encarnadas pretendem, ao estabelecer sintonia com o pensamento de alguns dragões, espectros e outras personalidades complexas que existem do lado de cá. Tudo me fez refletir sobre a questão da comunicação, de maneira mais ampla.

Não esperava que Saldanha começasse analisando esses elementos, mas tudo bem; eu toparia acompanhar o raciocínio do amigo.

— Uma coisa se deve levar em consideração quando lidamos com elementos do mundo extrafísico, seja de qual dimensão for. Refiro-me aos fatores culturais e àqueles que podem contribuir ou dificultar a comunicação, o entendimento entre os dois agentes da conversação.

"Ao considerar espíritos que estão há bastante tempo, isto é, séculos e milênios sem reencarnar — como no caso de espectros, chefes de legião e, apenas para nossas reflexões, os próprios dragões —, temos de avaliar diversos fatores. Em primeiro lugar, o largo tempo decorrido desde seus últimos contatos com humanos encarnados acarreta implicações culturais, pois os modelos mentais vigentes numa e noutra época são distintos, e esses seres não acompanharam sua evolução. O segundo ponto é que as conexões de suas mentes se expandem durante a erraticidade, porém não necessariamente nas mesmas direções que o restante das sociedades planetárias. Para se comunicar com essas criaturas, ou tentar entender seu sistema de vida, por certo não basta entrar em contato com seu pensamento e suas emoções, sem um entendimento maior desses fenômenos. Há, então, que levar em conta as disparidades que afetam a estrutura, o formato ou o molde sob o qual se organiza seu pensar. Por exemplo: certos clichês mentais, para esses espíritos antiquíssimos, têm determinado significado; para quem povoa o planeta atualmente, têm outro. Eis um empecilho digno de estudo para quem se ocupa da comunicação entre seres de culturas tão diversas[5] e distantes dentro do fator tempo.

"Sem falar da própria linguagem, composta por seus símbolos, signos, significantes e significados — fatores que vão muito além do idioma e que continuam, portanto, a incidir sobre as matrizes do pensamento, que é o meio de comunicação entre nós, espíritos. Há que refletir bastante, pois, além de tudo, referimo-nos a almas que não são especialmente elevadas, que tampouco dominam com destreza as faculdades do pensamento e da telepatia, ao menos como nós as entendemos. Lidamos com seres que detêm um sistema próprio de comunicação, que engendraram toda uma civilização, com seu conjunto de leis, ciências e valores. Como se não bastasse, sua psique, que é fruto dessa construção ou desse tronco diferen-

---

[5] As influências culturais tendem a ser menosprezadas na prática e na análise espírita cotidiana. Não é para menos: a cultura reforça a todo instante a ilusão de que seus valores são universais. Quantas reuniões espíritas estão preparadas para lidar com comunicações de tibetanos ou curdos desencarnados, por exemplo? Hoje em dia, é comum ouvir que muçulmanos cerceiam a liberdade feminina, pois, em muitos países, mulheres devem cobrir-se com burcas,

te, portanto forjada em bases distintas, encontra-se ainda profundamente alterada ou deteriorada mesmo, devido ao lapso de tempo que os separa da civilização contemporânea. Aliás, de qualquer civilização contemporânea 'física'.

"Repare em quão curiosa, e ao mesmo tempo lamentável, é sua situação. O *modus vivendi* desses espíritos não é terreno, por assim dizer; distanciou-se muito da realidade da Terra. No entanto, também não guarda semelhança com a realidade atual de seus planetas de origem. Muito pelo contrário, as raízes de sua cultura estão tão longínquas nesses orbes quanto as tribos de hominídeos estão em relação ao advento da sociedade moderna. Em certa medida, seu maior drama se traduz no que se poderia chamar de *orfandade cultural*, segundo consigo me exprimir.

"Não podemos cair na tentação simplista de reduzir tudo à mera comunicação do pensamento, como se isso se restringisse à transmissão de

entre outras imposições. Talvez um maometano pudesse argumentar que machista é o modo de vida ocidental, que impele as mulheres a trabalhar pelo sustento e ainda administrar o lar. Não se trata de apontar nem de defender quem está correto; pretende-se tão somente ilustrar como são complexos os valores culturais. Assim sendo, será que podemos, honestamen-

ideias. Examinando as barreiras aqui em jogo, é forçoso concluir que estamos diante de algo muito mais abrangente. É preciso ir mais além. Os significados, as palavras, os conceitos subjacentes, os juízos de valor, o próprio médium e seu tipo psicológico; tudo acarreta determinada influência sobre as verdades ou meias-verdades que se deseja abordar num intercâmbio dessa espécie. Eis aí um desafio para os agrupamentos que almejam entrar em contato com inteligências dessa categoria. Se são pessoas sérias, com o mínimo de inclinação à reflexão e à análise crítica da situação, então devem considerar todos esses fatores, que figuram como peças importantes na comunicação."

Confesso que não esperava nada parecido com esse gênero de abordagem quando interpelei Saldanha. Contudo, sua exposição abriu espaço e incitou novas reflexões. Ele prosseguiu, mas quase não tínhamos tempo, pois o trabalho deveria continuar.

te, imaginar as implicações de contatar membros de culturas tão arcaicas como as que Saldanha menciona? Quais os pontos de aproximação a oferecer? Vislumbrar esse terreno comum sem dúvida dá-nos a dimensão do esforço hercúleo que consiste a busca pelo exercício da fraternidade legítima, não só entre os povos da atualidade, mas em âmbito histórico e cósmico.

— Imaginemos um indivíduo que pertença, na atualidade, a uma cultura bem distinta da nossa, como a de alguma nação asiática menos globalizada ou mais conservadora, com a qual não temos laços estreitos, nem sequer acesso mais amplo. A filosofia imanente à vida, que rege a existência desse sujeito, bem como a forma com que se comunica e estabelece vínculos sociais; em suma, a cultura e a sociedade onde vive. Imagine tudo isso.

"Agora coloque esse cidadão junto a alguém de nossa comunidade por alguns minutos, uma hora, no máximo, e observe se a pessoa mais brilhante, o gênio mais extraordinário conseguirá, nesse pequeno intervalo de tempo, instituir um sistema de comunicação eficaz, que traduza línguas e signos completamente distintos entre si. Adicione-se a isso o fato de que um dos lados quer estabelecer o intercâmbio baseado na fala e num grupo consistente de símbolos que lhes permita discorrer, nesses breves instantes, a respeito de temas filosóficos e de ordem metafísica, visando proceder à avaliação da vida e da trajetória até aquele momento, segundo a perspectiva de um dos interlocutores. Eis, numa escala menor, o desafio que se apresenta e que devemos enfrentar do lado de cá da vida.

"Acrescente-se outro elemento ainda. Os envolvidos no tencionado contato nem sempre são consciências desenvolvidas culturalmente, mas sobressaem apenas pela boa vontade e, quiçá, curiosidade. Tal é mais um obstáculo à comunicação entre os representantes de culturas e universos diferentes."

Respirei fundo, quando finalmente consegui contemplar a amplitude das reflexões de Saldanha. Realmente, era algo a pesquisar. Depois de uma pausa acentuada, talvez para que ele próprio pudesse assimilar o horizonte de suas palavras, o amigo continuou:

— Foi com situação similar a que descrevo que os guardiões depararam ao resgatar o espectro das profundezas do mundo abismal, porém num grau muitíssimo maior. Se é que existem profundezas mais intensas que o abismo; e as há.

"Fiquei, pois, a considerar como seria terrivelmente difícil a um espectro ou — mesmo sendo fisiologicamente impossível, mas apenas como exercício teórico — a um dos poderosos dragões estabelecer contato numa reunião mediúnica. Afora a pretensão de alguns espíritos e médiuns, eivados da típica arrogância religiosa, que faz proliferar adeptos imbuídos de um sentimento salvacionista, tal encontro nada produzirá de concreto, quer dizer, nada a não ser o produto da imaginação fértil de alguns dirigentes e médiuns.

"Sendo assim, essa foi a espécie de dificuldade que encontrei no intercâmbio com o representante dos dragões. Não teria obtido êxito, não fossem os arquivos de minha memória espiritual, uma vez que eu mesmo fui resgatado de zonas sombrias, embora não tão densas. Estabeleci um elemento de ligação que partiu mais de mim que do ser a meu lado. Havia elos mentais, imagens e até clichês registrados em minha memória recente, e que serviram de referência, de baliza para a comunicação, além de alguns símbolos mais ou menos conhecidos por ambos. A despeito de tudo isso, esses fatores foram insuficientes, até certo ponto, para criar um trânsito de pensamentos efetivamente facilitado ou satisfatório."

Saldanha parou repentinamente, como que tentando decifrar as ideias e o resultado do contato mental; enquanto isso, me afastei alguns passos, deixando-o imerso em suas cogitações. Fiquei, por minha vez, analisando o que ocorreu naquele recinto entre a alma do espectro e Saldanha. Cheguei à conclusão de que houve ali um fluxo de informações numa única direção, as quais mais tarde teriam de ser decifradas, analisadas e decodificadas pelos especialistas da psicologia astral, a fim de que o resultado pudesse ser transcrito para o papel por meio da psicografia. Nada que se caracterizasse uma conversa. Se eu pudesse classificar, diria se tratar apenas de um monólogo mental deveras truncado, que precisou ser refinado e interpretado para ser passado adiante.

E foi com esse pensamento que resolvi calar outras perguntas, reservando-as ao momento oportuno, que com certeza teria na companhia do amigo Saldanha. Havia muito a pesquisar, muito mais a conhecer mediante o intercâmbio com o espectro. E muitíssimo mais ainda a ponderar e analisar, investindo tempo na elaboração de deduções mais apuradas acerca das revelações que o ex-membro da segurança dos dragões trazia até nós.

Antes que nossa conversa pudesse ir a outros rumos, o espectro dava mostras de novamente entrar em transe. Em estado alterado de consciência, parecia delirar. Saldanha aproveitou a situação para afinar outra vez a sintonia com a mente do espírito, de forma a estabelecer conexão mais íntima. Ele era um magnetizador que desempenhava a função de médium naquele momento. E as imagens mentais sucediam-se umas às outras.

LEMBRANÇAS DE UM ESPECTRO, PARTE 2

O LOCAL ERA um recinto previamente preparado para receber espíritos de encarnados em estado de desdobramento ou projeção da consciência. Havia uma decoração simples, mas de bom gosto. Alguns espíritos assentados em cadeiras de espaldar alto, dispostas em torno de uma mesa alongada, pareciam aguardar alguém importante.

Em outro lugar, um pavilhão, viam-se inúmeros corpos, duplicatas astrais perfeitas de pessoas de representatividade tanto no terreno da política quanto da religião, de empresários e outras personalidades do mundo social da superfície. Os corpos se sucediam, dentro de esquifes ou nichos suspensos num local onde a gravidade parecia haver sido subtraída ou neutralizada.

Os nichos eram afixados no ambiente por grampos magnético. Naquelas cavidades, os corpos eram manipulados por um ser que exibia plena destreza e segurança, dando mostras de conhecer a fundo o que fazia, tamanha a habilidade e o cuidado natural com que procedia. Eram 700 corpos suspensos num ambiente fantasmagórico, iluminado por luzes que não se sabia de onde vinham, como se a luminosidade emanasse das próprias paredes. Sua localização exata era igualmente ignorada. Entretanto, a julgar pela ausência de gravidade e pelos fenômenos estranhos que vez ou outra se viam por ali, tudo indicava se tratar de uma dimensão onde as leis da física não se aplicavam ou, ao menos, havia outras leis que governavam a natureza daquela dimensão sombria e paralela à dos homens.

O ser estava só. Era um solitário no tempo. Há milênios que ele se esgueirava por aqueles corredores, por aquelas salas da fortaleza inexpugnável e nada fácil de localizar. Talvez esse fosse seu martírio. Os corpos serviam para que ele assumisse uma ou outra aparência; personalidades *à la carte*, a fim de executar seus planos. Não eram corpos artificiais. Eram feitos de matéria etérica, num amálgama de materiais que somente uma ciência antiga e tão desenvolvida como a que este ser representava poderia sintetizar ou produzir. As assim chamadas vestes astrais tinham a função de abrigar a mente hospedeira do ser inominável, um dos autênticos mandatários do poder vibratório supremo daquela dimensão. Um dos poderosos dragões; o número um no comando.

Mais ao fundo, centenas de nichos de espécie diferente, mais de 600 outros receptáculos, dentro dos quais estavam preservadas as mentes, ou melhor dizendo, os corpos mentais de seus contemporâneos, cuja forma havia degenerado ou sido implodida, conforme a astúcia e a crueldade do ser hediondo que dominava por estas bandas. As mentes capturadas e mantidas num estágio de vida impensável para qualquer mortal estavam conectadas entre si. Formavam o conselho dos 600 — na verdade, 666 mentes,[6] espíritos em prisão, impedidos de entrar em contato com a civilização devido ao alto grau de sua crueldade, de sua inteligência voltada para a oposição a tudo e todos que significassem progresso, civilidade e evolução, dentro do sistema de vida do planeta Terra. Eram os *anjos caídos*, os espíritos rebeldes da legião luciferina.

Aqueles corpos franqueavam ao maioral entre os *daimons* a possibilidade de se projetar, transitar e interagir, se bem que de forma limitada, mas, mesmo assim, capaz de liderar com desenvoltura suas falanges de seres infernais.

O concílio das mentes cerceadas àqueles ni-

---

[6] Salta aos olhos a coincidência com o famigerado número apocalíptico. Indagado a respeito, o autor tende a concordar com a hipótese formulada pelo espírito Cayce. O número "666" (Ap 13:18) é, por um lado, a marca "na mão direita ou na fronte" (13:16) dos "que habitam na terra (cujos nomes não estão escritos no livro da vida desde a fundação do mundo)" (17:8). Estes são os seguidores

chos, em esferas prateadas conectadas entre si, eram os espíritos mais brilhantes de cientistas, geneticistas, engenheiros e especialistas em cibernética e outras áreas de atuação, os quais foram os arquitetos de diversos cataclismos que determinaram o fim do mundo pré-antigo, dos chamados continentes perdidos.

O maioral manipulava os corpos procurando um entre eles, que, na aparência, estampasse a figura histórica de um espírito emblemático, alguém consagrado, alvo de admiração de boa parte dos homens encarnados, em particular de políticos e autoridades de uma nação pujante do planeta Terra. Ele deveria assumir esse corpo e, com ele, apresentar-se ao mandatário nacional, que estaria projetado através do desdobramento. Falaria com ele como se vivo estivesse, entre os vivos mortais.

O ser deitou-se numa espécie de poltrona que flutuava sobre bases invisíveis. Amarras magnéticas soltaram-se do corpo que ele usava com

da "besta que viste era e já não é, e subirá do abismo, e irá à sua destruição" (idem). Por outro lado, a marca é *666* porque aqueles *cujos nomes não estão escritos no livro da vida* são os próprios dragões originais, ou seja, os 666 degredados que compuseram o grande concílio da maldade. Quem possui *sua marca* são seus asseclas ou discípulos. As similitudes entre as passagens citadas são

mais frequência, pois aquela era a aparência exata que tinha quando viera, junto com seus companheiros de degredo, habitar o mundo que se tornara uma prisão para eles. Era uma forma feminina, elegante, de cabelos longos, com mechas que pareciam ter vida própria.

De uma perfeição de detalhes que causaria inveja a qualquer habitante da Terra, o corpo escultural permaneceu ali, depositado sobre a poltrona e conectado por fios invisíveis a um sistema de manutenção de vida. Enquanto isso, a mente ou o mentalsoma do ser hediondo deslocou-se e acoplou-se a uma das duplicatas, que o aguardava suspensa num dos esquifes. Fora cuidadosamente escolhida para essa finalidade. O dragão olhou com olhos emprestados; assumiu a nova personalidade, porém conservando na íntegra sua estrutura mental, seus próprios pensamentos, sua capacidade de agir e, sobretudo, toda a sua fúria

sugestivas, até mesmo na singular construção frasal, importante elemento da simbologia profética: "Aqui é necessário a mente que tem sabedoria" (17:9); "Aqui há sabedoria. Aquele que tem entendimento, calcule o número da besta" (13:18). Como se sabe, o *livro da vida* é o grande livro do juízo: "Abriu-se outro livro, que é *o da vida*. Os mortos foram julgados pelas coisas que estavam escritas nos livros, segundo as suas obras" (20:12).

e o seu ódio contra a humanidade e seus expoentes nos campos político, econômico, religioso, científico ou artístico, de maneira geral. O dragão apossou-se de um dos corpos com a aparência de Abraham Lincoln,[7] um dos baluartes da democracia e dos maiores ícones do sistema de governo mais prestigiado internacionalmente.

Em outro lugar, um homem dormia na residência oficial do líder máximo do poder executivo em seu país. Seu sono era embalado por pesadelos em que desfilavam imagens de uma conferência de chefes de estado, a se realizar em local ignorado. Achava-se prisioneiro de um grupo de homens desconhecidos, que, na sua ilusão dos sentidos, interpretava como terroristas. Via-se no meio de intrigas políticas, embora sua determinação em defender os ideais e o estilo de vida de sua pátria.

Subitamente, aproximou-se do homem deitado sobre extenso leito um ser da escuridão. Pediu permissão a outros espíritos que faziam plan-

---

[7] O 16º presidente dos Estados Unidos, Abraham Lincoln (1809-1865), imortalizou-se como o artífice da abolição da escravatura e o líder que manteve a união nacional apesar da Guerra de Secessão, a guerra civil que opôs Norte e Sul do país, ao fim da qual foi assassinado.

tão, vigiando o recinto onde o presidente repousava; com o consentimento de seus comparsas, penetrou no ambiente propriamente dito.

— Ele é nosso aliado, com certeza. Ainda guarda as lembranças da manipulação mental a qual foi submetido há alguns dias. Ele é nosso também. E o mundo todo vê nele o marco de uma nova era para as relações políticas e internacionais. Sim, ele representa o novo governo mundial, a nova ordem mundial que, em breve, será estabelecida na Terra.

— Pensando sozinho, espectro?

Ouviu atrás de si uma voz. Quando se virou, percebeu que outros seres guardavam o mesmo móvel onde descansava o corpo humano.

— Preciso magnetizar este homem. Os *daimons* o evocam e precisamos dele para terminar a adequação de sua mente, fortalecendo os clichês mentais e os implantes de formas-pensamento que os soberanos executaram.

— Pois que comece logo sua tarefa. A nós compete apenas guardar o corpo do presidente. A você, com certeza, cabe a guarda de sua alma — e gargalharam abertamente, enquanto as risadas ecoavam por todo o ambiente, inclusive na sala anexa, onde havia outros espíritos de prontidão.

O espectro, hábil magnetizador, aplicou alguns movimentos sobre o governante. Enquanto as energias magnéticas eram liberadas, uma duplicata exata do corpo, ou melhor, o modelo que deu origem ao organismo e às células físicas afastou-se do corpo que estava sobre o leito riquíssimo da residência oficial. O corpo astral afastou-se por influência magnética e, ainda tonto, desprovido de lucidez na esfera extrafísica, foi conduzido ao recinto onde se encontravam os seres do abismo para a conversa com aquele que se lhe apresentaria como orientador espiritual.

Quando o espectro chegou, junto com cinco companheiros, trazendo o perispírito desdobrado do presidente, os outros seres já estavam sentados em torno da mesa. Desdobrado, o líder político oscilava entre a lucidez e o sono profundo, mesmo fora do corpo. Não tinha nenhuma consciência do que ocorria.

Um dos espíritos à mesa era um médium, que serviria como elemento de conexão com a mente do alvo desdobrado. Aquela era uma reunião mediúnica realizada nas sombras do abismo, patrocinada por inteligências invulgares.

O presidente foi mais uma vez magnetizado, enquanto outro espírito opositor aos ideais do Cordeiro projetava irradiações sobre um dos presentes. Os dois perispíritos, do presidente e do ser que atuaria como médium no plano extra-físico, foram, então, acoplados vibratoriamente. Suas auras se interpenetraram de tal maneira que o primeiro-mandatário teve a sensação de que acordava de seu pesadelo; entretanto, via e ouvia com os olhos e ouvidos da maléfica entidade com a qual fora conectado mentalmente. Era o fenômeno da psicofonia às avessas, da incorporação de modo inverso ao habitual, levada às últimas consequências. Um encarnado em desdobramento associava-se, por indução, à aura de um desencarnado com habilidades psíquicas extraordinárias, passando a ver e sentir por meio da mente deste último. Nesse estado de estreita união com o paranormal das sombras, absorvia os elementos sutis de suas formas mentais; apreendia a realidade com os sentidos do espírito-médium; enxergava segundo o olhar e a interpretação daquele que lhe servia de aparelho mediúnico para entrar em comunicação, nada mais, nada menos do que com o maioral entre os representantes do poder vibratório supremo.

Assim que o fenômeno se completou e as duas mentes foram acopladas, havendo uma espécie de justaposição de ambos os perispíritos, penetrou no recinto o ser que usava a roupagem fluídica de um dos respeitáveis heróis da democracia naquele país. Sua apresentação foi apoteótica. Como só acontece em eventos patrocinados pelos donos do poder naquelas regiões ínferas.

Deslizando como uma névoa, eis que surge no ambiente o falso Abraham Lincoln, em meio a nuvens de fluidos espessos e reflexos de uma luz bruxuleante, de cor arroxeada. No meio dessas cintilações repletas de conteúdo emocional, o ídolo histórico parecia um ser mitológico que emergia das sombras do passado para falar ao homem que estava sendo "doutrinado" na memorável reunião, em setores ignorados da esfera extrafísica.

Depois de se apresentar ao chefe executivo contemporâneo, falou longamente sobre questões da atualidade a seu interlocutor, que o escutava atentamente, acreditando mesmo estar à frente do insigne líder nacional do século XIX. A conversa versava sobre diversos problemas e desafios que o governo enfrentava e terminava apresentando um panorama novo, diferente, mas que em tudo indicava um controle absoluto por parte do *daimon*, que usava aquela aparência para enganar o político eleito.

— Estamos juntos, presidente, para garantir que a soberania nacional não seja maculada pela ação de terroristas ou de outras potências que pretendem assumir a hegemonia mundial. Controlaremos os outros países criando gigantescos monopólios privados e, mediante tais conglomerados, manteremos o fluxo das riquezas de todos eles, que escoarão para nossas fronteiras, aumentando sua dependência de nossa nação.

"Grande catástrofe política e econômica se abaterá sobre o mundo, sobre a Europa em particular, e os estados envolvidos nessa tormenta serão aniquilados, pois haverá crises de crédito e solvência, com dívidas internas que se elevarão às alturas.

"Não se preocupe, pois nossa pátria sobreviverá em meio aos diversos abalos econômicos que envergarão nações poderosas, principalmente no Velho Mundo. Todavia, cuidado com as medidas que tomará — recomendava o Abraham Lincoln ilegítimo. — Também nosso país enfrentará adversidades e seu poder será novamente questionado; sua força será enfraquecida por revoltas internas e intrigas políticas. Não obstante, prevaleceremos e, para tal, devemos dominar com mãos de ferro. Mais uma vez a águia deverá voar na imensidão e os povos da Terra tremerão diante de nossa força e nosso fulgor.

"Os donos do dinheiro, os Bilderberg, os Illuminati, os Rockefeller e os Rothschild são nossos parceiros mais íntimos, e farão com que você receba todo o apoio necesário a fim de levar nossa nação à glória entre todos os povos."

A conversa entre os dois — o falso ex-presidente desencarnado, que se apresentava como o dirigente espiritual da nação, e o chefe de estado desdobrado — transcorria sobre o clima político que se delineava para o futuro. A reunião surtia efeito na mente do homem, que estava em estado alterado de consciência e tinha o psiquismo predisposto a aceitar os conselhos que lhe eram dados.

Tão logo terminou a conversa, o ser que usava o corpo forjado na aparência de Abraham Lincoln abraçou longamente seu colega encarnado e projetado fora do corpo. Logo depois, o dragão deslocou-se até o recinto central e, então, assumiu nova personalidade, nova conformação.

Naquela noite, vi diversos representantes da política se alternarem na mesma doutrinação perpetrada pelo *daimon*, que vez após outra se revestia de novo corpo sem abandonar as dependências de sua fortaleza incrustada nas entranhas da dimensão sob seu império, embora aquela fosse uma área de acesso franqueado a certos subalternos. Entre os seus 700 corpos, alguns eram sobejamente conhecidos, por haverem sido protagonistas em eventos ao longo da história, bem como significativos personagens das instituições ao redor do mundo. Vi um corpo muitíssimo semelhante ao do Papa João XXIII e outro similar a uma personalidade que naquela ocasião foi usada para impressionar o líder de um país do Oriente Médio.

Novamente o ambiente modificou-se e divisei outro homem. Agora, um brilhante cientista, um pesquisador, alguém ligado à área da informática, igualmente desdobrado através de intensa cota de magnetismo ministrada por um dos especialistas do submundo. Conduzido à sala de conferências, desta vez totalmente redecorada, receberia ali novos conhecimentos, a fim de preparar algo que, mais tarde, afloraria como uma descoberta, quando estivesse de posse do corpo físico.

Entrementes, o *daimon* retornara a sua base secreta, reassumindo seu aspecto original. Um dos seres mais temíveis da humanidade, embora sua aparência fosse a de um anjo de luz, comparado à forma humana.

O cientista conduzido para as regiões além do magma da Terra sentia as energias do ambiente percorrendo a estrutura nervosa de seu corpo perispiritual. O especialista na técnica astral, um dos ministros dos dragões, lhe falou, de modo a despertar sua curiosidade e obter sua total adesão:

—Vou ensinar a você a desenvolver um *software* de segurança que auxiliará as indústrias, os bancos e todas as corporações e instituições da Terra a se proteger contra pirataria, invasão de *hackers*, vírus e programas espiões, que são um fantasma a amedrontar aqueles que requerem maior segurança nos arquivos, para quem deseja sigilo total em suas informações.

— Isto é impossível! — respondeu o rapaz desdobrado. — Até agora ninguém conseguiu um *software* tão perfeito assim. Sempre há alguém que consegue quebrar os códigos de segurança inventados.

— Eu trabalharei intimamente ligado à sua mente. Não se preocupe. O sistema que criaremos será disponibilizado a custo absolutamente baixo, ou melhor, será gratuito, e bilhões aderirão ao programa, já que ninguém poderá viver sem suas facilidades. E nós o desenvolveremos de forma a disponibilizá-lo para todos os países do mundo.

O executivo de tecnologia desdobrado ficou atônito com as enormes possibilidades que se abriam diante dele. Envolvido pela aura de curiosidade científica, não percebeu a verdade plena por trás da oferta do especialista astral das regiões inferiores. Este não lhe contara tudo.

Deixando o jovem cientista sob os auspícios de um outro técnico das trevas, comentou com um seu colaborador:

— Quando o mundo inteiro adotar esse novo aplicativo, juntamente com alguns *softwares* que visam assegurar a segurança das informações em instituições bancárias, empresas e pessoas, teremos todos em nossas mãos. Por ora, permaneceremos empregando as redes sociais, que a cada dia ganham mais adeptos e se tornam mais populares, principalmente entre os jovens. A febre é tão grande em torno das novas tecnologias e da velocidade com que surgem, que poucos percebem o perigo que os ronda, e os que percebem são tidos na conta de excêntricos.

"Nossos aliados no mundo, as corporações e empresas que controlamos diretamente por meio de nossos aliados encarnados, nossos médiuns, gradualmente se abastecem de mais e mais informações, que lhes são transferidas pela internet. Em breve, lançaremos o protótipo de uma droga virtual, que se espalhará pela rede mundial de computadores, instaurando a dependência total entre as pessoas. Através de sons, imagens e outros recursos extremamente sedutores que disponibilizaremos, nos será possível agir no cérebro dos encarnados conectados à rede, reproduzindo em suas mentes sensações análogas às proporcionadas pelos narcóticos e substâncias químicas. Em alguns anos, teremos um mundo de viciados, cujas mentes experimentarão nosso jugo.

"Como se não bastassem os benefícios dessa estratégia, as drogas virtuais serão o mais ameaçador desafio para os filhos do Cordeiro, pois eles mesmos não sabem quanto temos agido pelas vias do ciberespaço. Iludem-se ao pensar que aquilo que está sendo ventilado no mundo virtual é a expressão da mais pura verdade."

Saldanha novamente acordou do transe, porém agora num estado de desvitalização avançada. As lembranças do espectro, trazidas à tona devido à crise precipitada pelas ações do médium Raul, fizeram com que Saldanha conhecesse alguns dos planos dos *daimons* e sua estrutura de poder. Com certeza, teríamos muito mais a investigar na mente do espectro, pois ele se dispusera a revelar todo o cabedal de informações arquivado em seu campo mental. Saldanha teria muito trabalho pela frente, mas, por ora, era suficiente o que havia captado. Precisava descansar, enquanto os demais guardiões e tripulação do aeróbus se reunia para ouvir novas instruções e tirar suas dúvidas numa conversa com os dirigentes do alto-comando, representado por Anton e Jamar.

APÊNDICE

"Os Agêneres",
segundo a Revista Espírita *(excerto)*[8]

Se um Espírito tem o poder de tornar visível e palpável uma parte qualquer de seu corpo etéreo, não há razão para que não o possa fazer com os outros órgãos. *(...)*

Se, para certos Espíritos, é limitada a duração da aparência corporal, podemos dizer que, em princípio, ela é variável, podendo persistir mais ou menos tempo; pode produzir-se a qualquer tempo e a toda hora. Um Espírito cujo corpo fosse assim visível e palpável teria, para nós, toda a aparência de um ser humano; *poderia conversar conosco e sentar-se em nosso lar qual se fora uma pessoa qualquer, pois* o tomaríamos como um de nossos semelhantes. *(...)*

Pedimos ao Espírito São Luís que nos esclarecesse sobre esses diferentes pontos, dignando-se responder às nossas perguntas: (...)

2. Isto depende de sua vontade?
— Não exatamente. O poder dos Espíritos é limitado; só fazem o que lhes é permitido fazer.

---

[8] KARDEC, Allan. *Revista espírita* (ano II, 1859). Rio de Janeiro: FEB, 2004. "Os Agêneres", fevereiro, p. 62, 64-66. Grifos nossos.

3. O que aconteceria se ele se apresentasse a uma pessoa desconhecida?

— Teria sido tomado por uma criança comum. Dir-vos-ei, porém, uma coisa: por vezes existem na Terra Espíritos que revestiram essa aparência, e que são tomados por homens.

4. Esses seres pertencem à classe dos Espíritos inferiores ou superiores?

— Podem pertencer às duas; são fatos raros. Deles tendes exemplos na Bíblia. (...)

6. Eles têm paixões?

— Sim; como Espíritos têm as paixões dos Espíritos, conforme sua inferioridade. Se algumas vezes tomam um corpo aparente é para fruir as paixões humanas; se são elevados, é com um fim útil que o fazem.

7. Podem procriar?

— Deus não o permitiria. Seria contrário às leis que estabeleceu na Terra e elas não podem ser derrogadas.

8. Se um ser semelhante se nos apresentasse, haveria um meio de o reconhecer?

— Não, a não ser que o seu desaparecimento se fizesse de modo inesperado. Seria o mesmo que o transporte de móveis de um para outro andar (...).

9. *Qual o objetivo que pode levar certos Espíritos a tomar esse estado corporal? É antes o mal do que o bem?*

— Freqüentemente o mal; os Espíritos bons têm a seu favor a inspiração; agem pela alma e pelo coração.[9] Como o sabeis, as manifestações físicas são produzidas por Espíritos inferiores, e aquelas são desse número. Entretanto, como disse, os Espíritos bons podem igualmente tomar essa aparência corporal com um fim útil. Falei de maneira geral.

10. *Nesse estado podem eles tornar-se visíveis ou invisíveis à vontade?*

— Sim, pois que podem desaparecer quando bem entenderem.

11. *Têm eles um poder oculto superior ao dos demais homens?*

— Só têm o poder que lhes faculta a sua posição como Espírito.

12. *Têm necessidade real de alimento?*

— Não; o corpo não é real.

[9] Digna de nota a coincidência desta resposta obtida pelo codificador com o esclarecimento que presta o espírito Pai João ao discorrer a respeito dos agêneres (ver capítulo 7, p. 383).

13. Entretanto, embora não tivesse um corpo real, o jovem de Londres almoçava com seus amigos e apertou-lhes a mão. Em que se teria transformado o alimento absorvido?

— *Antes de apertar a mão, onde estavam os dedos que apertavam? Compreendeis que o corpo desapareça? Por que não quereis compreender que a matéria também desapareça? O corpo do rapaz de Londres (...) Era, pois, uma aparência; o mesmo ocorre com a nutrição que ele parecia absorver.*

14. Se tivéssemos entre nós um ser semelhante, seria um bem ou um mal?

— Seria antes um mal. *Aliás*, não se pode adquirir grandes conhecimentos *com esses seres. (...)*

CAPÍTULO 9

Esclarecimentos finais

"COMO FALOU pela boca dos seus santos profetas, desde o princípio do mundo, para nos livrar dos nossos inimigos e da mão de todos os que nos odeiam; (...) de conceder-nos que, libertados da mão de nossos inimigos, o servíssemos sem temor, em santidade e justiça perante ele, todos os dias da nossa vida."

Lucas 1:70-71,74-75

NTES DOS acontecimentos finais que marcariam para sempre nossas impressões, havíamos resolvido nos reunir com Jamar, Anton e Edgar Cayce. Este sensitivo, que era a pessoa mais indicada para dar suporte aos peritos do aeróbus, assessorava-os muitíssimo de perto a compreender os eventos que marcariam a humanidade, pois precisavam de elementos para lidar com a realidade dos *daimons*. Jamar nos conduziu a determinado ambiente do aeróbus, advertindo-nos de que a qualquer momento poderia precisar sair, interrompendo nossa conversa informal. Anton fazia questão de que, sempre que possível, aproveitássemos o tempo para estudar e aprimorar nossas habilidades, de acordo, é claro, com o interesse de cada um de nós.

Eu, naturalmente, vim como repórter, embora em algum momento tenha me sentido útil entre os técnicos que estavam conosco naquele ambiente hostil. Continuava entrevistando, fazendo anotações, conversando com um e outro espírito que havia participado mais de perto de alguma tarefa expressiva; afinal, não podia perder de vista meu objetivo principal: levar aos habitantes dos dois mundos as histórias envolvendo os lendários dragões. Com esse intuito, reunia informações aqui e ali, buscando compor o quadro dos acontecimentos.

Assim que nos colocamos em relativa tranquilidade na repartição onde se reuniam os tripulantes do veículo, um espírito mais afoito mal esperou Jamar dar por iniciada a conversa e logo se manifestou. Jamar olhou significativamente para Anton, mas permitiu que o jovem espírito se expressasse:

— Desculpe a intromissão assim tão de repente e sem demora — começou o espírito, procurando ser cuidadoso. — É que sabemos que nossa tarefa aqui requer permanente cuidado e prontidão, portanto não queremos perder esta oportunidade. Queria saber se os guardiões têm alguma informação sobre um suposto governo mundial, levado a efeito por organizações no plano físico, ou se o que se fala a respeito é apenas mais uma teoria conspiratória, como se diz de tantas outras teorias no mundo.

— As chamadas teorias conspiratórias e outras mais, que vez ou outra aparecem nos meios de comunicação da dimensão física, encerram, sim, algo de real e verdadeiro. Não podemos esquecer que, embora algumas pessoas tenham o gosto por difundir ideias estranhas e hipóteses mirabolantes, não há como negar certas evidências.

"Existe um grupo seleto de pessoas que se reúnem há alguns anos com a finalidade de introduzir nova política e mecanismos de controle da economia global. À parte os excessos de algumas especulações sobre o assunto, o fundo de tudo isso é verdadeiro, e nós, os guardiões, estamos atentos a essas organizações da Crosta, pois sabemos serem estimuladas por entidades de alta capacidade intelectual, mais precisamente os conhecidos *daimons* ou dragões. Convém assinalar, como sempre o fazemos ao longo de nossas conversas, que, a inspirar e motivar as ações humanas mais comuns, há espíritos atuando largamente; que diremos, então, dos bastidores de organizações complexas? São os espíritos, bons ou maus, que dirigem as instituições e corporações humanas, mediante a sintonia que as mentes encarnadas oferecem, os ideais e as políticas que as norteiam.

"Os guardiões têm participado de forma discreta de muitas reuniões realizadas no plano físico, às quais a mídia não tem acesso. Nessas assembleias, vemos que as organizações e famílias de enorme poderio financeiro, grandes manipuladoras da economia global, têm defendido a necessidade de uma nova ordem mundial. E isso não é fantasia; corresponde à realidade mais pura. Ocorre que as notícias que chegam sobre o assunto aos companheiros da esfera física são apenas lances devidamente controlados ou manipulados pela mídia, tida por alguns como o *quarto poder*, que os deixa escapar para a população. O restante, que eventualmente vazou dos meios de comunicação, é visto como absurdo, porque convém aos protagonistas de tais acontecimentos apresentar aqueles que despertam para o que se passa nos bastidores da política internacional como um grupo de fanáticos e alarmistas. Desqualificá-los é um dos recursos usados pelos que se acham poderosos no mundo, a fim de desacreditar os poucos que acordaram.

"Sinceramente, não vemos como algo tão assustador as pretensões de se criar o chamado governo mundial ou a nova ordem mundial, pura e simplesmente. Preocupante é o modo de lidar com as questões políticas e sociais, que constitui o foco dessas organizações. Quando deparamos com as possíveis decorrências dessa nova política e os planos traçados — a que temos acesso, mas que são mantidos em sigilo por parte de seus postulantes —, então as coisas mudam completamente de figura. Precisamos observar de perto esse projeto, que a cada dia é delineado mais profundamente no pensamento de seus organizadores, de um e outro lado da vida. As consequências que acarretaria em médio e longo prazo, caso se concretizasse, exigem especial atenção da parte dos guardiões e de todos os espíritos que zelam pela renovação da humanidade como um todo.

"Com a facilidade sem precedentes na sociedade humana no que se refere às comunicações, com recursos como internet, televisão e rádio, era de esperar que esses e outros acontecimentos merecessem maior difusão da parte dos órgãos responsáveis. Contudo, é denunciado e veiculado apenas o mínimo suficiente para trazer ao público algumas informações do que ocorre nos bastidores. No entanto, ao estimular tal propagação, há que ter o cuidado de não fomentar entre os amigos encarnados uma situação de fanatismo ou extremismo em relação a certos fatos que, há muito, estão em andamento na Terra.

"Sabemos que, acima de todas as dificuldades e planejamentos humanos, de encarnados tanto quanto de desencarnados, vige a vontade soberana daquele que, para nós, é simbolizado como Cordeiro, o qual administra os destinos do planeta conforme a necessidade dos espíritos que nele habitam e os sábios desígnios do senhor de todos nós."

Outro espírito, que se sentava bem próximo do anterior, talvez um colega de estudos, levantou-se de maneira a chamar bastante a atenção e perguntou, enfatizando bem as palavras:

— Há alguma veracidade nas informações que se ventilam por aí, acerca da interferência que alguns países têm exercido no clima da Terra? Sei que já se indagou a esse respeito antes, mas nem a pergunta formulada, muito menos a resposta, me satisfizeram. Queria algo mais explícito sobre a situação, se possível. Você, como especialista da noite e nosso comandante, sabe de algo mais que não sabemos?

Jamar parecia pensar muito, de forma a medir as palavras, pois não ignorava minha presença ali e o papel que me cabia ao transmitir os eventos para o mundo. Graças a Deus aqui não existe imprensa marrom, senão ele teria de omitir ou disfarçar as informações. Em seguida, respondeu:

— A ciência do mundo conquistou grandes avanços na história recente, mas a população ainda tem pouca participação e limitado acesso às descobertas científicas. Muito está sendo experimentado na surdina e, naturalmente, sob o patrocínio dos serviços de inteligência de diversos países. Temos catalogados, em nossos arquivos, mais de 20 transmissores gigantes, que emitem ondas elétricas de baixa frequência, que são descarregadas na ionosfera e acarretam a redistribuição das correntes de ar em todo o globo. As correntes atmosféricas movimentam bilhões de litros de água, dispersos em forma de partículas. Evidentemente, esses procedimentos causam forte influência nos fenômenos de ordem climática tanto quanto alguns outros que têm ocorrido ao redor do planeta.

"O governo e os políticos, amparados pelos serviços de inteligência e pelas forças armadas dos países que investem nessa área, tentam desviar a atenção do povo de seus experimentos para o grande vilão, apontado como sendo o gás carbônico e os gases de efeito estufa. Incitam todos os setores da sociedade, desde os movimentos ambientalistas até a imprensa e o cidadão comum, a se envolverem com aquilo que apontam como o maior responsável pelas mudanças climáticas.

A seu favor, contribuindo para tornar consistente seu discurso, militam ainda as pesquisas científicas comprometidas com sua fonte financiadora. Enquanto isso, conduzem suas experiências uns contra os outros, aprimorando suas técnicas de guerra por meio de engenhos nascidos de uma ciência sem ética.

"As chamadas ondas ELF bombardeiam no ar milhões de volts de energia de baixa frequência, produzindo ondas de ionização artificial nas camadas superiores da atmosfera do planeta e ocasionando, assim, anomalias atmosféricas e climáticas. Estamos atentos a essas ocorrências desde o ano de 1989, quando alguns experimentos nos chamaram a atenção. Desde então, passamos a policiar os locais onde são postas em funcionamento as misteriosas estações de radiodifusão dessas energias."

Neste ponto, a exposição de Jamar, como um estudioso, deixou muitos espíritos mais atentos, inclusive a mim, pois eu não esperava pormenores sobre o assunto.

— Falando de uma perspectiva mais técnica — prosseguiu ele —, essas usinas, espalhadas em vários países, têm gerado mais de 3,5 milhões de volts de energia, injetando as ondas num ponto a 150km de altitude, em relação ao nível médio do mar, em um raio aproximado de 18km, cada uma delas. Imaginem o estrago que tamanha interferência poderá causar ao clima.

"União Europeia, Estados Unidos, Rússia e China possuem, no total, mais de 20 desses centros geradores, com os quais pretendem — e conseguem, em certa medida — provocar anomalias no clima, induzindo maremotos, inundações, terremotos ou períodos de estiagem, tudo visando alcançar benefícios de ordem política e econômica. Para o cidadão comum, tais fatos fazem parte de um filme de ficção, mas garantimos: são absolutamente reais[1] e estão ocorrendo já, sob o comando de governos, indústrias e cientistas a serviço da guerra. Tais grupos de poder estão diretamente sob a tutela dos *daimons*, que, recrutando seus especialistas e técnicos, têm se infiltrado nesses sistemas para incitar o avanço bélico em ritmo ainda maior e o acirramento de confrontos nacionais. Quanto às consequências, nem é preciso enumerá-las."

---

[1] Não é segredo a existência do Haarp, sigla em inglês para *Programa de investigação de aurora ativa de alta frequência*, haja vista que vídeos sobre o assunto estão entre os mais assistidos do YouTube. Trata-se de um programa levado a cabo por órgãos de defesa dos Estados Unidos, cuja descrição é coerente com o que apresenta

Era muita informação com vasto conteúdo para nossos estudos. Jamar se esmerou em dar detalhes, pois o jovem espírito assim o pedira. Enquanto isso, um técnico, mais ligado à psicologia, pediu a palavra para questionar, ampliando assim a abordagem do tema:

— Você poderia apontar em quais eventos os guardiões estiveram presentes, acompanhando essa tentativa de manipulação do clima planetário?

Uma vez mais, Jamar não se fez de rogado. Como estava entre espíritos realmente interessados em estudar, sentiu-se mais à vontade:

— Desde a construção do projeto pioneiro desses centros geradores, quando entrou em operação o primeiro deles, em 1994, estamos mapeando cada uma das unidades. Pessoalmente, estive no Alasca e em duas cidades da Rússia, visitando as usinas e examinando as antenas que irradiam consideráveis quantidades de energia. Entretanto, os registros de ações dos guardiões monitorando tentativas de manipulação do cli-

Jamar, embora se acredite que fontes oficiais ocultem os verdadeiros objetivos do projeto (fontes: http://es.wikipedia.org/wiki/High_Frequency_Active_Auroral_Research_Program; http://www.meteored.com/ram/913/el-proyecto-haarp-mquinas-para-modificar-y-controlar-el-tiempo).

ma da Terra remontam ao ano de 1952, quando se realizaram algumas experiências com iodeto de prata na atmosfera, visando a fins militares. Mais tarde, durante as décadas de 1960 e 1970, período de forte ingerência norte-americana no Vietnã, novos experimentos foram executados. Mesmo na atualidade algumas aldeias da China foram alvo de testes mais expressivos.

"Como se pode ver, estamos não somente atentos, mas trabalhando, patrocinados pela orientação do espírito Verdade. Procuramos diminuir os prejuízos causados por tais iniciativas e, acima de tudo, preparar as equipes socorristas, do lado de cá, para a onda de desencarnes que os fenômenos produzidos por esses experimentos tendem a provocar.

"Por exemplo, numa calamidade semelhante ao que ocorreu com o furacão Katrina, que atingiu a costa sul e sudeste dos EUA em 2005, mais de 1,8 mil pessoas desencarnaram. Em sua quase totalidade, tais espíritos aportaram em nossa dimensão completamente despreparados para o contato com a vida extrafísica. Esse desencarne em massa exigiu das equipes socorristas e dos guardiões em particular extrema dedicação, e até hoje temos enfrentado enorme desafio com esse contingente populacional, já que muitos de seus integrantes permanecem revoltados com a circunstância que culminou no cataclismo. Além disso, há os problemas criados por quem ficou na esfera física, que demandam atenção da parte dos benfeitores responsáveis."

Era muita coisa para digerir, com certeza. E, como o clima de tensão aumentou significativamente entre nós, a partir desses esclarecimentos, o próprio Anton resolveu intervir com o objetivo de acalmar os ânimos, apontando outro espírito para fazer alguma pergunta diferente do assunto abordado. Desse modo, alguém interessado na política internacional formulou a próxima questão.

—Você considera necessário que a população do planeta Terra enfrente situações tão complicadas como as que se desenham no campo político e econômico? Refiro-me também às movimentações ocultas de homens poderosos do mundo, como já foi comentado, e suas consequências para a população.

A pergunta foi oportuna. Nossa atenção se voltou novamente às questões políticas do planeta, que estão intimamente relacionadas com os tipos espirituais ou o condomínio espiritual[2] es-

---

[2] A expressão *condomínio espiritual*, empregada algumas vezes nesta obra, foi cunhada por Herminio Miranda para explicar aspec-

tabelecido pela ação de inteligências astutas nos bastidores da vida. Jamar respondeu com bastante interesse no assunto:

— Nas palavras que foram inspiradas por nosso governador espiritual em seu Evangelho, consta que "haverá então grande aflição, como nunca houve desde o princípio do mundo até agora, nem haverá jamais".[3] Portanto, sou levado a crer sinceramente que, caso esteja previsto algo da ordem mencionada para as experiências humanas, é porque se faz necessário. Assim como é igualmente verdade que os homens fizeram jus ao tipo de governo que existe e vai existir. Nada é por acaso, como diz o chavão. E não compete a nós, os guardiões, determinar o que será útil ou não para a reeducação dos povos. Aguardemos o tempo em

---

tos espirituais atinentes à síndrome de personalidades múltiplas. "Tanto num como noutro rótulo, o fenômeno é o mesmo, ou seja, uma comunidade de espíritos desencarnados que partilham com um encarnado o mesmo corpo físico" (MIRANDA, H. *Diversidade dos carismas*. 4ª ed. Niterói: Lachâtre, 1998, v. 1, p. 268). Como se pode notar, o autor espiritual faz uso da expressão no sentido figurado, ou melhor, toma-lhe emprestada por falta de um termo mais apropriado para se referir ao roubo de identidade; portanto, sem compromisso rígido com as conceituações de seu idealizador.

[3] Mt 24:21.

que a Providência divina definirá quais provas são benéficas e adequadas aos habitantes do planeta.

"Importa lembrar que os espíritos vinculados ao processo evolutivo do mundo geralmente conhecemos bem pouco a respeito do histórico dos alunos terrestres. Sabemos pouquíssimo sobre a semeadura realizada ao longo dos milênios pelos povos e nações do planeta, muito embora tenhamos acumulado razoável volume de informação acerca dos espíritos que dominam as dimensões mais sombrias do plano extrafísico. Ainda assim, compilando todo nosso conhecimento, não reunimos os elementos necessários à formação de um quadro completo sobre o destino da raça humana. Compete a nós, trabalhadores do bem, a dedicação completa e incondicional aos interesses evolutivos da humanidade, conforme as diretrizes da política do Cristo. Resta-nos trabalhar confiando que o barco terrestre está nas mãos sábias de quem pode muito mais do que nós."

Jamar parecia inflamado de fervor com a resposta que deu, que, aliás, satisfez a todos nós. Mais um espírito, desta vez da nossa equipe de desbravadores daquela dimensão, indagou a seguir:

— Com frequência os guardiões se expõem pessoalmente em combates atrozes contra as organizações da oposição. Muitos encarnados julgam que nunca seremos atingidos, devido ao fato de que somos espíritos vivendo na realidade extrafísica. Sabemos que não é assim, mas muita gente talvez gostasse de ouvir mais sobre nossa resistência espiritual, nossa pretendida superioridade e suposta invencibilidade. Poderia comentar a respeito?

Sem pensar muito, o guardião da noite apressou-se em apresentar seu argumento com simplicidade, de maneira convincente:

— Muita gente acredita que ser espírito é sinônimo de invulnerabilidade. Não conhecem as leis que regem nossas vidas, tampouco as relações dos espíritos com os elementos considerados sutis, segundo a ótica dos encarnados. Em qualquer dimensão na qual estagiamos, somos permeáveis aos elementos dessa mesma dimensão. Isto é, nosso perispírito é formado pelos fluidos da dimensão astral onde nos movemos. Isso significa que o conceito de fluidez é bastante relativo. Nossa realidade material é sutil se comparada ao mundo físico propriamente dito, mas não em relação a nosso plano, por um observador situado entre nós.[4]

---

[4] Dois textos fundamentais do espiritismo são de grande auxílio na compreensão destas afirmativas. O primeiro deles é "Do laboratório do mundo invisível" (KARDEC, Allan. *O livro dos médiuns ou guia*

"Encontramos obstáculos, sentimos a resistência dos objetos que nos circundam, exatamente do modo como sucede com os encarnados em relação aos elementos que os rodeiam no mundo das formas. Não deixamos de ser humanos nem adquirimos títulos de santidade; graças a Deus, estamos num estágio ainda muito acanhado de evolução. A realidade na qual estamos inseridos depois da morte do corpo é dotada de um sistema de vida e de uma política especiais em virtude apenas da visão mais dilatada daqueles que nos orientam. Em tudo, porém, o plano considerado espiritual é similar ao mundo físico. Assim sendo, um projétil feito de material da nossa dimensão poderá nos afetar, embora não cause a morte, devido ao fato de que vibramos na mesma frequência do referido projétil. Os feixes de energia lançados por nossas armas de defesa ocasionam impacto real nos espíritos atingidos, em razão do mesmo fato de que eles existem na faixa hertziana dessa energia.[5]

dos médiuns e dos evocadores. Rio de Janeiro: FEB, 2005, itens 126-131, p. 189-199), e o segundo intitula-se "Percepções, sensações e sofrimentos dos espíritos", seguido do "Ensaio teórico da sensação nos espíritos" (KARDEC, A. O livro dos espíritos. Rio de Janeiro: FEB, 2005, itens 237-257, p. 202-216).

[5] O assunto aqui tratado guarda relações estreitas com o espectro

"Na eventualidade de ser necessário baixar a frequência em que vibra nosso perispírito para atuar em dimensões mais densas que a habitual, ficamos igualmente sujeitos aos efeitos da matéria daquele plano ou campo energético, pois, ainda que temporariamente, vibramos em idêntica sintonia à da matéria astral naquela esfera. Enfim, são conceitos básicos da física, com os quais muitos amigos da realidade corpórea não têm familiaridade por mera escassez de estudos e cultura."

Jamar não quis se alongar no assunto, julgando suficiente a abordagem. Além disso, esperava perguntas mais aprofundadas, se bem que não tenha desmerecido o espírito que se pronunciou. Dessa forma, deu oportunidade a que outro técnico, conhecido entre os guardiões, manifestasse sua curiosidade natural a respeito dos sistemas de vida nos planos superiores, dos quais não tínhamos informações tão fartas.

— Mudando de assunto — introduziu, de-

eletromagnético estudado pela física. É altamente esclarecedor conhecer a respeito. Ao contrário do que o leigo possa pensar, trata-se de um tópico simples e acessível. Vale consultar extensa nota a esse respeito, inserida no primeiro volume desta trilogia (PINHEIRO, Robson. Pelo espírito Ângelo Inácio. *Legião*. 6ª ed. Contagem: Casa dos Espíritos, 2006, nota 10, p. 73-78).

monstrando seu interesse particular —, gostaria de ouvir algo sobre a ascendência moral de Jesus, conforme muitos espíritos mais esclarecidos nos relatam. Como entender que somente ele tem o poder de interferir no sistema de vida dos chamados *daimons*?

Jamar pareceu meditar um pouco antes da resposta; por certo, hauria inspiração a fim de organizar os pensamentos em torno de um tema de muitas e complexas implicações.

— A resposta não é tão simples assim, exigindo um pouco de reflexão sobre aquilo que costumamos denominar ascendência moral ou espiritual. Quando, em épocas que se perdem na eternidade, um novo centro evolutivo se formava por meio da atração de elementos dispersos nos espaços, um novo sol ou um novo berço de almas, a consciência cósmica que, mais tarde, viria ser conhecida como Jesus Cristo reuniu em torno de si os fluidos espalhados na amplidão. Empregando forças sobre-humanas, liberou energias mentais que provocavam a união de partículas e moléculas, dando origem a extensa nebulosa. Era a nebulosa solar. O senhor do sistema, o Cordeiro divino, irradiou então seu poder mental de nível superior e agregou partículas de poeira cósmica dispersas nos espaços intermúndios. Seu magnetismo divino arrastou as moléculas e demais vestígios de antigas estrelas, que se extinguiram e formaram uma composição de elementos que posteriormente constituiria a nebulosa e os mundos nascentes.

"Outras consciências ali se reuniram com ele, no intuito de cada uma dar o sopro de vida que definiria, pelos milênios a seguir, o tipo de vida e as dimensões energéticas do sistema que forjavam.

"Segundo consta nas tradições do mundo espiritual, na borda externa da formidável corona que se formara havia pequenos núcleos que se desprenderam por efeito da enorme pressão interna, do derrame de energia consciencial efetuado pelos arquitetos cósmicos. Eles sabiam que a matéria interestelar não suportaria a incomparável força de suas mentes sábias e explodiria, de tal sorte que os pequenos núcleos seriam lançados na amplidão e originariam a família cósmica, berço de futuras civilizações.

"Uma dessas consciências iluminadas, pairando num tipo de existência inconcebível ainda hoje, incumbiu-se de semear as mônadas divinas ainda quando a nebulosa se encontrava em formação. Eram embriões cósmicos, que deveriam forjar suas potências já no nascimento do sistema e, ali, em algum globo oriundo da explosão, seriam congregados, integrando a comunidade de almas em germe ou o germe de vida que, mais tarde, receberia a luz da razão e a conquista da espiritualidade.

"Reza a tradição do mundo oculto que tais inteligências se reuniam exatamente no centro da nebulosa, local onde as forças titânicas da natureza, em plena expansão, circulavam e irradiavam em torno e sob o comando consciente das inteligências cósmicas que, bilhões de anos depois, seriam chamadas de arcanjos, cristos ou orientadores evolutivos de humanidades."

Jamar deu um tempo para digerirmos tantas informações e, em seguida, continuou:

— Novos surtos de progresso foram suscitados e estimulados, sempre sob o comando dessas consciências siderais, seres cósmicos cuja dimensão em que viviam e vivem escapa à compreensão dos humanos da atualidade.

"Os historiadores do invisível contam que algumas expressões da civilização foram aparecendo, em diversos recantos do mundo Terra. Povos nasceram e morreram; experiências se sucederam em diversos ramos do tronco humano. Em inúmeras ocasiões, foram 'enxertados' na experiência terrestre novos seres de outros orbes, mais experientes, que as descrições frequentemente confundem com deuses e os aclamam heróis. Tudo isso se passou sob os cuidados do

Cristo cósmico, aquele que mais tarde seria reconhecido nos recantos humildes da Galileia como Jesus de Nazaré.[6]

"Desde essas épocas, cujos registros não se encontram nos compêndios da história terrestre, o Cristo tem aconchegado os milhões de espíritos que vêm para a Terra em processo educativo. Uma vez que ele é a luz do princípio e aquele que albergou as almas falidas nesse mundo em gestação, somente ele, e mais nenhum outro — nem santos nem heróis, nem mestres nem médiuns —, detém a força moral capaz de enfrentar e conduzir as mesmas almas rebeldes que conhecemos como dragões, as quais um dia ele próprio recebeu em seus braços, no mundo chamado Terra."

Não poderíamos desejar melhor resposta. Mais ainda, impressionei-me com o conhecimento de Jamar e sua habilidade com as palavras. Considerando-se sua posição de guardião, e tentando estabelecer uma comparação com papéis semelhantes exercidos pelos encarnados, erudi-

---

[6] "Naqueles dias havia *nefilins* na terra, e também posteriormente, quando os filhos de Deus possuíram as filhas dos homens e elas lhes deram filhos. Eles foram os heróis do passado, homens famosos" (Gn 6:4. BÍBLIA de referência Thompson. Nova versão internacional. São Paulo: Vida, 1995). Ver também Nm 13:33 e demais

ção assim só se veria, na Terra, talvez entre aqueles que ocupam os mais altos postos hierárquicos na carreira militar. É a comparação mais próxima que eu poderia traçar, acerca de sua posição do lado de cá da vida. Embora, no caso dele, o papel de guardião da noite estivesse atrelado a um serviço que abrange toda a humanidade, e não uma comunidade ou uma nação em particular.

Após a brilhante resposta, outro espírito, certamente estimulado pelo tema, perguntou ansioso:

— Jesus é realmente o governador espiritual da humanidade ou essa informação é o resultado da influência católica e religiosa sobre as revelações espíritas?

Jamar, outra vez, surpreendeu-nos:

— O catolicismo representa enorme contribuição na formação da civilização ocidental. É também a filosofia católica uma espécie de molde que, mais tarde, viria a enquadrar a cultura, restringindo-a a certos padrões, e acarretaria grande influência sobre o modo de pensar e viver dos

---

menções aos *enaquins* ou *filhos de Enaque*. A matéria citada por Jamar é objeto do interessantíssimo livro do pesquisador da Nasa, recomendado inclusive pelo colegiado de benfeitores que dirige a Casa dos Espíritos (SITCHIN, Zecharia. *O 12º planeta*. 7ª ed. São Paulo: Best Seller, 1990).

espíritos, tanto como indivíduos quanto como comunidade e sociedade. A tal ponto que, mesmo aqueles ramos do cristianismo que nasceram de divergências com a Igreja — como as religiões da Reforma protestante e, posteriormente, os movimentos pentecostais —, herdaram do catolicismo o aspecto místico de suas doutrinas e alguns maneirismos incorporados à sua vivência cristã.

"Seguindo esse raciocínio, bem como a linha do tempo, o movimento espírita não fugiu à regra. Ainda mais se considerarmos que o espiritismo no mundo originou-se há pouco mais de 150 anos, ao passo que o catolicismo, há 2 mil anos. Além desse fator, a doutrina espírita surgiu em um país extremamente marcado pela tradição católica, a França, e de lá vai se desenvolver no Brasil, também profundamente entranhado da presença da Igreja romana. Como imaginar que os médiuns da própria codificação, e os que os sucederam, não seriam influenciados pela cultura católica onde viveram? O próprio Allan Kardec, como o cidadão francês Hippolyte Léon Denizard Rivail, cresce necessariamente em ambiente católico; nem ao menos os espíritos da codificação escapam dessa realidade — basta checar os nomes que assinam grande parte das mensagens de *O Evangelho segundo o espiritismo*, por exemplo. Os chamados pais da igreja, os santos e filósofos católicos comparecem em peso. Não é diferente com os autores espirituais que se tornaram os expoentes da produção mediúnica espírita em terras brasileiras.

"Com isso, é natural que se observem muitas ideias e práticas católicas hoje no movimento espírita, sobretudo no Brasil, presentes nos aspectos mais triviais aos mais subjacentes, assim como na maneira de encarar a vivência da Doutrina com um ar profundamente religioso. Até porque os próprios adeptos, em sua maioria, tiveram sua iniciação religiosa no catolicismo.

"Assim sendo, não é raro deparar com comportamentos como a substituição de imagens de santos da Igreja pelas figuras dos mentores, num patamar de reverência quase equivalente à devoção que os católicos têm por seus ícones. Líderes espíritas assumem a direção de seus centros como os padres antigos dirigiam suas paróquias. Dos ritos e procedimentos quase litúrgicos na condução das atividades até a atitude devocional para com os benfeitores e espíritos em geral, no trato com a mediunidade; tudo lá está, passando inclusive pelo *Index Prohibitorum* ressuscitado, em que um colegiado submete livros à análise, previamente à divulgação pública. Ao final, emite pareceres e referenda ou não sua comercialização, exercendo poder de censura, em razão de suas ideias supostamente antidoutrinárias. Bem semelhante ao que ocorria na Idade Média.[7]

"Voltando à pergunta, quanto à posição do Cordeiro como administrador do sistema sideral do qual a Terra é um dos componentes, eis um fato reconhecidamente verdadeiro. Não somente as tradições do mundo espiritual assim o situam e identificam desde as épocas anteriores à história escrita, atuando junto às consciências sublimes, como também inúmeros espíritos que se manifestam na atualidade, elevados e advindos de todas as culturas da Terra, reconhecem-no como o governador espiritual do mundo. À parte a influência católica sobre as religiões ramificadas do cristianismo, a revelação espírita de que Jesus é o nome do espírito mais puro não é uma inovação. Ao contrário, os próprios apóstolos o corroboram. Pedro afirma que 'debaixo do céu nenhum outro nome há',[8] enquanto o apóstolo Paulo chega

---

[7] É verdade que a popularização da internet e a difusão das publicações espíritas fora das livrarias especializadas vêm minando tais práticas, que têm se tornado pouco a pouco anacrônicas, se não inócuas; apesar de tudo, ainda perduram por todo o Brasil.

[8] At 4:12. Pedro chama-o ainda de *autor da vida* (At 3:15) e *supremo pastor* (1Pe 5:4).

ao auge do êxtase religioso e afirma até a deidade de Jesus,[9] algo inconcebível para um judeu. Se levarmos em conta que Paulo vivenciou, desdobrado, situações que, em sua época, nenhum homem ainda havia vivenciado, talvez ele desejasse exprimir que, para o planeta Terra, a posição de um deus era algo compatível com a figura de Jesus."[10]

Surpreendi-me novamente, pois nunca havia imaginado que Jamar tivesse conhecimento bíblico, nem que fosse versado em história da religião. Com certeza, eu teria de aprofundar e rever meus pontos de vista sobre a formação dos guardiões superiores. Ainda sobre o assunto, um guardião se manifestou:

— E o governo oculto do mundo? Como podemos entender esse conceito ou essa organização?

— O governo oculto do mundo — principiou Jamar — nada mais é do que a reunião dos espíritos sábios, os engenheiros cósmicos, se assim lhes podemos chamar. Trata-se do colegiado de espí-

[9] Cf. Rm 9:5. Tomé também o faz (Jo 20:28). Para Paulo, é também o *único soberano* (1Tm 6:15). João o chama de *Criador* e *Eu sou* (Jo 1:3; 8:58), sem mencionar inúmeras passagens dos profetas antigos, que lhe tributam semelhante reverência (Ag 2:7; Is 9:6 etc.).

[10] "Todavia um dos anciãos me disse: Não chores! Olha, o Leão da tribo de Judá, a raiz de Davi, venceu para abrir o livro e os seus sete

ritos que, juntamente com o Cristo, estabelece os destinos do planeta e organiza os surtos evolutivos que marcam o caminho das civilizações e dos espíritos do sistema solar. Temos poucas notícias a respeito dessa comunidade de espíritos puros, a não ser que se reuniram pela primeira vez na formação da nebulosa solar e, novamente, ao menos quando da vinda do Cristo, o Cordeiro de Deus, há 2 mil anos. No momento atual, em que o expurgo planetário está prestes a iniciar, espíritos mais elevados trazem-nos a notícia de que se realiza outra reunião desses seres, no centro do nosso sistema solar, no meio das energias titânicas do nosso Sol, com o objetivo de definir assuntos relativos à regeneração da humanidade. Também sabemos, devido a informações recebidas dos Imortais, que o total de espíritos dessa categoria não passa de cinco em toda a Via-Láctea, sendo Jesus um dos membros desse divino concílio.[11]

Mais uma vez, Jamar foi espantoso, embora

---

selos" (Ap 5:5). No Apocalipse, o Cordeiro é o único com autoridade para abrir os selos e interpretar as profecias (cf. Ap 5:12-13).

[11] O Apocalipse provavelmente refere-se ao governo oculto do mundo, ou, no mínimo, a seus assessores mais próximos: "E os quatro seres viventes diziam: Amém. E os anciãos prostraram-se e adoraram" (Ap 5:14).

suas palavras parecessem resumidas; deixou no ar a impressão de que não falara tudo o que sabia. Logo se manifestou outro espírito, que talvez tivesse ficado com a mesma sensação, instigando o guardião da noite a expor algo mais sobre o tema:

— Os chamados mestres ascensionados do esoterismo fazem parte desse governo oculto do planeta? Podemos conhecer os nomes verdadeiros dos espíritos que auxiliam Jesus no comando do sistema solar?

— Por mais respeitáveis que sejam os irmãos esoteristas com suas canalizações e revelações, somos obrigados a testificar que nenhum dos espíritos que encarnaram na Terra ou que são familiares a seus habitantes, a não ser o Cristo, faz parte do grupo de almas eleitas pelo Altíssimo para governar os destinos do mundo. Ainda segundo Pedro, "debaixo do céu nenhum outro nome há, dado entre os homens, pelo qual devamos ser salvos".[12] No Apocalipse, há uma referência aos 24 anciãos,[13] que, segundo se acredita, fazem parte do grupo de ministros que auxiliam os representantes do governo oculto na administração do planeta Terra.

"Essa realidade não diminui a importância

---

[12] At 4:12.

[13] Cf. Ap 4:4.

daqueles seres denominados mestres ascensionados, mas tanto em nossa dimensão, quanto nas dimensões superiores esses chamados mestres não são reconhecidos como integrantes do governo oculto do planeta.

"Os guardiões acreditamos que, se não nos foi dado conhecer nenhum dos membros divinos desse agrupamento de almas eleitas, à exceção do Cristo, não há por que especular a respeito. Levando em consideração que estamos vinculados à mensagem do espírito Verdade, importa-nos apenas saber que temos alguém competente e eleito pelo Altíssimo, em quem devemos confiar como o general dos exércitos celestes, o ser mais elevado e mais puro de que a humanidade tem notícias."

Jamar ainda dava mostras de resumir suas palavras. Apesar de ter sido instigado pelo espírito ligado à guarnição que servia no aeróbus, nem por isso deixou escapar mais de seu pensamento. Creio que, por essa razão, o foco das perguntas modificou-se um pouco, dando por encerrada a etapa que tratava do Cristo cósmico e sua ascendência sobre os espíritos da Terra. Foi assim que outro amigo de nossa incursão resolveu indagar, mudando a natureza das perguntas:

— Presenciamos o aumento da marginalidade no plano físico, assim como da ação dos espíritos que se opõem ao Cristo e à política divina que representa. Esse fenômeno se dá tanto com encarnados quanto com desencarnados, a ponto de alguns espíritos, de ambos os lados da vida, propagarem interpretações de que o mal está vencendo a batalha no planeta Terra, impondo seu domínio. Que acha disso?

— Realmente, existem pessoas nas duas dimensões que, não obstante os avanços ocorridos nos últimos séculos, alimentam uma ótica pessimista, algo que possivelmente tem origem em seu estado emocional e é reflexo de seu passado.

"Não há precedentes na história da humanidade de número tão grande de feitos realizados em nome do bem comum, inspirados nas palavras e nos exemplos do Cristo. Muito embora as guerras e labutas humanas e as investidas dos espíritos da oposição, a Terra tem presenciado a ação de espíritos elevados, verdadeiros missionários representantes do Alto, que vêm semeando estrelas nos corações dos homens. As leis e os códigos têm se renovado de maneira notável, ainda que de modo lento, mas gradativo, sob o influxo das ideias de progresso e solidariedade. Pessoas e organizações influentes têm se deixado tocar pelas questões humanitárias e o mundo vem presenciando um aumento crescente de movimentos de espiritualização e espiritualidade.

"Do lado de cá da vida, os umbrais começaram a esvaziar-se a partir da década de 1960, e muitos núcleos infecciosos do astral já não existem mais, pois em seu lugar foram erguidos hospitais, postos de socorro, instituições de assistência e outros refúgios destinados à reeducação das almas.

"Se, por um lado, a política ferrenha dos dragões fomenta guerras, semeia discórdias e engendra meios de frear a marcha de progresso, aspirando à regressão da humanidade a uma era de caos e ignorância, os ventos da espiritualidade bafejam com constância formidável a morada dos homens. Inspiradas pelo Cristo, tais correntes aumentam as possibilidades de levar a mensagem de renovação a todos os recantos do mundo. E se, até agora, as conquistas dos bons têm sido acanhadas, é somente devido à sua timidez e covardia,[14] ao recuarem e se intimidarem perante os avanços da oposição e não se unirem no propósito de tornar

[14] Eis uma referência clara à célebre resposta dos espíritos superiores à pergunta kardequiana: "Por que, no mundo, tão amiúde, a influência dos maus sobrepuja a dos bons? *Por fraqueza destes. Os maus são intrigantes e audaciosos, os bons são tímidos. Quando estes o quiserem, preponderarão*" (KARDEC, A. *O livro dos espíritos*. Rio de Janeiro: FEB, 2005, item 932, p. 526).

mais efetivo o reino de Deus entre os homens.

"Não conseguimos enxergar sob que ângulo o mal está ganhando essa batalha. Avanços importantíssimos têm sido alcançados, conquistas do pensamento progressista têm sido a regra no mundo e, por isso mesmo — considerando o fator qualitativo, característica do planejamento do Cordeiro de Deus —, o bem sempre está avante, sempre está vencendo e sempre vencerá,[15] não importa a quantidade de seres voltados ainda e temporariamente para um foco diferente daquele apontado pelo Cristo como um clarão, em sua carta magna de libertação das consciências, o Evangelho."

Jamar inflamou-se com sua exposição. Falava com entusiasmo e uma convicção pessoal que transparecia à vista de todos, e da qual todos partilhávamos. Suas palavras pareciam haver tocado a todos de modo singular, pois nos entreolhávamos com um brilho especial nos olhos, tendo as esperanças renovadas pela fé, diante dos fatos que foram acentuados pelo guardião.

— Se o sistema de vida ou de política dos espíritos que se opõem ao Cristo está mais realça-

---

[15] A expressão remete ao famoso versículo do apóstolo Paulo: "Mas em todas estas coisas somos mais do que vencedores, por aquele que nos amou" (Rm 8:37).

do, que se pode esperar nos próximos anos, como resultado da ação dessas inteligências na civilização da dimensão física? — aventurou-se determinado estudioso.

— Podemos dizer — tornou Jamar, o guardião da noite — que os espíritos opositores à política do Reino estão praticamente acuados diante da notícia de que seu tempo no planeta Terra se esgota, efetivamente. Portanto, o que podemos aguardar é uma reação baseada, acima de tudo, no desespero, e não em planejamento minucioso e calculado da parte deles. Não obstante, sejam quais forem suas ações, temos de contar com o fato de que estamos numa guerra espiritual, e não em um enredo de folhetim espírita psicografado. Segundo alerta o apóstolo Paulo, "não temos de lutar contra a carne e o sangue, e, sim, contra os principados, contra as potestades, contra os poderes deste mundo tenebroso, contra as forças espirituais da maldade nas regiões celestes".[16]

"Dessa maneira, mesmo sabendo que es-

---

[16] Ef 6:12. Cotejar o texto com a tradução da Nova Versão Internacional sem dúvida auxilia na compreensão da passagem: "nossa luta não é contra seres humanos, mas contra os poderes e autoridades, contra os dominadores deste mundo de trevas, contra as forças espirituais do mal nas regiões celestiais".

tamos circundados pelos poderes superiores do bem, não nos deixemos enganar nem ousemos menosprezar a força da oposição; afinal, *não considerar a força e os recursos do inimigo é conceder-lhe vitória*. Deixar de estudar seu esquema de poder e de perscrutar-lhe a estrutura de pensamento e a política é o mesmo que subestimá-lo. Sendo assim, embora saibamos de suas investidas movidas pelo desespero, tenhamos em mente que a luta não acabou; se estamos no campo de batalha, devemos desenvolver conhecimento estratégico, a fim de que não nos enganemos e de que não corramos o risco de combater do lado errado."

Antes que Jamar continuasse e outro espírito se adiantasse com novas dúvidas, o alarme soou. Teríamos de voltar cada um a nossas posições, pois a cartada final seria dada e o encontro com os soberanos daquela dimensão não poderia mais tardar. Anton reuniu seus guerreiros, os guardiões da luz, e Jamar saiu às pressas, reunindo seus especialistas. Cada qual sabia muito bem o que estava em jogo. Era hora de confrontar o poder supremo dos dragões.

CAPÍTULO 10

Os daimons

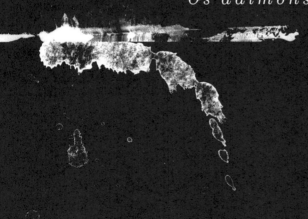

"Disse-lhes Jesus: Eu vi Satanás,
como raio, cair do céu."
Lucas 10:18

"E houve guerra no céu: Miguel e os seus anjos batalhavam contra o dragão. E o dragão e os seus anjos batalhavam, mas não prevaleceram, nem mais o seu lugar se achou nos céus. E foi precipitado o grande dragão, a antiga serpente, que se chama diabo e Satanás, que engana a todo o mundo. Ele foi precipitado na terra, e os seus anjos foram lançados com ele."
Apocalipse 12:7-9

"E aos anjos que não guardaram o seu principado, mas deixaram a sua própria habitação, ele os tem reservado em prisões eternas, na escuridão, para o juízo do grande dia."
Judas 1:6

UMA VEZ MAIS o símbolo do *daimon* número 1 apareceu no pavilhão. Parecia que se materializara como num passe de mágica naquele ambiente fantasmagórico. E logo em seguida sua voz. Era uma voz quase artificial, quase mecânica. Ele não se deixaria identificar assim, sem mais nem menos. Porém, havia agora um motivo de urgência. Os guardiões identificaram a superfortaleza onde se realizavam as conferências, a segunda em importância para os poderosos ditadores do mundo oculto. O centro do poder, como eles denominavam o lugar.

O número 2 teve de voltar para o bastião de poder no último momento, quando os alarmes foram acionados devido a uma intromissão não material, mas de origem psíquica e de um nível dimensional superior.

Somente uma vez ao longo dos milênios é que o centro de poder dos *daimons* ficou permeável; uma única vez, em toda a história do planeta Terra, tiveram seu mundo invadido e seu *establishment* abalado. Foi quando o Cordeiro visitara pessoalmente aquelas regiões profundas,[1] a dimensão *infernus*. Mas não era o inferno concebido pelos homens medrosos da superfície. Era o inferno onde se arquitetavam todos os planos de conquista e sabotagem da civilização e de intrusão nos processos que engendravam o progresso da humanidade.

Embora existisse outra face dessa dimensão, nenhum humano, nem mesmo os desencarnados, tinham autorização para visitá-la. Vedava-se aos humanos do planeta, mesmo após a morte do corpo, ver, visitar ou presenciar qualquer coisa em determinadas regiões comandadas pelos dragões. Era o local onde se encontrava seu campo de sofrimento;[2] onde eles, os ditadores do abis-

---

[1] Cf. 1Pe 3:18-20;4:6.

[2] "São ondas furiosas do mar, espumando as suas próprias sujidades; estrelas errantes, para as quais tem sido eternamente reservada a escuridão das trevas" (Jd 1:13).

mo, impingiam sofrimento àqueles que considerevam traidores. Contudo, esse era outro capítulo que não poderia ser aberto; que não poderia ser mostrado, devido às imagens fortíssimas, que talvez ficassem para sempre marcadas nas mentes de quem quer que ali entrasse.

Quando os dragões pensaram que haviam matado o Cordeiro, que sua morte extinguiria a chama da fé de seus seguidores, então notaram que a aparente derrota com a crucifixão do homem de Nazaré se traduzira na maior expressão de vitória de sua política, de seu sistema de vida ou Reino, e, por conseguinte, a vitória do próprio Cordeiro. Naqueles momentos em que o representante máximo da política divina expirou no madeiro, ele próprio desceu às paragens infernais. Desceu vibratoriamente ao círculo de poder dos dragões e, investido de sua autoridade moral inquebrantável, enfrentou as feras do abismo, os espíritos em prisão, e lhes falou sobre o tempo que restava à sua semente na Terra. Na ocasião, aqueles que se julgavam os donos do poder foram expostos, e ficou patente para todos os povos do abismo, das regiões ínferas, que o Cordeiro era quem indubitavelmente comandava os destinos do planeta.

Foi nesse momento que ouviram, mesmo sem querer, as palavras que saíram da boca do emissário divino:

— Trago-vos, meus filhos, a notícia de que tereis pouco tempo para vos inspirar nos exemplos que serão enviados ao mundo através dos meus representantes. Desde eras antigas, quando em vossa cegueira semeastes a destruição, a iniquidade e estabelecestes a revolta contra o Altíssimo, que vos tenho recebido em meus braços, aconchegando-vos num mundo novo para vos instigar à renovação dos vossos pensamentos.

"Agora venho, mais uma vez, como já o fiz no início de vosso degredo, falar-vos aos corações. A morte foi tragada pela vitória; as trevas se diluíram na presença da luz. Venho dizer-vos que o tempo é chegado em que não mais sereis suportados nessas terras do exílio. Que a ampulheta do tempo já demarcou a hora e que esta hora é agora, em que sereis pesados na balança divina; em que sereis conduzidos ao justo Juiz e sereis novamente deportados, a fim de reiniciar vossa trajetória em novos mundos da imensidade.

"Ainda outra vez pesam sobre vós os crimes perpetrados, os dramas milenares que desencadeastes neste mundo, as dores e aflições que impingistes aos povos da Terra.

"Eis que venho para dar-vos a última chance de modificar-vos interiormente, de refletir sobre vossos crimes — que não são apenas hediondos, mas de uma escala cósmica muito dificilmente concebida pelos meus filhos que habitam este mundo. Quando chegar o momento propício, e o meu Pai assim o ordenar, recebereis a visita final, anunciando-vos definitivamente o veredicto divino. E não mais podereis postergar a justiça, que se manifestará de forma ampla e inexorável, delimitando as vossas ações e pondo fim ao exílio, que tanto sofrimento causou aos povos desse planeta. Será então o joio separado do trigo; os cabritos, das ovelhas; os bons, dos maus. Eis que vos trago as boas notícias de que eu venci a morte e o reino da escuridão, e desde já o Reino do meu Pai está em andamento nos corações humanos, de sorte que, muito em breve, encherá toda a Terra."

Naqueles tempos, há 2 mil anos, os *daimons* não imaginavam que se consumaria o decreto divino. Pensavam que a misericórdia externada pelo governo oculto do mundo era um sinal de fraqueza, e que jamais se cumpriria o mandato divino que determinava o fim de seu reinado inumano nos bastidores da vida.

Desta vez, portanto, o maioral tinha urgência. Ele sabia que algo incomum se processava nas dimensões vizinhas e que os guardiões superiores — com certeza, sob o comando do Cordeiro — estavam se posicionando. Havia algo a mais, que levava o maioral a crer que seu tempo estava prestes a se esgotar. O planeta Terra revolvia-se. A estrutura geológica se revirava de maneira a demonstrar que o orbe tentava vomitar de seu seio os cânceres astrais, os sistemas de vida incompatíveis com o novo estágio insinuado pelo planeta. Por toda parte, as revoluções do globo e seus biomas indicavam que algo estava em plena transformação; que novos tempos eram chegados. O maioral começou a se inquietar ao reunir as evidências que tornavam sua hipótese mais e mais plausível. Era o começo dos tempos do fim.

O maioral ordenou, com aquela voz que ninguém saberia distinguir se partira de um espírito masculino ou se era proveniente de uma alma feminina. Talvez, ele se manifestasse com aparência andrógina com o único objetivo de confundir seus companheiros de exílio. Mas nenhum deles tinha como se certificar disso.

Manifestou-se inquieto perante o número 2 em poder, como nunca antes se deixara perceber. Os *daimons* se reuniram naquele recinto incrustado vibratoriamente em uma região que os terrestres sequer imaginariam fosse possível sobreviver. Pelo menos, era impossível a sobrevivência em corpos naturais, humanos, de carne e osso.

Mas não para seres que existiam numa dimensão diferente, em corpos energéticos, psíquicos, imateriais ou semimateriais.

A fortaleza situava-se num ponto que correspondia estrategicamente ao centro do planeta, em meio aos elementos que ali se comprimiam sob pressões altíssimas, porém em uma dimensão diferente da realidade física. Essa localização, por assim dizer, geográfica, era tão somente um ponto de referência, já que o âmbito dimensional onde se encontravam diferia em tudo da contraparte material do planeta Terra. A fortaleza dos maiorais só perdia em importância para o lugar que o número 1 guardava apenas para si, como um reduto particular; uma área conhecida só por ele, onde arquivara todo o conhecimento de sua raça, de sua ciência, de seu saber milenar. Era ali também, onde nenhum ser humano poderia sobreviver, devido às ondas eletromagnéticas, às altas temperaturas do núcleo planetário e a diversos outros fatores, que fenômenos naturais ocorriam, cuja essência diferia completamente daqueles familiares aos habitantes da superfície.

O *daimon* número 2 sentiu um calafrio ao ouvir a convocação do maioral entre eles. Sentia um ódio inominável pelo chefe supremo, mas não saberia como descarregá-lo, pois nunca fora capaz sequer de descobrir sua identidade. Talvez — chegou a pensar algumas vezes — o maioral fosse algum dos outros componentes do concílio dos dragões. Mas jamais conseguiu qualquer pista concreta ao longo dos milênios. Nem mesmo os pouquíssimos representantes da justiça divina aos quais fora dado penetrar o reduto dimensional que lhes servia de prisão chegaram a decifrar o máximo segredo. Quem sabe até pudessem fazer isso, mas os abomináveis representantes do Cordeiro tinham preceitos tolos, como, por exemplo, respeitar a privacidade de quem quer que fosse.

Com esse pensamento, o *daimon* número 2, o segundo entre todos os seres do abismo, ouviu a voz que se materializava, à qual inúmeras vezes se submetera ao longo dos séculos.

— Fique atento, *daimon*, pois ocorre uma movimentação em torno da nossa dimensão. Suspeito que haja elementos discordantes e partidários da política do Cordeiro a nos rondar. Se vieram nos incomodar antes do tempo, deverão encontrar uma represália à altura. Dê o alarme e tome todas as providências; não podemos jamais perder nosso bastião de poder para as mãos do inimigo.

O símbolo do número 1 reverberava no ambiente, em diversas cores conhecidas daquela dimensão.

— E por que você mesmo não toma as devidas providências? Por que não se expõe, em vez de apenas transmitir suas ordens? Ou porventura teme os miseráveis que se aproximam em nome do Cordeiro?

— Sabe muito bem que já me preparei, *daimon*; que coloquei de prontidão todo o exército de espectros e convoquei os chefes de legião para que retornem ao nosso mundo, a fim de retomarem seus postos. Se forem os odiáveis guardiões, eles jamais poderão vencer nosso exército e a perícia dos chefes de legião. De qualquer maneira, olhe bem como fala comigo, miserável do segundo escalão. Reúna os demais na sala do concílio e não se esqueça de que sou onipresente nesta dimensão. Sei e saberei tudo o que tramam entre si.

— Reunirei os demais; afinal, já teremos de nos reunir mesmo. Este é mais um motivo para aguçarmos as ofensivas contra os povos da Terra. Mas, sinceramente, não creio que os guardiões estejam por trás de toda esta movimentação em torno de nossa dimensão. Vou assumir a direção do nosso exército.

— Por isso você não poderia jamais ser o maioral entre nós. Demonstra a mais completa imperícia ao abordar problemas da maior relevância para nossa política e sobrevivência.

Uma gargalhada sinistra foi ouvida, ressoando na mente do *daimon*. Era algo surreal, metafísico, uma gargalhada tanto de desprezo quanto de nervosismo. Com certeza, o número 1 entre os dragões, o poder vibratório supremo, sabia de algo mais, além do que dissera ao número 2.

Intensa movimentação foi sentida em torno da superfortaleza dos *daimons*. Os chefes de legião chegaram um a um, deixando junto aos políticos e poderosos do mundo apenas seus prepostos e estrategistas, que não poderiam abandonar suas posições. Tomaram seu lugar nos diversos pontos nevrálgicos do sistema de defesa do reino dos dragões. Por sua vez, os espectros retornaram em massa, formando uma confluência de forças que não poderia ser ignorada pelos guardiões ou quem quer que estivesse se aproximando do local.

Concomitantemente, Jamar, Dante, Pai João, Watab, Voltz, Júlio Verne, Ranieri e eu nos aproximamos, juntamente com boa parte dos guardiões. Enquanto Jamar tomava a dianteira, Anton permaneceu no aeróbus, com os representantes dos tupinambás, guerreiros especializados ao extremo, e o restante do corpo de guardiões, a fim de buscar contato com algum emissário do espírito Verdade, de quem recebera a incumbência de levar aos dragões o veredicto da justiça divina.

Anton julgara por bem não apresentar-se naquela dimensão, principalmente dentro dos domínios dos dragões, com todo o contingente que trouxera. Isso poderia ser interpretado como uma ofensiva. Afinal, eles não iriam interferir no sistema de vida e de política dos dragões; sua missão era apenas levar uma mensagem aos *daimons* e seu séquito. Embora, desde algumas horas, Anton percebesse psiquicamente que algo mais ocorreria; o ar prenunciava alguma coisa muito mais intensa, preparada pela administração sideral. Caso se desse algo mais ostensivo, porém, seria somente por iniciativa dos representantes da justiça de uma dimensão superior. A eles, os guardiões, cabia fazer a sua parte. Não detinham condições morais — e, talvez, nem mesmo técnicas — de enfrentar os poderosos dragões sem cobertura superior ou a presença de algum emissário dos Imortais. Isso somente era possível aos espíritos da esfera crística ou a algum dos seus enviados mais próximos.

A reunião entre os representantes do poder iniciou-se. Os seis dragões mais pareciam entidades sublimes, devido a seu aspecto, que diferia sobremodo da aparência dos demais espíritos, seus inferiores em hierarquia. Mais uma vez, a voz irreconhecível do número 1 se fez ouvir. E a voz inarticulada ordenava que todos se preparassem.

Queria saber detalhes do planejamento em execução e das estratégias para deflagrar um atentado de proporções planetárias; uma guerra total, que colimasse a falência dos habitantes da superfície e seus representantes políticos e religiosos.

Enquanto questionava sobre os preparativos para a grande ofensiva, o número 1 censurava, na presença de todos, o segundo em comando, que não ousava pronunciar nenhum som sequer, enquanto o maioral estivesse com a palavra. Todos, inclusive a mulher que atuava como assessora e elemento de ligação nas comunicações, estavam inquietos. Os *daimons* temiam que o maioral cumprisse sua ameaça; temiam a segunda morte, a perda total da lucidez, a loucura, que seria deflagrada quando o número 1 implodisse seus corpos energéticos, semimateriais. Muitos entre os degredados já haviam sumido de sua presença. Mais de 600 espíritos perderam a forma extrafísica, pois todos foram ludibriados e comandados pelo miserável mais miserável entre todos; eram conduzidos pelo representante máximo do poder vibratório supremo, o qual permanecia com sua identidade em segredo durante todos estes milênios. Somente assim conseguiria manter todos curvados perante seu braço impiedoso.

Próximos vibratoriamente daquele local, Watab e Jamar assumiram a incumbência de procurar pelo local onde se reuniriam os *daimons*. Afinal, seria Anton, o guardião superior, quem deveria levar a eles a mensagem final do Cordeiro, mas competia a cada qual uma tarefa. Watab, Jamar, Pai João e eu tomamos a direção do ponto assinalado nos documentos trazidos por Joseph Gleber, a mando dos Imortais que dirigem os destinos do planeta. Toda uma falange de seres comprometidos com a política divina participava ativamente do processo de preparação do orbe, que ingressara numa fase decisiva da mudança geral prevista desde milênios.

Descemos por plataformas criadas pelos senhores daquelas paragens, que haviam sido confinados magneticamente com sua corte há séculos nas regiões mais profundas do mundo. E fora o próprio dirigente espiritual da humanidade que decidira pelo aprisionamento dessas almas rebeldes, evitando que aniquilassem as obras da civilização, duramente conquistadas ao longo das eras. No momento propício, quando soou a hora certa no tempo planetário, o próprio Cordeiro descera àquelas esferas mais densas, consideradas pelos espiritualistas e religiosos como sendo infernal. O imaginário popular e as doutrinas religiosas se incumbiram de fantasiar o que puderam a respeito deste local de desterro das almas criminosas.

No entanto, o inferno nada mais era que uma região purgatorial; um degredo ou exílio a que foi submetido, por decreto divino, certo número de espíritos que, desde outros mundos, vêm se opondo ao progresso e à evolução. Sua filosofia de vida e sua política defendiam o caos total; o poder deveria ficar concentrado em suas mãos ardilosas e criminosas. Criaram uma ampla estrutura de poder, com seus ministros ou chefes de legião, e arrastaram consigo considerável quantidade de seres, que aderiram a seu plano de dominação e ao sistema diabólico que instituíram naquele círculo, dentro do qual ficaram restritos muitos de seus desmandos.

O próprio livro da revelação, no Novo Testamento, anuncia: "Então vi descer do céu um anjo que tinha a chave do abismo e uma grande cadeia na mão. Ele prendeu o dragão, a antiga serpente, que é o diabo e Satanás, e o amarrou por mil anos. Lançou-o no abismo, e ali o encerrou, e selou sobre ele, para que não enganasse mais as nações, até que os mil anos se completassem. Depois disto é necessário que seja solto, por um pouco de tempo".[3]

---

[3] Ap 20:1-3.

Apesar disso, esses espíritos em prisão não ficariam totalmente alijados dos conceitos de progresso e de civilidade. Poderiam observar o mundo; interagir, até certo ponto, desde que os maiorais não interferissem diretamente na sociedade dos humanos. Deveriam presenciar o lento despertar da consciência da nova humanidade; ver o progresso, ainda que tardio, dos povos da Terra e — quem sabe assim? — inspirar-se de alguma forma nos feitos humanitários.

Todavia, essas almas rebeldes não cruzaram os braços durante a saga da civilização. Formaram uma constelação de forças e poder na dimensão sombria para onde foram banidos, e daí mancomunaram-se com outros seres, que acabaram por servi-los. Fomentaram inumeráveis conflitos e situações outras, que, em última análise, objetivavam colocar em risco todo o sistema ecológico planetário. O ódio acumulado desde eras remotas por haverem sido expulsos da face do globo parecia querer explodir de um momento para outro. Como não poderiam mais reencarnar no planeta, usaram seus asseclas mais próximos, os espectros e chefes de legião, e os enviaram, com sua ciência diabólica, para viverem em meio aos humanos encarnados. Outros — os que apresentavam condições — foram remetidos por eles através dos portais da reencarnação, a fim de serem seus elos com os humanos que viviam na superfície do mundo.

Dessa forma, instigaram e desenvolveram corporações ao longo dos anos, principalmente durante o último século; estabeleceram-se entre agrupamentos de pessoas influentes, que passaram a liderar e ser totalmente controlados por eles, os ditadores do submundo. Foram surgindo, aqui e acolá, dinastias e famílias inteiras de magnatas do poder, todos ligados, de modo íntimo e visceral, aos planos dos dragões. Essas famílias, corporações e fundações espalhadas pelo globo, disfarçadas apenas pela maneira como se misturavam ao sistema financeiro, manipulavam o destino do planeta, sob o comando direto dos *daimons*. Com relativo êxito, exercem controle sobre o dinheiro e o fluxo de capitais, a indústria da guerra, a petroquímica, o *lobby* e o assédio a estados e governos, bem como os grandes laboratórios. Não aqueles conhecidos do público, mas a rede extraoficial, que não consta dos registros, ao menos abertamente.

Representantes de diversas famílias, banqueiros e donos de incalculáveis fortunas costumam se reunir sob a direção de um dos eminentes chefes de legião, temporariamente materializado. Interage com eles visando decidir sobre a necessidade de uma nova ordem mundial, que se estatuiria mediante o franco patrocínio dessas mentes, que, diretamente do submundo, arquitetam nova ação, com medidas amplas e globais para dominar o planeta, sem que o grosso dos humanos encarnados sequer o suspeite. Suas armas? A mídia, sob o comando de um dos ditadores do abismo, grande especialista e estrategista em comunicação de massas, e também o ciberespaço, que funciona como um terreno fértil para que espalhem suas idéias e seus ideais.

Esse panorama, em que tais inteligências agem na obscuridade, conta com a natural descrença de um grupo de pessoas que se dizem defensoras dos princípios cristãos, mas também da maioria dos homens, principalmente daqueles que ainda não despertaram para a realidade verdadeira, que transcorre como um rio caudaloso nos bastidores da vida. De um lado, o maia, a ilusão dos sentidos a que se entregam; do outro, numa dimensão paralela, a realidade última, a verdadeira batalha que está sendo travada, cujo troféu é o domínio das consciências, segundo a perspectiva das sombras.

Aquela dimensão guardava segredos que precisavam ser desvendados. Eu imaginava o universo como se fosse preenchido por grandes bolhas, como bolhas de sabão, algumas delas contendo diversas outras bolhas, interpenetrando-se. As bolhas seriam as diversas dimensões, e em alguns lugares do universo teríamos uma bolha dentro da outra. Essa é apenas uma figura de linguagem para descrever, com limitações, aquilo que os cientistas debatem de forma acalorada. Tomando como base essa imagem, encontramos um mundo dentro de outro mundo. Ou seja, teríamos a dimensão total relativa ao lugar para onde os espíritos rebeldes foram degredados, e encontraríamos outro mundo muito especial dentro daquele. De acordo com meu entendimento, seria uma dimensão dentro da outra.

Fato é que tivemos de transpor com muita dificuldade algum limite vibracional nas entranhas daquele universo para onde deveríamos levar o ultimato dado pelo Alto aos representantes do poder. A alguns poderia soar como algo muito simples; no entanto, não era assim. Muitas coisas estavam em jogo, muitas vidas. Afinal, tratava-se de comunicar oficialmente aos ditadores do abismo que seu tempo estava prestes a se esgotar no sistema chamado Terra.

Jamar e Watab mantiveram-se à frente do nosso grupo, assumindo uma posição explícita de liderança. À medida que nos distanciávamos do aeróbus, onde ficaram os demais espíritos que nos acompanhavam, enfrentávamos energias oriundas da natureza daquela dimensão desconhecida. Para mim, que não era versado em princípios da física astral, parecia que ali onde nos encontrávamos imperavam leis totalmente diversas ou simplesmente desconhecidas por nós, que faziam com que fenômenos daquela esfera dimensional fossem desencadeados frequentemente. A geografia extrafísica dava a impressão de ser diferente da que se observava em todos os demais locais por onde passáramos.

O mundo à nossa volta banhava-se numa estranha luminosidade vermelha. Era um universo surreal, e a paisagem, exótica como jamais vira. Tudo mudava de lugar constantemente. Tínhamos de tomar cuidado para não nos perdermos naquele labirinto de energias, formas e sons que vinham de várias procedências ao mesmo tempo. Sons incompreensíveis repercutiam no ar à nossa volta. Sibilos, gritos e alguns estampidos e sonoridades tipicamente artificiais pareciam se revezar, ressoando em todo o ambiente. Aquela era realmente uma dimensão assustadora, bizarra, fantasticamente terrível, mas de uma beleza incrivelmente diabólica.

Quem quer que tivesse construído aquele

mundo, ou aquela dimensão, fossem os dirigentes espirituais da humanidade com o fim específico de aprisionar aquelas consciências criminosas ou, então, se este mundo já existisse desde a formação inicial do cosmos, era algo assombroso, digno de estudos por parte de cientistas da vida universal. Jamar fez vários testes com a estrutura astral do ambiente, coletando dados para futuras observações e para que constasse nos arquivos dos guardiões. Contemplando tudo ao redor, deixei escapar meus pensamentos:

— Quem está por trás dos seres que servem nesta dimensão? Quem quer que sejam os chamados dragões, devem ser possuidores de um desenvolvimento tecnológico invejável e muitíssimo superior aos alcançados pelos habitantes da Crosta.

Parecia que Pai João ouvira minhas reflexões, pois em seguida aos meus pensamentos, ele falou, rompendo o silêncio, que já parecia incomodar:

— Por tudo o que já vimos, meu filho — falou João Cobú —, os chefes de legião, os espectros e a imensa horda que encontramos em nossas incursões, inclusive os senhores da escuridão, os magos negros, não passam todos de escravos condicionados mentalmente pelo poder execrável dos *daimons* ou dragões. Estes, sim, é que formam o poder vibratório supremo nesse mundo; quanto aos demais espíritos, por mais que nos pareçam criminosos, especialistas ou temidos, devido ao alto grau de crueldade de que são capazes, são apenas marionetes nas mãos desse poder que os homens na Terra classificaram como sendo o demônio, o diabo, a besta.

E olhando para mim de maneira significativa, o pai-velho continuou, enquanto caminhávamos por entre a paisagem exótica:

— Esse poder supremo que aqui é denominado *dragão* não pode sequer ser defrontado por nós, simples espíritos pertencentes ao clima psíquico do planeta. Somos tão somente emissários do governante do nosso mundo. Compete ao Cristo, e a nenhuma outra criatura, enfrentar os rebeldes que vieram para nosso planeta desde épocas imemoriais. Somente ele, o administrador solar, detém autoridade moral e ascendência espiritual sobre as consciências aqui aprisionadas. Nenhum outro espírito, seja mentor ou não, possuímos o grau de lucidez e a força moral para o confronto de algo que supera em muito nossa compreensão a respeito das questões cósmicas com as quais estes seres estão envolvidos.

Esperava ansioso para conhecer esses seres de perto. Rumávamos na direção do lugar onde aconteceria uma assembleia entre os *daimons*. Teríamos, no entanto, de resistir à natureza bravia daquela dimensão, do mundo dos degredados.

Jamar voltou-se para Watab, gritando e tendo sua voz ecoando em torno de nós:

— Descobriu alguma pista, Watab?

— Sim, Jamar. Descobri que estamos andando em círculo. Receio que tenhamos perdido um tempo precioso. Os *daimons* querem nos enganar. Acho melhor voltarmos.

— Outra coisa — falou Watab. — Uma movimentação intensa ocorre como um cerco em torno de nós. Suspeito que os dragões não permitirão que adentremos seus domínios sem uma demonstração de força, como é o hábito entre eles.

— Também suspeitava disso, mas antes vamos colher amostras da matéria etérica desta dimensão. Acho que nossos especialistas vão ter muitos elementos para estudar. É uma oportunidade preciosa que se abre para nossas pesquisas.

Depois que Jamar e Watab descobriram o erro em que nos encontrávamos, e após obter dados mais exatos em suas observações, demandamos outra direção, que se mostrou correta. Foi quando avistamos algo, talvez um espaço dimensional que diferia de tudo que tínhamos visto até ali. O espaço se configurava diante de nossa visão como uma película finíssima, a envolver todo o ambiente extrafísico, ou quase físico, onde nos situávamos. Sentíamos os efeitos das radiações dos elementos do planeta. Eram vibrações fortíssimas, que chegavam até nós como se fossem leve formigamento em nossa epiderme espiritual. Embora, para minha surpresa, não fosse nada que nos prejudicasse.

— Temos de descobrir o jeito de romper o campo que contém, em seu interior, o local onde se refugiam os degredados.

— Sim — observou Watab. — Todo caminho vai e vem. Temos apenas de saber como penetrar nesse campo de natureza magnética.

— Será que esta estrutura ou barreira é justamente o que delimita as prisões eternas, ou cadeias eternas de que nos fala a Bíblia,[4] dentro das quais se encontram os dragões ou os chamados anjos decaídos?

— Nada sabemos ao certo, Ângelo. Mas pode ter a certeza de que chegamos ao lugar onde os maiorais se reunirão, e aí os abordaremos. Com certeza já detectaram nossa presença. Assim que entrarmos, daremos o sinal para Anton e os demais guardiões. Como já mapeamos toda a extensão do caminho que percorremos, será mais fácil para eles virem até nós.

[4] Cf. Jd 1:6; Ap 20:7 etc.

Watab e Jamar consumiram um bom tempo até concluir que não poderiam, sozinhos, romper o campo magnético que encerrava todo o sistema de poder dos dragões. Ficamos o equivalente a mais de 5 horas da Terra nessa tentativa, e todos os equipamentos que trouxemos foram incapazes de promover a ruptura da esfera de energia dentro da qual estava o reduto onde se reuniam os representantes do poder vibratório supremo das regiões inferiores. Cansados, os dois guardiões pediram a João Cobú que entrasse em contato com o aeróbus, e assim foi feito. Imediatamente, tendo sido o mapa da nossa localização transmitido por um aparelho que trazíamos conosco, foram enviados reforços para a empreitada. Um dos guardiões chegou a sugerir que retornássemos ao aeróbus e coletássemos mais energia solar, a fim de romper a película magnética que envolvia aquele reduto. Mas não era o caso, conforme falou Jamar:

— Não podemos perder as conquistas que fizemos nesta dimensão. Jamais poderíamos retornar para uma nova aproximação em torno do Sol, pois nossas reservas de energia são suficientes apenas para esta fase de nossas atividades. Teremos de prosseguir com recursos próprios.

Gotas de suor pendiam de Jamar, como se

fosse encarnado, tamanho o esforço que fizera junto com Watab. Pai João provia os recursos para o refazimento dos dois guardiões, amparando-os como um pai zeloso.

Sobressaltei-me quando avistei alguma coisa; vultos que aparentavam vir em nossa direção. Mas eram apenas Anton e os especialistas, que. seguiram exatamente a rota traçada por Jamar e enviada por Pai João. Acercaram-se de nós, saudando cada um e abraçando-nos. Traziam novidades.

— Joseph Gleber enviou-nos mais recursos, visando romper a bolha de contenção. Ele próprio intercedeu junto aos representantes do espírito Verdade, e fizeram uma concessão, já que estamos a serviço da justiça suprema. Assim que vocês descansarem, vamos prosseguir — falou Anton, o guardião superior. — Também trouxe comigo equipamento de ponta, a fim de não ficarmos de mãos atadas. Temos de nos adiantar.

E, de modo a reforçar a convicção de Jamar, Anton, o chefe supremo dos guardiões, acrescentou:

— Os chefes de legião e a polícia dos espectros estão se reunindo como um formigueiro em torno de nós. Precisamos ficar atentos, pois nosso contingente de guardiões não é suficiente para enfrentar uma guerra declarada pelos dragões.

Todos se olharam diante da observação de

Anton, pois sabíamos o que significavam suas palavras. Mas não poderíamos recuar. Prosseguimos em direção àquilo que representava o reduto do poder. Ali ficavam as bases, os laboratórios principais e, possivelmente, o maior centro de memória de toda a história do planeta Terra, arquivado nos bancos de dados dos dragões. Atingir esse local não era o nosso objetivo, contudo.

Quando já estávamos à frente de uma construção que assomava gigantesca, encravada numa montanha de mais de um quilômetro de altura, foi que percebemos uma presença perto de nós. A princípio apenas incomodava nossos sentidos extrafísicos. Somente aos poucos conseguimos distinguir que algo mais intenso ocorria; éramos tateados por um estranho ser, por uma mente. Era uma sonda mental que nos perscrutava intimamente ou só externamente, quem sabe? Não saberia dizer com exatidão, naquele momento. Somente depois de decorrido algum tempo é que tudo ficou mais claro para mim.

Entramos numa construção decorada com esmero. Nada de mau gosto. Instrumentos se revezavam sobre as paredes, que, aos meus olhos, pareciam monumentais. Havia uma aura de maldade onipresente. Entretanto, nem nós mesmos poderíamos descrever o que significava a maldade numa visão tão ampla e cósmica como aquela presença irradiava. Não era o mal segundo a interpretação moral, tampouco religiosa. Era algo mais profundo, mais intrigante, mais complexo. Talvez até científico, se assim posso me expressar. Mas era algo opressivo, além dos conceitos que temos a respeito.

Antes que nos déssemos conta do que ocorria no entorno, abriu-se uma brecha naquela dimensão, como um rasgo no nada, e fomos tragados automaticamente, como se um enorme aspirador nos sugasse. Em questão de segundos, saímos todos em um ambiente totalmente diverso daquele em que nos encontrávamos anteriormente. Porém, não estávamos sós.

Fomos recepcionados por um espírito, que se revestia de uma forma feminina, indefinível, de uma beleza que nos incomodava de forma impressionante. O espírito parecia nos sondar. Nada falava com palavras articuladas. A aparência de seus cabelos não me era estranha, pois em outra ocasião[5] já observara um ser que lembrava bastan-

---

[5] O autor refere-se a passagem registrada no primeiro volume da trilogia *O reino das sombras* (PINHEIRO, Robson. Pelo espírito Ângelo Inácio. *Legião*. 6ª ed. Contagem: Casa dos Espíritos, 2006, cap. "A entidade", p. 424s).

te este que nos recebia. Fomos conduzidos, quase obrigados, a um salão onde se reuniam outros seres, enigmáticos, iluminados por uma estranha aura. Ao redor de si, irradiações eletromagnéticas reverberavam em forma de asas, de maneira que pareciam seres emergidos de lendas antigas, de contos fantásticos, os quais recordavam anjos, tanta doçura estampavam no olhar e na face. Altos, esguios, seus cabelos esvoaçavam em torno de cada corpo escultural dos seis que ali se encontravam. A mulher baixou a cabeça tão logo se viu diante dos enigmáticos seres que nos recebiam. Após reverenciá-los, saiu do ambiente olhando-nos com uma leve expressão de ironia, porém sem perder a elegância.

Assim que saiu, curvando-se numa mesura ante os seres lendários, Anton a seguiu com o olhar, talvez buscando identificar algo em sua expressão. O guardião virou-se devagar, acompanhando-a, ao longe, enquanto ela, com certeza, lhe correspondia ao olhar, com o desdém de quem se sentia superior, e com uma expressão enigmática, que tentava esconder do guardião. Mesmo depois que esse espírito desapareceu, Anton continuou fixando o ponto em que fora visto pela última vez, com um olhar expressivo, como se tivesse sondado algo mais a fundo, como se houvesse penetrado mais além, na mente do sorrateiro ser. Ele havia ficado realmente pensativo, porém talvez não quisesse dividir seus pensamentos com ninguém, ao menos por ora.

As entidades pairavam, como se tivessem asas. Uma aura de tonalidade dourada envolvia cada uma, causando efeitos de uma beleza surpreendente, que dificilmente poderia passar despercebida. Isso nos fazia rever certos conceitos a respeito da aparência de seres ligados à política da oposição. Geralmente, os espiritualistas pensam e divulgam que espíritos das trevas necessariamente têm aspecto feio, disforme, trazendo a decadência estampada na forma perispiritual. A feição dos dragões, no entanto, dizia outra coisa; atestava, por si mesma, outra realidade. Embora representassem o mal numa proporção muito além dos acanhados conceitos humanos e religiosos desenvolvidos ao longo dos séculos, sua conformação era algo semelhante àquela idéia que se faz dos anjos. Algo simples assim, e que a nós próprios deixava perplexos. Nem mesmo os poucos espíritos superiores que alguma vez tenhamos visto tinham uma expressão tão angelical e delicada, bonita e iluminada como a dos dragões. O que provavelmente explique as palavras do Cristo, registradas em seu Evangelho, ao mencionar lobos em pele de ovelhas,[6] ou, conforme afirma o apóstolo Paulo: "E não é de admirar, pois o próprio Satanás se transforma em anjo de luz".[7]

Extasiados diante da pequena assembleia que se reunia naquele ambiente nada infernal, segundo os conceitos religiosos vigentes, eu pessoalmente, e os demais integrantes do nosso grupo também, sentimos a aura de intenso magnetismo que irradiava dos seres cujos rostos mais pareciam feitos de ouro ou de algum metal reluzente; enfim, de uma tonalidade ou de reflexos de uma tonalidade exuberante. Miravam-nos como se fôssemos invasores de seus domínios. E sentíamos que, de alguma maneira, alguém ou alguma presença, que não estava ali pessoalmente, nos espreitava, sondava-nos intimamente.

Anton, o guardião superior, rompeu os momentos de silêncio e apresentou-se, perguntando:

— Sou Anton e esta é minha comitiva; atuamos em nome da justiça sideral. Estamos a serviço do Cordeiro e aqui viemos para falar aos *daimons*, os poderosos dragões. Podemos saber se são vocês os soberanos, o poder vibratório supremo, ou apenas seus prepostos?

---

[6] Cf. Mt 7:15.

[7] 2Co 11:14.

Novamente o silêncio. Um a um os seis seres nos olharam, como se sondassem nossas intenções. Em seguida, depois de um clima constrangedor, pronunciou-se uma voz inarticulada, algo mental, quase sobrenatural — não fosse o fato de sabermos que o sobrenatural não existe —, enquanto um símbolo exótico se materializou, em luz vermelha com tonalidades alaranjadas. A voz fantasmagórica, talvez de natureza puramente mental, telepática, se fez entender:

— Nosso nome é Legião! Somos muitos.[8] Somos o poder vibratório supremo dentro dos limites em que o Poderoso nos encerrou. Pode nos chamar de Lúcifer, de Baal, Belial,[9] Marduque[10] ou qualquer nome que suas mentes desejarem associar a nós. Somos o alfa da civilização de vocês. Somos e existimos desde quando sua espécie ainda

[8] "Legião é o meu nome, pois somos muitos" (Mc 5:9).

[9] Baal, mais tarde Belial, recebe dezenas de referências no Antigo Testamento (Jz 6:28; 1Sm 10:27; 2Sm 20:1; 1Rs 21:13; 2Cr 13:7; Pv 6:12 etc.), sempre como síntese dos princípios opostos à política divina e de Jesus. Paulo de Tarso, erudito em matéria de judaísmo, também o menciona (Rm 11:14; 2Co 6:15).

[10] Divindade protetora da Babilônia, Marduque ou Marduck aparece como Merodaque nos textos hebreus (cf. 2Rs 20:12; 25:57; Is 39:1; Jr 50:2; 52:31).

corria nas pradarias atrás de alimentos representados pelos animais extintos; formamos cidades,
construímos impérios e, como ninguém, arquite-
tamos o formato atual de sua civilização. Estes que
você vê fazem parte do concílio dos maiorais, pois
nós todos representamos um império além dos limites de sua imaginação. Já destruímos mundos e
dominamos, no anonimato, aqueles que se julgam
senhores da escuridão. Nenhum poder no mundo
escapa ao nosso domínio. Nada dentro dos limites
do seu planeta está livre de nossa mão.

A voz silenciou de repente, tão rápido como
iniciou. E antes mesmo que Anton pronunciasse
qualquer palavra, um a um os seres ali presentes
foram se apresentando, sem nos deixar brecha
para falar:

— Eu sou um *daimon* necessário a todos os
outros. Meu trabalho é extremamente especializado. Sou exímio conhecedor de ciência e tecnologia e tenho sob meu comando um exército de
seres que me obedecem. São espíritos de diversas
categorias, muitos encarnados, que, naturalmente, não fazem parte do cortejo dos eleitos, do nosso grupo de maiorais, tampouco integram o conselho vibratório supremo.

"Meus especialistas são mentores ou estão a
par de todos os inventos e descobertas da humani-

dade encarnada. Mapeamos e dirigimos diversas invenções no mundo. Envio meus colaboradores através da reencarnação, no intuito de desenvolver tecnologias de ponta, principalmente na área da computação, a fim de dominar o panorama científico do mundo e manter as mentes dos encarnados ocupadas com os diversos avanços. Isso os faz, muitas vezes, distantes da realidade espiritual, do destino espiritual de suas vidas. Como o número 7 do comando, sei me fazer respeitar até mesmo pelo supremo entre os maiorais. Constantemente recebo a visita do espírito de aparência feminina que você viu ao chegar, a embaixadora dos poderosos dragões. Ela é a ponte que nos liga ao maioral.

"Existe uma série de laboratórios espalhados na subcrosta, no abismo e mesmo na Crosta, todos absolutamente controlados por mim, o número 7 do invencível concílio dos dragões.

"Em cidades como Madri, Milão, Roma, Barcelona, Amsterdã, Bruxelas, Londres, Paris, Copenhague, Budapeste, Praga, Viena, Tóquio, Pyongyang, Pequim, Nova Déli, Nova Iorque, Washington, Bagdá, Jerusalém, Kiev, Krasnoyarsk, Rio de Janeiro, entre outras metrópoles do mundo, mantenho minhas bases e laboratórios. Mas disso os humanos encarnados nem o suspeitam."

O outro ser, muitíssimo parecido com o primeiro que falou, apresentou-se, dirigindo-se especialmente a Anton:

— Sou perito em comunicação. Tudo que se refere às comunicações, desde livros à internet e ao desenvolvimento de novos meios de comunicação, está sob a minha supervisão, conforme determinação do nosso concílio. Sou um cientista por natureza, pois, desde a época da Lemúria, da Atlântida e da Suméria, orgulho-me de que todos os demais dragões dependem de mim em tudo de que precisam. Sou o mal verdadeiro, sem disfarce. O mal necessário!

"Desenvolvi um método particular para o mundo virtual, que os humanos tanto têm apreciado e com o qual estão fascinados. Um grupo de mais de 20 emissários meus está encarnado com o objetivo de desenvolver uma metodologia a partir da qual dominaremos multidões, adquirindo controle absoluto das organizações através da tecnologia e da comunicação. Trata-se de uma empreitada levada a cabo em conjunto com o número 7. Um de meus ministros, um representante especial, está encarnado na Europa, a fim de desenvolver um *software* que possa oferecer segurança absoluta aos empresários e empresas. Porém, esse mesmo sistema significará o domínio de todos que dependam diretamente da internet, ou do tráfego de dados em nível global. Somente com uma senha especial, fornecida pela nova ferramenta, as operações financeiras serão efetuadas.[11] Assim, essa senha consistirá no selo de dependência das organizações a serviço de nossa política.

"Em breve, o dinheiro em espécie sumirá definitivamente, dando lugar aos números e senhas, aos dígitos especiais, que, ao mesmo tempo, controlarão as vidas das pessoas e monitorarão cada uma de suas transações financeiras e sistemas de comunicação. Essa tecnologia já está em andamento sob a nossa supervisão, e minha em particular" — falou o *daimon* especialista em comunicação e tecnologia. Prosseguia:

— Sem o saber, o mundo dos humanos encarnados a cada dia fica mais dependente. No mais tardar, em 20 anos do tempo terrestre, segundo meus planos, o mundo será controlado diretamente pelos dragões, por mim pessoalmente, sem que os humanos o suspeitem. Alguns dos meus enviados já estão reencarnados, preparando-se

---

[11] Referência clara ao que assevera a profecia apocalíptica: "para que ninguém pudesse comprar ou vender, senão aquele que tivesse o sinal, ou o nome da besta, ou o número do seu nome" (Ap 13:17).

para o advento da besta, do anticristo.[12]

Dando uma pausa, talvez para deixar-nos humilhados com a perfeição dos seus projetos, segundo pensava, olhou-nos com os mais belos olhos que já vimos algum dia, num misto de delicadeza, sutileza e fealdade, como também nunca vimos antes; não nessa proporção. E continuou, uma vez mais:

— Estou ligado diretamente aos avanços da rede global e tenho ao meu inteiro dispor todas as mentes desencarnadas que estejam sintonizadas com nossa política. É claro, sem que saibam que atrás de seu orgulho e pretensões, nós os dominamos, a fim de que levem às últimas consequências, no mundo, os progressos de comunicação por meio da internet. Aproveitamos a globalização para forjar na Terra um mundo virtual totalmente voltado para o controle das emoções humanas. Através de sites de relacionamento e de outros recursos de interação virtual, que seduzem os encarnados e lhes absorvem cada vez mais a atenção, deixam-se enredar numa teia, sem que

---

[12] "Este é o espírito do anticristo, do qual já ouvistes que há de vir, e agora já está no mundo" (1Jo 4:3). Anticristo é um termo tipicamente joanino (1Jo 2:18,22; 2Jo 1:7), a que Paulo faz alusão (2Tm 3:1).

saibam ou sintam que estão sendo mapeados, dirigidos e conduzidos por uma febre de virtualismo que grassa no planeta, naturalmente patrocinada por nós.

"Cientistas e engenheiros de comunicação desencarnados, em conluio com a nossa política, trabalham ativamente para deixar as mentes obscurecidas e embevecidas com informações e desinformações, ilusões e drogas virtuais, que têm sido desenvolvidas de modo a agir na mente e nas emoções das pessoas que se entregam, sem previdência nem bom senso, ao domínio do invisível ou do mundo virtual. A tecnologia, segundo esse meu esquema, será usada contra o progresso, obnubilando as mentes e criando uma dependência doentia da vivência virtual ininterrupta."

Todos nos olhamos com olhar significativo, diante das declarações do dragão, que não deixava margem a dúvidas quanto à sua capacidade. Antes que conseguíssemos respirar, outro dos seres se manifestou.

— Eu sou um dos maiorais e minha especialidade é a química e a farmacologia. Fomento o desenvolvimento de narcóticos, medicamentos e drogas em geral, além de interferir na administração dos grandes conglomerados de laboratórios da superfície.

"Atualmente estou desenvolvendo a droga virtual, em aliança com os outros poderes. Utilizo-me de ondas sonoras irradiadas através da internet, acarretando sobre o cérebro consequências de ordem alucinógena. Em minhas pesquisas e na criação de drogas virtuais, eu, juntamente com meus representantes e ministros que estão encarnados em diversas partes do mundo, sintonizados comigo, aprimoramos efeitos sonoros e visuais para serem difundidos pelo mundo virtual, causando resultados semelhantes aos obtidos por drogas há muito conhecidas dos terrenos, como heroína, Valium, cocaína, ópio, *ecstasy* e outras mais. Tudo isso, aliado a um comando hipnótico inserido nessas ondas sonoras, provocará um impacto aterrador na juventude. Ela ficará completamente à mercê das novas tecnologias virtuais, que simularão em sua mente sensações de orgasmo, tristeza, felicidade, apatia, euforia e diversas alucinações, conforme o grau administrado via internet, agindo nas ondas cerebrais de forma sutil ou ostensiva. O objetivo das minhas pesquisas e experiências é demover qualquer resistência, estabelecendo a dependência total e a passividade irrestrita. Até que, no momento apropriado, irrefletidamente acatarão as ordens que serão inseridas em mensagens subliminares, levadas a cabo por nossos representantes encarnados.

"As salas de bate-papo, a dependência e a excitação de estar conectado o máximo de tempo possível, os quadros de ansiedade agravados pelos e-mails e o excesso de informações fáceis, bem como a superficialidade do conhecimento veloz da internet, constituem parte da metodologia, que, mais tarde, causará grande estrago na mente das pessoas. Nós criamos os *onliners*, humanos que sentem a necessidade visceral de se relacionarem em tempo integral com a realidade virtual. Oferecemos grande incentivo para as obsessões modernas, enquanto seus filósofos da tecnologia e da computação concebem teorias para defender a necessidade do homem atual de se manter informado e globalizado no grau mais alto possível. Estão longe de imaginar, porém, o que esse comportamento produzirá no cérebro e como afetará a capacidade de pensar, acarretando impactos positivos — para nós — sobre o uso da razão, em futuro muitíssimo próximo.

"Meu poderio estende-se, também, ao domínio das grandes corporações de laboratórios. Pessoalmente, administro o que deve ser levado como informação à população e aquilo que deve permanecer oculto, mantido sob severo sigilo. Aí baseio meu poder, que é compartilhado pelo *daimon* senhor da mídia. Existe uma rede de laboratórios da qual o mundo não tem notícias oficialmente, espalhada entre os encarnados, onde se desenvolvem pesquisas e experiências que somente muito mais tarde chegarão aos ouvidos humanos comuns e aos meios de comunicação de massa.

"Junto com o *daimon* que controla todas as mídias da Terra, nós regulamos aquilo que chega aos ouvidos humanos. Mantemos a população num misto de medo e pessimismo constante, desencadeados por tudo aquilo que divulgamos — e do modo como o fazemos. No que concerne à saúde, nossa política é subjugar os homens despertando neles o pânico de vírus e bactérias naturais ou criados artificialmente; não importa. Quanto mais a humanidade se coloca à nossa mercê, mergulhada no pesadelo da morte, impressionada com esse fantasma que a ronda, mais atraente se torna a salvação que apresentamos através de nossos aliados no mundo. Introduzimos algum medicamento ou vacina milagrosa, que, como é de esperar, requererá o desembolso de grandes somas por parte de diversas nações, a fim de aplacar os ânimos das massas, que se encontram em crise emocional, devido às informações periodicamente difundidas.

"Essa febre, que escoa generosas quantias

para a indústria farmacêutica, fortalece economicamente esses conglomerados mantidos por nossa política e faz com que cada vez mais a roda dos acontecimentos gire em torno deles. Para coordenar essa instância de poder entre os encarnados que nos representam, o Clube Bilderberg, que organiza no mundo dos viventes uma forma extraoficial de governo, é o elo máximo de ligação entre nós. Para se ter uma idéia de até onde seus tentáculos invisíveis alcançam, esse grupo seleto de pessoas e famílias controla por completo a União Européia, as sucessivas administrações nos Estados Unidos, exerce forte influência sobre as decisões das Nações Unidas e, principalmente, sobre a conduta do Banco Mundial e do Fundo Monetário Internacional (FMI).

"A Comissão Trilateral e as grandes famílias que dominam o dinheiro, os donos do poder entre os encarnados — como, por exemplo, os Rothschild, os Rockefeller e outros aliados seus —, são nossos agentes ao exercerem nossa política de criar problemas para depois vender soluções.

"Enfim, nosso domínio se estende largamente sobre as mentes, sobretudo através da hipnose coletiva, que se baseia nos medos, nas informações que propagamos por meio de nossos representantes no mundo, e da ignorância do povo, que não percebe o jogo de influências por trás de tudo o que acontece em seu planeta. Nem mesmo os espiritualistas se dão conta do quanto são manipulados mediante as informações que transmitimos pelas vias a nosso dispor."

Era muita coisa para ser digerida por mim. Respirei fundo, como a pedir socorro. Pai João e Watab ampararam-me, tocando-me os ombros com carinho, enquanto do poderoso dragão partia um olhar fulminante e enigmático, acompanhado de um sorriso desdenhoso. Unindo os planos de cada um dos dragões é que se poderia entender o que significava o mal maior, na dimensão cósmica de sua atuação. Em face desse esquema de poder e de ação, os crimes mais bárbaros cometidos pelos assassinos em massa, pelos psicopatas, pelos ditadores e tiranos — em suma, por todos os homens considerados criminosos em potencial —, ficam bem menos relevantes, tendo-se em vista o alcance do poder desses seres de aparência angelical.

Atravessando minhas reflexões, outro dos seres começou a falar:

— Diante dos avanços da época atual, fui incumbido de usar meus conhecimentos com exclusividade no direcionamento da mídia em todos os seus aspectos. Sou o *daimon* que mais conhece os recursos da televisão, do jornalismo, da internet, da intrusão de ideias por meio do entretenimento, dos *games* às artes cênicas, sobretudo na produção cinematográfica e de telenovelas. Sou *expert* nos mecanismos que visam formar a opinião das massas e ajo intimamente ligado ao poderoso *daimon* das comunicações, embora minha especialidade sejam as grandes mídias, mais precisamente a televisão, os jornais e o rádio, da imprensa à indústria cultural e do entretenimento. Trabalhamos para despertar cada vez mais prazer e dependência nos bate-papos da internet, no vício do sexo virtual e em conversas apimentadas através desses meios. Facilitamos as obsessões complexas e aumentamos o número de suicídios entre os que são fracos de espírito.[13] Além disso, colaboramos para que haja um afastamento gradual do devotamento aos ideais por parte de quem adota a política do Cordeiro, mas se deixa envolver nas teias que tecemos em encontros virtuais, clandestinos e em tudo o que ocasiona o vício e a dependência, no que diz

---

[13] Premissas levianas e generalizações como esta — "suicídios são cometidos por fracos de espírito" — ocorrem fartamente ao longo da fala dos sete *daimons* em toda a obra, e especialmente neste capítulo. Evidentemente, são expressões de seu pensamento muitas vezes delirante e megalomaníaco, que colore a realidade a seu gosto. Com o objetivo de retratar sua visão de mundo com a máxima

respeito às redes de relacionamento virtual.

"Meus agentes somam atualmente mais de 5 mil espíritos, verdadeiro exército de espectros e chefes de legião diretamente ligados a mim e aos esquemas de poder por mim traçados. Entre os encarnados, aqueles que estão submissos ao meu poder ultrapassam a cifra de 1 milhão de encarnados, nos diversos países. Controlo todo tipo de mensagem que é divulgada através desses meios de comunicação. A televisão e a arte das imagens é, no mundo, minha maior especialidade. Não preciso lhes dizer o papel fundamental que a televisão e os vídeos exercem sobre a educação, a formação do caráter, a constituição das mentes ou o arranjo de poder entre os políticos ao redor do globo. Por meio dos jornais e das revistas sintonizadas com nossa antiética, promovemos a ascensão deste ou daquele grupo, estatuímos governos e decretamos a queda de quem quisermos, no mundo todo.

fidelidade possível, tais elementos do discurso são mantidos, o que de modo algum implica sanção do autor da obra a essa perspectiva dos fatos. Nesse mesmo sentido, as notas que assinalam a concordância de alguns pontos do discurso dos personagens com passagens bíblicas são menos corroborações às suas afirmativas que amostras irrefutáveis de que o Cordeiro e seus emissários já alertaram sobre as artimanhas das trevas. Visam, portanto, de

A força da mídia mascara a verdadeira realidade, de maneira que o povo, e mesmo os mais sábios da sua raça, acreditem apenas naquilo que desejamos ou autorizamos.

"Para termos domínio sobre a opinião pública, usamos o jornalismo, a fim de instaurar entre os encarnados certo nível de confusão. Como a maioria não crê em nossa atuação nos bastidores da vida, fica ainda mais fácil manipular opiniões e pontos de vista. Não só de profissionais de imprensa, mas também de cientistas, médicos, pesquisadores, executivos ou políticos que pensam poder tudo, saber tudo, e que detêm algum cargo ou posição, gozam de privilégios ou usufruem determinado *status*. Mantemos ilusões como essa através daquilo que veiculamos, pois a grande massa não está apta a distinguir ilusão de realidade, que mascaramos ou deturpamos.

"Tudo isso tem como objetivo principal o po-

monstrar quão patente é a condução dos destinos do planeta exercida pelo governador espiritual do mundo — pois antecipou táticas e engodos de "Satanás", além de toda espécie de eventos drásticos que acometeria a comunidade terrena —, bem como auxiliar os modernos adeptos da Boa Nova a compreender o alcance de diversos trechos das Escrituras, que, de outro modo, talvez fossem considerados nebulosos ou ganhassem interpretação empobrecida.

der; o poder sobre a mente, sobre a humanidade. Por isso, um dia, em sua história, confrontamos seu Cristo com uma oferta que corresponde à mais rigorosa realidade: 'Tudo isto te darei se, prostrado, me adorares'.[14] Embora tenha renunciado ao que lhe oferecíamos,[15] ele não retrucou nem tentou argumentar que os reinos lhe pertenciam. Afinal de contas, todos os reinos e domínios do mundo se submetem à nossa férula, e não há nada, nenhuma área que não controlamos diretamente."

— Meu Deus! — pensei, em minha pequenez... — Como enfrentar essa ambição e esse esquema de poder que se apresenta diante de nós? A situação se afigurava tão grave que ensaiei algumas lágrimas, quase começando a chorar. Jamar me tocou, dessa vez com mais veemência, impelindo-me ao uso da razão. E falou baixinho:

— Não precisamos de emoções aqui! Você só foi admitido em nossa equipe devido a sua capacidade reflexiva, ao seu bom senso, ao uso que faz da razão. Não demonstre fraqueza jamais. Estamos sob a tutela do Cordeiro e do espírito Verdade, não se esqueça.

Imediatamente me recompus, embora ain-

[14] Mt 4:9.
[15] Cf. Mt 4:10.

da estivesse sob o impacto dos planos daquelas mentes diabólicas. Agora não via apenas a forma astral daqueles seres hediondos; seu esquema de domínio e poder parecia não ter limites. Ainda imerso em minhas reflexões, pude ouvir a voz de outro *daimon*:

— E se estão chocados com essa breve descrição de nosso planejamento e nosso comando em todas as áreas da civilização, esperem para ouvir nosso especialista em política, economia e guerras, o número 2.

Olhando-nos com aquele olhar que externava candura, compaixão e magnetismo ilimitado, outro dragão se pôs a falar:

— Eu sou dos *daimons* que mais atua na mente dos habitantes do mundo. Sou especialista em religião, na hipnose causada pelas crenças, pelas doutrinas e pela manipulação do medo na mente das pessoas. Sob meu comando estão mais de 10 mil especialistas em crenças, crendices, religiosidade e anseios de espiritualidade, das formas mais esotéricas e excêntricas às mais contemporâneas. Há nada menos que 28 agentes meus no Vaticano; um, em particular, temporariamente materializado em meio à mais alta cúpula dos cardeais. Entre meus enviados, tenho 35 dos melhores doutores em teologia, conhecedores profundos das palavras da Bíblia e notadamente do Evangelho, os quais atuam lado a lado com os maiores expoentes da cristandade; de maneira especial, junto dos que disputam a salvação entre si. São 1,3 mil ministros do pensamento religioso imiscuídos entre os representantes de cultos considerados exóticos, bem como entre esotéricos e neopentecostais. Ultrapassam a marca de 1,5 mil os espíritos peritos em culturas e religiões tipicamente orientais. Além disso, disponho também de vasto arsenal de médiuns e doadores de energias, a fim de que possamos promover curas, milagres e prodígios de natureza variada,[16] fenômenos considerados sobrenaturais pela estupidez humana.

"Nesse sentido, meu domínio e especialidade abrange a fé, a crença, o coração e a mente de bilhões de pessoas. Não preciso estar jungido a todas as igrejas e religiões. Meus representantes apenas irradiam seus pensamentos na direção dos dirigentes religiosos e estes se incumbem de

---

[16] O Novo Testamento já adverte sobre certas curas: "pois se levantarão falsos cristos, e falsos profetas, e farão sinais e prodígios, para enganar, se possível, os próprios eleitos" (Mc 13:22). Várias são as menções sobre o assunto (Mt 24:24; 2Ts 2:9; Ap 13:13; 16:4; 19:20), e Mateus associa claramente feitos miraculosos questionáveis a religiosos e cristãos (Mt 7:22).

fazer o resto. São formadores de opinião, e, por isso, munimos nossos parceiros no mundo físico de todo o magnetismo e poder de ação. Nossos aliados constituem os que se submeteram a processos iniciáticos diversos e têm suas mentes voltadas para acreditar em rituais de toda sorte, em iniciações e ritos de passagem para contatar dimensões paralelas. Rituais do fogo, das pedras, de tudo o que puderem criar e imaginar; em resumo, qualquer elemento que prenda sua atenção e consuma seus esforços, sem que leve necessariamente a nenhuma melhoria ou mudança apreciável.

"Desse modo, as mentes se atêm a crenças impostas por interpretações sectárias e restritivas de textos considerados sagrados. Colocamos todas as igrejas e movimentos de renovação sob nosso domínio e infiltramos nossos representantes dentro das maiores e mais expressivas comunidades religiosas da atualidade. Minha política é multiplicar o número de fiéis, *pois eles são fieis às interpretações de sua religião, e não ao sistema do Cordeiro.*[17]

---

[17] O antagonismo entre a prática religiosa radical e as atitudes inspiradas por Jesus é alvo de seu combate desde seus dias da Judeia: "Ai de vós, escribas e fariseus, hipócritas! Percorreis o mar e a terra para fazer um prosélito, e depois de o terdes feito, o tornais

"Atrairemos personalidades, pessoas com dinheiro, veneradas pelo público, e os crentes se alegrarão por ter essas pessoas convertidas à sua religião. Mas é apenas uma ilusão que alimentamos em torno de suas crenças e de seu sistema religioso. Temos todo este movimento que se diz cristão sob nossa administração. Meus ministros e embaixadores entram e saem de suas igrejas como se fossem anjos, trajando a vestimenta que os próprios fiéis e sacerdotes forjam para eles.

"Como poderão vencer um poder que em tudo se infiltra? Como vencer algo que está entranhado no âmago da própria estrutura religiosa, que julgam ser a maior expressão da verdade? Como combater algo invisível, impalpável, que atua além da imaginação e das crenças de todos?

"Um dos nossos planos que mais trazem resultado entre os dirigentes religiosos é fazer com que a sede de dinheiro, o apetite por templos luxuosos e, em última análise, toda a estrutura econômica dos seguidores do Cordeiro estejam acima de seu apreço por quem afirmam ser seu mestre e

filho do inferno duas vezes mais do que vós" (Mt 23:15). Todo esse capítulo de Mateus registra o discurso com duras repreensões que Jesus endereça aos fariseus, que constituíam a elite religiosa de sua época.

senhor. Os representantes religiosos não abrirão mão do poder do dinheiro, do dízimo, das ofertas cada vez mais altas. Jamais conceberão que adulteraram o nome que para eles é considerado sagrado, grafando-o de maneira diferente. Em vez de *Jesus*, terão inscrita em suas testas a palavra *Jeu*.

"Porém, essa é apenas uma faceta de minha ação. Temos outros segmentos do nosso poder entre os seguidores do Cordeiro. Aos olhos do povo, o fogo do Espírito Santo é que protagoniza os movimentos de renovação, em encontros festivos onde apresentadores, oradores, sacerdotes e cantores são aplaudidos e se enganam a ponto de pensar que seu Cristo está sendo louvado e glorificado quando, na verdade, são os homens que estão nos palcos — e seus respectivos egos — que recolhem os aplausos, o louvor e a glória. Isso faz com que os fiéis julguem estar imersos numa onda de espiritualidade, de santidade; mas, em seu dia a dia, isso se refletirá na adoção de posturas radicais e fundamentalistas, permeadas por disputas acirradas acerca de quem receberá o galardão divino e a quem está reservado o paraíso.

"Como se vê, eu cumpro o papel do Espírito Santo, e, sem mim, muitas façanhas não seriam realizadas. Eu batizo, eu liberto, eu curo, eu resolvo qualquer problema que os meus fiéis queiram transferir para o âmbito divino.

"Eu posso ser Krishna, posso me passar pela Deusa Mãe, projetar-me como Jesus ou manifestar-me como qualquer dos mestres ascensionados. Se desejarem, apresento-me como Bezerra de Menezes, Santo Agostinho ou como o espírito de qualquer padre, freira ou expoente na área mediúnica. Posso falar palavras mansas, tocar nos corações, despertar as pessoas para a sensibilidade. Quem sabe possa me passar por qualquer mentor e jamais ser descoberto por seus médiuns? Como trabalho em cima de suas próprias crenças e pretensões de santidade, isso não é difícil. Sou eu quem formo os missionários da religião. Sou o responsável pelos símbolos e práticas exteriores que camuflam a falta de espiritualidade."

E, com um leve sorriso de ironia, dando-nos a impressão de que dominava tudo nessa área, continuou:

— Especializei-me nas comunicações de ordem metafísica, mediúnica, telepática. Por isso mesmo, conto com mais de mil auxiliares diretos, os quais têm acesso irrestrito à superfície, disfarçados como emissários do bem, orientadores espirituais e espíritos de renome, consagrados pelo orgulho dos pretensos representantes do Cordeiro. Sou o responsável pelas aparições de alguns santos, pela formação da fé em comunidades religiosas místicas. Em matéria de religião, eu sou realmente o maior. Enfim, eu sou deus. O Deus do universo é um; eu, porém, sou o deus das religiões."

Os planos dos dragões davam mostras de abranger todos os setores da vida planetária, da sociedade mundial. No entanto, ainda faltavam se apresentar dois dos soberanos, como se autodenominavam. E estávamos longe de conhecer, em toda a extensão, o raio de ação desses seres míticos, lendários, luciferinos. Além daquilo que nos apresentavam, certamente havia uma face muito maior que escondiam; algo transcendente a tudo o que pudéssemos imaginar.

Como mais tarde ficamos sabendo, nem de longe tivemos a oportunidade de conhecer as mentes do maioral dos maiorais e do conselho sob seu jugo, isto é, os 666 seres que formavam o grupo dos remanescentes. Nada sabíamos sobre a ciência e os arquivos milenares do poderoso concílio dos dragões; sobre quais conhecimentos tinham arquivados em seus bancos de dados, ou ainda, qual seria a identidade do número um em poder.

Contudo, já sabíamos o suficiente sobre seus projetos e sua forma de agir. Joseph Gleber nos havia dito, assim como Jamar, que nenhum espírito de nossa categoria tinha autoridade moral para lidar com esses seres milenares. Somente o Cristo e seus prepostos mais diretos detinham o poder e o conhecimento, a ascendência moral sobre os degredados, pois fora ele, o administrador do nosso sistema e do nosso mundo, que deu a ordem de alojá-los nas dimensões sombrias, as quais funcionariam como cadeias eternas até o dia do juízo, que se aproximava. Nenhum médium, nenhum agrupamento mediúnico, nenhum dos mentores conhecidos, por mais elevados que fossem, tinham condições morais e bagagem de conhecimentos suficientes para lidar com essas criaturas. Somente agora entendíamos por quê.

Ao se apresentarem a nós, pudemos vislumbrar algo de seu conhecimento, de sua técnica, do fantástico império que os dragões ostentavam na dimensão em que estavam proscritos por decreto divino. Também pudemos, a partir daí, compreender um pouco mais da grandeza espiritual do Cristo, o Cordeiro divino, sua justiça e seu Reino. Portanto, éramos ali simples emissários, com uma mensagem exclusiva e única; mas dependíamos totalmente de uma instância superior, sob a tutela do espírito Verdade, para estabelecer contato com esses seres luciferinos, conforme pudemos constatar em nosso primeiro encontro face a face.

Em meio a minhas reflexões, apresentou-se

o penúltimo dos dragões, o *daimon* número 2. Cabelos longos e olhos negros, envolto numa aura de uma negritude quase material, emergia de reflexos de cor violeta que rebrilhavam a partir de si, envolvendo os demais do concílio de tal maneira que sua ascendência sobre os demais ficava patente. Fiquei a imaginar como seria, então, o maioral, o número 1 do concílio luciferino, do qual não tínhamos a menor notícia. O segundo em poder aproximou-se de nosso grupo, rondando-nos como uma fera ronda sua presa, embora sua aparência angelical, que contrastava com sua aura de irradiações violáceas. Seu rosto apresentava um brilho semelhante ao do ouro, e suas vestes longas, de beleza incomparável, pareciam tecidas em fios de ouro, enquanto trazia cingido ao peito dois cinturões que se entrecruzavam, formando uma indumentária digna dos deuses da antiguidade. Somente ele, entre todos os outros, pronunciou-se a respeito de si mesmo com tal majestade ou altivez:

— Sou Enlil,[18] ou também podem me chamar

---

[18] Divindade suméria, Enlil era associado ao ar, o *senhor do vento*. Após disputas com seu meio-irmão Enki, abriga-se no submundo. Há quem defenda a correspondência de Enlil com o personagem bíblico Enaque (cf. Nm 13:22s; Js 15:13-14; 21:11; Jz 1:20), que

de Lúcius, conforme se referiam a mim no passado. Sou também Marduque, Moriat, Lilith[19] e Baal; não importa como me denominam suas tradições. Sem nossa contribuição, seu mundo e seus habitantes ainda estariam arrastando-se sobre o solo do planeta. Somos o mal necessário. Somos os Eloins, aqueles que mudamos para sempre a face do planeta e formamos o homem do limo, dos elementos oferecidos pela Mãe Terra, conforme a chamavam os antigos iniciados. Somos a força que Tiamat[20] conheceu e que forjou

origina os gigantes: "O povo é grande e alto, filhos dos enaquins, que tu conheces e de quem já ouvistes dizer: Quem poderá enfrentar os filhos de Enaque?" (Dt 9:2). Contudo, há forte corrente que associa Enlil ao deus hebreu Yahweh, "zeloso" (Ex 20:5; Dt 4:24 etc.), cheio de "ciúmes" (Dt 32:21; Ez 16:38,42; Tg 4:5) e grande nas batalhas (cf. Ex 13:18; Dt 20:1; Js 4:13 etc.).

[19] Deusa relacionada à morte e às tempestades, segundo o panteão mesopotâmico, especula-se se pode corresponder à alusão do livro de Isaías (Is 34:13-15), em que figura, nas traduções mais modernas, como *coruja* (King James Version) ou *animais noturnos* (João Ferreira de Almeida). Talvez sincretizada com uma espécie de demônio durante o cativeiro dos hebreus na Babilônia, perdeu progressivamente sua importância no culto.

[20] Do panteão babilônico, deus representado por uma serpente do mar e, às vezes, pelo dragão. Parece ter sido também o nome da

o progresso da sua civilização. Auxiliamos a natureza a dar o salto que definiu o progresso dos humanoides de Tiamat, da sua Terra, do seu mundo. Nossa ciência foi a força que os impulsionou rumo às estrelas; fomos nós quem engendramos povos e etnias, quem dividimos os homens em nações, quem criamos as línguas e demos origens às mais diferentes culturas. Aqui habitamos desde que em seu mundo havia apenas um supercontinente.

"Antes que os oceanos se definissem, já visitávamos seu mundo; antes que surgisse a primeira roda, aí estávamos nós. Erguemos suas pirâmides e andamos entre os sábios do Nilo com o nome de Rá. Fomos nós quem os alimentamos, ensinamos a agricultura, os iniciamos na ciência de ver os astros, contamos o tempo e as estrelas; somos nós os deuses da sua história. Vimos os homens se refugiarem nas cavernas; erguemos as primeiras cidades entre as planícies da África e da Suméria. Somos aqueles que estivemos lado a lado com vocês até o momento em que suportaram caminhar sozinhos pelas paisagens da superfície, quando formaram, então, seus redutos, a que chamam civiliza-

---

Terra em formação, segundo algumas culturas, daí a aplicação que o personagem dá ao termo.

ção. Fomos banidos de sua memória, e a lembrança de nossa raça subsiste em sua história apenas como uma lenda ou um mito. Somos os *nefilins*.

"Eu sou o número 2, o senhor da guerra. Ao longo das eras, aprofundei-me nas artimanhas da política, no conhecimento das táticas de guerra. Auxiliei de perto Cipião, o Africano; inspirei as empreitadas de Alexandre, o Grande; sou eu quem estive face a face com Moisés em alguns momentos de suas vitórias e suas derrotas. Fui eu quem agi entre o Tigre e o Eufrates, no Éden, e forjei ali a civilização que deu origem aos povos da atualidade. Minha é a Terra e todo o sistema político e econômico sobre o qual se assenta sua civilização. Meus ministros e minhas legiões se espalham em todas as latitudes, em todos os continentes e se infiltram por caminhos que vocês jamais sonharão.

"Quando abandonarmos seu mundo, falarão de nós; embora como uma lenda, falarão, pois sem nosso concurso não passariam de símios e selvagens. Nossa foi a ciência que gerou o homem novo; sob nossos auspícios foi modificada sua genética e demos vida e fôlego, alma e inteligência ao homem de Tiamat.

"Hoje, meus tentáculos se estendem pelos gabinetes dos governos da Terra. Nossa marca está presente até na forma como seus governantes se cumprimentam, pois juntos executamos as ordens do maioral. Inspirando seus governantes, formaremos o governo único mundial e, assim, teremos seu mundo mais intensamente sujeito ao jugo dos poderosos dragões. Nossa política, mesmo depois que voarmos para as estrelas, será lembrada e, como uma semente, frutificará e se entranhará em suas almas. Então seremos recordados como os majestosos deuses de todas as épocas. Tudo em sua civilização tem o dedo, o toque, a mão dos *daimons* invencíveis.

"Sua economia marcha segundo os propósitos ditados pelos dragões, pois somos mestres em fomentar crises. A economia do mundo me pertence, e, através de meus auxiliares no mundo, das corporações, dos donos do dinheiro e da influência, alçamos ao topo da pirâmide exatamente aqueles que desejamos, elegendo nossos iniciados e agentes. Sou eu quem fomenta a guerra. Sou o senhor da guerra, da economia, da política. Precisamente neste instante, quando o mundo está às voltas com abalos na economia europeia,[21] nem

[21] Na ocasião em que este livro é lançado, a Europa se arrasta numa crise de solvência, sem precedentes na história da chamada zona do euro, a moeda comum adotada por grande parte dos países do continente. Durante a crise, que se instaura desde 2008-2009 e

imaginam o tamanho do rombo que se alastra pelos países ao redor do globo, que tentam mascarar a situação dominando as notícias e os noticiários. Entretanto, nós é que dominamos tudo e todos. Formigas, míseros insetos que são, existem para serem pisados e esmagados conforme convém aos soberanos. Não se apercebem de sua pequenez e insignificância ante o poder vibratório supremo.

"Somos nós os arquitetos da desgraça e os campeões da salvação. Pois adotamos como estratégia o fomento de crises para que a população desgraçada, miserável e despedaçada implore por todos os meios a solução. E a solução sempre virá, de modo a introduzir algo que diminua a autonomia e a liberdade dos povos.

"Em meus planos desenvolvemos, junto com os donos do mundo entre os encarnados, a idéia de um governo planetário único, o que favorecerá o domínio total da população através de governantes indicados, e não votados. Haverá uma

---

eclode nos primeiros momentos de 2010, surge com força na imprensa a sigla PIGS (do inglês, *porcos*) como forma de designar os países cujos patamares de endividamento público em relação ao PIB ultrapassam com larga folga os limites recomendáveis. São eles Portugal, Itália, Grécia e Espanha. Posteriormente, a imprensa cunha PIIGGS, acrescentando ao acrônimo Irlanda e Grã-Bretanha.

moeda única, que já está em experimento, bem como outras maneiras de unir as nações do planeta, que abdicarão gradativamente da autonomia e da soberania nacional. Em nossos testes com a política e o povo, trabalhamos em prol do nascimento de uma igreja que seja universal e promova a união das demais, a fim de que as ideias sejam disseminadas de forma mais fácil e abrangente.

"Permeando tudo isso, estão a tecnologia, que ganha terreno rapidamente entre os viventes, e as experiências que temos promovido em mídias como televisão, internet e todo o arsenal que levamos a efeito, por meio das inovações em matéria de comunicação, sobretudo no âmbito do ciberespaço. Governos, empresas e o povo, de modo geral, pouco a pouco cedem ao nosso comando. Através de técnicas como controle mental, hipnose coletiva e indução das multidões, expandem-se as conquistas que obedecem aos propósitos dos donos do mundo, sob nossa inspiração.

"Mediante o auxílio de nosso *daimon* que domina a tecnologia, finalmente assistiremos ao advento de nossa marca, o selo do domínio total nas mãos e nas testas de todos aqueles que serão nossos dependentes integrais e que se deixarão seduzir por nossa promessa de um mundo melhor e globalizado. Muito em breve, ninguém no planeta, nas nações mais desenvolvidas e naquelas que emergem da miséria e da pobreza conseguirá comprar ou vender sem que tenha sob a epiderme nosso selo, nosso número, nosso nome. Algo discreto, quase invisível, mas acachapante. Invisível como nossa organização, invisível como nossos aliados, secreto como as instituições que nos representam no planeta, o símbolo de nossa dominação oferecerá segurança, e com ele se poderão abrir portas e facilitar operações financeiras, as pessoas poderão tornar-se *onliners*, conectadas ao ciberespaço e ao reinado dos soberanos. Eis a nossa marca; a marca da besta.[22]

"Apesar e acima de tudo, dominaremos. Não obstante os avanços técnicos, a popularização da informática e o desenvolvimento da tecnologia, a ilusão criada e mantida por nós será o selo de dependência de toda a gente. Os governos, as corporações e empresas mapearão constantemente os indivíduos através de um simples e quase invisível selo; uma espécie de *chip* implantado em cada cidadão. E isso não está nada longe de se tornar trivial. Nosso profeta já vive entre vocês; nosso representante não mais será um homem, porém uma organização, que falará em nosso nome, em

---

[22] Cf. Ap 13:16-18.

nome de Deus, e se apresentará à cristandade com poder de deus, realizando milagres à vista dos homens[23] mais simples e de fé menos exigente.

"Um novo Golem[24] está sendo preparado nos países do velho continente, e ele será levado ao poder através da indicação de diversos governos, e muitos povos ele dominará. E o anticristo caminhará novamente entre a população e estará conectado numa rede global com nossas ideias e nosso concílio.

"A despeito de todos os acontecimentos, permaneceremos invisíveis, oferecendo um mundo novo, mas perante o sacrifício de muitos. A população deve necessariamente diminuir. Eventos que culminarão no encolhimento do contingente populacional estão em pleno desenrolar — tais como os experimentos científicos com o clima e a saúde pública, desenvolvendo vírus e bactérias — e acarretarão a redução da quantidade de miseráveis filhos de Eva na superfície do planeta.

---

[23] Clara referência à profecia apocalíptica da *ressurreição* da besta ou da segunda besta: "Então vi subir da terra outra besta, e tinha dois chifres semelhantes aos de um cordeiro, mas falava como dragão. (...) E fez grandes sinais, de maneira que até fogo fazia descer do céu à terra, *à vista dos homens*" (Ap 13:11,13; grifo nosso).

[24] "Golem é um ser artificial mítico, associado à tradição mística

"Muitas guerras da atualidade são laboratórios, são como tubos de ensaio, que engendramos para possibilitar os testes experimentais que algumas nações executam com os habitantes e a natureza do seu mundo, ou seja, com o sistema de vida sobre o qual se apoia sua civilização. Sob a bandeira do combate ao terrorismo, por exemplo, faremos com que alguns países sejam aniquilados mediante experimentos químicos e biológicos, colimando que a concentração de poder nas mãos das indústrias bélica e petroquímica seja levada ao máximo grau, como desde já se configura no mapa da política internacional.

"Como se pode notar, quem reina sobre a Terra somos nós, os dragões soberanos, o poder vibratório supremo. O mundo nos pertence, e, embora saibamos que nosso tempo em seu solo é pouco, estamos confiantes no sucesso. Ora, em

do judaísmo, particularmente à cabala, que pode ser trazido à vida através de um processo mágico. O golem é uma possível inspiração para outros seres criados artificialmente, tal como o *homunculus* na alquimia e o moderno Frankenstein (obra de Mary Shelley). (...) A palavra *golem* na Bíblia serve para se referir a um embrião ou substância incompleta: o Salmo 139:16 usa a palavra 'gal'mi', significando 'minha substância ainda informe'." (Fonte: http://pt.wikipedia.org/wiki/.)

meio às revoluções, às crises mundiais, econômicas e políticas, às comoções sociais e individuais de toda ordem, o pequeno grupo que pretende renovar o planeta se verá absorto a tal ponto, que dificilmente levará adiante a obra de renovação das consciências e da humanidade. Nenhuma fé se sustentará diante da crise global que se avizinha. Nenhuma mensagem se manterá com a instauração de ameaças que agravem o medo da morte tanto quanto o temor de perder a posição social arduamente conquistada ou o *status* que muitos ostentam, no mundo de ilusão no qual se inserem.

"Os missionários do pensamento progressista retrocederão ou farão pactos conosco, com nossas ideias; os seguidores do Cordeiro combaterão ainda mais tenazmente entre si; os espiritualistas se perderão em meio às tempestades emocionais desencadeadas pelos dramas coletivos, e a salvação será provida por nós. Digladiarão de tal maneira que ninguém desconfiará do fato de estarmos por trás, coordenando toda política, todo poder e recurso que o mundo emprega para manter-se no aparente equilíbrio a que estão acostumados."

O representante dos maiorais, o número 2 no poder daquele concílio tenebroso, calou-se, após a longa exposição, como se desse um tempo para digerirmos o que todos falaram. Antes que outro de nós se manifestasse, Jamar tomou a dianteira, perguntando:

— E por que vocês se expõem a nós dessa maneira, revelando seus planos? Não temem que possamos desmascará-los, levando a público o plano de domínio dos dragões? Não pensam no risco de anunciarmos ao mundo a sua artimanha, enfraquecendo-os?

O número 2, que se apresentou como Lúcius, entre tantos outros nomes, falou pausadamente, numa tentativa de demonstrar superioridade:

— Não tememos que isso ocorra, pois seus agentes encarnados não acreditam em nós. Na verdade, não acreditam nem sequer nas convicções que dizem professar, em sua doutrina e seus ideais, quanto mais em seres lendários, cuja existência, segundo aprenderam, não passa de uma invenção, uma alegoria fantasiosa criada para impressionar indivíduos de educação espiritual primária. Não tememos. Entretanto, mesmo na hipótese de nos levarem a sério, que poderão fazer contra um poder invisível e monstruoso, conforme provavelmente vocês nos definem? Nada! Rigorosamente nada!

"Não restringimos nosso campo de ação a questões religiosas ou exclusivamente espirituais. Nossa influência — que norteia por completo sua humanidade há milênios! — incide sobre os sistemas de vida, a política cósmica e o paradigma de pensamento e existência. Em face disso, duvido que seus agentes no mundo físico consigam combatê-la. Eles próprios estão enquadrados no esquema dos *daimons*; lutam entre si, isolando-se uns dos outros com a ideia de que somente eles estão com a razão e doutrinariamente corretos. Por que temer aqueles que trabalham sem união? Por que esperar uma ação conjunta daqueles que se julgam os melhores e nem sequer se encontram para discutir as diferenças e os pontos em comum, ou jamais falam de assuntos delicados por medo de terem sua posição abalada? Seus 'missionários' estão desvitalizados de tanto digladiar-se. Disputam que mentor é o mais iluminado ou doutrinário, qual dentre eles está obsidiado e, ainda, quem está mistificando. Sinceramente, guardião: não vejo por que temer um movimento a cindir-se em suas estruturas, tal como o de vocês, que afirmam servir ao Cordeiro."

Antes que o *daimon* pudesse continuar, um símbolo foi avistado tremeluzindo sobre nossas cabeças. Somente alguns minutos depois soubemos se tratar da marca do maioral dos dragões. No entanto, o revolutear das serpentes identificando o número 1 do poder vibratório supremo imediatamente causou certo incômodo em todos nós e, mais ainda, pânico entre os seis representantes do concílio. Uma voz ressoou pelo recinto, trazendo um quê de mistério, uma aura de ódio e um misto de desprezo e ferocidade:

— Número 2! Eu não o proibi de atacar o comboio dos guardiões? Você sabe o que significa desobedecer a uma ordem minha? — trovejou a voz, que parecia vir de todos os recantos possíveis, enquanto Anton e Jamar davam um pulo para trás, como se houvessem tomado um choque. Pai João imediatamente entrou em contato com o aeróbus, unindo-se às mentes de Jamar e Anton, visando checar a situação em torno da nossa base de apoio naquela dimensão. Enquanto isso tudo ocorria numa fração de segundo, a conversa entre os dois representantes do poder continuou, de maneira tensa:

— Eu não disse que cumpriria suas ordens em todas as minúcias. Chamei de volta nossas tropas, os espectros, assim como você chamou os chefes de legião, mas como sou aqui um dos maiores representantes do poder... — antes de prosseguir, foi interrompido pela fúria do maioral:

— Um dos maiores, bem disse, mas *somente eu* sou o maioral! Dê ordens imediatamente para a retirada do contingente de espíritos. Ou você por acaso ignora o alcance do poder de que estão investidos os guardiões que nos visitam?

— Parece que você, sendo o maioral, teme os invasores, que estão, tanto em número quanto em poder de fogo, em desvantagem em relação a nós — respondeu ironicamente o número 2, contestando o maioral, que não podia ver.

— Obedeça-me, miserável do segundo escalão, ou não viverá mais para ver a desgraça que provocou. Curve-se à minha autoridade, já!

Enquanto se processava o embate entre ambos, os demais representantes do poder vibratório supremo reverenciavam a manifestação do maioral, que se mostrava irado. O número 2 se insurgira contra ele, tomando as rédeas nas mãos e contrariando as regras de respeito mútuo quando fossem visitados pelos representantes da divina justiça.

Talvez querendo se impor à frente do concílio, assim como diante de nós, que os visitávamos pela primeira vez, o segundo no poder queria fazer-se respeitar pelo maioral a qualquer custo:

— E se eu me recusar a cumprir suas ordens? Como fará para reorganizar todo o concílio?

— Conhece muito bem o tipo de punição que lhe posso impingir, miserável! Suportei sua arrogância por séculos e milênios, mas nem você sabe por que foi tolerado entre os maiorais, no concílio dos poderosos. Não ignora que posso implodir seu corpo mental e sua estrutura externa a qualquer momento, se assim eu o desejar — ameaçou a voz naquele ambiente, que exibia diversas tonalidades de vermelho e violeta, reverberando em todo lugar as radiações da raiva daquele que permanecia invisível a todos.

— Diga-me, então, como fará para me substituir no papel que desempenho entre os mortais, na frente de combate? Não será tão simples assim livrar-se de mim. Suas palavras nem sempre refletem seu poder e sua autoridade. Começo a pensar que você fala muito mais do que pode... — aventurou-se o número 2, num desafio sem precedentes ao maioral. Ainda que por fora parecesse tremer, não havia mais como voltar atrás; não cederia novamente perante os escalões inferiores dos soberanos.

Num átimo foi avistado no ambiente um fenômeno que mais se assemelhava a um relâmpago, e que envolveu o número 2 subitamente, arrebatando-o de nossa presença, como se tivesse sido transportado a outro lugar ou outra dimensão. Os demais do concílio estavam atônitos, pois ficou patente o poder do maioral entre os maiorais. O número 2 desaparecera, e ninguém podia, naquele momento, saber exatamente aonde fora levado. Nada, nenhum rastro energético sequer fora deixado para trás.

E, como se nada houvesse acontecido, a voz do maioral foi ouvida por todos nós; aliás, não uma voz, mas uma risada sinistra, que se materializou em meio a todos:

— É mais fácil acreditar no meu poder agora, guardiões? — indagou a misteriosa voz, que vinha de outro lugar ou outra dimensão. Instintivamente, olhei para Jamar e Anton, que pareciam estar em semitranse, comunicando-se com o pessoal que ficara no aeróbus, embora não perdessem de vista o que ocorria ali, na superfortaleza dos *daimons*.

— Você é muito astuto, seja lá quem for! — respondeu Jamar.

— Por isso sou o maioral entre os maiorais, sou o grande, o único; por isso, meu símbolo é a serpente. A astúcia, a inteligência e a perspicácia são características de meu ser.

— E podemos saber quem é, ou se manterá ao abrigo, em anonimato, escondendo-se dos demais?

— Não pertenço à sua espécie ou ao seu mundo. Isto lhe basta; é o suficiente para que se dirija a mim.

— Importa, na realidade, é que encontremos uma forma de nos comunicar, de falar ao maioral.

Já que eu e meus amigos estamos em seus domínios, talvez seja de bom tom que nos apresentássemos, não é mesmo?

— Nada disso, guardião. Eu sei muito bem que vocês manejam as palavras com maestria. Sou de uma forma existencial diferente da sua, tenha isso como verdade ou não. O que você ouve é apenas uma projeção que faço para a dimensão em que se encontram.

— E se eu lhe disser que sei muito mais sobre você do que imagina? Se eu lhe dissesse que sua identidade não é assim tão ignorada por nós? — Anton intrometeu-se na conversa.

— Então eu contaria com a ética dos representantes do Cordeiro, pois sei muito bem que vocês jamais agem como nós, os dragões. Ademais, não posso sair do meu conjunto espaço-tempo ou da minha dimensão quando eu queira — o maioral escapou pela tangente, tentando não focar a atenção em sua identidade.

— Não se preocupe, chefe supremo dos dragões. Nossa vinda aqui não significa intromissão em sua política, embora vocês tenham descumprido o trato de não agressão para com os representantes da justiça. Venho em nome do governo espiritual do planeta. Não vamos trair seu anonimato.

Nós nos entreolhamos enquanto Anton falava

com o maioral, sem divisar sua face ou aparência. Ficamos pensando como ele saberia da identidade do *daimon*. Mas ali não era hora para perguntarmos. Tínhamos pouco tempo à disposição.

— Trazemos para vocês o ultimato do governo oculto do mundo. O tempo concedido pelo justo juiz está se esgotando. O prazo que lhes foi dado para permanecerem no mundo chamado Terra não mais será dilatado. Fecha-se um ciclo, a fim de que o planeta adentre a fase de regeneração. As potências ocultas do mundo determinaram que nova época de degredo se inicia, e vocês precisam enfrentar o tribunal de suas consciências e o tribunal da justiça superior, que governa tudo e todos no âmbito da vida planetária.

Uma risada ainda mais sinistra que a anterior se ouviu, enquanto os cinco dragões que ali permaneceram começaram a se mover de um lado para outro, como se a mensagem tão simples anunciada por Anton desencadeasse alguma lembrança em suas mentes. Movimentavam-se desordenadamente no ambiente.

— Trago, portanto, o aviso, o decreto dos Imortais de que seu tempo acabou na Terra. É hora de deixar que os humanos do planeta ajam por si sós, sem a influência nefasta de sua organização, do poder vibratório supremo. Caso deseje amenizar as provas que os aguardam no futuro, podem contribuir com as equipes de reurbanização da dimensão extrafísica, dando ordens para que seus subordinados não causem empecilho aos discípulos do Cordeiro, que, desde já, descem ao abismo para começar o projeto de desinfecção dos ambientes infelizes.

"Por sua vez, saibam, poderosos dragões, que o Cordeiro não mais se manifestará como o meigo e humilde rabi da Galileia, mas, agora, sob a roupagem de governador espiritual do mundo, prepara-se para que o Reino seja definitivamente estabelecido no planeta Terra, em todas as dimensões de sua aura."

— O Altíssimo não poderá nos destruir — falou a voz nitidamente diferenciada do número 1. — Ele nos deu este mundo por habitação e esta dimensão como reino. Como poderá tirar de nós aquilo que ele mesmo determinou? Ou não respeitará a sua própria lei?

— Você já está informado, maioral. A partir deste momento, os reinos do mundo não mais lhe pertencem e foram transferidos para a jurisdição do Cordeiro, o Cristo planetário. Começa agora, nesta época, o período de juízo. Primeiro os espíritos da Terra serão catalogados, alistados e selecionados, enquanto vocês, do poderoso concílio, terão um pouco de tempo, muito pouco, para refletir e observar como a política do Cordeiro de Deus se instala no orbe. Verão seus servidores, sua milícia, seus supostos ministros serem encaminhados, um a um, ao supremo tribunal da justiça sideral. Visitantes das estrelas já se aproximam para auxiliar no processo seletivo em andamento. Portanto, resta-lhe pouquíssimo tempo, querubim, chefe supremo dos dragões.

— Basta! — exclamou o maioral, de maneira tão enfática que deixou claro que algo seria feito por parte do concílio dos dragões de modo a impedir que saíssemos dali.

Entrementes, recebemos ordens de voltar ao comboio que servia de base para nossa expedição. O poder dos dragões então se reuniu — de mãos dadas, como se ajuntassem forças —, exceto o número 2, que ninguém sabia para onde fora relegado pela ira do maioral. Apesar do desígnio contrário dos *daimons*, saímos do ambiente, desmaterializando-nos.

Rematerializamo-nos diretamente dentro do campo de forças que envolvia o aeróbus, no cimo da montanha localizada na dimensão sombria, de matéria negra; o universo dos maiorais. Não fiquei sabendo, naquela hora, de quem foi a força mental que nos retirou do ambiente onde corríamos seríssimo risco; de qualquer forma, foi um lance decisivo.

Nesse exato momento, tão logo avistamos as tropas dos guardiões em prontidão e, do lado oposto, os milhares de asseclas do poder sombrio dos *daimons*, foi que vimos algo assustador. De todos os lados, subindo pelas encostas e vindo do alto em equipamentos de voo, ou mesmo levitando nos fluidos densos daquela dimensão desconhecida, estavam os chefes de legião, assim como seus soldados mais temíveis, os espectros; e, à frente de todos, o famigerado número 2 da organização dos dragões. Ao que tudo indica, foi obrigado pelo chefe dos soberanos a ficar na dianteira da coluna de ataque ao aeróbus. De alguma maneira, o maioral possivelmente intuiu que algo medonho iria acontecer e, provavelmente como punição, colocou o número 2 na frente do campo de batalha, algo que jamais, em qualquer outro tempo, havia sido feito. Os *daimons*, eminentes estrategistas, atribuíam aos chefes e subchefes de legião a função de se expor no corpo a corpo, ao invés de se colocarem eles próprios a descoberto.

—Atacar!!

Os seres hediondos de aspecto grosseiro, armados até os dentes com espadas e outros artefatos, atiraram-se ao vento e, sem aparentar medo algum, desceram sobre o aeróbus, num misto de caos, terror, maldade e primitivismo, como eu nunca vira até então. Alarido infernal se fez ouvir, como se asas de milhares de morcegos estivessem se movimentando, e o som de animais, rugindo como feras, envolveu o ambiente até então apenas estranho, mas que se transformara em algo completamente agressivo. O cheiro de amônia e o rastro de algum gás de odor nauseabundo emprestou ao ar uma característica inconfundível. A pouca luz foi obscurecida pela quantidade de seres, de espíritos se entrechocando e combatendo corpo a corpo com os guardiões, que assumiram a frente de batalha. Jamar e Anton comandavam aquele destacamento com toda sua pujança, bramindo no último momento suas espadas e revestindo-se, ali mesmo, do aspecto que tinham em suas dimensões de origem. Como anjos vingadores,[25] rompiam as defesas energéticas das entidades corruptas e criminosas, causando enorme estrago nas fi-

---

[25] A comparação dos guardiões superiores com *anjos vingadores* pode causar espanto. Contudo, tendo em vista o enredo, os artifícios literários e, sobretudo, o contexto em que a trama se desenvolve, faz todo o sentido invocar a figura dos anjos bíblicos, principalmente do Apocalipse, que servem a Deus em nome da justiça. Há fartos exemplos dessa categoria de emissários divinos

leiras inimigas. Watab criava enorme confusão em meio aos espíritos desordeiros e aos chefes de legião. Espadas cintilantes, feitas de material desconhecido por nós, simples espíritos em aprendizado, cortavam o espaço, erguendo campos de proteção potentíssimos, que impediam que os espectros nos atingissem.

De repente, Pai João e Tupinambá deram-se as mãos e, fechando os olhos, pronunciaram palavras que pareceriam cabalísticas ao simples mortal, mas que, na verdade, atuavam reunindo a força extrafísica dos fluidos daquela dimensão, mesmo sendo muito densos. Em seguida, uma onda de energia irradiou-se a partir dos dois, ampliando-se cada vez mais, até atingir a primeira leva de seres infernais, que foram arremessados de suas máquinas de guerra ou caíram estatelados no chão, desmaiados diante da força descomunal desencadeada por ambos os espíritos. As baterias de plasma do aeróbus foram exigidas ao máximo, en-

---

no livro profético, dos quais citamos: "Miguel e os seus anjos batalhavam contra o dragão" (Ap 12:7); "Outro anjo saiu do templo, que está no céu, o qual também tinha uma foice afiada" (14:17); "Se alguém adorar a besta, e a sua imagem, (...) beberá do vinho da ira de Deus, (...). E será atormentado com fogo e enxofre diante dos santos anjos e diante do Cordeiro" (14:9-10).

quanto nós, os aprendizes — eu, Saldanha, Dante, Júlio Verne e Voltz — nos recolhemos ao interior do veículo, aguardando as orientações de Jamar e Anton, que nos pediram reclusão. Confesso que temi por nossa segurança. As forças do inferno se revoltavam contra nossa presença ali.

Subitamente, Anton deu um grito e fez um sinal para que Jamar perseguisse o número 2. Ele deveria ser capturado, uma vez que descumprira o trato preestabelecido pela justiça sideral. Anton revoluteou acima do aeróbus, formando, com sua espada chamejante, ondas e mais ondas de energia, que ribombavam ao redor, operando grande movimentação por onde passasse. O caos se estabelecera.

Os espectros, enfurecidos, se atiravam sobre os guardiões, procurando sugar-lhes as reservas energéticas, embora estes estivessem com seus potentes campos de defesa erguidos. Os guerreiros de Anton e Jamar voavam entre montanhas, grutas e árvores retorcidas, armando emboscadas nos entroncamentos energéticos daquela dimensão.

O número 2 bateu em retirada, ao ver que Jamar ia a seu encalço. Buscou cercar-se dos mais temíveis chefes de legião, escolhidos a dedo, e demandou para lugares ermos da dimensão sombria. O guardião da noite não desistiu, nem foi abatido, em razão do ardor na luta. No meio de todos, corriam aqui e ali, sem rumo certo, alguns espíritos desordeiros, os mais acanhados na hierarquia do inferno dantesco, na tentativa de romper os campos de defesa do aeróbus. Foi quando Kiev advertiu:

— Nossas reservas de plasma não aguentarão muito tempo e, então, nossas defesas energéticas serão rompidas. Anton terá de tomar alguma providência urgente.

Jamar deslizava pelos fluidos ambientes, acompanhado por seis guardiões, que o seguiam instintivamente, sem que ele desse ordens para isso. No topo da fortaleza dos *daimons*, arrebentavam, com a energia que emitiam de si, a formação dos espectros, numa explosão de fogo e fuligem, que estes seres exalavam quando tinham suas defesas energéticas violadas. Um deles inclinou-se em voo rasante contra a espada reluzente de Jamar, sem saber o dano que causaria a si mesmo. Assim que tocou o fiel da espada, forjada em material de uma dimensão superior, teve seu corpo quase material rasgado como papel diante de uma lâmina afiadíssima; logo depois, ouviu-se a explosão característica da transferência da estranha criatura para outros planos. A arma, na verdade, era um artefato de potentíssima vibração, capaz de abrir uma brecha dimensional, transportando quem quer que nela tocasse para outra equação espacial. Somente os guardiões saberiam dizer onde agora se encontrava a infeliz criatura.

O pequeno destacamento de guardiões que acompanhava Jamar na perseguição ao número 2 continuava seu percurso, iluminados como relâmpago, com suas vestes fluídicas refletindo as alturas das quais procediam, enquanto a matéria negra daquele mundo ribombava, cortada pelos elementos sutis de suas vestimentas. Um rastro de claridade ofuscante foi avistado nos elementos constituintes da atmosfera infecta.

Ao redor, espíritos de todas as estirpes da horda que assessorava o *daimon* número 2 dissolviam-se em meio aos arcos de luz formados pelas espadas dos guardiões que auxiliavam Jamar. Um dos guardiões mais próximos do especialista da noite teve seu lado esquerdo rasgado pela garra de um espectro, que marcou profundamente seu perispírito com o impacto energético. Ninguém ali estava incólume ao ataque da oposição. Tudo dependeria da estratégia empregada, da habilidade de cada lado e da frequência energética em que cada um vibrava. Porém, como estavam todos numa mesma dimensão, havia o risco de se ferirem no combate corpo a corpo, em um mundo de semimatéria ou beirando à materialidade, como aquele onde se movimentavam. Trilhas de fumaça esverdeada com nuances roxas formavam um rastro por onde os demônios ou seres infelizes passavam. A perseguição era atroz.

Logo acima do local onde se encontravam, os cinco *daimons* remanescentes viram o que ocorria com o número 2. Mais por temerem a descoberta dos seus locais secretos de refúgio do que por qualquer sentimento de solidariedade, resolveram se intrometer na luta. Viram também o diminuto grupo de guardiões que auxiliava Jamar e calcularam, de forma equivocada, que seriam vitoriosos naquele confronto. Desconsideraram, contudo, a especialidade do guardião da noite e de seu cortejo de espíritos, que, como anjos vingadores, deslizavam junto com seu comandante pelos fluidos densos do ambiente, rasgando a escuridão da matéria.

Soltando um grito de guerra que há muito tempo nenhum mortal ouvia sobre a terra do desterro, mergulharam em batalha renhida. Com uns poucos auxiliares, guinchando e rugindo, os *daimons* atacaram o pequeno grupo de guardiões, revirando no ar, remexendo com suas espadas inflamadas — ou com um equipamento que se aproximava dessa descrição —, como se fossem rasgar a indumentária extrafísica dos emissários do Cordeiro. Como asas negras e de cores dificilmente descritíveis pelos habitantes do mundo, seus reflexos na atmosfera poderiam causar espanto e horror a qualquer encarnado. Braços abertos, mãos empunhando o material astral que lhes servia de arma, caíram em direção ao grupo de sentinelas.

Quatro dos novos perseguidores acuaram dois guerreiros de Jamar, como se pudessem matá-los com suas armas de efeito eletromagnético. Enrodilharam-se os quatro *daimons*, arremetendo de um lado a outro os dois guardiões, até que foram pegos de surpresa, pois estes se desmaterializaram diante deles. Então, viram-se enroscados, rodopiando e retalhando uns aos outros. Os guardiões se rematerializaram mais acima, observando como os quatro *daimons* digladiavam entre si, no fervor da batalha, até que se deram conta de que estavam lutando uns contra os outros. O estrago causado foi muito sério, a ponto de decidirem aquietar-se. Poderiam ser ótimos estrategistas, exímios campeões da guerra e das artimanhas, mas da luta corpo a corpo, pouco sabiam. Eram um verdadeiro fiasco, uma vez que há milênios ficaram apenas maquinando táticas e avaliando resultados, enquanto seus asseclas assumiam a dianteira dos combates sob seu mando. Talvez tivessem agora de ouvir a repreensão do número 1, que, com certeza, não lhes perdoaria por se exporem assim, tão abertamente, numa briga inútil.

O outro *daimon* deteve seu voo rasante ainda em tempo de notar o que ocorria, evitando, assim, o comprometimento mais intenso na luta que se passara.

Três feras, entre os espectros mais especializados, arremessavam explosivos à frente dos guardiões, de uma distância considerável, os quais foram rebatidos com extrema esperteza e habilidade. Após se desviarem das bolas de energia concentrada, os guardiões as arremessavam de volta, causando grande alvoroço entre as bestas assassinas, embora dois dos sentinelas e o próprio Jamar tivessem se chamuscado nas irradiações detonadas nas proximidades, ao atravessarem as bolas.

Antes que Jamar pudesse avançar mais, rumo ao número 2 dos *daimons*, foi atingido por três espíritos que se escondiam em algum recanto obscuro daquele mundo de degredados. Jogaram-se sobre o especialista da noite com suas garras afiadas, destroçando-lhe as vestes e marcando sua epiderme espiritual com golpes fortíssimos, cujo resultado foi semelhante à marca que projéteis deixam na pele humana, ao atingi-la. Jamar não tinha tempo para cuidar de si naquele momento, ou perderia para sempre o *daimon*, que fugia por caminhos escuros e vales sulcados na escuridão. O guardião rodopiou no ar, se assim poderia me referir aos elementos que se dispersaram na atmosfera, e o reflexo de sua aura, como asas em fogo, dilacerou a pele ressequida dos infelizes filhos da escuridão. Flamejante, irradiou ainda mais sua aura, e as emanações luminosas, de forte magnetismo, promoveram um impacto violento nos corpos semimateriais dos miseráveis do abismo. Sua espada causou efeito ainda maior, pois, ao bramila, nova horda de seres demoníacos a serviço dos dragões foi despachada para outra dimensão, na qual, decerto, aguardariam o veredicto da justiça divina e teriam de enfrentar-se, até que fossem deportados definitivamente do orbe terrestre. A explosão de fumaça negra assinalou a derrocada daqueles seres vândalos e sua transferência para uma região ignota da espiritualidade.

Jamar suava como atleta em meio a uma corrida. Mas não deu tréguas ao número 2, que finalmente se vira sozinho na fuga enlouquecida que empreendera. Em sua mente, não saberia dizer se a punição pretendida pelo número 1 era exatamente isso que estava ocorrendo ou algo ainda pior. Sabia, sim, que não estava conseguindo escapar do anjo vingador que o guardião representava naquele momento. Parecia que seu fim chegara e que seria um fim que ele nem sequer conseguia adivinhar, pois nunca antes sofrera uma perseguição tão obstinada em seu próprio território. E o número 1 mantinha-se escondido, aquele miserável, ao qual odiava cada vez mais intensamente, com todas as forças represadas em sua alma. Seu *status* perante os demais *daimons* estava para sempre abalado.

Um dos poderosos chefes de legião, de prontidão na fortaleza dos dragões, viu, boquiaberto e sem acreditar, como o rastro de seus maiores guerreiros cortava a escuridão da matéria negra daquele mundo e, como se fosse o ruído de uma revoada de morcegos ou outro bicho qualquer, ouviu como seus mais fiéis combatentes foram um a um transferidos para a dimensão paralela ainda ignorada, para onde o guardião da noite os remetia. Os gemidos e o grasnar das feras assassinas que o serviam aumentavam mais e mais, denotando que algo descomunal acontecia com um dos deuses, o número 2 em poder.

Inquieto, insatisfeito e cheio de ira contra o chefe dos guardiões, o espectro de alta patente arremessou-se pelos ares, abrindo seu manto escarlate como se fossem asas poderosas, a fim de intervir na luta encarniçada e proteger aquele que aprendera a venerar há séculos. Pairou sobre o cume de um monte segurando sua arma na mão direita e proferindo um brado de guerra, que aprendera nos tempos da antiga Babilônia. Logo se jogou como um relâmpago sobre o local onde estava Jamar e seu grupo de especialistas na perseguição ao segundo maioral.

Mas algo assustador aconteceu. Algo mais ofuscante do que seu rastro magnético, mais potente do que todas as forças dos *daimons* em conjunto o deteve, de tal forma que sua velocidade foi barrada instantaneamente por uma explosão de claridade que brilhava como um sol, explodindo e irradiando-se por todos os lados, somente não ofuscando a visão dos guardiões, que nem mesmo olharam para a fonte de luz e o feixe de forças, que, de súbito, se materializou naquela região.

Em pânico, o chefe de legião segurou ainda mais firme sua arma, porém não teve como focar a visão diante de tamanha luminosidade, como se tivesse havido uma explosão atômica, tal a intensidade com que esta se mostrava e a derrota que causava nas fileiras inimigas, representadas pelas legiões do poder vibratório supremo naquele mundo.

O fenômeno ofuscou a luz dos próprios guardiões, empalideceu os poucos reflexos luminosos resultantes do entrechoque da antimatéria daquele plano com a matéria quintessenciada característica dos guardiões. Montanhas, florestas retorcidas e todo o conjunto arquitetônico que um dia estiveram presentes naquela região foram obliterados pelo fulgor repentino irradiado de um foco comum, se bem que de procedência ainda ignorada. O chefe das legiões luciferinas cobriu-se com seu manto, embora essa ação de nada adiantasse para se livrar da luz que a tudo ofuscava.

Ao longe, os quatro *daimons* caíram de sua posição, como objetos pesados; sem prumo e sem rumo, perderam-se em meio às excrescências da geografia astral, como outro espírito qualquer. Aqueles que estavam mais além, próximos ao aeróbus, quase vencendo as resistências dos guardiões, caíram de uma só vez sobre a superfície, como se fossem atirados por um poder invisível.

Em completo pavor diante do desconhecido, as falanges dos *daimons* ficaram atordoadas diante da manifestação que nem mesmo pelos guardiões foi compreendida de imediato. De uma coisa Jamar sabia, no entanto. Ele não desistiria de capturar o número 2 das organizações do abismo, o segundo poder vibratório supremo do impiedoso concílio dos dragões. E assim o fez. Seguiu seu instinto até acuar um dos maiores responsáveis pela desgraça da humanidade durante séculos e mais séculos; nada menos do que a mente assassina que arquitetara os mais hediondos atos, os maiores crimes de lesa-humanidade. Uma vez que lhe fora dada tal incumbência, o guardião da noite desejava ardentemente conduzir o senhor da guerra aos dignos representantes da justiça sideral no planeta.

Antes que pudessem distinguir de onde procedia a estranha irradiação, que mais se assemelhava à explosão de uma bomba atômica, os chefes de legião caíram um a um, perdendo seu equilíbrio durante a batalha.

O número 1 entre os maiorais, ao longe, tremia e temia que aquilo que se processava ali já fosse o resultado do pronunciamento divino que punha termo a seu governo inumano. Sentia-se impotente e acompanhara à distância, através de equipamentos de observação, todos os lances do conflito entre suas legiões e os emissários do governo oculto do mundo. Assim sendo, vira o momento exato em que o estranho fenômeno se manifestara em seu domínio, no qual ele se considerava senhor e deus. Tudo isso se passou em uma fração de segundo; num átimo de tempo.

O número 1 tentou fugir de sua fortaleza inexpugnável, alojada num recanto obscuro e ignorado das prisões eternas, a dimensão sombria, mas sentiu-se impotente para qualquer ação. O fogo dos céus ofuscava inclusive o local onde estava, e, por mais poderoso que se sentisse, era completamente impossível colocar-se ao abrigo da luminosidade que atingia seu espírito. Labaredas ardentes consumiam seu interior e, conforme deduzia, o de todos os representantes do concílio tenebroso.

O número 2 preparou-se para ser absorvido pelo portal dimensional ativado pela espada flamejante de Jamar, quando este o agarrou em suas mãos potentes, como um homem de guerra, levantando o poderoso dragão com a força e a coragem de sua alma inflamada pelo dever.

— Você vai comigo, *daimon*! Haja o que houver, enfrentará a justiça divina e terá de responder pelos seus atos. Assim eu prometo, em nome do Altíssimo!

As palavras do guardião devassaram a alma do poderoso *daimon*, que, com a aparência angelical, como se fora um espírito da mais alta hierarquia, viu-se arrastado de seu covil para enfrentar a luz imortal que ali surgira. Fora obrigado a ver suas pretensões ruírem e seu império desfalecer aos pés de algum poder que não saberia definir.

Jamar levantou voo tendo seguro em suas mãos o representante dos dragões, quando um sonido de trombeta repercutiu em toda a dimensão onde estavam os guardiões. O som penetrava no âmago dos espíritos sombrios, trazendo à tona os arquivos impressos em suas almas desde os milênios em que estavam acorrentados às profundezas do abismo. Lembranças do pretérito, lutas inglórias e vitórias, derrotas e lágrimas, crimes e castigos praticados ao longo dos milênios eclodiram na mente dos poderosos senhores que imperavam naqueles domínios. Seus súditos viram emergir de sua memória espiritual visões de cada ato perpetrado em nome de um império do mal, em favor de uma política inumana. Suas almas não suportavam o peso das recordações, que desencadeavam reações de desespero no momento único, no minuto em que soaram as trombetas, ouvidas por todos.

Os guardiões se juntaram. Jamar procurou imediatamente sua comitiva, que estava reunida com Anton. Quanto ao *daimon* que estava sendo transportado, foi posto no chão, como estrela que caíra, como guerreiro vencido esperando alguma coisa que viesse colocar fim à sua relativa imortalidade.

— Algo de muito intrigante está acontecendo — falou Kiev, referindo-se ao fenômeno fulgurante que ocorria perante todos.

— Aguardemos — respondeu Anton solene, olhando em torno e verificando que todos estavam presentes.

Estropiados, cansados, marcados pelo calor da batalha, estavam todos ali, os representantes da justiça divina.

— Com certeza é uma intervenção do Alto — tornou a comentar Anton. — Vamos dar nossas mãos e orar.

Ninguém esperava algo assim do guardião. Mas ele pressentira que alguém muito mais elevado chegara, interferindo no sistema de vida e poder dos dragões. E, assim, oramos todos, como orávamos quando éramos criança.[26]

Os *daimons*, arrastando-se pela paisagem de seu mundo, reuniram-se no pavilhão, faltando somente o número 2, que ficara cativo dos guardiões, além, é claro, do número 1, que permanecia com a identidade oculta mesmo após a intervenção superior. Um longo silêncio dominou o ambiente. Longo o suficiente para que a luz irradiasse por todos os recantos da dimensão sombria, iluminando tudo ao redor, cada reentrância, cada recôndito antes obscuro, inclusive cada mente inquieta, criminosa ou arquiteta dos

---

[26] "Em verdade vos digo que, se não vos converterdes e não vos tornardes *como crianças*, de modo algum entrareis no reino dos céus" (Mt 18:3; grifo nosso).

maiores horrores da humanidade.

O número 2 tentou a todo custo reunir forças para fugir, enquanto nossa equipe orava em sintonia com a mente poderosa que nos visitava. Mas, num átimo, desmoronou sobre a superfície, quase sem fôlego, mal conseguindo esboçar um pedido de socorro. Aquela, sim, era sua punição por haver enfrentado a fúria do número 1 e desprezado o acordo tácito e histórico com as forças dos poderosos guardiões. Assim ele acreditava.

Os demais *daimons*, onde quer que estivessem, não conseguiram esboçar qualquer reação diante do desfecho do combate. O número 1, o maioral, acuado na pretendida inexpugnabilidade do covil onde se refugiara, silenciou qualquer manifestação.

— Eu sou Miguel, o príncipe dos exércitos! — anunciou a voz que retumbava em meio ao fenômeno que irradiava luz. Ninguém via sua forma, mas todos, absolutamente todos ouviam a voz, dotada de autoridade quase sobrenatural.

Os capitães dos exércitos de espectros, os chefes de legião e toda a horda ali presente; os mais importantes espíritos da hierarquia dos dragões escutaram o pronunciamento. Imóveis, não conseguiam insinuar qualquer reação, inclusive os *daimons*, que também ouviam aquela mensagem possante de suas fortalezas pretendidamente invencíveis. Como raios potentíssimos, como flechas que rasgavam suas almas, as palavras chegaram aos ouvidos dos integrantes do poder vibratório supremo dos dragões:

— Tão logo foi promulgada a ordem do Altíssimo, vim e aqui estou para intervir em nome da justiça soberana. Vosso tempo é chegado e vosso limite foi ultrapassado ao afrontardes os representantes do Cordeiro. Por isso fostes pesados na balança e achados em falta, e vosso reino, a partir de agora, fica dividido,[27] de forma que tudo o que fizerdes para unir-vos será em vão, até que o supremo juiz determine o término de vossa trajetória neste mundo. Levarei comigo um dos vossos maiorais, a fim de que veja por si mesmo os domínios do Eterno. Terá a bênção de poder vislumbrar o reino do Cordeiro de Deus, que, desde este momento, detém em suas mãos o poder, o domínio e a majestade, competindo a Ele, exclusivamente, determinar para vós, os filhos rebeldes da casa do Pai, o destino de cada um, de acordo com os feitos e as obras praticadas ao longo das eras.

Enquanto isso, o número 2 do concílio dos dragões elevou-se lentamente ao alto, rumo ao

[27] Cf. Dn 5:25-28.

foco de luz imorredoura irradiado pela presença de Miguel, que, segundo se apresentara, era o príncipe dos exércitos celestiais, ou seja, das regiões superiores da vida planetária.

Um rugido forte, de agonia, foi a última coisa que ouvimos do poderoso dragão, que ora capitulava, certamente por não suportar a visão estonteante e incrivelmente arrebatadora do emissário do governo oculto do planeta. Subiu, atraído pelo magnetismo do iluminado espírito, o qual nenhum de nós podia ver, embora ouvíssemos sua voz inconfundível. Uma forma fulgurante foi apenas o que conseguimos divisar, à medida que o *daimon* era absorvido pela luz indescritível de Miguel. E ante o nosso espanto e o espanto — na verdade, a perplexidade — de todos os seres habitantes daquela dimensão, a voz falou ainda mais:

— Assim que vosso representante tiver visto e ouvido aquilo que ainda não é permitido aos ouvidos e olhos humanos perceberem, ele retornará com a marca das fulgurações do reino indelével em sua alma, para compartilhar convosco. Aí, sim, novamente sereis visitados; somente depois é que tereis o pronunciamento do Cordeiro, que vos aparecerá uma vez mais, a fim de vos conduzir às novas moradas da casa do Pai.

"Aguardai os tempos novos, pois os reinos do

mundo pertencem ao nosso Deus e ao seu Cristo, a quem reverenciamos em nome do Todo-Sábio."

E antes que pudéssemos fazer qualquer coisa ou tomar qualquer atitude, um foco de luz se destacou do clarão maior e um raio veio em direção ao aeróbus, envolvendo o veículo e a cada um de nós em luminosidade revitalizadora. Kiev gritou ao perceber o que sucedera:

— Nossas reservas de energias estão completamente restabelecidas! Podemos sair dessa dimensão imediatamente.

Anton, ouvindo a novidade, levantou-se da posição em que se encontrava, juntamente com Jamar, e deu ordens para que todos retornassem ao abrigo do veículo que nos servira como apoio. Voltaríamos à nossa metrópole, ainda um tanto atordoados ou embevecidos pelo impacto da presença do espírito que iluminava o mundo de trevas ao derredor.

Enquanto não entramos no aeróbus, e nem um minuto antes que nos elevássemos na atmosfera daquele mundo, rompendo a película de proteção da dimensão classificada como "prisões eternas", o espírito não se afastou de sua posição, atingindo tudo ao redor com as reverberações do seu fulgor.

Olhando pelas aberturas laterais do aeróbus,

pudemos ver como um rastro de luz partia em direção às alturas. Um cometa cintilante, com sua luz milhões de vezes mais forte do que tudo que conhecíamos, atravessou a imensidade, levando ao reino dos Imortais um dos maiores representantes dos poderes da escuridão.

Pela primeira vez, vi lágrimas escorrerem dos olhos de Jamar e Anton. Nenhum de nós, em momento algum, interrompeu aquele silêncio, que definia momentos da mais pura espiritualidade, jamais vividos por qualquer um de nós. Realmente, deparamos frente a frente com um dos Imortais, aqueles que se libertaram da roda das encarnações ou da erraticidade. Um espírito, representante máximo dos seres sublimes que governam os destinos da nossa Terra.

Banhados na luz dos céus, com as claridades do mundo espiritual, sentindo-nos refrescados e regenerados pelas preces de gratidão ao Cordeiro, regressamos ao lar de nossas esperanças, fortalecidos pela convicção de que estamos amparados em nossas lutas e nossos desafios pela libertação das consciências que compõem a humanidade da casa planetária.

ANTON E JAMAR, mais uma vez, desceram suavemente sobre uma das colinas do Vaticano, olhando a multidão que se reunia na Praça de São Pedro. Watab e Kiev abriram voo rasante sobre as cidades do continente sul-americano, como se fossem águias poderosas a observar de longe a morada dos homens. Passando bem alto sobre a Europa, Zura e os legionários sob o comando de Maria de Nazaré deslocavam-se nas alturas, passando por cima de cidades milenares como Londres, Paris, Bruxelas, Moscou e outras mais que encontravam em suas tarefas pelo mundo.

Em todo lugar na dimensão extrafísica, espíritos vinculados à política do Cordeiro iam e vinham de um recanto a outro do globo, concorrendo para a higienização da esfera extrafísica do planeta. Legiões de seres iluminados, sob a tutela do Cristo e seus emissários, promoviam a retirada da atmosfera, de modo gradativo, de vários espíritos que desencarnavam em massa, levando-os para serem abrigados pelos poderosos guardiões, que já preparavam a população desencarnada do mundo para a transmigração geral que se avizinhava.

Outras legiões de seres tutelados pela política do Reino irradiavam seu pensamento, de forma a promover a retirada de almas perdidas e em sofrimento das furnas umbralinas, que estavam sofrendo a limpeza energética necessária para que instituições socorristas fossem ali erguidas, em nome da era de regeneração.

Enquanto isso, Jamar e Anton aguardavam as ordens de Miguel, o príncipe dos exércitos, para entrar em ação, com as delegações de espíritos altamente especializados, nos momentos graves que aguardavam o planeta neste início de era, no alvorecer da nova humanidade.

Outros espíritos se juntaram a eles próximo ao monte Campidoglio,[28] sobrevoando o Rio Tibre. Depois de passarem velozmente sobre a Capela Sistina, abriram o voo numa curva descendente e pousaram perto dos dois representantes da justiça superior. Como paraquedistas, aterrissaram ao lado de Anton, que os aguardava solenemente. Esperavam as ordens do Alto, enquanto analisavam novas tarefas junto aos governos do mundo.

Ali esperaram até o próximo lance do combate, que seria definido nos bastidores da vida.

Lá embaixo, o povo se reunia, acotovelando-se para receber a bênção do sumo pontífice. E, do alto, os emissários do Eterno os viam, não como os outros humanos os percebiam, mas como eram

---

[28] Nome de uma das sete célebres colinas de Roma, costuma ser traduzido para o português como Capitólio ou Capitolino; não obstante, optamos por manter a forma original italiana escolhida pelo autor espiritual.

na verdade — filhos de Deus, temporariamente prisioneiros da carne, da ilusão dos sentidos e do maia; mas, assim mesmo, filhos do Altíssimo. E o mundo abaixo, um grande útero que gerava a nova humanidade, a nova civilização do terceiro milênio. Notando o olhar significativo de Anton, tanto quanto seu pensamento, Jamar falou, acentuando cada palavra:

— Mas será um milênio de muito trabalho, meu amigo. Teremos de reconstruir tudo aquilo que conseguimos desprezar e destruir no passado, na história do mundo. Quem pensa que será um milênio de paz está enganado. Aguardam-nos muitas lutas, muitos dramas e muito trabalho na reconstrução do mundo. Pensando melhor, talvez seja de paz; não a paz do mundo, mas a paz do Cristo: "Deixo-vos a paz, a minha paz vos dou. Não vo-la dou como o mundo a dá. Não se turbe o vosso coração, nem se atemorize".[29]

Ajoelharam-se os guerreiros em oração, dando-se as mãos. Alvíssima luz iluminou suas frontes, enquanto, num lugar qualquer do planeta, uma pequena flor desabrochava, e, em uma igrejinha num recanto ignoto, a luz do sol iluminava a cruz, que relembrava a vitória maior sobre

---

[29] Jo 14:27.

as dores e os sofrimentos humanos. Os guardiões sobressaíam na paisagem extrafísica, cintilando a luz dos astros da imensidade.

Mais além, em outro país, num salão fartamente iluminado por luminárias resplandecentes e riquíssimas, vestidos de fraques elegantíssimos, dois seres traziam nos olhos o sinal inconfundível de sua procedência. Eram aparições, apenas fantasmas materializados temporariamente, agindo na surdina, pensando estar distantes dos olhos dos poderosos guardiões. Ali, preparavam mais uma reunião do Clube Bilderberg. Dois dos mais sombrios representantes do poder vibratório supremo engendravam as ideias para uma nova ordem mundial, sob a tutela dos *daimons*; ensaiavam mais um lance na economia mundial e arquitetavam quem os representaria na guerra que os donos do mundo pretendiam patrocinar — os senhores da guerra.

Os dragões não descansavam jamais; mesmo com seu império dividido, esfacelado seu poder e abatido seu orgulho, apenas adiavam o momento em que deveriam enfrentar a justiça soberana.

> *E houve guerra no céu: Miguel e os seus anjos batalhavam contra o dragão. E o dragão e os seus anjos batalhavam, mas não prevaleceram,*

nem mais o seu lugar se achou nos céus.

Apocalipse 12:7-8

Nesse tempo se levantará Miguel, o grande príncipe que protege os filhos do teu povo, e haverá um tempo de angústia, qual nunca houve, desde que houve nação até àquele tempo. Mas nesse tempo livrar-se-á teu povo, todo aquele que se achar escrito no livro.

Daniel 12:1

Por ganância farão de vós negócio, com palavras fingidas. Para eles o juízo lavrado há longo tempo não tarda, e a sua destruição não dorme. Pois se Deus não poupou os anjos que pecaram, mas, havendo-os lançado no inferno, os entregou às cadeias da escuridão, ficando reservados para o juízo.

2 Pedro 2:3-4

No orgulho do teu coração, tu dizes: Eu sou Deus,[30] sobre a cadeira de Deus me assento no meio dos mares (sendo tu homem, e não Deus),

---

[30] "Porque Deus sabe que no dia em que comerdes desse fruto, os vossos olhos se abrirão, e sereis como Deus, conhecendo o bem e o mal" (Gn 3:5).

e estimas o teu coração como se fora o coração de Deus. (...)

Visto que estimas o teu coração, como se fora o coração de Deus, eu trarei sobre ti estrangeiros, os mais formidáveis dentre as nações, os quais desembainharão as suas espadas contra a formosura da tua sabedoria, e mancharão o teu resplendor. À cova te farão descer, e morrerás da morte dos feridos no meio dos mares.

Dirás então diante daquele que te matar: Eu sou deus? Tu serás homem, e não Deus, na mão do que te trespassa.

Ezequiel 28:2,6-9

Filho do homem, levanta uma lamentação sobre o rei de Tiro, e dize-lhe: Assim diz o Senhor Deus:

Tu és o selo da perfeição, cheio de sabedoria, e perfeito em formosura. Estavas no Éden, jardim de Deus; cobrias-te de toda pedra preciosa: o sárdio, o topázio, o diamante, o berilo, o ônix, o jaspe, a safira, o carbúnculo e a esmeralda. Os teus engastes e ornamentos eram feitos de ouro; no dia em que foste criado foram eles preparados. Tu eras querubim da guarda ungido, e te estabeleci; estavas no monte santo de Deus, andavas entre as pedras afogueadas.

Perfeito eras nos teus caminhos, desde o dia em que foste criado, até que se achou iniqüidade em ti.

Na multiplicação do teu comércio se encheu o teu interior de violência, e pecaste; pelo que te lançarei profanado fora do monte de Deus, e te farei perecer, ó querubim protetor, entre pedras afogueadas. Elevou-se o teu coração por causa da tua formosura, corrompeste a tua sabedoria por causa do teu resplendor.

Por terra te lancei, diante dos reis te pus, para que te contemplem. Pela multidão das tuas iniqüidades, pela injustiça do teu comércio profanaste os teus santuários.

Eu, pois, fiz sair do meio de ti um fogo que te consumiu, e te tornei em cinza sobre a terra, aos olhos de todos os que te contemplam. Todos os que te conhecem entre os povos estão espantados de ti; chegaste a um fim horrível e não mais existirás.

Ezequiel 28:12-19

POSFÁCIO

por Leonardo Möller

EDITOR

Alguns afirmam ver na trilogia *O reino das sombras* apenas trevas, a ação do mal. Outros, mais impiedosos, acreditam ser nossa intenção divulgar o mal; não bastando a incapacidade de ver e distinguir com clareza, ainda se aventuram a fomentar a ilusão de que os volumes teriam por objetivo nada mais que amedrontar, causando espécie ou inflamando desavisados, pobres leitores indefesos.

Não se deixe enganar. A pretexto de proteger os adeptos do espiritismo e os que se interessam pelos temas que discute, desejam mesmo é fazer o que têm feito desde as civilizações da Antiguidade, passando pelo judaísmo da época do Messias e culminando no advento do clero e do papado medievais. Querem controlar o que se lê, declarando que isso ou aquilo não deveria ser publicado, que os indivíduos "não estão preparados" ou que as sombras assustam, afugentam fiéis. "É preciso falar da luz! Afinal — defendem — é na luz que estão os seguidores do Mestre, os espíritos verdadeiramente superiores e, sobretudo, comprometidos com a causa do Evangelho".

Falácias e mais falácias, teorias levianas e descartáveis, caso não fossem perigosas e denunciassem atitude pretensiosa, calculada e pertinaz, que é preciso erradicar dos círculos religiosos — e humanos, por extensão —, sob pena de prevalecer o atavismo e a força retrógrada que representam os porta-vozes desse discurso abstruso, ultrapassado e reacionário. Este artigo tem por objetivo refutar tais críticas que a obra tem recebido, demonstrando por que não se fundamentam, bem como ressaltar a importância da disseminação de conteúdos como os que procura trazer à tona, que têm sido sobejamente comprovados segundo o critério e a observação da universalidade do ensino dos espíritos.[1]

---

[1] Um dos textos mais admiráveis, coesos e vibrantes de Kardec, que demonstra toda a pujança de seu raciocínio e da visão que desen-

Em primeiro lugar, a proposta de Ângelo Inácio está muito clara já no parágrafo inicial do prefácio de *Legião*, o volume de abertura da série. Escreve o autor espiritual:

Sombra e luz, escuridão e claridade. Essa realidade dupla forma o interior do ser humano, que tenta negar-se a cada dia, enganando-se. A maioria das pessoas quer ser apenas luz. Recusam-se a identificar a sombra que faz parte delas. Religiosos de um modo geral falam de um lado sombrio, diabólico, umbralino, como se esse lado escuro fosse algo externo, ruim, execrável. Até quando negar a realidade íntima? Até quando adiar o conhecimento do mundo interno? Várias tentativas foram realizadas para conscientizar o homem terreno de que as chamadas trevas exteriores são apenas o reflexo do que existe dentro dele.[2]

volveu acerca da missão do espírito Verdade, intitula-se *Controle universal do ensino dos espíritos*. Merece ser lido e relido na íntegra; não obstante, reproduzimos o enunciado do princípio que estabelece: "Uma só garantia séria existe para o ensino dos Espíritos: a concordância que haja entre as revelações que eles façam espontaneamente, servindo-se de grande número de médiuns estranhos uns aos outros e em vários lugares" (KARDEC, A. *O Evangelho segundo o espiritismo*. 120ªed. Rio de Janeiro: FEB, 2002, p. 31).

[2] PINHEIRO, Robson. Pelo espírito Ângelo Inácio. *Legião*. 6ª ed. Contagem: Casa dos Espíritos, 2006, p. 13.

Ora, a proposição que apresenta é tão cristalina que quase dispensa comentários, embora incite desenvolvimentos. Desconsiderar seu lado sombrio é encastelar-se na pretensão e no orgulho; está provado que só é possível superá-lo à medida que o integramos à personalidade e, só então, passamos a modificá-lo ou educá-lo em suas aplicações. Se esconder o mal ou não falar nele fosse recomendado por alguém como forma de vencer os obstáculos, estaríamos fadados, por imperativo de coerência, a extinguir ao menos três instituições basilares da sociedade moderna. São elas: a) o poder judiciário, onde buscamos reparação para os erros e atos criminosos; b) a corporação policial, que visa à repressão do crime e da desordem; c) as corregedorias, que apuram distorções na conduta dessas mesmas formas de poder.

Deixando o âmbito social, e tratando da esfera privada ou subjetiva, deveríamos fechar consultórios psicológicos e destituir Freud, o pai da psicanálise. Afinal, falar dos traumas, inquietações e infortúnios deixaria de ser instrumento válido para esquadrinhar os conflitos e infelicidades da alma humana. Só mereceriam atenção as alegrias e os gracejos da existência. Como se não bastasse, ao rejeitar a abordagem das sombras internas, os defensores do religiosismo piegas renegam Jung e um dos principais pilares da psicologia analítica, que sintetiza na *individuação* — processo de tomada de consciência do lado sombra ou desconhecido, que gradativamente se integra ao eu — aquilo que, em última análise, a doutrina espírita nomeia como evolução e, talvez em outros círculos, seja chamado de crescimento pessoal. É de uma pobreza pueril e delirante o mundo fantasioso que a teoria de *só falar da luz* acarretaria, caso fosse levada a sério ao menos por aqueles que a advogam.

Para quem rejeita argumentos extramuros a fim de rebater a visão digna de Pollyanna, vale recordar duas passagens da Codificação, que ilustram muito bem o posicionamento das inteligências que compõem a falange do espírito Verdade a respeito da difusão e do conhecimento do mal e de suas manifestações.

A primeira delas, a célebre regra de ouro transcrita por Kardec no texto intitulado *Advento do espírito de Verdade:* "Espíritas! amai-vos, este o primeiro ensinamento; instruí-vos, este o segundo".[3] Em nenhuma linha, escrita antes ou depois desta, restringe-se o alcance da ordem

---

[3] KARDEC, Allan. *O Evangelho segundo o espiritismo.* 120ª ed. Rio de Janeiro: FEB, 2002, cap. 5: "O Cristo consolador", item 5 das Instruções dos espíritos, p. 159.

"instruí-vos" apenas aos domínios do chamado bem, tampouco se circunscreve sua validade ao território das benesses e da ingenuidade. Não; muito pelo contrário. Certamente porque, diferentemente de alguns, arautos da candura e da superficialidade, os espíritos superiores conhecem a natureza humana; não têm motivo para disfarçar o fato de que *todos* temos o passado — e o presente! — marcado por traços de barbárie e malvadeza. Também não veem necessidade de que escondamos tal realidade atrás de máscaras de evangelizadores abnegados ou de pregadores que falam de virtudes como paz, perdão e amor com uma intimidade simulada e inverossímil; pessoas que amam até que lhes pisem o calo; que acreditam perdoar através do sufocamento da mágoa e do rancor, que declaram não sentir; que saúdam a plateia com chavões como "Que a paz de Jesus *permaneça* em nossos corações" porque, talvez, não se disponham a assumir que a paz de Jesus *não está* dentro de si, pois que ainda reclama ser construída.

Mais fácil é permanecer numa situação ilusória, alegando que a paz já existe, do que reconhecer quanto estamos distantes dela, quanto parecemos mais fariseus e escribas que discípulos e apóstolos, quanto há por fazer, dentro de nós, em matéria de Evangelho. Não estamos em paz! Que acordem e leiam os jornais. Agora, se é paz que querem, nunca é demais lembrar a assertiva de Jesus, que não deixa margem para dúvidas: "Não penseis que vim trazer paz à terra. Não vim trazer paz, mas espada".[4] Da mesma forma, o Messias é taxativo ao alertar aqueles que se orgulham de sua própria humildade: "Os sãos não necessitam de médico, mas, sim, os doentes. Eu não vim chamar os justos, mas, sim, os pecadores".[5] Clara é a ironia implícita de que, na verdade, não existem *sãos* ou *justos*, mas sim aqueles que como tais se consideram, uma vez que a mensagem do Evangelho é verdadeiramente útil a toda a humanidade.

Entre diversas passagens que esclarecem a ótica dos emissários do Senhor acerca da importância se de desvendar o erro, o mal e suas consequências nefastas, destacamos esta outra, produto da psicografia do espírito São Luís:

Decerto, a ninguém é defeso ver o mal, quando ele existe. Fora mesmo inconveniente ver em toda a parte só o bem. Semelhante ilusão prejudicaria o progresso. (...) Segundo as circunstâncias, desmascarar a hipocrisia e a mentira pode constituir um dever,

[4] Mt 10:34.

[5] Mc 2:17.

pois mais vale caia um homem, do que virem muitos a ser suas vítimas.[6]

Estreitamente ligado à questão anterior, há outro ponto que chama a atenção quando se escutam censuras à trilogia concluída neste tomo, entre outras obras de gênero pertinente ao escopo desta análise. Diz respeito à leitura obtusa que fazem esses mesmos críticos ao afirmar que os textos se prendem, quase que na totalidade, em descrições de processos enfermiços, de planos sombrios e paisagens da escuridão ou subcrosta, o que denota a origem supostamente malévola — e até apócrifa, ao se pretender espírita — das palavras neles encontradas. Ignoro como chegaram a essa conclusão. Aliás, aventuro sondar-lhe a causa. Elaboram-na, possivelmente, com base em raciocínios equivalentes aos que exponho a seguir.

Imagine um simpósio de medicina com o objetivo de investigar alguma enfermidade a fundo, perscrutando-lhe a sintomatologia e a etiologia, sobretudo caso os recursos terapêuticos para tratá-la estejam em fase de desenvolvimento. É

[6] KARDEC, Allan. *O Evangelho segundo o espiritismo.* 120ª ed. Rio de Janeiro: FEB, 2002, cap. 10: "Bem-aventurados os que são misericordiosos", itens 20-21, p. 225. Grifo nosso.

correto depreender, de acordo com a lógica de Chapeuzinho Vermelho, que os médicos participantes estão interessados em protelar a descoberta da cura, em prorrogar os efeitos daquela doença; afinal, conhecendo seus pormenores, poderão maximizar suas manifestações e consequências nos pacientes. É semelhante mentalidade dedutiva que está por trás de um discurso que supostamente visa à difusão do bem, simplesmente empurrando para debaixo do tapete o mal, os conflitos dele decorrentes e as ferramentas usadas por seus representantes.

Agora, o aspecto central que me leva a caracterizar como obtusa tal leitura é porque passou despercebido desses críticos o pano de fundo sobre o qual se desenrolam os acontecimentos em *Legião*, *Senhores da escuridão* e, finalmente, *A marca da besta*. Ora, ao desvendar os recônditos da escuridão, trazendo-lhes a público, e também ao descrever minúcias da organização e da política dos maiorais das sombras, o espírito Ângelo Inácio mostra claramente que o mal não fica oculto, onde quer que se encontre; que as falanges do bem penetram até no mais vil porão do planeta para levar a luz — agora sim! — e "abrir os olhos aos cegos".[7]

---

[7] KARDEC, Allan. *O Evangelho segundo o espiritismo*. 120ª ed. Rio de

É o cumprimento sumário das palavras com que o espírito Verdade encerra o texto já citado — "Irmãos! nada perece. Jesus Cristo é o vencedor do mal, sede os vencedores da impiedade"[8] —, assertiva ou que constitui das máximas mais populares do apóstolo Paulo: "somos mais do que vencedores, por aquele que nos amou".[9]

Somente não percebe essa proposta nada sutil das narrativas empreendidas nesta trilogia quem não quer, pois se são os guardiões que conduzem toda a experiência relatada, a serviço de elevados prepostos do Alto, como poderia se identificar nelas apenas a negrura, a baixeza, o pessimismo? A vitória do bem acaso é menos pungente porque o autor examina os detalhes do adversário, revelando sua estratégia no intuito de enfraquecê-lo? Ao longo do texto, é cabal a demonstração da superioridade que a política divina, resumida em práticas e preceitos do Evangelho de Jesus, detém sobre os articuladores da maldade. Leia-se apenas o último capítulo de *Senhores da escuridão* e veja-se se é possível afirmar o contrário.

Janeiro: FEB, 2002, Prefácio, p. 21.

[8] *Op. cit.*, p. 159.

[9] Rm 8:37.

Mas há quem tenha uma prevenção, uma concepção previamente elaborada, e por isso não se contente em asseverar infâmias, mas revestem seu gesto com ares de zelo pela *pureza doutrinária* — leia-se: *patrulhamento doutrinário*. Intentam nada mais que confundir, deturpar; em suma, impedir a propagação do conhecimento e da verdade. Isto é, fazer perdurar o quanto possam a segregação entre trabalhadores e assistidos, entre supostos praticantes da caridade, de um lado, e beneficiários a reclamar consolo, de outro. E ainda: pretendem conservar o estado de coisas em que a um seleto grupo de privilegiados é dado debater os princípios da fé, enquanto à massa se concedem migalhas de saber, devidamente filtradas e sancionadas pelo crivo doutrinário, isto é, por um concílio de pseudossacerdotes, que se julgam capacitados a determinar o que o povo está preparado ou não para saber.

Há um sinal comum que permite identificar todos esses religiosos de carteirinha, que almejam converter os estudiosos da filosofia espírita, quanto possam, em eternos fiéis a engrossar as fileiras das palestras e dos passes do centro espírita. Para eles, todas as obras mais recentes do espiritismo devem ser, *a priori*, rejeitadas. Tão somente porque são novas, e o novo é para ser posto em observação até que se torne velho — ou obsoleto. Exagero? Então por que será que as instituições do espiritismo brasileiro, de norte a sul, têm amplo predomínio de pessoas acima de seus 50 ou 60 anos de idade? Nada contra a maturidade e a experiência, que, com efeito, têm muito a acrescentar. Entretanto, Deus pôs o jovem ao lado do idoso no planeta porque a jovialidade e a renovação são elementos tão essenciais quanto a maturidade e a experiência.

No aspecto propriamente doutrinário, a sistemática levada a cabo pelo conservadorismo é nefasta e, graças a Deus, insustentável, tanto à luz da filosofia espírita e da produção histórica quanto diante dos avanços tecnológicos na área da comunicação, que têm quebrado sucessivas barreiras e obstáculos ao conhecimento.

Elejo o aspecto histórico para demonstrar o prejuízo que semelhante ótica lança sobre o mais caro dos princípios científicos do espiritismo: *o controle universal do ensino dos espíritos.*[10] Essa

---

[10] A expressão grifada intitula, sem sombra de dúvida, um dos textos mais brilhantes do Codificador — além de fundamentais —, conforme já foi dito, e que deixam patente sua lógica cheia de substância, bem como sua paixão genuína pelas verdades que apontava (*Op. cit.*, item "Autoridade da doutrina espírita", p. 27-37).

proposição reza que espíritos diferentes, através de médiuns estranhos entre si, devem dar comunicações iguais, se não na forma, ao menos no conteúdo. Ou seja, se confrontarmos as comunicações espíritas, podemos lhes extrair elementos comuns, e são estes os que devem ser admitidos no corpo filosófico do espiritismo. Foi atendendo a esse critério crucial da ciência espírita que Kardec elaborou as obras da Codificação.

Ao contrário do que fazia aquele em quem dizem se inspirar, os censores da profana inquisição substituíram a ferramenta kardequiana pela seguinte proposição: Se não está nas obras de Chico Xavier, especialmente em André Luiz e Emmanuel — nesta ordem, a despeito de este ser o mentor e aquele, um repórter —, é porque não corresponde à verdade. Derrogaram o critério que possibilita submeter qualquer comunicação mediúnica à prova — e mais, que dá ao espiritismo o *status* de ciência — pela "lógica" que fecha a porta à inovação e deita fora a chave das janelas que poderiam arejar conceitos arcaicos e embolorados.

Em vez de universalidade, pregam confronto com a obra do maior médium espírita; ao invés de valorização do *conteúdo* da comunicação, fazem análise centrada no nome de espíritos e, mais grave, de médiuns, os quais Kardec nem sequer citou.[11]

À parte a discussão que se possa fazer sobre o absurdo intrínseco a essa prática, que infelizmente foge ao objetivo deste artigo, e dos elogios justíssimos que a obra do notável médium mineiro possa merecer, não se pode ignorar uma verdade histórica que, por si só, faz desmoronar o formalismo a que se entregaram os doutores da lei reencarnados no movimento espírita. Trata-se das inúmeras evidências e depoimentos, fartamente documentados — e que até deveriam ser lembrados por muitos —, de que o advento do médium mineiro foi cercado de desconfiança, ceticismo e críticas; até determinado momento, foi amplamente rejeitado, dentro e fora do movimento espírita. Nas décadas de 20, 30 e 40 do século XX, Chico Xavier surgiu como um autor controvertido, que trazia notícias polêmicas, como a existência de uma colônia espiritual em tudo semelhante às cidades da Terra, com estruturas de governo, aparatos e pessoal de segurança, rádio e sistemas de comunicação, assim como ameaças à

[11] "Quanto aos médiuns, abstivemo-nos de nomeá-los. (...) Compreendem eles que, por ser meramente passivo o papel que lhes toca, o valor das comunicações em nada lhes exalça o mérito pessoal" (*Op. cit.*, Introdução, p. 27 — nota).

ordem e à estabilidade com práticas que deviam ser duramente reprimidas, como corrupção, favorecimento e contrabando. A obra inaugural do espírito André Luiz, *Nosso lar*, datada de 1944, que viria a ser a obra espírita mais conhecida e o marco da consagração do grande médium de Pedro Leopoldo, nasceu como um título polêmico, surgiu como revelação inédita, que punha em xeque as convicções reinantes da ortodoxia espírita de então e, acima de tudo, acabou por revolucionar a visão que se tinha da realidade extrafísica. Isso para nos atermos ao exemplo mais fácil, nem por isso o único.

Yvonne Pereira, com seu *Memórias de um suicida* — o mais completo dos livros mediúnicos, segundo o mesmo Chico Xavier —, escandalizou a comunidade espírita ao anunciar, entre outras tantas novidades, a invenção da televisão, embora tenha conservado em seu poder a psicografia, que aguardou mais de 15 anos pela publicação, por decisão da própria Yvonne.

Sendo assim, não posso deixar de perguntar: como ficariam tais revelações, se tudo que escrevessem esses médiuns tivesse que se ater às informações já disponíveis, aos escritos anteriores? É a condenação sumária do progresso, como bem querem os maiorais das trevas, que encontram ressonância em dignos representantes seus, bem plantados à sombra do Evangelho e da religião. Para o contentamento dos legítimos adeptos da filosofia espírita, Jesus já foi claro ao ilustrar, nesta parábola tanto quanto noutras passagens, seu desprezo pelos religiosos e fanáticos de todos os tempos, amantes do formalismo e dos procedimentos exteriores:

Muitos me dirão naquele dia: Senhor, Senhor, não profetizamos nós em teu nome? e em teu nome não expulsamos demônios? e em teu nome não fizemos muitos milagres? Então lhes direi abertamente: Nunca vos conheci. Apartai-vos de mim, vós que praticais a iniqüidade![12]

A insistência da expressão "em teu nome", que salta à boca dos que reclamam benesses ao Senhor, deixa bem claro de quem se trata. Sim, são os religiosos, os que fazem tudo o que fazem *em nome de Deus*.

ALÉM DESSES ENGANOS, há outro, frequente-

---

[12] Mt 7:22-23. Para o contentamento dos que buscam rememorar os ensinos de Jesus e seguir-lhe os passos — e não os do cristianismo, obra dos homens —, o evangelista dedica um capítulo inteiro (Mt 23) à pregação que o Nazareno promove contra os escribas e fariseus, classe que congrega os representantes máximos da reli-

mente cometido por apaixonados pela devoção e pelas práticas religiosas, em detrimento do esclarecimento.

É hora de enxergar a realidade: os espíritos verdadeiramente superiores não estão no "paraíso", isto é, não estão vivendo na luz, nas dimensões mais altas, enquanto a multidão do planeta sofre, clama, estertora. Como poderiam esses, os autênticos seguidores de Jesus, agir de modo oposto à trajetória da vida de seu mestre? A vida de todos os grandes missionários que pela Terra passaram foi vivida em meio às lágrimas, às tormentas e angústias de quem precisa de alento. Ora, como diz um amigo espiritual: O céu está vazio! Vejam-se os exemplos, fartos na história, nos textos sagrados e na literatura espírita.

A ideia de que a vida de trabalho e sofrimento pertence à fase terrena e que, após a morte, tendo se submetido com a devida resignação às agruras mundanas, as almas verdadeiramente puras serão salvas e içadas aos altiplanos celestiais nada mais é do que a tradução mais simplória da men-

gião constituída, da ocasião como de todas as épocas. Para se ter uma idéia, além de usar vários outros impropérios, somente no livro de Mateus, o Mestre os acusa ao menos 14 vezes de "hipócritas", metade das quais no mencionado capítulo.

talidade católica e medieval, no que tinha de pior, isto é, na vertente popular, ou vendida à massa ignorante, privada do acesso à cultura. Odiar o mundo como o mais perfeito asceta — eis o que devotos de todos os tempos sempre difundiram. Em franca contradição com a visão de mundo espírita, que reconcilia o ser humano com a beleza, a satisfação, o prazer de viver e estar no mundo, usufruindo seus bens.[13]

Inspirados pelas verdades traduzidas nas palavras do apóstolo Paulo que reproduzimos a seguir, cresçamos, amadureçamos, dando assim cumprimento ao papel da doutrina espírita, em sua mais nobre aspiração. É uma escolha que nos cabe fazer, conforme esclarece o missionário de Tarso: "Quando eu era menino, falava como menino, pensava como menino, raciocinava como menino. Mas logo que cheguei a ser homem, *aca-*

---

[13] Diversos são os trechos da codificação espírita que dão mostra disso. Entre outros, podemos citar dois: "[Do homem] depende a suavização de seus males e o ser tão feliz quanto possível na Terra" (KARDEC, Allan. *O livro dos espíritos*. 1ª ed. esp. Rio de Janeiro: FEB, 2005, item 920, p. 521); "Não consiste a virtude em assumirdes severo e lúgubre aspecto, em repelirdes os prazeres que as vossas condições humanas vos permitem" (KARDEC, A. *O Evangelho segundo o espiritismo*. 120ª ed. Rio de Janeiro: FEB, 2002, cap. 17, item 10, p. 360).

bei com as coisas de menino".[14]

PARA INTRIGAR ainda mais os que querem prosélitos em vez de consciências livres e pensantes, capazes de tomar as rédeas da vida em suas mãos e viver com autonomia, fica aqui uma última reflexão, ou um último dado, na verdade, a fim de corroborar esta argumentação.

Dediquemos um instante a meditar sobre o livro *Apocalipse*. Atribuído a João, o evangelista, é um dos muitos livros que contêm revelações, escritos nas primeiras décadas ou séculos da era cristã. É o único a fazer parte do cânone, entretanto; embora se debata sua autoria, os especialistas tendem a concordar que "não se pode duvidar de sua canonicidade".[15] Ainda que mal-compreendido e provavelmente menos estudado, em relação aos demais livros bíblicos, sobretudo do Novo Testamento, o *Apocalipse* é sintetiza-

Jesus traz a figura de que a transformação se dá ao misturar-se, envolver-se: "O reino dos céus é semelhante ao fermento que uma mulher toma e introduz em três medidas de farinha, até que tudo esteja levedado" (Mt 13:33).

[14] 1Co 13:11 (grifo nosso).

[15] BÍBLIA de Jerusalém. São Paulo: Paulus, 2003. Introdução ao Apocalipse, p. 2139.

do como "a grande epopeia da esperança cristã, o canto de triunfo da Igreja perseguida".[16] Mesmo envolvido em certa aura de mistério, devido a sua linguagem altamente simbólica, o livro é a concretização das promessas da nova Jerusalém, "um novo céu e uma nova terra",[17] um planeta renovado pela força do amor.

Há outra peculiaridade do livro profético em relação aos demais que compõem as Escrituras. É o único cuja revelação é atribuída ao pró-

[16] Ibidem, p. 2141. Anote-se aqui nossa objeção à maiúscula em *Igreja* neste caso, que decorre de influência absolutamente católica; nós a mantemos apenas por fidelidade ao original aqui reproduzido; entretanto, tendo em vista que nestes tempos se perseguiam os cristãos, é incorreto ver a igreja como *comunidade* de Deus ou corpo de fiéis, e não a *instituição*. Incipiente e em formação, a Igreja constituída ainda se encontrava distante dos dias em que seria o emblema da derrocada espiritual, convertendo-se na grande Prostituta (cf. Ap 17) — a síntese de tudo o que se opõe à mensagem de Jesus —, ao corromper-se, abdicar de sua dignidade e dar as mãos ao poder temporal, rendendo-se aos métodos e valores profanos da besta.

[17] Ap 21:1. Para aprofundamento, recomenda-se a bela peça intitulada *Apocalipse: uma interpretação espírita das profecias*, em que o autor espiritual corajosamente lança mão das ferramentas da doutrina espírita para interpretar como nenhum outro o livro profé-

prio Cristo,[18] colocando-se seu autor apenas como aquele que atesta tudo o que lhe foi mostrado.[19]

Pois bem, com todas essas características singulares, para o que interessa ao âmbito da discussão que se apresenta aqui, perguntamos: quantas partes do *Apocalipse* será que apresentam admoestações aos seguidores da mensagem sublime ou falam de abalos, tormentas, guerras, batalhas; dores do parto dessa nova Jerusalém? Dos 22 capítulos do livro, nada menos que 15 discorrem sobre tais aspectos,[20] restando apenas 7 deles em que se fala da mensagem suave, da benesse, do sublime. Em alguns destes, procura-se estabelecer o Cordeiro como a figura soberana,[21] o único que tem autoridade para "abrir os seus selos",[22] conduzindo os destinos da humanidade e decifrando as visões do apóstolo. Em outros, fala-se

tico, tornando-o acessível e revelando sua coerência e pertinência para espíritas, cristãos; humanos (PINHEIRO, Robson. Pelo espírito Estêvão. *Apocalipse*. Contagem: Casa dos Espíritos, 1998/2005).

[18] Cf. Ap 1:1.

[19] Cf. Ap 1:2.

[20] Admoestações às comunidades cristãs são tema central de Ap 2-3, e demais itens ocorrem em Ap 6;8-13;15-20.

[21] Cf. Ap 1; 4-5.

[22] Ap 5:9.

da recompensa reservada aos servidores fiéis, que triunfarão[23] e receberão julgamento justo[24] e, finalmente, descreve-se o futuro estado de coisas, a nova Terra.[25]

E, então, é possível ainda nutrir alguma ilusão a respeito da construção do reino de Deus na Terra? Essa, a missão a que o espiritismo conclama a todos! Eis a obra, que requer trabalhadores que tenham os pés bem calcados no chão; que estejam dispostos a arregaçar as mangas, sem reservas, e despir-se da atitude mística de que falar do mal é atraí-lo, quando, em verdade, trata-se de descortinar seus mistérios e esmiuçar suas nuances, a fim de destruir um de seus alimentos prediletos: a ignorância.

[23] Cf. Ap 7.

[24] Cf. Ap 14.

[25] Cf. Ap 21-22.

Transcenda-se. Para o catálogo completo, acesse www.casadosespiritos.com

TAMBORES DE ANGOLA | *Coleção Segredos de Aruanda, vol. 1*
EDIÇÃO REVISTA E AMPLIADA | A ORIGEM HISTÓRICA DA UMBANDA E DO ESPIRITISMO | ROBSON PINHEIRO *pelo espírito Ângelo Inácio*

O trabalho redentor dos espíritos – índios, negros, soldados, médicos – e de médiuns que enfrentam o mal com determinação e coragem. Nesta edição revista e ampliada, 17 anos e quase 200 mil exemplares depois, Ângelo Inácio revela os desdobramentos dessa história em três capítulos inéditos, que guardam novas surpresas àqueles que se deixaram tocar pelas curimbas e pelos cânticos dos pais-velhos e dos caboclos.

ISBN: 978-85-99818-36-7 • ROMANCE MEDIÚNICO • 2015 • 256 PÁGS. • BROCHURA • 16 X 23CM

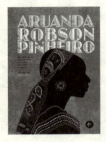

ARUANDA | *Coleção Segredos de Aruanda, vol. 2*
UM ROMANCE ESPÍRITA SOBRE PAIS-VELHOS, ELEMENTAIS E CABOCLOS
ROBSON PINHEIRO *pelo espírito Ângelo Inácio*

Por que as figuras do negro e do indígena – pretos-velhos e caboclos –, tão presentes na história brasileira, incitam controvérsia no meio espírita e espiritualista? Compreenda os acontecimentos que deram origem à umbanda, sob a ótica espírita. Conheça a jornada de espíritos superiores para mostrar, acima de tudo, que há uma só bandeira: a do amor e da fraternidade.

ISBN: 978-85-99818-11-4 • ROMANCE MEDIÚNICO • 2004 • 245 PÁGS. • BROCHURA • 16 X 23CM

CORPO FECHADO | *Coleção Segredos de Aruanda, vol. 3*
ROBSON PINHEIRO *pelo espírito W. Voltz, orientado pelo espírito Ângelo Inácio*

Reza forte, espada-de-são-jorge, mandingas e patuás. Onde está a linha divisória entre verdade e fantasia? Campos de força determinam a segurança energética. Ou será a postura íntima? Diante de tantas indagações, crenças e superstições, o espírito Pai João devassa o universo interior dos filhos que o procuram, apresentando casos que mostram incoerências na busca por proteção espiritual.

ISBN: 978-85-87781-34-5 • ROMANCE MEDIÚNICO • 2009 • 303 PÁGS. • BROCHURA • 16 X 23CM

LEGIÃO 1 *Trilogia O Reino das Sombras, vol. 1*
UM OLHAR SOBRE O REINO DAS SOMBRAS
ROBSON PINHEIRO *pelo espírito Ângelo Inácio*

Veja de perto as atividades dos representantes das trevas, visitando as regiões subcrustais na companhia do autor espiritual. Sob o comando dos dragões, espíritos milenares e voltados para o mal, magos negros desenvolvem sua atividade febril, organizando investidas contra as obras da humanidade. Saiba como os enfrentam esses e outros personagens reais e ativos no mundo astral.

ISBN: 978-85-99818-19-0 • ROMANCE MEDIÚNICO • 2006 • 502 PÁGS. • BROCHURA • 14 X 21CM

SENHORES DA ESCURIDÃO | *Trilogia O Reino das Sombras, vol. 2*
ROBSON PINHEIRO *pelo espírito Ângelo Inácio*

Das profundezas extrafísicas, surge um sistema de vida que se opõe às obras da civilização e à política do Cordeiro. Cientistas das sombras querem promover o caos social e ecológico para, em meio às guerras e à poluição, criar condições de os senhores da escuridão emergirem da subcrosta e conduzirem o destino das nações. Os guardiões têm de impedi-los, mas não sem antes investigar sua estratégia.

ISBN: 978-85-87781-31-4 • ROMANCE MEDIÚNICO • 2008 • 676 PÁGS. • BROCHURA • 14 X 21CM

A MARCA DA BESTA | *Trilogia O Reino das Sombras, vol. 3*
ROBSON PINHEIRO *pelo espírito Ângelo Inácio*

Se você tem coragem, olhe ao redor: chegaram os tempos do fim. Não o famigerado fim do mundo, mas o fim de um tempo – para os dragões, para o império da maldade. E o início de outro, para construir a fraternidade e a ética. Um romance, um testemunho de fé, que revela a força dos guardiões, emissários do Cordeiro que detêm a propagação do mal. Quer se juntar a esse exército?

ISBN: 978-85-99818-08-4 • ROMANCE MEDIÚNICO • 2010 • 640 PÁGS. • BROCHURA • 14 X 21CM

Além da matéria
Uma ponte entre ciência e espiritualidade
Robson Pinheiro *pelo espírito Joseph Gleber*

Exercitar a mente, alimentar a alma. *Além da matéria* é uma obra que une o conhecimento espírita à ciência contemporânea. Um tratado sobre a influência dos estados energéticos em seu bem-estar, que lhe trará maior entendimento sobre sua própria saúde. Físico nuclear e médico que viveu na Alemanha, o espírito Joseph Gleber apresenta mais uma fonte de autoconhecimento e reflexão.

ISBN: 978-85-99818-13-8 • SAÚDE E MEDIUNIDADE • 2003/2011 • 320 PÁGS. • BROCHURA • 16 X 23CM

Medicina da alma
Saúde e medicina na visão espírita
Robson Pinheiro *pelo espírito Joseph Gleber*

Com a experiência de quem foi físico nuclear e médico, o espírito Joseph Gleber, desencarnado no Holocausto e hoje atuante no espiritismo brasileiro, disserta sobre a saúde segundo o paradigma holístico, enfocando o ser humano na sua integralidade. Edição revista e ampliada, totalmente em cores, com ilustrações inéditas, em comemoração aos 150 anos do espiritismo [1857-2007].

ISBN: 978-85-87781-25-3 • SAÚDE E MEDIUNIDADE • 1997 • 254 PÁGS. • CAPA DURA E EM CORES • 17 X 24CM

A alma da medicina
Robson Pinheiro *pelo espírito Joseph Gleber*

Com a autoridade de um físico nuclear que resolve aprender medicina apenas para se dedicar ao cuidado voluntário dos judeus pobres na Alemanha do conturbado período entre guerras, o espírito Joseph Gleber não deixa espaço para acomodação. Saúde e doença, vida e morte, compreensão e exigência, sensibilidade e firmeza são experiências humanas cujo significado clama por revisão.

ISBN: 978-85-99818-32-9 • SAÚDE E MEDIUNIDADE • 2014 • 416 PÁGS. • BROCHURA • 16 X 23CM

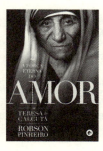

A força eterna do amor
Robson Pinheiro *pelo espírito Teresa de Calcutá*

"O senhor não daria banho em um leproso nem por um milhão de dólares? Eu também não. Só por amor se pode dar banho em um leproso". Cidadã do mundo, grande missionária, Nobel da Paz, figura inspiradora e controvertida. Desconcertante, veraz, emocionante: esta é Teresa. Se você a conhece, vai gostar de saber o que pensa; se ainda não, prepare-se, pois vai se apaixonar. Pela vida.

ISBN: 978-85-87781-38-3 • AUTOCONHECIMENTO • 2009 • 318 PÁGS. • BROCHURA • 16 X 23CM

Pelas ruas de calcutá
Robson Pinheiro *pelo espírito Teresa de Calcutá*

"Não são palavras delicadas nem, tampouco, a repetição daquilo que você deseja ouvir. Falo para incomodar". E é assim, presumindo inteligência no leitor, mas também acomodação, que Teresa retoma o jeito contundente e controvertido e não poupa a prática cristã de ninguém, nem a dela. Duvido que você possa terminar a leitura de *Pelas ruas de Calcutá* e permanecer o mesmo.

ISBN: 978-85-99818-23-7 • AUTOCONHECIMENTO • 2012 • 368 PÁGS. • BROCHURA • 16 X 23CM

Mulheres do Evangelho
E OUTROS PERSONAGENS TRANSFORMADOS PELO ENCONTRO COM JESUS
Robson Pinheiro *pelo espírito Estêvão*

A saga daqueles que tiveram suas vidas transformadas pelo encontro com Jesus, contadas por quem viveu na Judeia dos tempos do Mestre. O espírito Estêvão revela detalhes de diversas histórias do Evangelho, narrando o antes, o depois e o que mais o texto bíblico omitiu a respeito da vida de personagens que cruzaram os caminhos do Rabi da Galileia.

ISBN: 978-85-87781-17-8 • JESUS E O EVANGELHO • 2005 • 208 PÁGS. • BROCHURA • 14 X 21CM

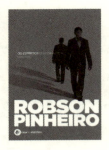

Os espíritos em minha vida
Robson Pinheiro *editado por Leonardo Möller*

Relacionar-se com os espíritos. Isso é mediunidade, muito mais do que simples fenômenos. A trajetória de um médium e sua sintonia com os Imortais. As histórias, as experiências e os espíritos na vida de Robson Pinheiro. Inclui CD: os espíritos falam na voz de Robson Pinheiro: Joseph Gleber, José Grosso, Palminha, Pai João de Aruanda, Zezinho e Exu Veludo.

ISBN: 978-85-87781-32-1 • MEMÓRIAS • 2008 • 380 PÁGS. • BROCHURA • 16 X 23CM

Os dois lados do espelho
Robson Pinheiro *pelo espírito de sua mãe Everilda Batista*

Às vezes, o contrário pode ser certo. Questione, duvide, reflita. Amplie a visão sobre a vida e sobre sua evolução espiritual. Aceite enganos, trabalhe fraquezas. Não desvie o olhar de si mesmo. Descubra seu verdadeiro reflexo, dos dois lados do espelho. Everilda Batista, pelas mãos de seu filho Robson Pinheiro. Lições da mãe e da mulher, do espírito e da serva do Senhor. Uma amiga, uma professora nos dá as mãos e nos convida a pensar.

ISBN: 978-85-99818-22-0 • AUTOCONHECIMENTO • 2004/2012 • 208 PÁGS. • BROCHURA • 16 X 23CM

Sob a luz do luar
Uma mãe numa jornada pelo mundo espiritual
Robson Pinheiro *pelo espírito de sua mãe Everilda Batista*

Um clássico reeditado, agora em nova edição revista. Assim como a Lua, Everilda Batista ilumina as noites em ajuda às almas necessitadas e em desalento. Participando de caravanas espirituais de auxílio, mostra que o aprendizado é contínuo, mesmo depois desta vida. Ensina que amar e servir são, em si, as maiores recompensas da alma. E que isso é a verdadeira evolução.

ISBN: 978-85-87781-35-2 • ROMANCE MEDIÚNICO • 1998 • 264 PÁGS. • BROCHURA • 14 X 21CM

O próximo minuto
Robson Pinheiro *pelo espírito Ângelo Inácio*

Um grito em favor da liberdade, um convite a rever valores, a assumir um ponto de vista diferente, sem preconceitos nem imposições, sobretudo em matéria de sexualidade. Este é um livro dirigido a todos os gêneros. Principalmente àqueles que estão preparados para ver espiritualidade em todo comportamento humano. É um livro escrito com coração, sensibilidade, respeito e cor. Com todas as cores do arco-íris.

ISBN: 978-85-99818-24-4 • ROMANCE MEDIÚNICO • 2012 • 473 PÁGS. • BROCHURA • 16 X 23CM

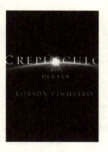

Crepúsculo dos deuses
Um romance histórico sobre a vinda dos habitantes de Capela para a Terra
Robson Pinheiro *pelo espírito Ângelo Inácio*

Extraterrestres em visita à Terra e a vida dos habitantes de Capela ontem e hoje. A origem dos dragões — espíritos milenares devotados ao mal —, que guarda ligação com acontecimentos que se perdem na eternidade. Um romance histórico que mistura cia, fbi, ações terroristas e lhe coloca frente a frente com o iminente êxodo planetário: o juízo já começou.

ISBN: 978-85-99818-09-1 • ROMANCE MEDIÚNICO • 2002 • 403 PÁGS. • BROCHURA • 16 X 23CM

Magos negros
Magia e feitiçaria sob a ótica espírita
Robson Pinheiro *pelo espírito Pai João de Aruanda*

O Evangelho conta que Jesus amaldiçoou uma figueira, que dias depois secou até a raiz. Por qual razão a personificação do amor teria feito isso? Você acredita em feitiçaria? — eis a pergunta comum. Mas será a pergunta certa? Pai João de Aruanda, pai-velho, ex-escravo e líder de terreiro, desvenda os mistérios da feitiçaria e da magia negra, do ponto de vista espírita.

ISBN: 978-85-99818-10-7 • AUTOCONHECIMENTO • 2011 • 394 PÁGS. • CAPA DURA • 16 X 23CM

Negro
Robson Pinheiro *pelo espírito Pai João de Aruanda*

A mesma palavra para duas realidades diferentes. Negro. De um lado, a escuridão, a negação da luz e até o estigma racial. De outro, o gingado, o saber de um povo, a riqueza de uma cultura e a história de uma gente. Em Pai João, a sabedoria é negra, porque nascida do cativeiro; a alma é negra, porque humana – mistura de bem e mal. As palavras e as lições de um negro-velho, em branco e preto.

ISBN: 978-85-99818-14-5 • AUTOCONHECIMENTO • 2011 • 256 PÁGS. • CAPA DURA • 16 X 23CM

Sabedoria de preto-velho
Reflexões para a libertação da consciência
Robson Pinheiro *pelo espírito Pai João de Aruanda*

Ainda se escutam os tambores ecoando em sua alma; ainda se notam as marcas das correntes em seus punhos. Sinais de sabedoria de quem soube aproveitar as lições do cativeiro e elevar-se nas asas da fé e da esperança. Pensamentos, estórias, cantigas e conselhos na palavra simples de um pai-velho. Experimente sabedoria, experimente Pai João de Aruanda.

ISBN: 978-85-99818-05-3 • AUTOCONHECIMENTO • 2003 • 187 PÁGS. • BROCHURA COM ACABAMENTO EM ACETATO • 16 X 23CM

Pai João
Libertação do cativeiro da alma
Robson Pinheiro *pelo espírito Pai João de Aruanda*

Estamos preparados para abraçar o diferente? Qual a sua disposição real para escolher a companhia daquele que não comunga os mesmos ideais que você e com ele desenvolver uma relação proveitosa e pacífica? Se sente a necessidade de empreender tais mudanças, matricule-se na escola de Pai João. E venha aprender a verdadeira fraternidade. Dão o que pensar as palavras simples de um preto-velho.

ISBN: 978-85-87781-37-6 • AUTOCONHECIMENTO • 2005 • 256 PÁGS. • BROCHURA COM CAIXA • 16 X 23CM

Quietude
Robson Pinheiro *pelo espírito Alex Zarthú*

Faça as pazes com as próprias emoções.
Com essa proposta ao mesmo tempo tão singela e tão abrangente, Zarthú convida à quietude. Lutar com os fantasmas da alma não é tarefa simples, mas as armas a que nos orienta a recorrer são eficazes. Que tal fazer as pazes com a luta e aquietar-se?

ISBN: 978-85-99818-31-2 • AUTOCONHECIMENTO • 2014 • 192 PÁGS. • CAPA FLEXÍVEL • 17 x 24CM

Serenidade
Robson Pinheiro *pelo espírito Alex Zarthú*

Já se disse que a elevação de um espírito se percebe no pouco que fala e no quanto diz. Se é assim, Zarthú é capaz de pôr em xeque nossa visão de mundo sem confrontá-la; consegue despertar a reflexão e a mudança em poucos e leves parágrafos, em uma ou duas páginas. Venha conquistar a serenidade.

ISBN: 978-85-99818-27-5 • AUTOCONHECIMENTO • 1999/2013 • 176 PÁGS. • BROCHURA • 17 x 24CM

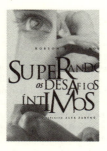

Superando os desafios íntimos
A necessidade de transformação interior
Robson Pinheiro *pelo espírito Alex Zarthú*

No corre-corre das cidades, a angústia e a ansiedade tornaram-se tão comuns que parecem normais, como se fossem parte da vida humana na era da informação; quem sabe um preço a pagar pelas comodidades que os antigos não tinham? A serenidade e o equilíbrio das emoções são artigos de luxo, que pertencem ao passado. Essa é a realidade que temos de engolir? É hora de superar desafios íntimos.

ISBN: 978-85-87781-24-6 • AUTOCONHECIMENTO • 2000 • 200 PÁGS. • BROCHURA COM SOBRECAPA EM PAPEL VEGETAL COLORIDO • 14 X 21CM

CIDADE DOS ESPÍRITOS | *Trilogia Os Filhos da Luz, vol.1*
ROBSON PINHEIRO *pelo espírito Ângelo Inácio*

Onde habitam os Imortais, em que mundo vivem os guardiões da humanidade? É um sonho? Uma miragem? Não! É Aruanda, a cidade dos espíritos, onde orientadores evolutivos do mundo vivem, trabalham e, de lá, partem para amparar, socorrer, influenciando os destinos dos homens muito mais do que estes imaginam.

ISBN: 978-85-99818-25-1 • ROMANCE MEDIÚNICO • 2013 • 460 PÁGS. • BROCHURA • 16 X 23CM

OS GUARDIÕES | *Trilogia Os Filhos da Luz, vol.2*
ROBSON PINHEIRO *pelo espírito Ângelo Inácio*

Se a justiça é a força que impede a propagação do mal, há de ter seus agentes. Quem são os guardiões? A quem é confiada a responsabilidade de representar a ordem e a disciplina, de batalhar pela paz? Cidades espirituais tornam-se escolas que preparam cidadãos espirituais. Os umbrais se esvaziam; decretou-se o fim da escuridão. E você, como porá em prática sua convicção em dias melhores?

ISBN: 978-85-99818-28-2 • ROMANCE MEDIÚNICO • 2013 • 474 PÁGS. • BROCHURA • 16 X 23CM

OS IMORTAIS | *Trilogia Os Filhos da Luz, vol.3*
ROBSON PINHEIRO *pelo espírito Ângelo Inácio*

Os espíritos nada mais são que as almas dos homens que já morreram. Os Imortais ou espíritos superiores também já tiveram seus dias sobre a Terra, e a maioria deles ainda os terá. Portanto, são como irmãos maisvelhos, gente mais experiente, que desenvolveu mais sabedoria, sem deixar, por isso, de ser humana. Por que haveria, então, entre os espiritualistas tanta dificuldade em admitir esse lado humano? Por que a insistência em ver tais espíritos apenas como seres de luz, intocáveis, venerandos, angélicos, até, completamente descolados da realidade humana?

ISBN: 978-85-99818-29-9 • ROMANCE MEDIÚNICO • 2013 • 443 PÁGS. • BROCHURA • 16 X 23CM

O FIM DA ESCURIDÃO | *Série Crônicas da Terra, vol.1*
REURBANIZAÇÕES EXTRAFÍSICAS
ROBSON PINHEIRO *pelo espírito Ângelo Inácio*

Os espíritos milenares que se opõem à política divina do Cordeiro – do *amai-vos uns aos outros* – enfrentam neste exato momento o fim de seu tempo na Terra. É o sinal de que o juízo se aproxima, com o desterro daquelas almas que não querem trabalhar por um mundo baseado na ética, no respeito e na fraternidade.

ISBN: 978-85-99818-21-3 • ROMANCE MEDIÚNICO • 2012 • 400 PÁGS. • BROCHURA • 16 X 23CM

OS NEPHILINS | *Série Crônicas da Terra, vol.2*
A ORIGEM DOS DRAGÕES
ROBSON PINHEIRO *pelo espírito Ângelo Inácio*

Receberam os humanoides a contribuição de astronautas exilados em nossa mocidade planetária, como alegam alguns pesquisadores? Podem não ser Enki e Enlil apenas deuses sumérios, mas personagens históricos? Desse universo em que fatalmente se entrelaçam ficção e realidade, mito e fantasia, ciência e filosofia, emerge uma história que mergulha nos grandes mistérios.

ISBN: 978-85-99818-34-3 • ROMANCE MEDIÚNICO • 2014 • 480 PÁGS. • BROCHURA • 16 X 23CM

O AGÊNERE | *Série Crônicas da Terra, vol.3*
ROBSON PINHEIRO *pelo espírito Ângelo Inácio*

Há uma grande batalha em curso. Sabemos que não será sem esforço o parto da nova Terra, da humanidade mais ciente de suas responsabilidades, da bíblica Jerusalém. A grande pergunta: com quantos soldados e guardiões do eterno bem podem contar os espíritos do Senhor, que defendem os valores e as obras da civilização?

ISBN: 978-85-99818-35-0 • ROMANCE MEDIÚNICO • 2015 • 384 PÁGS. • BROCHURA • 16 X 23CM

OS ABDUZIDOS | *Série Crônicas da Terra, vol. 4*
ROBSON PINHEIRO *pelo espírito Ângelo Inácio*

A vida extraterrestre provoca um misto de fascínio e temor. Sugere explicações a avanços impressionantes, mas também é fonte de ameaças concretas. Em paralelo, Jesus e a abdução de seus emissários próximos, todos concorrendo para criar uma só civilização: a humanidade.

ISBN: 978-85-99818-37-4 • ROMANCE MEDIÚNICO • 2015 • 464 PÁGS. • BROCHURA • 16 X 23CM

VOCÊ COM VOCÊ
MARCOS LEÃO *pelo espírito Calunga*

Palavras dinâmicas, que orientam sem pressionar, que incitam à mudança sem engessar nem condenar, que iluminam sem cegar. Deixam o gosto de uma boa conversa entre amigos, um bate-papo recheado de humor e cheiro de coisa nova no ar. Calunga é sinônimo de irreverência, originalidade e descontração.

ISBN: 978-85-99818-20-6 • AUTOAJUDA • 2011 • 176 PÁGS. • CAPA FLEXÍVEL • 16 X 23CM

TRILOGIA O REINO DAS SOMBRAS | *Edição definitiva*
ROBSON PINHEIRO *pelo espírito Ângelo Inácio*

As sombras exercem certo fascínio, retratado no universo da ficção pela beleza e juventude eterna dos vampiros, por exemplo. Mas e na vida real? Conheça a saga dos guardiões, agentes da justiça que representam a administração planetária. Edição de luxo acondicionada em lata especial. Acompanha entrevista com Robson Pinheiro, em cd inéditos, sobre a trilogia que já vendeu 200 mil exemplares.

ISBN: 978-85-99818-15-2 • ROMANCE MEDIÚNICO • 2011 • LATA COM LEGIÃO, SENHORES DA ESCURIDÃO, A MARCA DA BESTA **E CD CONTENDO ENTREVISTA COM O AUTOR**

**Quem enfrentará o mal
a fim de que a justiça prevaleça?
Os guardiões superiores
estão recrutando agentes.**

COLEGIADO DE GUARDIÕES DA HUMANIDADE
por Robson Pinheiro

FUNDADO PELO MÉDIUM, terapeuta e escritor espírita Robson Pinheiro no ano de 2011, o Colegiado de Guardiões da Humanidade é uma iniciativa do espírito Jamar, guardião planetário.

Com grupos atuantes em mais de 10 países, o Colegiado é uma instituição sem fins lucrativos, de caráter humanitário e sem vínculo político ou religioso, cujo objetivo é formar agentes capazes de colaborar com os espíritos que zelam pela justiça em nível planetário, tendo em vista a reurbanização extrafísica por que passa a Terra.

Conheça o Colegiado de Guardiões da Humanidade. Se quer servir mais e melhor à justiça, venha estudar e se preparar conosco.

PAZ, JUSTIÇA E FRATERNIDADE

www.guardioesdahumanidade.org